LES LECTRICES ONT AIMÉ !

« L'autrice a su retranscrire les émotions et les sentiments avec une grande justesse. Ce roman se dévore et prend aux tripes. »
Chloé, de @lire_encore

« Un roman qui entremêle passion et devoir, romanesque et histoire. Le récit d'Alina, inspiré de l'histoire familiale de l'autrice, est aussi incroyable que déchirant et j'ai eu des frissons durant toute ma lecture. Tout simplement poignant. »
Anouk, de @anouklibrary

« Certaines histoires nous prennent par surprise. Leur force, de prime abord insoupçonnée, nous percute de plein fouet et nous bouleverse jusqu'au plus profond de notre être. Je vous conseille vivement cette lecture ! »
Marta, de @leslecturesdemissm

« Une histoire pleine d'espoir. Le présent et le passé se complètent à merveille. Si vous aimez les secrets de famille et les romans historiques, celui-ci est fait pour vous ! »
Clémentine, de @helynna_

« J'ai été complètement emportée par ce récit historique ! Mêlant histoire, secrets de famille, amour et sacrifice, Kelly Rimmer nous offre ici un très beau roman. »
Alexandra, de @mes_evasions_litteraires

« J'ai été véritablement bouleversée par ce livre. Je n'ai pas d'autre mot pour décrire ce que j'ai pu ressentir, et je n'ai rien d'autre à dire que : lisez-le. »
Adélina, de @livrovore

« Il y a des livres qui vous touchent plus que d'autres et vous ne sauriez dire pourquoi. Ce roman est une lecture émouvante où l'on prend conscience que malgré la vie qui passe, les épreuves qui s'enchaînent, certaines choses restent ancrées à jamais au plus profond de notre cœur ! »
Carole, de @lafilleaux1001lectures

« Les pages se tournent de plus en plus vite car on veut savoir la suite puis on ralentit le rythme car on ne veut pas quitter les personnages trop tôt. J'ai eu un coup de cœur pour cette histoire d'amour magnifique et délicate. Quelle puissance ! Un message d'espoir à lire absolument ! »
Floriane, de @les_lectures_de_flofloenael

« Une ode à l'amour et à la vie en plein cœur de l'enfer, mais également à la tolérance. Un récit bouleversant qui vous marquera profondément. »
Marine, de @toiledemots

« L'histoire, la plume de l'autrice et la tendresse de tous ces amours ont fait de ce roman un coup de cœur. Je le relirai, le prêterai et surtout, je ne l'oublierai jamais. »
Fanny, de @madelit_et_des_livres

Pour en savoir plus sur les Lectrices Charleston,
rendez-vous sur la page
www.editionscharleston.fr/lectrices-charleston

TOUT CE QUE LE CŒUR N'OUBLIE JAMAIS

Titre original : *The Things We Cannot Say*

Première publication en anglais par Graydon House

Traduit de l'anglais par Élisabeth Luc

10, place des Cinq-Martyrs-du-Lycée-Buffon
75015 Paris – France
www.editionscharleston.fr

ISBN : 978-2-36812-709-4

Maquette : Patrick Leleux PAO

Charleston s'engage pour une fabrication écoresponsable ! Amoureux des livres, nous sommes soucieux de l'impact de notre passion et choisissons nos imprimeurs avec la plus grande attention pour que nos ouvrages soient imprimés sur du papier issu de forêts gérées durablement.

Pour suivre notre actualité, rejoignez-nous sur Facebook (Éditions.Charleston), sur Twitter (@LillyCharleston) et sur Instagram (@LillyCharleston) !

Kelly Rimmer

TOUT CE QUE LE CŒUR N'OUBLIE JAMAIS

Roman

Traduit de l'anglais par Élisabeth Luc

CHARLESTON

Pour Daniel, qui a toujours d'excellentes idées.

PROLOGUE

Union soviétique, 1942

LE PRÊTRE qui célébrait mon mariage était émacié, frigorifié, vêtu de haillons, mais il ne manquait pas de ressources. En guise d'hostie, il avait béni un quignon de pain moisi restant du petit déjeuner.

— Le moment est venu de prononcer vos vœux, annonça-t-il en souriant.

Les yeux embués de larmes, les lèvres glacées, je balbutiai la traditionnelle tirade :

— Tomasz Slaski, je te prends pour époux et je promets de t'aimer, t'honorer, te respecter et te rester fidèle jusqu'à ce que la mort nous sépare, au nom du Père, du Fils et du Saint-Esprit.

Je voyais mon mariage avec Tomasz comme une lueur d'espoir, tel un marin en pleine tempête qui garde les yeux rivés sur un phare dans la nuit. Depuis des années, notre amour était ma raison de vivre, de me battre, d'avancer. Ce mariage aurait dû être un moment de répit après tant d'épreuves et de souffrances. Hélas, ce n'était pas le cas et ma déception était incommensurable.

Nous aurions dû convoler dans la majestueuse église de notre ville natale et non dans le camp militaire de Bouzoulouk, à distance des tentes pour échapper un peu à la puanteur des quatre-vingt mille réfugiés désespérés qui s'y entassaient. Éviter la foule et l'odeur avait un prix : nous n'avions pour seul abri que les branches d'un sapin famélique.

Il faisait froid pour une journée d'automne. De gros flocons de neige voletaient dans le ciel gris et venaient se poser dans nos cheveux, sur nos vêtements ou sur le sol de plus en plus boueux.

Je ne connaissais les « amis » qui assistaient à la cérémonie que depuis quelques semaines. Tous les êtres qui m'étaient chers croupissaient dans un camp de concentration, quand ils n'avaient pas disparu ou péri. Gêné, mon mari refusa de communier, ce qui stupéfia le pauvre prêtre mais ne me surprit pas. En guise de robe de mariée, je portais l'unique tenue que je possédais. Les gestes simples du quotidien – prendre un bain, par exemple –, je les avais oubliés depuis longtemps. Les poux n'avaient épargné personne, ni mon mari, ni le prêtre, ni les témoins. Tout le monde se grattait sous la torture des démangeaisons.

J'étais dans un tel état de torpeur que je n'ai pas versé une larme.

J'étais de plus en plus proche de Mme Konczal, une de mes camarades du camp. Elle s'occupait des orphelins et, depuis mon arrivée, je l'assistais dans le cadre de mes tâches obligatoires. À l'issue de la cérémonie, elle fit approcher un petit groupe d'enfants et m'adressa un sourire radieux. Puis elle leva les mains pour diriger cette chorale de fortune, qui entonna *Serdeczna Matko,* un cantique dédié à la Vierge Marie. Ces gamins, aussi malingres et négligés que moi, n'avaient rien de triste. Au contraire, ils avaient les yeux pleins d'espoir tant ils étaient désireux de me faire plaisir. Leur espérance l'emporta sur mon désespoir. Je fis de mon mieux pour leur offrir un sourire fier et radieux, en me jurant de ne pas pleurer. Si ces orphelins se montraient généreux et braves dans la tourmente, je me devais d'en faire autant.

Je me concentrai sur la musique et la voix mélodieuse de Mme Konczal, le temps d'un solo. Douce et enjouée, son interprétation suscita en moi un sentiment proche de la joie, en ce moment qui devait être joyeux, un apaisement qui me ramena vers une foi dont je voulais absolument me défaire.

Je fermai les yeux et ravalai mon chagrin et mes doutes. Je voulais croire que, un jour, mon existence brisée en mille morceaux serait réparée.

Si la guerre m'avait pratiquement tout pris, il était hors de question que je renonce à ma confiance en l'homme que j'aimais.

1

Alice

Je passe une très mauvaise journée, mais je sais que celle de mon fils l'est encore davantage. Nous sommes dans une supérette, à quelques rues de notre maison de Winter Park, en Floride. Allongé par terre, Eddie s'époumone en agitant les jambes. Il se pince compulsivement les bras. Déjà, de vilaines ecchymoses violacées apparaissent. Il est barbouillé de yaourt. Quand sa crise a démarré, il y a vingt minutes, il a projeté une partie du contenu de la vitrine réfrigérée sur le sol. Le front emperlé de sueur, épuisé, il est entouré de produits laitiers qu'il a écrasés avec rage.

Eddie suit un traitement qui l'a fait grossir, ces dernières années. Il pèse trente-quatre kilos, plus de la moitié de mon poids, et je suis incapable de le soulever pour le porter jusqu'à la voiture, comme je l'aurais fait au début. À l'époque, ce n'était déjà pas facile mais je gérais ses crises en quittant les lieux.

Aujourd'hui, le drame a démarré au rayon des produits laitiers. Comparé à ses camarades de l'école spécialisée qu'il fréquente, Eddie est assez ouvert pour ce qui est des yaourts. Il en mange à la fraise ET à la vanille, lui au moins. En revanche, pas question de changer de marque, de format ou de recycler d'anciens emballages. Il n'est pas dupe.

Il ne tolère que la marque Go-Gurt présentée en tube.

Récemment, ils ont amélioré leur graphisme en adoptant un logo aux couleurs plus vives. Ils étaient loin de s'imaginer que cette stratégie ferait exploser de fureur un garçon de sept ans qui saccagerait un rayon entier.

Pour Eddie, seul l'ancien emballage existe. Du coup, il ne reconnaît plus l'aliment qu'il tolère, or il savait que nous venions acheter des yaourts. En observant le rayon frais, Eddie n'a vu que des produits qu'il identifie en tant que « non-yaourt ».

Pour prévenir ce genre d'incident, nous gardons une réserve de Go-Gurt au réfrigérateur. Si ma grand-mère n'avait pas été hospitalisée, j'aurais fait les courses hier, pendant qu'Eddie était à l'école et avant qu'il ne mange ses deux derniers yaourts.

La seule chose qu'Eddie accepte de manger, ce sont les yaourts Go-Gurt et une soupe en boîte. Comment faire, désormais ? Si par malheur la marque Campbell décide de modifier l'étiquette de sa soupe au potiron, je n'aurai plus qu'à rendre les armes.

Et si je ressemblais davantage à Eddie que je ne l'imagine ? Car je vais peut-être craquer, moi aussi. Outre Eddie et sa sœur, Pascale, ma grand-mère Hanna est l'être qui m'est le plus cher au monde. Mon mari, Wade, et ma mère, Julita, s'en offusqueraient sans doute. J'avoue qu'ils m'inspirent tous les deux un certain ressentiment. Ma grand-mère, que j'appelle *Babcia*, est hospitalisée, donc. Avant-hier, elle était attablée dans sa maison de retraite quand elle a eu un AVC. Je n'ose pas penser que ses jours sont comptés, ce qui explique en partie mon agitation.

Eddie ne parle pas. S'il entend très bien, ses capacités de langage sont faibles. En général, le jeudi, nous allons à la gare pour regarder les trains. Pour le prévenir que ce ne serait pas possible aujourd'hui, j'ai dû trouver un symbole visuel qu'il puisse comprendre. Je me suis levée à cinq heures du matin, j'ai imprimé des photos prises hier à l'hôpital, puis je les ai découpées pour les coller sur son emploi du temps, juste à côté des symboles signifiant « manger », « supermarché » et « yaourt ». Dans le journal de bord, j'ai écrit que, aujourd'hui, nous irions à l'hôpital et que nous verrions Babcia, mais qu'elle serait au lit et ne nous parlerait pas. « Babcia va bien, Eddie va bien et tout ira bien. »

Je ne suis pas naïve : ces propos rassurants sont en grande partie des mensonges. Babcia a quatre-vingt-quinze ans et ses chances de quitter l'hôpital sont minces. En réalité, elle ne va pas bien du tout. J'ai dit à Eddie ce qu'il avait besoin d'entendre. Je l'ai installé devant son emploi du temps pour passer la journée en revue, jusqu'à ce qu'il allume sa tablette et ouvre son application de communication alternative. Le concept est simple et très utile. Chaque écran affiche une série d'images représentant des mots qu'Eddie est incapable de prononcer. En touchant une icône, Eddie trouve une voix car l'appareil prononce le mot. Ce matin, il a fixé longuement son écran, puis a appuyé sur « oui ». J'ai su qu'il avait compris ce qu'il venait de lire, dans une certaine mesure.

Tout s'est bien passé jusqu'à notre arrivée au supermarché pour constater que l'emballage des yaourts Go-Gurt avait changé. Depuis, employés et clients inquiets défilent devant nous. Ils me demandent s'ils peuvent nous aider. Je secoue la tête en leur répondant qu'Eddie est autiste, avant de les laisser poursuivre leur chemin. Puis, quelqu'un me propose de porter Eddie jusqu'à ma voiture. Je dois lui expliquer que mon fils n'aime pas les contacts physiques, même dans ses bons jours, que si des inconnus le touchent, la crise ne fera qu'empirer. À en juger par l'expression des gens autour de nous, ils ne croient pas que la situation puisse empirer. Ils n'osent toutefois pas prendre le risque.

Une femme s'est présentée avec deux enfants très sages, habillés de façon identique, sans problèmes neurologiques visibles, assis dans son caddie. Alors qu'elle contournait mon fils incontrôlable, j'ai entendu l'un des enfants lui demander quel était son problème.

— Il a juste besoin d'une bonne correction, chéri, a-t-elle marmonné.

C'est ça. Une bonne fessée lui apprendrait à parler et à gérer sa surcharge sensorielle. Si je lui donne une fessée, il saura aller de lui-même aux toilettes et je pourrai abandonner les rituels auxquels j'ai recours pour prévenir son incontinence. C'est tellement facile… Pourquoi n'ai-je pas pensé à le fesser il y a sept ans ? Au moment où j'ai senti ma colère enfler, j'ai brièvement croisé son regard avant qu'elle ne se détourne. J'y ai décelé une lueur de pitié et de la peur, aussi. La femme a rougi et a foncé vers l'allée suivante avec son chariot.

Les gens tiennent souvent ce genre de propos parce qu'ils sont gênés. Je ne lui en veux pas. En revanche, je ressens une forme d'envie. J'aimerais tant être aussi sûre de moi ! Ces sept années passées à élever Edison Michaels ne m'ont rien appris si ce n'est l'humilité. Je fais de mon mieux, ce qui, en général, ne suffit pas, et c'est ainsi.

Le directeur du supermarché est passé il y a quelques minutes.

— Madame, il faut faire quelque chose. Il y en a pour des centaines de dollars de dégâts et les autres clients sont contrariés.

— Qu'est-ce que vous proposez ? Je vous écoute.

— Appeler les secours, peut-être ? Il s'agit d'un problème médical, n'est-ce pas ?

— Que feront-ils, selon vous ? Ils lui donneront des calmants ?

— Ce serait possible, ça ? a-t-il rétorqué, plein d'espoir.

Je l'ai foudroyé du regard. Un silence pesant s'est installé entre nous, puis j'ai soupiré comme s'il m'avait convaincue.

— Allez-y, appelez les secours médicaux...

Mon sourire entendu a dû l'effrayer un peu, car il a eu un mouvement de recul.

— Vous allez voir Eddie, face aux urgentistes. La sirène, les uniformes, les inconnus...

J'ai marqué une pause puis je l'ai regardé d'un air innocent :

— Vous en pensez quoi ?

Le directeur s'est éloigné en marmonnant dans sa barbe. Sans doute a-t-il changé d'avis car je n'entends toujours pas de sirène. Je ne vois que des employés embarrassés qui expliquent la situation aux clients en leur proposant d'aller chercher pour eux les articles dont ils ont besoin pour leur éviter d'approcher cet enfant bruyant au comportement anormal.

Pour ma part, je suis assise par terre, près de lui. Je tiens à rester stoïque et je veux qu'Eddie se calme. Hélas, je ne peux réprimer quelques sanglots. Ces crises ont beau se produire souvent, elles n'en sont pas moins humiliantes. J'ai tout essayé pour l'apaiser, en vain. La crise ne cessera que lorsque Eddie sera épuisé.

J'aurais dû m'y attendre et ne pas prendre le risque de l'amener au supermarché. Je doute qu'il comprenne les implications de cette visite à l'hôpital, mais il sent que quelque chose ne va pas. Si seulement il était scolarisable à plein temps et non deux jours par semaine ! J'aurais pu le déposer en classe avant de venir ici. Si, au moins, j'avais pu convaincre Wade de prendre sa journée pour s'occuper d'Eddie…

Wade a des réunions. Il a toujours des réunions, surtout quand elles lui permettent de ne pas rester seul avec notre fils.

— Excusez-moi…

Un peu lasse, je lève la tête, m'attendant à ce qu'un autre employé du magasin me propose son « aide ». C'est une vieille dame frêle au regard gris très doux. Outre ses cheveux aux reflets bleutés, elle ressemble beaucoup à Babcia. Petite, menue, elle a du style avec son sac à main clinquant et ses imprimés fleuris, qu'elle arbore de la tête aux pieds, jusqu'à ses espadrilles. Babcia serait capable de s'habiller ainsi. Elle affectionne les tenues extravagantes. Si ces deux-là se rencontraient, elles s'entendraient comme larrons en foire, ce qui me ramène au moment présent. Mon impatience monte d'un cran.

Vite, Eddie. On n'a pas le temps. Babcia est malade et on doit aller à l'hôpital.

La dame me sourit gentiment et ouvre son sac à main d'un air de conspiratrice.

— Voyez si quelque chose pourrait être utile…

Elle sort diverses babioles, un ballon de baudruche rouge, une sucette bleue, une minuscule figurine en bois et une petite toupie. Elle s'accroupit à côté de moi et pose le tout par terre.

Ayant déjà essayé, je sais que sa diversion ne fonctionnera pas. En revanche, sa bienveillance me fait presque monter les larmes aux yeux. Son regard exprime de l'empathie, de la compréhension, sans la moindre pitié. Il est extrêmement rare de croiser quelqu'un qui comprenne au lieu de juger.

Affichant une gratitude polie, je me détourne en redoutant le pire. Au moins, Eddie râle moins fort. Les yeux inondés de larmes, il toise l'inconnue d'un air méfiant. Il aime tellement Babcia… Peut-être décèle-t-il une ressemblance, lui aussi.

D'un signe de tête, je désigne la dame qui ramasse le ballon de baudruche. Eddie ne réagit pas. Elle brandit la figurine et, là, il prend un air pincé. La sucette ne rencontre pas plus de succès. Lorsque la dame lève la toupie, je n'ai plus d'espoir. Et soudain, à ma grande surprise, les plaintes d'Eddie s'atténuent.

Le jouet est orné de caractères hébreux très colorés. L'inconnue passe un doigt sur chacun d'entre eux, puis elle pose la toupie sur le sol et la fait tourner d'un geste élégant du poignet. Les couleurs se mêlent alors pour créer un flou chatoyant presque hypnotique.

— Mon petit-fils est comme lui, m'explique-t-elle posément. Je connais la difficulté de votre situation. Braden adore les toupies…

Eddie regarde fixement le jouet qui tournoie. Ses pleurs ont fait place à des hoquets.

— Savez-vous ce que signifient ces caractères hébreux ? me demande la dame.

Je secoue négativement la tête.

— C'est un acronyme pour « un grand miracle est arrivé là-bas ».

J'ai envie de lui répondre que je ne crois plus aux miracles, mais n'est-ce pas un miracle qui est en train de se produire sous mes yeux ? Eddie est presque silencieux, outre quelques reniflements ou l'écho d'un sanglot. La toupie ralentit, puis chancelle avant de basculer sur le côté. Il retient son souffle.

— Tu sais que ce que c'est que ça, mon petit ? s'enquiert doucement la dame.

J'essaie de lui expliquer que mon fils ne parle pas, quand Eddie puise dans sa panoplie de manœuvres d'autiste. Il pose les yeux sur moi et déclare d'une voix rauque :

— Je t'aime, Eddie.

L'inconnue m'interroge du regard.

— C'est juste… On appelle ça l'écholalie…, dis-je en guise d'explication. Il est capable de prononcer des mots, sans leur attribuer de sens. Il ne fait que répéter ce qu'il m'entend lui dire sans en comprendre la signification. C'est un peu sa façon de dire « Maman ».

La dame me sourit encore et pose la toupie près d'Eddie avant de l'actionner à nouveau. Il l'observe en silence, fasciné. Quand le jouet s'immobilise, Eddie est parfaitement calme. Sur sa tablette, j'ouvre l'appli pour appuyer sur les touches « fini » et « voiture ». Il se lève et me regarde, guettant ma réaction.

— C'est ça, mon garçon, encourage la dame avec douceur.

Elle ramasse la toupie, qu'elle remet à Eddie en murmurant :

— Tu t'es calmé tout seul, comme un grand. C'est bien. Ta Maman doit être très fière de toi.

— Merci.

Elle hoche la tête et effleure mon bras.

— Vous vous en sortez très bien, Maman, me souffle-t-elle. Ne l'oubliez jamais.

Je pense dans un premier temps que ce sont des platitudes. J'entraîne Eddie hors du magasin, les mains vides, hormis le trésor inattendu que vient de lui offrir cette inconnue. Je l'installe dans son siège sur mesure parce qu'il est trop agité pour se contenter d'une ceinture de sécurité normale. En prenant le volant, je regarde dans le rétroviseur. Eddie a les yeux rivés sur sa toupie. Il est calme et immobile, sur sa planète, comme toujours, et je suis fatiguée. Je suis perpétuellement fatiguée.

« *Vous vous en sortez très bien, Maman. Ne l'oubliez jamais.* »

Il est rare que je pleure à cause d'Eddie. Je l'aime. Je ne me laisse même pas aller à la complaisance. Si j'ouvre les vannes de l'apitoiement, je vais y prendre goût et cela me détruira.

Mais aujourd'hui, ma grand-mère est à l'hôpital et cette gentille dame à la tenue fleurie est un ange. Et si c'était Babcia qui me l'avait envoyée ? Et si c'était l'ultime cadeau de ma grand-mère avant de disparaître ?

Je n'en peux plus. Eddie joue avec sa toupie. Il la tient à la hauteur de son visage et la fait tourner doucement sur elle-même comme s'il cherchait à déterminer son fonctionnement. Je fonds en larmes. Je m'accorde le luxe de huit minutes de pleurs parce qu'elles nous amènent à dix heures et que nous avons à présent une heure de retard sur l'horaire prévu.

En regardant l'horloge de la voiture, je cesse de me lamenter pour changer de mode. Je me mouche, je me racle la gorge et je fais démarrer la voiture. Aussitôt, mon téléphone se connecte et, sur l'écran, apparaissent les messages manqués de ma mère :

Tu es où ?

Tu m'avais dit que tu serais là à neuf heures. Tu viens toujours ?

Alice, appelle-moi. Qu'est-ce qui se passe ?

Babcia est réveillée, mais viens vite car je ne sais pas dans combien de temps elle se rendormira.

Enfin, je découvre un message de Wade :

Désolé, chérie, je n'ai pas pu prendre ma journée. Tu m'en veux ?

Nous ne sommes même pas arrivés à l'hôpital. La journée va être longue.

2

Alina

TOMASZ SLASKI ÉTAIT DÉTERMINÉ à devenir médecin comme son père. C'était aussi un conteur né. Son récit détaillé du sauvetage d'une sirène, sur le lac, alors que la ville était endormie, m'avait donné envie de l'épouser. J'avais neuf ans et Tomasz douze, et nous étions déjà très proches. Ce jour-là, j'ai décrété qu'il était à moi et, au fil des années, il a fini par me considérer comme sienne. À l'issue de mon année de cinquième, ma famille n'ayant plus les moyens de m'envoyer à l'école, Tomasz prit l'habitude de venir me voir à la maison.

Comme la plupart des enfants de mon âge, j'ai arrêté mes études pour travailler dans les champs avec mes parents. Au contraire des autres, en revanche, je ne me fatiguais guère. Non seulement j'étais la benjamine, mais en plus je culminais à un mètre cinquante-deux. J'étais menue alors que les membres de ma famille étaient grands et forts. Mes frères, des jumeaux, n'avaient que quatorze mois de plus que moi. Pourtant, mes parents me traitaient comme une gamine, ce qui ne me dérangeait en rien car les garçons se chargeaient des corvées.

Issu d'une famille aisée, Tomasz était promis à des études universitaires. Il était allé au lycée, ce qui n'était pas le cas de la plupart des jeunes du sud de la Pologne. Quand nos chemins ont pris des directions différentes, il n'a pas cessé de gravir la colline qui séparait nos deux propriétés pour passer du temps avec moi. À chacune de ses visites, il enchantait ma famille avec ses anecdotes extravagantes.

Dès son plus jeune âge, Tomasz avait eu le don de me faire croire que tout était possible. Il élargissait mon horizon et, ce faisant, le rendait magique. Sans Tomasz, je ne me serais jamais interrogée sur ce qui existait au-delà de ma petite ville. Quand nous sommes tombés amoureux, je n'avais plus qu'une idée en tête : explorer le monde.

J'espérais l'épouser avant qu'il ne parte pour la faculté de médecine car j'aurais ainsi pu le suivre en ville. La perspective d'un éloignement m'était insupportable et je brûlais de quitter la ferme familiale, non loin de la petite ville de Trzebinia. Aleksy, le père de Tomasz, y était médecin et Julita, sa mère, institutrice. Elle était morte en mettant au monde la petite sœur de Tomasz. Si j'étais certaine que ma vie m'attendait loin d'ici, il m'était impossible de m'échapper sans me marier. À quinze ans, j'étais encore trop jeune. Il ne me restait qu'à prier pour qu'un jour Tomasz revienne me chercher…

À la fin du printemps 1938, Tomasz partit faire ses études. Si les années ont le don de déformer les souvenirs, certains demeurent intacts malgré les ravages du temps. Je revois ce dimanche aussi nettement que si c'était hier, peut-être parce que je m'y suis accrochée pendant des années. Les images défilent dans ma tête, encore et encore, comme un film culte. Encore aujourd'hui, alors que je peine à me rappeler où je suis ou quel jour nous sommes, je me souviens de cette journée, de chaque moment, chaque contact, chaque parfum, chaque son… Le ciel était parsemé de gros nuages gris. Il avait tellement plu que mes bottes étaient crottées. À la fin de ce dimanche, un vent violent s'était levé.

Mes frères Filipe et Stanislaw ayant travaillé toute la journée dans le froid pendant que je bavardais avec Tomasz, mes parents insistèrent pour que je m'occupe des bêtes avant le repas. Je protestai farouchement, jusqu'à ce que Tomasz m'entraîne par la main.

— Tu es vraiment une enfant gâtée ! railla-t-il en riant.

— J'ai l'impression d'entendre mes parents.

— C'est que je dis la vérité.

Il se tourna vers moi et, dans son regard, je lus de l'adoration.

— Ne t'en fais pas, mon Alina pourrie gâtée, je t'aime quand même.

Ces paroles me procurèrent tant de fierté et de joie que le reste n'eut soudain plus aucune importance.

— Moi aussi, je t'aime.

Il m'attira à lui si vivement que je faillis le bousculer et, sans crier gare, il m'embrassa furtivement.

— Tu es culotté de faire ça alors que mon père est à côté, dis-je en souriant.

— Peut-être… à moins que l'amour n'ait fait de moi un imbécile.

Sur ces mots, il jeta un coup d'œil en direction de la maison pour s'assurer que mon père ne nous avait pas vus. En me voyant m'esclaffer, il m'embrassa de nouveau.

— Assez rigolé, dit-il. Finissons notre travail.

Notre tâche accomplie, il fut temps de rentrer nous mettre à l'abri du mauvais temps. Lorsque je voulus courir vers la ferme, Tomasz me retint par le bras.

— Montons sur la colline, me proposa-t-il d'un ton désinvolte.

— Quoi ? m'exclamai-je, frigorifiée.

Il me sourit et je ris de plus belle.

— Tomasz ! Je suis peut-être une enfant gâtée, mais toi, tu es complètement fou !

— Alina, *moje wszystko*...

J'étais conquise, comme chaque fois qu'il prononçait cette expression, qui signifiait « mon tout ». Mes jambes menaçaient de se dérober.

Soudain, il afficha un air très sérieux :

— C'est notre dernière soirée ensemble avant un long moment et je veux passer un peu de temps avec toi avant que nous ne rejoignions tes parents. Je t'en prie...

La colline boisée se dressait à la sortie d'un bosquet demeuré intact car son sol pierreux et sa pente trop escarpée interdisaient la moindre culture. Cette colline, qui surplombait notre maison et nos terres, constituait une barrière entre notre vie tranquille et Trzebinia. Du sommet jusque chez Tomasz, qui abritait aussi le cabinet médical de son père, il y avait un bon quart d'heure de marche. Quand il n'était pas censé être en ma compagnie, il mettait huit minutes au pas de course.

D'aussi loin que je me souvienne, cette colline était notre lieu. Nous pouvions y profiter de la vue et, plus tard, l'un de l'autre, dans l'intimité d'une clairière. Assis sur un long rocher plat, nous pouvions repérer tout membre de la famille qui s'approcherait, surtout Emilia, la sœur cadette de Tomasz, qui avait le don de venir à notre rencontre quand notre passion brûlante était à son comble et risquait de déraper.

Ce soir-là, la nuit était tombée et les lumières tamisées de Trzebinia scintillaient en contrebas. Sur notre rocher, Tomasz m'a prise par les épaules pour me serrer contre son torse. Comme moi, il tremblait et j'ai d'abord cru qu'il avait froid.

— C'est ridicule, murmurai-je. On va attraper la mort !

Il resserra son étreinte très légèrement, le souffle court.

— Alina, ton père nous a donné la permission de nous marier, mais nous devrons patienter quelques années… je gagnerai ma vie et la tienne. Nous aurons le temps de penser aux détails plus tard. Sache une chose : quel que soit l'endroit où tu auras envie d'aller, je trouverai un moyen de t'y emmener. Nous serons heureux.

Sa voix se brisa, puis il murmura :

— Je te donnerai une belle vie.

Si cette proposition me surprenait et m'enchantait, j'eus un instant de doute.

— Comment sais-tu que tu voudras toujours de moi quand tu auras goûté à la vie citadine ? demandai-je en m'écartant légèrement.

Il se tourna et prit mon visage entre ses mains.

— Tout ce que je sais, c'est que, quand nous sommes séparés, tu me manques. Je sais que je te manque aussi et ça ne changera pas. Peu importe ce que m'apporte l'université, toi et moi sommes faits l'un pour l'autre. Alors que tu viennes me rejoindre ou que je rentre à la maison pour être avec toi, nous nous retrouverons. Ce ne sera qu'une courte pause. Tu verras, le temps n'y changera rien.

Encore une histoire extraordinaire de Tomasz, sauf que, cette fois, elle parlait de notre avenir. À cet instant, j'ai compris que nous allions nous marier, que nous aurions des enfants et que nous vieillirions ensemble. J'étais subjuguée par l'amour que je ressentais pour Tomasz, cet amour désespéré qui se reflétait dans ses yeux et qui tenait du miracle.

Quelle chance j'avais d'avoir trouvé un homme merveilleux qui m'aimait autant que je l'aimais ! Tomasz était intelligent, gentil et si beau ! Il avait des yeux magnifiques, d'un vert unique, qui pétillaient toujours de malice ou de mystère. Je posai la tête sur son épaule pour enfouir mon visage dans son cou.

— Tomasz…, soufflai-je à travers mes larmes de joie, j'ai toujours eu l'intention de t'attendre.

Le lendemain matin, mon père m'emmena en ville pour que je fasse mes adieux à Tomasz avant son départ pour Varsovie. Nous étions fiancés, désormais, un véritable engagement, aux yeux de notre entourage. Ainsi, pour la toute première fois, nous nous sommes enlacés en public. Aleksy portait la valise de Tomasz, son billet de train dans une main. En larmes, Emilia était superbe, avec sa robe à fleurs. Sur le quai, incapable de le lâcher, je redressai les pans de son manteau et je passai une main dans ses épais cheveux blonds.

— Je t'écrirai, promit-il. Et je reviendrai le plus souvent possible.

— Je sais.

Il avait la mine sombre mais les yeux secs. Ce jour-là, j'étais déterminée à être courageuse jusqu'à ce qu'il soit parti. Il m'embrassa sur la joue, puis serra la main de mon père. Après avoir salué son père et sa sœur, il prit sa valise et monta dans le train. Il se pencha à la fenêtre pour nous faire signe, les yeux rivés dans les miens. Je me forçai à sourire jusqu'à ce que le train disparaisse au loin. Aleksy me prit alors par les épaules.

— Un jour, je serai heureux de t'avoir pour fille, Alina, déclara-t-il d'un ton bourru.

— Et moi je serai heureuse de l'avoir pour sœur, Papa ! s'exclama Emilia dans un ultime sanglot.

Sur ces mots, elle me prit la main pour m'écarter d'Aleksy. Je n'avais guère d'expérience des enfants, mais mon affection pour Emilia monta d'un cran face à son sourire et ses yeux verts. Je l'embrassai sur la tempe avant de la serrer fort.

— Ne t'en fais pas, je suis déjà ta grande sœur en attendant.

— Je sais qu'il ne voulait pas te quitter, Alina, et que c'est dur pour toi, aussi, murmura Aleksy. Tomasz voulait devenir médecin avant même de savoir lire. Nous devions le laisser partir.

Il se tut pendant un long moment, puis reprit :

— Tu viendras nous voir durant l'absence de Tomasz, n'est-ce pas ?

— Bien sûr, lui promis-je.

Tomasz et lui se ressemblaient tant ! Ils avaient en commun leurs yeux verts, leurs cheveux clairs, leur corpulence. J'avais l'impression de voir Tomasz dans un avenir lointain… c'était troublant. Je l'embrassai doucement.

— Vous êtes déjà ma famille.

Il me sourit. Emilia eut l'air air vexée.

— Toi aussi, Emilia. Je promets de vous rendre visite aussi souvent que possible jusqu'au retour de Tomasz.

Lors du trajet vers la ferme, mon père se mura dans le silence. Plus stoïque que jamais, ma mère s'agaça de mes larmes. Je décidai de me coucher de bonne heure.

Elle apparut sur le seuil de ma chambre adjacente à la salle de séjour.

— Je suis courageuse, Maman, mentis-je en m'essuyant les yeux.

Elle hésita, puis entra, une main tendue. Dans sa paume calleuse, je vis son alliance, un simple anneau en or que j'avais toujours vu à son annulaire.

— Le moment venu, nous organiserons votre mariage à l'église du bourg et Tomasz te glissera cette bague au doigt. Nous n'avons pas grand-chose à te donner, pour tes noces, mais cet anneau appartenait à ma mère. Ton père et moi l'avons depuis vingt-neuf ans. Dans les bons moments et les moins bons, il nous a accompagnés. Qu'il te porte bonheur. Je tiens à ce que tu l'aies maintenant pour que tu songes à ton avenir.

Sur ces mots, elle tourna les talons et sortit en refermant la porte de ma chambre derrière elle, comme si elle savait que j'allais fondre en larmes. Je rangeai l'alliance dans un tiroir de ma commode, sous mes chaussettes en laine. Chaque soir, avant de m'endormir, je la prenais dans ma paume et j'approchais de ma fenêtre.

J'observais la colline, témoin de tant de silences partagés avec Tomasz. Je serrais l'alliance contre ma poitrine tout en priant la Vierge Marie pour que Tomasz aille bien et, surtout, qu'il me revienne.

3

Alice

DÈS NOTRE ENTRÉE DANS LE SERVICE DE GÉRIATRIE, Eddie me lâche la main pour se précipiter dans la chambre de Babcia, qu'il a repérée.

— Eddie ! lance-t-il en courant. Eddie, chéri, tu veux manger quelque chose ?

Parfois, son écholalie est le pire fléau de mon existence. Babcia ne cesse de proposer à manger à Edison – et à tout le monde, d'ailleurs. Ainsi, chaque fois qu'il la voit, mon fils l'imite. Ce n'est pas grave quand nous sommes seuls, mais quand il prend son accent polonais en public, on a vraiment l'impression qu'il se moque d'elle. L'infirmière qui vérifie la perfusion a l'air fâché. J'ai envie de lui expliquer la situation, mais je suis trop choquée par l'apparence de Babcia. Elle est en position assise, les yeux ouverts, ce qui devrait être un progrès par rapport à son état semi-conscient d'hier soir, sauf qu'elle est manifestement très faible.

— Bonjour, Edison, soupire ma mère, qui se trouve déjà dans la chambre.

Eddie la regarde et marmonne dans sa barbe :

— Arrête de faire ça, Eddie.

Maman se tait mais sa réprobation est palpable, comme toujours lorsque Eddie rappelle à tous que l'expression qu'il lui associe est une réprimande.

— Alice, tu es très en retard, déclare-t-elle.

Je me sens en droit d'ignorer ce mélange de politesse et de reproche qui caractérise sa façon de s'exprimer. Julita Slaski-Davis présente de multiples facettes : marathonienne depuis toujours, juge de tribunal d'instance vénérée, militante en faveur des libertés civiles, écologiste convaincue... À soixante-seize ans, elle n'a pas l'intention de prendre sa retraite de sitôt. Les gens me disent souvent qu'elle est un exemple. Je les comprends, parce que c'est une femme impressionnante. En revanche, elle n'a rien d'une mamie câline. C'est la raison pour laquelle Eddie et moi avons de bien meilleurs rapports avec Babcia.

Je m'installe au chevet de ma grand-mère, à côté d'Eddie, et je prends ses mains dans les miennes. La peau fripée de ses doigts est si froide que j'essaie de les réchauffer.

— Babcia... comment ça va ?

Elle émet un grommellement indistinct et je lis sa détresse dans ses yeux tandis qu'elle cherche mon regard. Maman pousse un soupir impatient.

— Si tu étais arrivée plus tôt, tu saurais que, bien qu'elle soit réveillée, elle n'entend sans doute pas. Ces infirmières n'y connaissent rien, bon sang ! J'attends le médecin pour qu'il m'explique enfin ce qui se passe.

L'infirmière lève les yeux au ciel sans nous regarder, ma mère et moi. Je lui adresserais volontiers une moue de compassion, mais elle est manifestement déterminée à terminer son travail et à quitter la chambre au plus vite. Elle règle une ultime fois la perfusion, puis pose une main sur le bras de ma grand-mère pour capter son attention. Babcia se tourne vers elle.

— Très bien, Hanna, dit gentiment l'infirmière. Je vous laisse avec votre famille. Appelez-moi en cas de besoin, d'accord ?

Dès qu'elle s'en va, Eddie me pousse et essaie de prendre la main de Babcia. Je le laisse faire et, aussitôt, il se calme. Babcia lui sourit. J'ai toujours pensé que ma relation avec ma grand-mère était unique. Durant plusieurs périodes de ma jeunesse, c'est elle qui m'a élevée. Ma mère a donné la priorité à sa carrière. Et pourtant, ce n'est rien par rapport au lien qui l'unit à Eddie. Dans un monde qui ne le comprend pas, il a toujours eu Babcia, qui se moque de le comprendre ou pas. Elle l'aime tel qu'il est.

Je l'observe à présent avec attention, histoire de la jauger, comme si je pouvais d'un regard me rendre compte de la dégradation de son esprit.

— Tu m'entends, Babcia ?

Elle tourne la tête vers moi et fronce les sourcils, en grande concentration. Je vois des larmes dans ses yeux, son unique réaction. Je regarde ma mère, qui se tient bien droite, un peu crispée.

— Je crois qu'elle m'entend, dis-je à ma mère, qui hésite avant de me répondre :

— Eh bien… peut-être qu'elle ne nous reconnaît pas.

— Eddie, intervient Eddie. Eddie chéri, tu veux manger quelque chose ?

Babcia se tourne vers lui et lui adresse un sourire las mais radieux qu'il lui rend aussitôt. Il lâche la main de Babcia, jette sa tablette sur la couverture et entreprend d'escalader la barre de protection du lit.

— Eddie ! lance ma mère, impatiente. Arrête ! Babcia ne va pas bien. Alice, empêche-le de grimper. On n'est pas sur un terrain de jeux.

Babcia tente de se redresser et ouvre les bras en direction d'Eddie. Même ma mère reste sans voix. J'abaisse la barre de sécurité du lit et j'écarte les divers tuyaux pour permettre à mon fils, un garçon robuste, de grimper sur le matelas, à côté de sa frêle arrière-grand-mère. Lentement et avec précaution, elle lui fait une petite place juste à côté d'elle. Il se blottit contre son flanc et ferme les yeux. En s'appuyant sur les oreillers, elle pose la joue sur les cheveux blonds de l'enfant. À son tour, elle ferme les yeux et hume son parfum comme s'il était un nouveau-né.

— En tout cas, elle semble reconnaître Eddie, dis-je doucement.

Ma mère soupire, agacée, et passe une main nerveuse dans ses cheveux grisonnants à la coiffure stricte. Je m'assieds sur une chaise, près du lit, et sors mon téléphone de mon sac. J'ai un nouveau message de Wade.

Ally, je suis vraiment désolé. Réponds-moi pour me dire que tout va bien.

C'est injuste, mais je lui en veux toujours de ne pas avoir voulu m'aider, aujourd'hui. Contrariée, je songe à éteindre le téléphone. Au dernier moment, je me ravise :

Je passe une très mauvaise journée, mais ça va.

Bien plus tard, une femme entre deux âges, en blouse blanche, se présente et nous fait signe de la rejoindre dans le bureau des infirmières. Eddie tient sa toupie à la hauteur de son visage et ne réagit pas du tout lorsque je me détourne. Je le laisse donc tranquille.

— Je suis le Dr Chang, le médecin de Hanna. Je voulais vous donner des nouvelles de son état de santé.

Aujourd'hui, Babcia est stable. Compte tenu de la nature de l'AVC, ses médecins pensent que son cerveau a subi des dégâts et qu'elle en garde des séquelles sur le plan du langage. Elle nous entend mais ne réagit pas aux sollicitations ou aux consignes. Des examens complémentaires sont nécessaires. Derrière nous, j'entends la voix de robot de l'application de communication améliorée et alternative qui déclare : « toupie ».

Je n'accorde pas beaucoup d'attention à Eddie, même si je m'étonne un peu qu'il ait réussi à trouver le nom de son nouveau trésor. Son application de langage visuel recense des milliers d'images qu'il utilise pour nommer les concepts dont il a besoin pour communiquer. Le mot « toupie » ne risque pas d'être parmi les termes les plus courants du menu. Je me laisse aller à quelques instants de fierté maternelle au cœur de ce qui semble être une avalanche de mauvaises nouvelles de la part du Dr Chang : « ... lésions potentiellement définitives... examens, scanners... pathologie qui n'est pas rare et qui risque, hélas, de récidiver. La fin de ses perspectives d'avenir ?... »

J'aime la toupie, déclare Eddie par le biais de son appli. *À toi.*

Je grimace en me tournant à nouveau vers le lit. Eddie montre sa tablette à Babcia. Il s'est redressé et a le dos appuyé à la barre de sécurité. Je ne sais à quoi m'attendre, en réalité, mais je vois ma grand-mère lever lentement une main pour toucher l'écran.

J'aime...

J'interromps le médecin en l'empoignant par le bras. Surprise, elle s'écarte de moi.

— Désolée... regardez.

Le médecin et ma mère se détournent au moment où Babcia appuie sur la touche suivante. Maman retient son souffle.

... aussi... la toupie.

Babcia a visiblement du mal à appuyer sur les touches, mais elle parvient à s'exprimer.

Babcia a mal ? écrit Eddie.

Babcia a peur, tape ma grand-mère.

Eddie a peur, répond-il.

Eddie... va bien, tape-t-elle. *Babcia... va bien.*

Eddie acquiesce et se recouche, la tête sur l'épaule de son arrière-grand-mère.

— Il est autiste ? demande le médecin.

— Trouble du spectre de l'autisme.

Je la corrige, mais peu importe la terminologie, en réalité. Elle compte à mes yeux car mon fils n'est pas qu'une étiquette. Affirmer qu'il est autiste n'est pas exact. L'autisme fait partie de lui. C'est un détail pour quiconque ne vit pas ce trouble au quotidien. Le Dr Chang pose sur moi un regard vague et je me sens rougir.

— Il ne parle pas et utilise une application de CAA – communication améliorée et alternative – pour s'exprimer. Babcia a l'habitude de communiquer ainsi. Cela dit, elle est plus rapide, normalement...

— C'est à cause de sa main, coupe ma mère, en foudroyant le médecin du regard. Je vous ai dit qu'elle avait du mal à mouvoir sa main droite.

— Je m'en souviens et nous étudions la question, déclare le médecin, qui marque une pause avant de reprendre : Dans une telle situation, nous avons tendance à ne pas faire appel à la technologie sur les patients âgés. La plupart ne savent pas par où commencer. C'est une bonne chose. J'en parlerai avec un phoniatre.

— Non, ce n'est pas une bonne chose ! s'emporte ma mère. Ce n'est pas bien que ma mère s'exprime avec une foutue tablette. Il est déjà assez frustrant d'avoir besoin de ce maudit appareil avec Eddie ! Combien de temps cela va-t-il durer ? Comment allez-vous remédier à cet état ?

— Julita, dans ces...

— Juge Slaski-Davis, corrige ma mère.

Avec un soupir, je me tourne vers le lit. Babcia croise mon regard et désigne la tablette d'un signe de tête. Je laisse donc le médecin gérer ce cauchemar qu'est ma mère. Babcia appuie sur la touche « à ton tour ». Je lui prends l'appareil des mains.

Je lui demande : *Tu es blessée ?* Elle saisit la tablette et cherche les images dont elle a besoin pour me répondre :

Babcia va bien. Besoin d'aide.

Elle me tend l'appareil, désireuse de connaître ma réponse, mais j'ignore quoi lui dire ou même comment lui demander des précisions sur ses besoins. Lorsque je lève les yeux de la tablette, l'expression de Babcia passe de la supplique à l'impatience. Elle me fait signe de lui rendre la tablette et je la regarde parcourir les écrans. Elle touche l'image d'une loupe et l'appareil dit « trouve ». Elle continue ses recherches, les lèvres pincées, le front emperlé de sueur et son visage s'empourpre peu à peu. Elle appuie plusieurs fois sur la touche « trouve », puis elle grommelle et me tend la tablette.

Sa frustration est palpable mais que faire ? Ma mère se chamaille toujours avec le médecin et Eddie est recroquevillé à côté de Babcia, à faire tourner sa toupie sur le drap comme s'il s'agissait d'une petite voiture. Je lance une œillade désespérée à ma grand-mère, qui lève les mains d'un air de dire « je ne sais pas, moi non plus ». Pendant un moment, j'observe sur l'écran les icônes favorites d'Eddie. Je lui laisse le temps de voir s'il y a ce qu'elle cherche. Au bout d'une minute, j'ai une autre idée. J'ouvre « nouvelle icône ». Aussitôt, Babcia s'empare de l'appareil avec enthousiasme. Elle trouve l'image d'un jeune homme, puis se met à taper lentement, avec application. C'est difficile et elle doit s'y reprendre à plusieurs fois pour former un mot correctement. Ensuite, elle appuie sur la sauvegarde et me montre fièrement son mot :

Tomasz.

— Comment va-t-elle ? interroge ma mère depuis le seuil.

Je lève les yeux vers elle. Le médecin a disparu.

— Elle est lente mais utilise l'appli. Elle vient de me demander…

En prenant conscience de ce que Babcia veut vraiment, je sens mon cœur se serrer.

— Oh non, Babcia…

Mes mots sont futiles. Si son AVC a laissé des séquelles sur le plan du langage, elle se retrouve dans la même galère qu'Eddie. Pour elle, les mots prononcés n'ont aucun sens, en ce moment. Je croise à nouveau son regard. Elle a les yeux embués de larmes. Je regarde la tablette. Comment dire à ma grand-mère que son mari est mort il y a plus d'un an ? Pa a été un brillant chirurgien pédiatrique jusqu'à soixante-dix ans passés, puis il a enseigné à l'université de Floride à plus de quatre-vingts ans. Dès qu'il a pris sa retraite, la démence s'est installée et, au terme d'un long déclin très triste, il est mort l'an dernier.

— Babcia... il est... euh...

Elle secoue vigoureusement la tête et appuie encore sur l'écran.

Trouve Tomasz.

Elle cherche sur l'écran, puis exprime :

Besoin d'aide.
Urgence.
Trouve Tomasz.

Ensuite, tandis que je cherche désespérément comment gérer cette situation, elle sélectionne une autre série d'icônes. La tablette me lit un message que je ne comprends pas :

Babcia feu Tomasz.

Elle a les mains qui tremblent, la mine renfrognée mais le regard déterminé. Je pose doucement une main sur son bras et je secoue négativement la tête. Hélas, je ne lis dans ses yeux que de la confusion et de la frustration.

Moi aussi, je suis troublée et frustrée, et en colère, aussi, car je trouve terriblement injuste de voir cette femme si fière dans cet état de confusion.

— Babcia…

Elle pousse un soupir d'impatience et repousse ma main. Ma grand-mère a une capacité d'empathie infinie et elle aime sans retenue, mais c'est la personne la plus dure que je connaisse. Elle ne se laisse pas décourager par mon incapacité à communiquer avec elle. Elle consulte à nouveau les pages de l'appli. Soudain, son expression s'illumine. Elle recommence à former une phrase, à grand-peine. Au cours des quelques minutes qui suivent, ma mère va chercher un café et j'observe Babcia qui s'efforce de dompter l'instrument de communication. C'est plus facile maintenant que toutes les icônes utilisées récemment figurent sur la page d'accueil. Elle ne cesse d'appuyer sur les mêmes touches.

Besoin d'aide. Trouve… boîte… à la maison. Veux rentrer à la maison.

Je me saisis de la tablette en retenant un soupir, et je lui réponds :

Babcia à l'hôpital. À la maison plus tard.

C'est le schéma de langage que je dois utiliser avec mon fils. Il est machinal : maintenant, ceci et ensuite autre chose. Je lui explique des séries d'événements car il n'a aucune notion du temps sans les repères que sont les consignes et les horaires. La communication via cette appli est très limitée. Avec Eddie, j'ai l'habitude, car nous n'avons rien connu d'autre. Et c'est bien mieux que rien. Jusqu'à ce qu'il apprenne à lire et à utiliser la tablette, notre existence n'était qu'une suite de crises provoquées par sa frustration intense d'être enfermé à l'intérieur de lui-même, incapable de communiquer.

Le problème, c'est que, avec Babcia, je suis accoutumée à une totale liberté de parole et que je dois soudain me contenter de cette appli qui n'est qu'un pis-aller.

Babcia me reprend la tablette et poursuit ses exigences :

Besoin d'aide.
Trouver Tomasz.
Maison.
Boîte.
Tout de suite.
Aide-moi.
Boîte.
Appareil photo.
Papier.
Babcia feu Tomasz.

Ma mère rentre dans la chambre. Elle me tend un café et se poste au pied du lit.

— De quoi s'agit-il ? me demande-t-elle.

— Aucune idée.

Babcia nous foudroie du regard et réitère ses ordres. Comme nous ne réagissons toujours pas, elle monte le son au maximum et appuie furieusement sur les touches, une méthode apprise de mon fils, qui fait la même chose quand il n'obtient pas ce qu'il veut.

Aide-moi.
Trouve Tomasz.
Boîte.
Appareil photo. Urgence. Tout de suite.
Trouve Tomasz. Tout de suite.
Babcia feu Tomasz.

— Seigneur ! Elle a vraiment oublié que Pa est mort, murmure ma mère.

Maman n'a rien d'une petite chose fragile, mais elle affiche à présent un air meurtri et je décèle même des larmes dans ses yeux. Je secoue lentement la tête. Babcia n'a visiblement pas besoin que je lui rappelle le décès de Pa, donc ce n'est pas le problème.

Trouve Tomasz.
Trouve boîte.
Boîte. Trouve. Tout de suite. Besoin d'aide.

— Je sais ! s'exclame soudain ma mère. Elle a un coffret qui contient des souvenirs. Je ne l'ai pas vu depuis des années, depuis qu'on les a installés à la maison de retraite, quand Pa est tombé malade. Elle se trouve soit au garde-meuble, soit dans son logement. Elle veut peut-être récupérer une photo de Pa. Ce serait logique, non ?

— Ah oui, dis-je, en faisant mine d'être soulagée. Bien joué, Maman.

— Je peux aller voir si je trouve cette fameuse boîte. Tu restes avec ta grand-mère ?

— Oui, ce serait bien.

Sur la tablette, j'appuie sur la photo de ma mère. La tablette dit *Nanna*, comme l'appellent les enfants. Je grimace et j'entreprends de modifier la légende de la photo. Babcia repousse ma main avec impatience. Elle me sourit d'un air de dire : « Je suis esquintée, d'accord, mais pas stupide. » Je suis tellement soulagée par ce sourire que je me penche pour l'embrasser sur le front. J'écris sur l'écran de la tablette :

Nanna trouve boîte tout de suite.

Babcia soupire d'aise et appuie sur la touche *oui*, puis elle pose la main sur mon bras. Si elle est aphasique, pour l'heure, elle m'a servi de guide toute ma vie. J'entends sa voix dans ma tête.

C'est bien, Alice. Merci.

4

Alina

À L'ÉPOQUE, il était difficile d'avoir des nouvelles fraîches. Je n'avais que des bribes d'informations sur les événements qui mèneraient à la guerre. Trzebinia étant proche de la frontière, la région n'était pas hermétique à l'idéologie qui gagnait du terrain chez nos voisins allemands. Cette bête immonde qu'est la haine s'enracinait à travers des actes de violence et autres persécutions contre nos compatriotes juifs. Elle enflait à mesure que les assoiffés de pouvoir la nourrissaient de leur rhétorique et leur propagande.

Avec le recul et la sagesse de mon grand âge, je me rends compte que certains signes alarmants étaient déjà présents. J'entendais parler d'amis juifs volés ou agressés à Trzebinia. Mon père serinait à ses enfants sa vision des relations entre les communautés. « Un Polonais est un Polonais », nous répétait-il. Pour lui, les origines et la religion n'étaient pas pertinents. Il ne s'intéressait qu'au caractère et à l'éthique professionnelle. Hélas, tout le monde n'était pas de cet avis et ces relents antisémites enrageaient mon père d'ordinaire posé.

Un jour de l'été 1939, Papa et moi nous rendîmes en ville. Maman avait préparé une miche de pain aux graines de pavot supplémentaire que j'avais placée dans un panier, avec des œufs, pour Aleksy et Emilia. J'allais déjeuner avec eux une fois par semaine et elle tenait à ce que je leur porte à manger. C'était incongru, car Aleksy était riche et nous étions pauvres, mais elle était traditionaliste et s'étonnait qu'un homme fasse la cuisine pour lui-même et sa fille.

Ce jour-là, nous avions des courses à faire. En attendant mon père, j'allai au cabinet médical, trois rues plus loin, pour remettre le panier de provisions à la secrétaire d'Aleksy.

En me dirigeant vers la boutique où je devais rejoindre mon père, je me mis à rêver de Tomasz. Il était à Varsovie depuis un an et nous nous écrivions régulièrement. Il était rentré pour deux semaines de vacances et ç'avait été un rêve. Je réfléchis à ce que je lui raconterais dans ma prochaine lettre. J'étais tellement perdue dans mes pensées que je sursautai en entendant des éclats de voix. Alarmée, je jetai un coup d'œil à l'intérieur. Mon père se disputait avec Jan Golaszewski, notre voisin, le père de Justyna, la petite amie de Filipe. Celle-ci surgit du magasin. En me voyant, elle m'embrassa.

— Qu'est-ce qui se passe ? lui demandai-je dans un souffle, car je devinais la réponse.

— Mon père rend les Juifs responsables de tous les maux et le tien prend leur défense, soupira Justyna, démoralisée. Toujours la même histoire, mais en pire, à cause de la montée en pression actuelle.

— Quelle montée en pression ?

Justyna me toisa et, face à ma mine perplexe, me prit par le bras pour m'attirer vers elle.

— À la frontière, murmura-t-elle d'un ton de conspiratrice. Tu n'es pas au courant ? C'est pour ça que les gens font des provisions !

— Qu'est-ce que tu racontes ?

Elle m'expliqua à voix basse que Hitler allait s'en prendre à nous et qu'une invasion était imminente.

— Je n'en reviens pas que tes parents ne t'en aient pas informée, chuchota-t-elle.

— Ils me traitent comme une petite chose fragile, grommelai-je en secouant la tête. Ils me protègent de tout ce qui risque de me contrarier.

J'en savais suffisamment sur le régime nazi pour avoir peur, mais les révélations de Justyna me troublèrent davantage. Que pouvait nous vouloir Hitler ? Avant même que je ne puisse lui poser la question, Justyna me suggéra une réponse :

— D'après mon père, ce sont les Juifs. Il prétend que si nous n'avions pas autant de Juifs, dans ce pays, Hitler nous laisserait tranquilles. Tu le connais, Alina. Pour Papa, les Juifs ont tous les torts. Et tu connais ton père, aussi…

— Un Polonais est un Polonais, murmurai-je machinalement, avant de reporter mon attention sur mon amie. Justyna, tu es sûre ? Il va vraiment y avoir la guerre ?

— Oh, ne t'en fais pas, me répondit-elle avec un sourire, tout le monde dit que les nazis n'ont presque pas de munitions et que l'armée polonaise va les écraser. Papa est sûr que tout sera réglé en quelques semaines.

Dès lors, je vis les choses différemment. Je comprenais enfin la frénésie de mes parents et de mes frères et leur volonté étonnante de faire des provisions. Sur le chemin de la ferme, je me rendis compte que les routes étaient plus fréquentées que de coutume, et que cela n'avait rien à voir avec le beau temps. Les gens bougeaient. Tout le monde allait quelque part. Certains se rendaient à Varsovie ou Cracovie, comme si une grande ville pouvait leur procurer un abri. D'autres se préparaient à accueillir de la famille en provenance de Varsovie ou Cracovie, de nombreux citadins ayant décidé de se réfugier à la campagne. Nul ne savait que faire, en réalité. Néanmoins, il n'était pas dans la nature des Polonais de rester les bras croisés en attendant la catastrophe. Les habitants de Trzebinia détalaient comme des fourmis avant l'orage.

— C'est vrai, cette histoire d'invasion ?

— Ne t'en fais pas, grommela mon père. Ta Maman et moi te préviendrons quand il faudra t'inquiéter.

Ce soir-là, j'écrivis une lettre bien différente de celle que j'envisageais au départ. Sur toute une page, j'implorais Tomasz de rentrer.

Ne cherche pas à faire preuve de bravoure, Tomasz. N'attends pas d'être en danger. Viens te mettre à l'abri.

À présent, je me demande comment j'ai pu penser que « la maison » serait un lieu sûr, au vu de la proximité de la frontière. Quoi qu'il en soit, Tomasz n'est pas rentré. En fait, la situation a dégénéré si rapidement que, s'il m'a répondu, je n'ai jamais reçu sa lettre. La vie que j'avais toujours connue changea du jour au lendemain.

Le premier septembre 1939, je fus tirée d'un profond sommeil par le tremblement de la fenêtre de ma chambre. D'abord, je ne compris pas que des avions approchaient, puis j'entendis mon père crier depuis la pièce voisine :

— Réveille-toi ! Allons vite dans la grange !

— Qu'est-ce qui se passe ?

À peine eus-je quitté ma chambre que la première d'une longue série d'explosions retentit au loin. Les vitres tremblèrent de plus belle. Notre petite maison se retrouva plongée dans la pénombre. Dès que Maman ouvrit la porte d'entrée, je vis mes frères accourir au clair de lune. Hélas, mes jambes refusaient de bouger. J'étais encore à moitié endormie, sans doute, ou bien je me croyais en plein cauchemar. Filipe traversa la salle de séjour pour me prendre par la main.

— Qu'est-ce qui se passe ? répétai-je tandis qu'il m'entraînait vers la grange.

— Les avions nazis larguent des bombes sur nous. Nous sommes prêts et nous avons un plan, Alina. Obéis à ton père et tout ira bien.

Il me poussa dans la grange avec Stanislaw, Papa et Maman. Papa referma vite la lourde porte. Dans le noir, je sentis l'angoisse monter en moi. Les gonds de la trappe grincèrent.

— Oh non, pas dans la cave ! protestai-je. Je t'en prie, Maman !

Filipe posa les mains sur mes épaules et me poussa vers la trappe, puis Maman m'attrapa par le poignet pour me tirer vers le bas. En sentant ses doigts crispés sur ma peau, je voulus me dégager de son emprise et reculer.

— Non ! Maman ! Filipe ! Vous savez bien que je ne peux pas descendre…

— Alina, répondit Filipe, qu'est-ce qui te fait le plus peur ? Te retrouver dans le noir ou recevoir une bombe sur la tête ?

Je me laissai donc entraîner dans une obscurité oppressante. En m'enfonçant dans cet espace exigu, j'eus l'impression d'entendre les battements effrénés de mon cœur. Je rampai sur la terre battue pour trouver un coin où me recroqueviller. Lorsque la deuxième salve d'explosions démarra, je ne pus m'empêcher de hurler. Je me mis en position fœtale, les mains sur les oreilles. Une explosion particulièrement violente secoua la cave et une pluie de débris s'abattit sur nous. Je pleurais de terreur.

— C'était notre maison ? sanglotai-je lors d'un instant de répit.

— Non, assura Papa d'un ton autoritaire. Si la maison est touchée, nous le saurons. C'est Trzebinia qui est visé. Ils veulent sans doute détruire la ligne de chemin de fer et les bâtiments industriels. Ils n'ont aucune raison de raser les habitations. Nous resterons cachés ici jusqu'à ce que cela s'arrête, par précaution.

Filipe et Stanislaw m'entourèrent, puis le silence s'installa. Alors que nous attendions l'explosion suivante, ce fut un son bien plus agréable qui nous parvint.

— Il y a quelqu'un ? lança une voix distante et étouffée. Maman ? Papa ?

Avec un cri de joie, Maman ouvrit la trappe et monta pour aider ma sœur Truda et son mari Mateusz à nous rejoindre. À mon grand soulagement, Papa alluma une lampe à pétrole. Quand tout le monde se trouva réuni en bas, Maman embrassa Truda avec effusion.

— Qu'est-ce qu'on fait, maintenant ? soufflai-je.

Les autres se tournèrent vers moi.

— On attend, murmura Maman. Et on prie.

Durant la majeure partie de cette première journée, nous sommes restés blottis les uns contre les autres dans cette cave. Les avions allaient et venaient, encore et encore. Plus tard, nous avons appris que plusieurs centaines de bombes avaient été larguées sur la région au cours de ces heures interminables. Les bombardements étaient sporadiques, imprévisibles et violents. Depuis ma cachette, j'avais l'impression que c'était la fin du monde.

La plupart des gens n'ont aucune idée de ce que l'on ressent dans un tel état de terreur. Dans cette obscurité oppressante, j'avais eu des sueurs froides durant des heures. J'étais certaine que, à tout moment, une bombe allait nous tomber dessus, que la cave pouvait se refermer sur nous et qu'un homme armé surgirait pour m'ôter la vie. En temps normal, je n'étais pas à l'aise dans les lieux confinés, mais j'ignorais que l'on pouvait avoir aussi peur. Dans ma tête, j'ai imaginé ma mort. Une telle angoisse ne répond pas aux lois habituelles de l'émotion. Elle ne se fatigue jamais, ne s'atténue jamais et on ne s'y habitue pas. Au bout de huit heures de bombardements, j'étais aussi pétrifiée qu'au début. J'en étais arrivée à me persuader que seule la mort pouvait mettre fin à cette torture.

En début d'après-midi survint une longue interruption. D'abord, nul n'osa se réjouir car nous avions connu d'autres moments de répit qui n'avaient guère duré. Cette fois, au bout de longues minutes, le bruit des avions s'éloigna pour faire place à un silence bienfaisant.

Filipe brûlait d'envie de courir prendre des nouvelles de Justyna et de sa famille, qui ne vivaient qu'à une centaine de mètres de chez nous. Il nous promit de se cacher à l'orée du bois et de revenir moins d'une demi-heure plus tard. Mes parents finirent par céder de mauvaise grâce. Naturellement, Stanislaw voulut y aller aussi.

Les autres montèrent se poster à l'entrée de la grange, histoire de respirer un peu d'air frais. Le ciel étant encore dégagé, nous y restâmes jusqu'au retour des jumeaux. Papa et Mateusz étaient assis sur le seuil, avec Maman, Truda et moi juste derrière eux. Si Truda et Maman bavardaient tranquillement, j'étais silencieuse. J'avais la gorge trop nouée pour parler de tout et de rien.

Mes frères ne s'absentèrent pas plus d'une demi-heure. À leur retour, ils étaient visiblement choqués. Je crus d'abord qu'ils avaient découvert le pire. Ils s'assirent de part et d'autre de Mateusz et Papa. Les nouvelles étaient rassurantes : la famille Golaszewski était saine et sauve. Ils n'étaient pas blessés et Jan avait même profité de la dernière trêve pour se rendre à Trzebinia. En revanche, des habitants erraient dans les rues, en larmes car ils avaient perdu des proches, certains enfants étaient blessés si grièvement que Filipe refusait de nous répéter les détails, des dizaines de maisons avaient été rasées.

Dans la cave, j'étais tellement angoissée que ma propre sécurité monopolisait mes pensées. L'expérience de Jan fit monter en moi une nouvelle peur, pour Aleksy et Emilia. Le cabinet médical était proche de la place centrale, un quartier densément peuplé. S'ils étaient morts, Tomasz n'aurait plus de famille.

— Aleksy..., soufflai-je d'une voix rauque.

Tous les regards se tournèrent vers moi.

— Aleksy et Emilia vont bien, c'est certain. Il ne peut en être autrement.

— Si Aleksy va bien, il doit être en train de soigner les blessés, murmura Maman.

Je l'imaginais caché durant les bombardements, mais en train d'aider les autres ensuite. Dans ce cas, qui allait réconforter et protéger Emilia ? Elle avait sept ans et, en l'absence de Tomasz, elle n'avait que son père. Et s'il était occupé ou blessé...

— Il faut aller chercher Emilia ! lançai-je.

— Comment ? soupira Filipe avec impatience. Qui sait quand les avions vont revenir ?

— Si Aleksy est accaparé par les blessés, qui veillera sur elle ? Elle est peut-être toute seule ! S'il te plaît, Papa ! Maman, je t'en prie ! Il faut faire quelque chose !

— Il n'y a rien que nous puissions faire, Alina, dit doucement mon père. Je regrette. Ce qui doit arriver arrivera.

— Nous allons prier, annonça ma mère. C'est tout ce que nous pouvons faire.

— Non ! Tu dois aller la chercher, Papa ! Il le faut ! Elle est si petite et seule au monde. Elle fait partie de ma famille, aussi. Je t'en supplie !

— Alina ! soupira Truda. Tu demandes l'impossible. Il est bien trop dangereux d'aller en ville.

J'étais incapable de me résigner, pas même lorsque les exhortations au silence de mes parents sont devenues fermes. À bout d'arguments, je fondis en larmes en menaçant d'y aller moi-même. Filipe se leva et ôta la poussière de son pantalon.

— Ne sois pas stupide, Filipe ! grommela ma mère. Tu as déjà tenté le diable une fois...

— Alina a raison, Maman. Nous serons pires que les nazis si nous laissons cette petite fille se débrouiller seule pendant que son père s'efforce de sauver des vies.

— Encore faut-il qu'elle soit vivante, Filipe. Tu risques d'arriver en ville pour découvrir qu'ils sont déjà partis, maugréa mon père.

— Papa ! Ne dis pas ça ! soufflai-je.

— J'y vais aussi, soupira Stani.

— Je crois que je devrais les accompagner, renchérit Mateusz.

Ce fut au tour de Truda de s'insurger, jusqu'à ce qu'il ajoute :

— J'irai jeter un coup d'œil à notre maison sur le chemin du cabinet médical. Les garçons et moi nous dépêcherons et nous serons très prudents. Si nous entendons des avions, nous reviendrons immédiatement. Comme vous le savez, nous n'avons pas mis plus de dix minutes pour venir, hier.

Maman se mit à jurer comme un charretier.

— Vous allez me tuer, les garçons ! Vous voulez que mon cœur cesse de battre ?

— Maman, nous agissons d'après les valeurs que tu nous as transmises, affirma Filipe. Nous voulons faire ce qu'il faut.

— Et si le bombardement reprend ?

— Faustina, coupa Mateusz d'un ton plus ferme, tu as entendu les explosions, toi aussi. Ils frappent même à l'ouest, où il n'y a pourtant que des fermes. Les avions ne visent pas uniquement la ville. Nous ne sommes pas plus en sécurité ici que là-bas.

Forts de cet argument implacable, ils partirent peu de temps après. Mon père leur avait conseillé de gravir la colline en courant et de se cacher dans les bois pendant quelques minutes pour s'assurer qu'il n'y avait pas d'avions à l'horizon avant de gagner la clairière, en contrebas. Dès leur départ, ma sœur et mes parents m'ont foudroyée du regard. Je me suis sentie rougir.

Soudain, un peu tard, je compris que j'avais persuadé mes propres frères et mon beau-frère de risquer leur vie uniquement dans l'espoir d'épargner du chagrin à Tomasz. Mais j'aimais tendrement Emilia et Aleksy et j'avais sincèrement peur pour eux. Je ne regrettais rien. J'étais simplement terrorisée à l'idée que ma manipulation ait des conséquences fatales. Je tenais à m'expliquer auprès du reste de ma famille.

— Je...

— Tu ferais mieux de te taire jusqu'à leur retour, coupa Truda d'un ton sec. Reste assise, Alina, et consacre ton énergie à prier pour ne pas avoir tué nos frères et mon mari.

C'est ce que je fis. Lors de la première sortie de mes frères, les minutes s'étaient écoulées lentement. Cette fois, la torture montait d'un cran. Finalement, un son différent vint rompre le silence : les pleurs d'un enfant. Nous nous sommes tous précipités dehors pour trouver les jumeaux marchant côte à côte, suivis de Mateusz qui portait Emilia dans ses bras. L'enfant semblait inconsolable.

— *Babisu* ! s'écria ma sœur en courant vers son mari.

Celui-ci confia Emilia à Truda, qui tendit les bras et entreprit de consoler la fillette.

— Allons, allons… tout va bien, mon petit. Tout va s'arranger…

À l'abri dans la grange, ma mère rejoignit Truda et caressa la joue d'Emilia, puis elle chercha mon regard. Je vis qu'elle était triste et pensive.

Les sanglots d'Emilia détournèrent mon attention de ma mère. Lorsque je regardai mes frères, Filipe s'empressa de secouer la tête.

— Aleksy est sain et sauf. Le cabinet médical a tenu le coup, à part quelques vitres brisées.

— Mais il y a des blessés chez Aleksy… et pire encore… dans la rue, les gens font la queue pour obtenir de l'aide.

Mateusz s'approcha de moi pour me parler à voix basse, avec précaution :

— Emilia a vu une camarade d'école blessée et s'est enfuie. Elle s'est cachée dans un placard. D'après Aleksy, les blessés affluent chez lui depuis le début des bombardements. Il n'avait pas le temps de la réconforter. Il était soulagé de nous voir et très reconnaissant. Il voudrait que l'on s'occupe d'elle jusqu'à ce que les choses se calment. Pendant plusieurs jours, peut-être.

— Naturellement, murmura ma mère.

Elle étreignit Emilia pendant un moment, avant de me la remettre. Truda et Mateusz s'embrassèrent et ma mère se mit à dévorer mes frères de baisers.

— Vous êtes très courageux ! Trop, sans doute.

Emilia enroula les bras autour de mon cou et posa son visage inondé de larmes sur mon épaule. Elle tremblait de tout son corps et hoquetait entre deux sanglots.

— Il y avait tant de bruit, Alina… une bombe est tombée sur la boutique de M. Erikson. La maison s'est mise à trembler et les fenêtres se sont brisées…

— Je sais.

— Ma copine Maja dormait et sa Maman criait. Papa n'a pas réussi à la réveiller et je ne comprends pas pourquoi elle avait du sang sur tout le visage. Pourquoi il y avait autant de sang ?

— Allons, tais-toi, maintenant, murmura Maman.

Visiblement inquiète, Truda ne quittait pas l'enfant des yeux. Elle me fit doucement asseoir et se blottit contre moi. Emilia était sur mes genoux. Tandis que je lui caressais le dos, Truda se mit à chantonner. Maman s'installa en face de nous et dit doucement :

— Repose-toi, petite. Tu es en sécurité, à présent.

— Et Tomasz ? hoqueta-t-elle d'une voix faible. Il est tout seul à Varsovie. Qu'est-ce qu'il va devenir ?

Nul ne dit mot. Crispée, je m'empressai de la réconforter… surtout pour me rassurer moi-même, en réalité.

— Varsovie, c'est très loin, affirmai-je. Les avions ne peuvent sans doute pas aller jusque-là. Mieux vaut qu'il ne soit pas là, Emilia. Il est plus à l'abri là où il est.

Pendant plusieurs jours, nous nous relayâmes autour du poste de radio pour écouter les informations. Papa possédait des écouteurs bricolés quelques années plus tôt par les jumeaux, de sorte qu'une seule personne pouvait écouter la radio à la fois. J'attendais mon tour avec impatience, mais je le regrettais vite, car les nouvelles n'étaient jamais bonnes. Des villes entières avaient été détruites. J'entendis des histoires poignantes de fermiers abattus dans leurs champs par des tirs de mitrailleuse des aviateurs. Une bombe était tombée sur un vieillard qui récoltait ses légumes dans son potager. Tout cela en disait long sur la puissance des envahisseurs. Nous n'étions que de pauvres paysans sans défense contre les explosifs largués par des machines de guerre volantes pilotées par des ennemis haineux.

Quelques jours à peine après les bombardements, des troupes nazies apparurent dans notre secteur. Elles n'avaient eu aucun mal à vaincre nos défenses armées. Dès lors, les bombardements cessèrent mais des avions passaient au-dessus de nos têtes sans revenir en arrière. D'une certaine façon, c'était encore pire. Puis des camions commencèrent à traverser Trzebinia dans un grondement de moteurs. S'ils ne s'arrêtaient pas encore, leur seule présence nous indiquait que, dans un proche avenir, ce qui avait échappé aux bombardements serait détruit. Les hommes de la famille retournèrent en ville. À leur retour, ils faisaient grise mine.

— Il y a des affiches placardées un peu partout, murmura mon père.

— Demain, à midi, il y a une réunion municipale. Nous devons tous y assister, déclara Mateusz à Truda. Nous devons rentrer chez nous ce soir, mon amour, pour protéger la maison.

— La protéger des nazis ? rétorqua-t-elle, incrédule. Avec quoi ? À mains nues ?

— Truda, un logement inhabité est vulnérable. Les nazis ont envahi le pays. Tu crois que notre colline suffira à les contenir ? Maintenant que les bombardements ont cessé, nous ne sommes pas plus en danger là-bas qu'ici.

— Tu as vu mon Papa ? demanda Emilia d'une petite voix.

Elle dépérissait malgré les soins attentifs de ma sœur, ma mère et moi-même. Mateusz et mon père secouèrent la tête.

— Il s'occupe encore des blessés, mais il va bien, intervint ma mère. Alina, distrais donc cette petite. Les adultes ont à parler.

Dans ma chambre, je lui fis chanter les comptines qu'elle aimait tant tout en essayant de capter des bribes de la conversation qui se déroulait dans la pièce voisine.

— Tout va bien, hein, Alina ? me demanda soudain Emilia, ses grands yeux verts écarquillés d'effroi, le visage blême.

Je dus me forcer à sourire.

— Bien sûr, petite sœur. Tout va s'arranger, tu verras.

Au terme d'une nuit sans sommeil, nous partîmes à pied vers la place centrale de la ville en empruntant la route au lieu de couper à travers bois et de franchir la colline. Si le trajet était plus long, nous n'étions guère impatients d'arriver à destination.

Une foule était déjà rassemblée dans un silence de mort. Je me faufilai entre mes parents, comme pour me protéger de la gravité de la situation. Stanislaw rejoignit Irene, la jeune fille qu'il courtisait, et Filipe partit en quête de Justyna. Truda et Mateusz étaient présents mais, de façon surprenante, ils avaient décidé de se tenir au côté de la femme du maire et ses enfants. Je parcourus l'assemblée du regard, en quête des trois couples avec un mélange de jalousie et d'inquiétude. Si seulement Tomasz avait été là ! S'il m'avait pris par la main, cette expérience aurait été moins terrifiante. Je me contentai de prendre la main d'Emilia en cherchant Aleksy des yeux. Il était aussi grand que Tomasz. Je finirais par le repérer tôt ou tard et je le désignerais à Emilia pour la réconforter.

Je me trouvais dans un cadre familier, par une journée ensoleillée qui aurait dû être superbe, sauf que rien n'était beau, désormais. Plus rien n'était pareil. Des inconnus s'étaient infiltrés parmi nous et semblaient avoir pris le pouvoir. Avec leur uniforme impeccable, leur brassard rouge et la croix gammée qu'ils arboraient fièrement, ils ressemblaient à des statues. L'uniforme nazi les dépouillait de toute humanité, les vidait de leur personnalité pour faire d'eux une force unie et solidaire, tel un mur qui empiétait peu à peu notre espace. Ceux-là n'étaient même plus des hommes, mais les rouages d'une machine venue nous détruire.

Le commandant ne cessait de hurler en allemand. La tonalité de sa voix, son dédain, son agressivité, son autorité me serraient le cœur comme un étau. C'était insupportable de ne pas comprendre ses propos. Pourquoi n'avait-il pas la courtoisie de s'exprimer dans notre langue ? Je finis par me tourner vers ma mère :

— Qu'est-ce qu'il raconte ?

Pour toute réponse, elle m'ordonna de me taire. Sa peur ne m'échappa pas. En suivant son regard vers un coin de la place, je vis des soldats pousser deux prisonniers aux mains liées dans le dos vers le centre de l'assemblée. Je reçus un choc : il s'agissait de notre maire, précédé par Aleksy, qui scrutait la foule sans exprimer la moindre peur.

Avec le recul, je pense qu'un homme aussi brillant qu'Aleksy avait deviné le sort qui l'attendait. Et pourtant, il gardait la tête haute. Dès qu'il repéra Emilia, il lui sourit pour la rassurer. Je plaçai l'enfant devant moi. Elle était tendue et aussi troublée que moi. Pourquoi Aleksy avait-il des ennuis ? Il n'avait jamais fait de mal à personne. Aleksy me sourit également, puis il m'adressa un signe de tête. Il semblait si calme, presque serein, que j'ai cru, l'espace d'un instant furtif, que tout allait s'arranger. Aleksy était le plus sage d'entre nous. S'il n'était pas inquiet, pourquoi le serais-je ?

Soudain, le commandant l'empoigna et le projeta violemment à terre. Étant ligoté, il s'écroula face contre les pavés. Sans lui laisser le temps de se ressaisir, un autre soldat l'attrapa par les cheveux et le mit à genoux. Aleksy ne put réprimer un cri de douleur. J'eus toutes les peines du monde à ne pas protester.

Je sentis ma mère me prendre par le bras.

— Couvre-lui les yeux, m'ordonna-t-elle en désignant Emilia.

— Mais pourquoi… ?

Au moment d'aveugler l'enfant, j'entendis le cliquetis familier d'un fusil que l'on arme.

La mort d'Aleksy fut trop rapide pour être réelle, un coup de feu dans la nuque et il disparut. Une vie aussi précieuse ne pouvait s'arrêter comme ça, sans dignité, sans raison, sans honneur. Les soldats jetèrent le cadavre de côté comme s'il n'était rien. Ensuite, ils abattirent le maire de la même façon. J'en eus le tournis. Je ne parvenais pas à assimiler la réalité de la scène qui se déroulait sous mes yeux.

Aleksy Slaski était un homme bien, c'était une figure majeure de notre ville. Hélas, son intelligence, ses compétences, son autorité naturelle étaient précisément ce qui avait fait de lui une cible. Il n'est pas si difficile de déstabiliser un groupe. Il suffit d'abattre les fondations d'un édifice pour qu'il s'écroule. Les nazis le savaient. C'est pourquoi l'une de leurs premières tactiques en Pologne fut d'exécuter ou d'emprisonner ceux qui risquaient de leur résister. Aleksy et notre maire furent parmi les quelque cent mille dirigeants et érudits polonais à être exécutés selon le programme d'*Intelligenzaktion* durant les débuts de l'Occupation.

Emilia émergea trop vite de sa torpeur et se mit à hurler à pleins poumons. Un soldat pointa aussitôt son arme sur elle. Je fis alors la chose la plus courageuse et la plus stupide de ma vie, du moins à l'époque : je me plaçai devant elle pour implorer le soldat :

— Je vous en prie, monsieur, ma sœur est angoissée. Je vous en prie ! Je vais la réconforter.

Sans attendre sa réponse, je fis volte-face, m'attendant à tout instant à ressentir la douleur d'une balle dans mon dos. Plantant mon regard dans celui d'Emilia, je plaquai une main sur la bouche de la fillette. Les yeux écarquillés d'effroi et de chagrin, elle avait du mal à respirer. Les larmes ruisselaient sur ses joues. En comprenant que je n'allais pas être abattue et qu'Emilia se calmait, je me penchai vers elle pour murmurer :

— Essaie de te taire, petite sœur. C'est très important...

Elle hocha la tête presque imperceptiblement, de sorte que je n'y crus pas vraiment. Lorsque j'ôtai la main de sa bouche, elle inspira profondément mais ne cria pas. La foule commença à se disperser. Pétrifiée, Emilia fixait la dépouille de son père, qui gisait sur les pavés, à l'autre extrémité de la place. Je la pris par les épaules pour la tourner vers mes parents.

— On ne peut pas la prendre, pas définitivement, me souffla ma mère avec vigueur. On est trop vieux et trop pauvres. Toi, tu es trop jeune et toute seule. L'Occupation sera rude et on ne sait pas comment…

Sa voix se brisa. Elle observa Emilia, puis revint à moi, bouleversée.

— Je regrette, Alina, dit-elle d'une voix dure. Tu vas devoir trouver quelqu'un d'autre.

— Je sais, répondis-je, le cœur gros.

— Ensuite, rentre à la maison. Ce n'est pas le moment de traîner en ville, tu m'entends ?

Je n'en revenais pas qu'ils me laissent m'en charger après la scène qui venait de se dérouler sous nos yeux.

— Maman, protestai-je, Papa et toi n'allez pas rester pour aider…

— Nous avons du travail à la ferme. Nous ne pouvons pas attendre, répliqua-t-elle.

Je n'osai pas insister car elle était déterminée. Mes frères étaient déjà partis avec leurs petites amies respectives. Maman s'éloigna, traînant mon père dans son sillage, contre son gré.

En observant la foule qui se dispersait, je ressentis pour la première fois le besoin de placer le bien-être d'une autre personne au-dessus de mon propre instinct de survie. En dépit de mon envie de fondre en larmes ou de me lancer à la poursuite de mes parents comme une enfant apeurée, je pris Emilia par les épaules pour l'emmener.

— Alina…, fit-elle, quand nous nous fûmes éloignées de la place.

— Oui, petite sœur ?

— Mon Papa…, balbutia-t-elle, les lèvres tremblantes, mon Papa est parti. Le soldat a posé son arme sur sa tête et…

— Ton Papa est parti mais toi, ma chérie, tu es encore là. N'aie pas peur, Emilia. Je vais trouver un moyen de te mettre à l'abri jusqu'au retour de Tomasz.

5

Alina

SI MA MÈRE REFUSAIT DE RECUEILLIR LA FILLETTE, il ne me restait qu'une seule solution. En ville, d'autres familles étaient susceptibles de l'héberger mais, selon moi, elles ne lui auraient pas procuré l'attention qu'elle méritait.

Truda ressemblait beaucoup à Maman. Elle était un peu abrupte, parfois. Mateusz, en revanche, était doux et jovial. Il avait hérité de l'usine de textile de son père, ce qui lui permettait d'offrir à ma sœur une vie confortable. Ils habitaient une grande maison, dans la rue la plus huppée de la ville. Ils avaient même l'éclairage électrique. Je les enviais parfois parce que nous devions nous contenter de lampes à pétrole, à la ferme. Truda et Mateusz voulaient fonder une famille. Hélas, après plusieurs années de mariage, ils n'avaient toujours pas d'enfants.

Ils avaient les moyens d'offrir un foyer à Emilia, une famille, or je n'osais pas le leur demander. Truda avait huit ans de plus que moi et nous n'étions pas très proches.

J'avais beau me creuser la tête, je ne voyais pas d'alternative. Tenant une Emilia en pleurs par la main, je parcourus donc les quelques centaines de mètres qui nous séparaient de chez Truda. L'étroite rue pavée était magnifique, bordée de châtaigniers et de villas aux jardins fleuris. Devant la plupart d'entre elles était garée une automobile. Je n'en voyais pas souvent, à l'époque. Cette rue pourtant étroite avait été la première à bénéficier de l'électricité pour ses vastes demeures, mais elle n'avait rien d'oppressant car elle s'ouvrait sur un immense parc. En son centre trônait un étang peuplé de canards. En été, les enfants s'y amusaient.

Je pensais que ma sœur rentrerait sans tarder mais, à mesure que le temps passait, je me dis qu'elle était peut-être partie chez mes parents. Assises sur les marches du perron, Emilia et moi regardions une file de personnes entrer dans une maison, sur le trottoir d'en face. Je me rappelai soudain que, si Truda et Mateusz se trouvaient en compagnie de l'épouse du maire, sur la place, c'était parce qu'ils étaient voisins. Ma sœur réconfortait sans doute la veuve et ses nombreux enfants. N'osant pas m'imposer, j'étais obligée de patienter en compagnie d'Emilia, qui pleurait à chaudes larmes et tremblait si fort que je devais la serrer contre moi.

— Courage, Emilia…

C'était ce que Maman ou Truda auraient déclaré. Pour ma part, je me trouvais un peu sévère. Au bout d'un moment, je ne dis plus rien et pleurai avec elle. Les manches de ma robe furent vite inondées de nos larmes.

Enfin, Truda apparut sur le trottoir. Elle s'arrêta net face au spectacle qui s'offrait à elle. Je pris mon courage à deux mains pour lui débiter le discours que j'avais préparé mentalement, mais elle se remit en marche vers la maison, la tête haute, le regard déterminé. L'espace d'un instant, je crus qu'elle allait nous chasser, surtout quand elle nous contourna pour ouvrir sa porte d'entrée.

— Allez, entre, petite, dit-elle sur le seuil. On va préparer ton lit.

— Vous allez la prendre ? soufflai-je.

— Bien sûr qu'on va la prendre, répondit-elle un peu sèchement. Emilia sera notre fille, désormais. N'est-ce pas, Mateusz ?

Il se contenta de soulever la fillette de terre, comme il l'avait fait lorsqu'il l'avait secourue, deux jours plus tôt. Il la portait comme si elle était un bébé et elle se blottit contre lui.

— Tu veux que je te raccompagne chez toi, Alina ? me proposa-t-il. Dans ce cas, il faudra attendre que nous ayons installé Emilia. Si tu préfères t'en aller tout de suite, tu seras rentrée avant la nuit.

Emilia avait le visage enfoui dans le creux de son épaule et les bras enroulés autour de son cou. Soudain, j'avais l'impression d'être de trop dans les premiers moments de cette nouvelle famille que j'avais contribué à créer. Secouant la tête, je me tournai vers ma sœur.

— Merci…

J'étais tellement submergée de gratitude et de soulagement que je ne pus réprimer un sanglot.

— Merci…

Naturellement, ces marques d'émotion de ma part embarrassèrent Truda, qui balaya mes remerciements d'un revers de la main, tout en regardant avec adoration Emilia dans les bras de son mari.

— Rentre à la maison, me souffla-t-elle. Et sois prudente, je t'en prie, Alina. Je ne veux plus te voir traîner en ville toute seule. Ce n'est désormais plus un lieu sûr.

Je courus jusque chez moi, à travers bois. À mon arrivée, la nuit tombait. J'étais épuisée. Mes frères rentraient les bêtes dans la grange. Dès que je franchis la barrière, ils se tournèrent vers moi. Filipe avait les yeux rougis, comme s'il avait pleuré tout l'après-midi.

À l'intérieur, je trouvai mes parents debout près de la table, les mains glissées en dessous comme s'ils l'avaient déplacée. Cela n'avait pas de sens. D'aussi loin que je me souvienne, nos meubles n'avaient jamais bougé. Je m'efforçai de me ressaisir au terme de cette journée surréaliste.

— Qu'est-ce que vous faites ?

— Cela ne te regarde pas, me répondit ma mère en me foudroyant du regard. Où as-tu emmené la petite ?

En dépit de son ton implacable, je lisais de la sollicitude dans son expression.

— Chez Truda.

Satisfaite, elle hocha la tête et s'éloigna de la table pour se diriger vers le fourneau. Une marmite de soupe mijotait.

— J'aurais dû te dire de le faire… j'étais trop affolée… je n'ai pas réfléchi. C'est bien, ma fille.

— Qu'a déclaré le commandant ?

Aussitôt, elle se renfrogna de plus belle. Toute douceur s'était envolée.

— Il n'est pas commandant, rétorqua-t-elle. Ne parle pas de ces monstres comme s'ils étaient des êtres humains, tu m'entends ! Ne leur donne pas la puissance ou le prestige de leurs titres. Ces porcs sont des envahisseurs, rien de plus.

— Qu'a dit… l'envahisseur ? repris-je d'une petite voix.

Ma mère évitait mon regard.

— Tu vas manger de la soupe. Il faut garder des forces. Les prochains mois seront difficiles en attendant que nous trouvions un moyen de les battre.

— Maman ! implorai-je. J'ai besoin de savoir.

— Ce que tu as vu aujourd'hui est tout ce que tu as besoin de savoir, intervint mon père, tendu. Ils n'ont pas dit grand-chose, à part des menaces, des mises en garde. Ils vont nous prendre nos récoltes. Ils ont l'intention de réquisitionner les fermes pour des colons allemands. Ta mère et moi nous y attendions. Nous sommes un peuple fort. Nous surmonterons cette épreuve en espérant que tout se passe au mieux.

— Ils vont prendre la ferme ?

— Ils ont des projets très ambitieux et compliqués. Ces changements ne se feront pas du jour au lendemain. Tant que la ferme demeure productive, nous serons peut-être épargnés.

— Qu'est-ce qu'on deviendra quand ils prendront la ferme ? m'étouffai-je.

Agacée, Maman désigna la table.

— Ça suffit, Alina ! On ne peut être sûr de rien, de nos jours. On n'a plus qu'à faire profil bas.

Je n'avais pas envie de manger de la soupe ou de boire le thé que Maman m'avait préparé. Et je voulais encore moins avaler la vodka que Papa me servit. Il dut me forcer. Ce que je voulais, c'était me sentir à nouveau en sécurité. Le pays était envahi et Aleksy avait été tué de sang-froid, sous mes yeux. Chaque fois que je fermais les paupières, je revoyais la scène, encore et encore.

Cette nuit-là, allongée dans mon lit, je regardai par la fenêtre. Derrière les gros nuages amoncelés au-dessus de la ferme, je voyais l'arrondi de la lune se profiler. J'avais bu de la vodka contre mon gré mais, une fois la brûlure de l'alcool passée, je flottai dans une douce torpeur. Je ne tremblais plus. Mon esprit vagabonda vers Tomasz. Comment serait-il informé du destin d'Aleksy ? Y avait-il encore du courrier ? Pouvais-je lui écrire ? *Devais*-je lui écrire ?

Soudain, dans mon esprit embrumé germa la plus effroyable pensée, qui peu à peu prit le pas sur toutes les autres.

Tomasz faisait ses études de médecine à Varsovie pour suivre les traces de son père.

Aleksy venait de mourir à cause du métier qu'il exerçait.

Et si Tomasz était mort, lui aussi ?

Mon cœur s'emballa et mes tremblements reprirent de plus belle. J'ouvris le tiroir de ma table de chevet pour chercher mon anneau. Je le serrai si fort dans ma paume qu'il laissa une empreinte sur ma peau. C'était exactement ce que je voulais.

J'avais besoin que mes espoirs, mes rêves, fassent partie intégrante de mon corps, qu'ils soient tangibles, pour ne pas les perdre ou me les faire prendre.

*

Après les violences répétées de ces premiers jours d'occupation, les nazis concentrèrent leur attention sur les Juifs, qui constituaient une communauté grandissante, à Trzebinia. Au fil des mois, les Juifs endurèrent l'essentiel des exactions. On parlait de brutalités et de pillages à leur encontre, à la fois de la part des nazis et, au grand effroi de mon père, de bandes d'autochtones opportunistes qui sévissaient sans vergogne. Leur objectif était, au moins en partie, de témoigner leur soutien aux forces d'occupation.

Ayant appris que Jan Golaszewski faisait partie d'un de ces groupes de pillards, Papa ne voulut plus que Filipe et moi fréquentions Justyna. Je n'osais pas lui désobéir, mais Filipe se mit à faire le mur, le soir, pour la rejoindre dans les champs. Les nazis avaient instauré un couvre-feu et il était interdit de sortir à la nuit tombée. Face à l'entêtement de Filipe à poursuivre ses escapades nocturnes, notre père dut s'incliner.

— Justyna peut venir ici durant la journée et tu pourras la voir à la limite de nos fermes. Si son père est ce qu'il est, elle n'en est pas responsable. En revanche, je refuse que mes enfants entrent chez cette ordure.

À Trzebinia, la situation se dégradait. Les entreprises des Juifs, puis leurs habitations, leur furent confisquées. Des familles entières furent ensuite déplacées vers une « zone juive » où les envahisseurs les faisaient travailler. Il y avait des restrictions sur les voyages et les mariages. Des rumeurs se mirent à circuler sur des amis ayant été fusillés, parfois pour avoir tenté de fuir, souvent sans raison. L'oppression s'installait par vagues de plus en plus puissantes qui repoussaient les limites de la « normalité » pour des Juifs abasourdis, et les témoins, dont nous faisions partie.

Ma famille, qui était catholique, avait toujours vécu en harmonie avec les Juifs de Trzebinia. Nous étions allés à l'école ensemble, nous leur vendions nos récoltes et nous achetions les marchandises de leurs commerces. Ainsi, tandis que l'étau se resserrait autour de notre communauté juive, nous fûmes tous affectés de différentes façons. Mes parents maudissaient les envahisseurs mais ils réagissaient violemment quand quelqu'un suggérait que nous n'étions que des spectateurs impuissants de la tragédie qui se déroulait sous nos yeux. Ils affirmaient que, si nous ne nous faisions pas remarquer, nous serions en sécurité. Hélas, à dix-huit ans, Stanislaw et Filipe étaient presque des hommes. Ils débordaient de testostérone et d'optimisme, de confiance en la justice. Dès que nos parents ne risquaient pas de les entendre, ils discutaient à n'en plus finir des rumeurs grandissantes à propos d'un mouvement de résistance. Les jumeaux échangeaient des notes d'espoir et s'encourageaient mutuellement. J'en vins à redouter que l'un d'entre eux, voire les deux, ne disparaisse dans la nuit et se fasse tuer.

— Surtout, ne faites rien de déraisonnable ! implorais-je Filipe à la moindre occasion.

Il était le plus sensible des deux. Maman disait parfois que Stanislaw était un vieux briscard depuis sa naissance. Filipe, lui, était plus doux, bien moins arrogant. Si je parvenais à le persuader d'être prudent, Stanislaw suivrait son exemple.

— Papa et Maman pensent que si nous restons tranquilles, les nazis nous laisseront tranquilles, me dit Filipe un matin tandis que nous ramassions les œufs dans le poulailler.

— Et alors ? Ce n'est pas si stupide, répondis-je.

Il éclata d'un rire amer.

— Les choses ne se passent pas comme ça, dans la vie, Alina. La haine se répand et ne s'éteint pas avec le temps. Il faut que quelqu'un se lève pour la faire cesser. Tu verras, petite sœur. Quand ils en auront terminé avec les Juifs, ce sera notre tour. De plus, même si nous parvenions à passer la guerre en faisant profil bas, si nous restions impassibles pendant que les nazis envoient tous nos amis juifs à la mort, quelle Pologne pourrions-nous reconstruire après leur départ ? Ils ont autant d'importance pour notre pays que nous-mêmes. Mieux vaut mourir avec honneur que d'assister, indifférents, à la souffrance de nos compatriotes, déclara-t-il.

— Le père de ta petite amie réprouverait ces propos, maugréai-je.

— Jan n'est qu'un salaud doublé d'un fanatique, Alina, soupira mon frère. Même quand je suis bien luné, j'ai du mal à rester poli en sa présence. Je me force à ne pas lui manquer de respect uniquement pour ne pas perdre Justyna. Je l'aime. Tu ne comprends pas que c'est à cause de types comme Jan que nous devons trouver un moyen de nous soulever. Nous le devons à nos frères et sœurs.

Lors de notre première confrontation directe avec les persécutions nazies, la rage de Filipe monta d'un cran. Un jour, un groupe d'officiers SS arrêta Truda et Emilia, dans la rue, devant leur maison, alors qu'elles partaient voir Mateusz à l'usine.

— Je n'ai pas compris ce qui se passait, murmura Truda à ma mère et moi.

Nous regardions Emilia, assise tristement dans son coin. Filipe et Stani s'efforçaient de la dérider, mais elle était trop bouleversée pour réagir à leurs plaisanteries.

— L'un des militaires l'a mesurée et déclaré qu'elle était grande pour son âge. Comme elle a les yeux verts, ils ont trouvé qu'elle correspondait aux critères de la race aryenne et ont déclaré qu'ils allaient l'emmener.

— L'emmener où ? demandai-je, hésitante.

— Aucune idée, avoua Truda, déconcertée. Heureusement, Emilia est futée. Elle m'appelait « Maman » et, comme je suis brune, les nazis m'ont observée et ont conclu que les cheveux d'Emilia allaient foncer, plus tard. Ils nous ont ordonné de partir.

— Hier, ils ont emmené la fille de Nadia Nowak, murmura Filipe, assis par terre, le regard plein de rage.

Nadia était la tante de Justyna. J'avais déjà rencontré Paulina, une enfant menue de trois ou quatre ans. Blonde comme les blés, elle avait de grands yeux bleus.

— Il s'agit de l'opération *Lebensborn.* Les SS examinent les enfants de la ville pour déterminer s'ils peuvent être arrachés à leur famille et « germanisés ». Les soldats ont expliqué à Nadia que Paulina serait placée dans une famille allemande et qu'elle aurait un nouveau nom afin d'avoir une chance de devenir « racialement pure ». Nadia a refusé de laisser partir sa fille. Ils ont dû l'arracher à ses bras. Justyna et sa mère sont allées la réconforter car elle est anéantie.

— La pauvre, souffla ma mère, les mains serrées sur son cœur. Et son mari qui a péri lors des bombardements… Elle a déjà tant souffert !

— Tu vois, Alina ? Je te l'avais bien dit ! fulmina Filipe en me foudroyant du regard. Je t'avais bien dit qu'ils finiraient par s'en prendre à nous aussi, au fil du temps. Nous sommes punis parce que nous nous sommes couchés et que nous leur avons permis de torturer nos frères et sœurs juifs. À présent, ils nous volent nos enfants. Dieu sait ce qui va arriver à cette malheureuse gamine, loin des siens.

Emilia nous écoutait, de plus en plus alarmée.

— Filipe, murmurai-je en me tournant vers elle. Je t'en prie… pas maintenant.

Stanislaw dissipa la tension ambiante en se jetant sur Filipe, qui poussa un cri de surprise. Au moment de repousser Stani, Filipe regarda Emilia, qui affichait un sourire étonné. Il se détendit aussitôt. Stani s'attendait à une bagarre en bonne et due forme avec son jumeau, or Filipe se laissa clouer au sol. Je me joignis aussitôt à eux pour provoquer un joyeux chahut. Souriant à Emilia, je me mis à chatouiller mes frères, qui ne réagirent pas immédiatement. Emilia s'esclaffa enfin, incitant les garçons à jouer le jeu.

Quand vint le moment de partir pour Truda et Emilia, Filipe et Stanislaw insistèrent pour les raccompagner. En regardant le quatuor s'éloigner vers les bois et la colline, ma mère secoua la tête.

— Ce garçon m'inquiète, murmura-t-elle.

Je sus aussitôt duquel elle parlait.

À compter de ce jour, je suivis Filipe comme son ombre. Le pays était occupé depuis des mois et je n'avais aucune nouvelle de Tomasz. Je me rongeais d'angoisse pour lui et je redoutais que mon frère ne se fasse tuer. Or je n'avais de maîtrise que sur une seule de ces éventualités. Je m'occupais donc en suivant Filipe sur l'exploitation, guettant la moindre occasion de le convaincre de ne pas se mettre en péril.

Selon moi, la tentation d'entrer dans la résistance était le plus gros risque, pour Filipe. Mais il n'eut pas même le temps d'aller au-devant du danger, car celui-ci vint à nous assez vite.

Un matin, mon attention fut attirée par le grondement d'un camion, sur la route près de chez nous. J'étais en train de ramasser les pommes de terre avec ma mère. En passant, le soldat assis sur le siège du passager nous regarda fixement. J'étouffai un cri d'angoisse.

— Maman...

— Reste calme, dit-elle doucement. Quoi qu'il arrive, Alina, pas de panique.

Mon sang ne fit qu'un tour. Mes mains tremblaient si fort que je dus les plaquer à terre. Assise sur mes talons, je vis avec effroi le camion s'arrêter juste devant la barrière de notre ferme. Quatre soldats en descendirent et se dirigèrent vers la grange où mon père travaillait.

Ils étaient trop loin pour que j'entende ce qu'ils disaient, mais la conversation fut brève. Les soldats remirent une feuille de papier à mon père avant de s'en aller. Tout allait bien. Le camion reprit sa route en direction de la maison des Golaszewski. Soudain, ma mère se redressa et courut vers la grange. Je posai mon panier pour lui emboîter le pas. Appuyé contre la lourde porte de la grange, mon père lisait l'avis, de plus en plus pâle.

— De quoi s'agit-il ? demanda ma mère.

Elle lui arracha le document et le parcourut. Bientôt, une plainte jaillit de sa gorge.

— Papa, Maman… qu'est-ce qui se passe ? balbutiai-je.

— Va chercher tes frères dans l'autre champ, ordonna mon père d'une voix blanche. Il faut qu'on parle.

Réunis autour de la table, nous lûmes tour à tour le document. Il s'agissait d'une réquisition. Tous les enfants de plus de douze ans étaient soumis au travail obligatoire. J'étais trop bouleversée pour lire la totalité du texte. J'avais les yeux embués de larmes. Pourtant, j'étais déterminée à garder un certain optimisme ou, mieux encore, à trouver une échappatoire.

— Il doit exister un moyen de s'y soustraire, dis-je à ma famille.

Mes frères échangèrent un regard impatient que j'ignorai pour réfléchir à une solution.

— Ils ne peuvent nous obliger à quitter nos maisons et nos familles. Ils ne peuvent…

— Alina, coupa Filipe d'un ton sec. Ce sont les mêmes qui ont abattu Aleksy et le maire sous les yeux de la ville entière. Ce sont eux qui font travailler les enfants juifs de l'aube au crépuscule. Ce sont ces ordures qui battent à mort les femmes et les enfants qui leur désobéissent.

Ils ont pris la petite Paulina Nowak uniquement parce qu'elle a les cheveux blonds ! Tu crois qu'ils hésiteront à embarquer une poignée d'adolescents ?

Ce soir-là, je me couchai de bonne heure en refermant la porte de ma chambre. Je balayai du regard mon petit univers. Mes parents avaient divisé notre modeste logement en trois pièces. Selon les critères actuels, deux d'entre elles seraient dignes d'un placard à balais. Nous étions de simples paysans. Nos terres nous rapportaient juste de quoi vivre. Les années de sécheresse, le moindre épi de blé était précieux.

Depuis le départ de Tomasz, j'avais souvent eu envie de fuir mon foyer pour le rejoindre à Varsovie. À l'époque, je pensais quitter ma famille pour me jeter dans les bras de Tomasz. Le scénario était différent, cette fois. J'allais être arrachée aux miens et envoyée dans un pays hostile, chez des étrangers. À la ferme, j'existais au sein d'un monde brisé. Chaque matin, je me levais avec pour seule motivation l'espoir d'avoir des nouvelles rassurantes de Tomasz. Si les nazis m'emmenaient, comment me retrouverait-il ? Comment saurais-je ce qu'il était devenu ? Les mois écoulés depuis sa dernière lettre avaient été insupportables. Comment survivrais-je sans savoir ?

Allongée sur mon lit, je m'efforçai d'être courageuse. Hélas, je me voyais sans cesse loin de ma famille, isolée dans un lieu inconnu, où je ne serais plus la petite dernière choyée et protégée, mais une jeune fille vulnérable et seule. Enfin, je fermai les yeux pour sombrer dans un sommeil réparateur. Je fus vite réveillée par les voix étouffées de mes parents, dans le séjour. Comme je ne comprenais pas ce qu'ils disaient, je me levai pour me poster derrière la porte.

— Stanislaw est le plus fort. Il doit rester. On ne peut pas gérer la ferme sans lui.

— Gardons au moins Filipe. Il est trop déluré et risque de dire des bêtises si nous le laissons partir.

— Non ! Alina est petite, faible et trop jolie. Ce n'est encore qu'une enfant ! Si nous envoyons Alina, elle ne survivra pas.

— Mais si on la garde, c'est la ferme qui ne survivra pas.

J'ouvris la porte, faisant sursauter mes parents. Mon père se détourna.

— File te coucher ! m'ordonna ma mère.

— De quoi parliez-vous ?

— De rien. Ça ne te regarde pas.

Je repris espoir, une sensation si enivrante que je ne pus m'empêcher d'insister, au risque de me faire réprimander.

— Vous avez trouvé une solution pour qu'on reste ?

— File te coucher ! répéta ma mère, comme je m'y attendais, d'un ton sans réplique.

Je ne pus trouver le sommeil. Plus tard, en entendant mes parents déplacer le divan qui leur servait de lit, j'attendis un moment que le silence revienne pour me faufiler à pas de loup vers la minuscule chambre des garçons, à l'autre extrémité de la maison. Mes frères étaient réveillés, allongés tête bêche sur le sofa qu'ils partageaient. Dès mon entrée, Filipe se redressa et m'ouvrit ses bras.

— Qu'est-ce qui se passe ? On peut rester, finalement ?

Il s'écarta pour me dévisager, incrédule.

— Tu n'as pas lu l'avis ?

— Je l'ai parcouru..., mentis-je.

Il poussa un long soupir.

— L'un d'entre nous aura l'autorisation de demeurer ici pour aider nos parents à la ferme. Papa et Maman doivent déterminer lequel, m'expliqua doucement Filipe.

Il écarta mes cheveux de mon visage avant d'ajouter :

— Leur demander de choisir entre leurs enfants est d'une cruauté intolérable. Stani et moi allons partir. Tu devras travailler dur, Alina, et ce ne sera pas facile, car tu es une feignasse. Toutefois, il vaut mieux que tu restes.

— Je vais bientôt épouser Tomasz et je partirai alors m'installer à Varsovie, m'entêtai-je.

— Alina..., souffla Stanislaw, impatient. Il n'y a plus d'université à Varsovie. J'ai entendu dire que les professeurs ont été emprisonnés ou exécutés et que la plupart des étudiants ont intégré la *Wehrmacht.* Tomasz est soit en prison, soit en train de travailler pour ces monstres. Cela n'a même pas d'importance. Tu ne partiras pas.

L'idée que Tomasz puisse rejoindre les troupes nazies m'indignait.

— Comment oses-tu... ?

— Tais-toi, Alina ! coupa Filipe d'un ton las. Nul ne sait avec certitude où est Tomasz. Inutile de t'énerver.

Il me dévisagea longuement avant d'ajouter :

— Si tu restes ici, il aura une chance de te retrouver au cas où il parviendrait à quitter la capitale pour rentrer à la maison.

J'avais eu la même idée et, l'espace d'un instant, je m'y accrochai désespérément. Puis je me souvins de la contrepartie. Quelle serait ma vie sans les jumeaux ? Un immense sentiment de solitude m'envahit.

— Je n'ai pas envie que vous partiez..., murmurai-je, au bord des larmes.

— Tu préfères donc aller dans ce camp de travail à notre place ? souligna Stanislaw avec un soupir exaspéré. À des kilomètres de nos parents, toute seule ?

Les garçons n'en démordirent pas. Quand vint le jour de leur départ, mes parents et moi les accompagnâmes à la gare de Trzebinia. Mateusz, Truda et Emilia nous rejoignirent. Emilia sautilla vers moi avec un sourire triste.

— C'est comme quand on a dit au revoir à Tomasz, murmura-t-elle.

J'opinai, distraite par la scène choquante qui se déroulait devant moi. C'était une journée maussade, le ciel était couvert, comme lors du départ de Tomasz, effectivement. Cependant, Emilia se trompait, car j'ai tout de suite compris que nous vivions quelque chose d'inédit.

Cette fois, nul n'attendait sur le quai pour envoyer un être cher vers une aventure exaltante. Aucun de ces enfants ne quittait Trzebinia pour s'instruire, pour explorer le monde. On nous les volait. Pour les envahisseurs, ils n'étaient rien de plus qu'une ressource à exploiter. Ceux d'entre nous qui restaient étaient conscients qu'on nous dépouillait d'une partie de notre âme. Même Nadia Nowak, qui avait déjà perdu son mari lors des bombardements, puis sa fille adorée, livrée à la « germanisation », était présente à la gare. Elle pleurait à chaudes larmes en disant au revoir à ses trois plus grands adolescents. Nadia faisait partie d'un océan de mères qui sanglotaient de chagrin et de terreur, et de pères qui ravalaient leurs larmes en se tapotant les yeux pour masquer leur chagrin.

Pour la plupart, les jeunes étaient tendus. Les plus jeunes étaient effondrés, mais n'exprimaient pas l'émotion sans retenue de leurs mères. Ils semblaient plutôt prostrés, incrédules. J'avais l'impression que, même arrivés dans leur camp de travail, ces jeunes mettraient des semaines à accepter la réalité de leur situation.

Sans mes frères, j'aurais été à leur place…

Depuis qu'il avait été décidé que je resterais, j'étais soulagée. À présent, j'affrontais les conséquences de ma facilité à accepter le geste de noblesse de mes frères.

J'étais submergée par une vague de chagrin qui menaçait de m'engloutir.

Soudain, Emilia me prit la main, les yeux rivés sur moi.

— Tu crois que Tomasz est encore en vie ? me demanda-t-elle.

Je fus surprise autant par sa question que par son ton résigné. Il fallait que je me ressaisisse, que je me concentre, car ce ton si mûr, si pessimiste de la part d'une fillette si douce, avait quelque chose d'inquiétant.

— Bien sûr ! affirmai-je en lui ébouriffant les cheveux. Il est en vie et il va bien. Il fait de son mieux pour nous revenir.

— Comment peux-tu en être sûre ?

— Il me l'a promis, non ? Et Tomasz ne me mentirait jamais.

Ses yeux verts étaient toujours rivés dans les miens et j'eus toutes les peines du monde à ne pas m'en détourner. Si je flanchais, j'avais peur qu'elle ne lise mes véritables pensées. Étais-je aussi sûre de moi que je le prétendais ? Pas du tout, mais je voulais épargner à Emilia la douleur de douter de son grand frère adoré. Nos vies étaient déjà si pleines de désespoir.

Elle hocha la tête et se mit à observer la foule qui nous entourait. Trop vite, on annonça aux jeunes qu'il était temps de monter dans le train. Filipe me prit dans ses bras.

— Veille bien sur Papa et Maman, Alina. Et travaille dur.

— Si seulement tu restais, murmurai-je.

Je me sentais si coupable que je n'osais même pas le regarder dans les yeux.

— C'est impossible car, alors, tu aurais dû partir, toi.

Il m'embrassa sur le front.

— Sois courageuse, petite sœur. Tu ne soupçonnes pas les ressources qui sont en toi.

Stani s'approcha à son tour et m'embrassa sans un mot. Il ne dit rien non plus en étreignant mes parents. Papa était pétrifié, les traits tirés. Maman sanglotait doucement. La mine grave, Truda avait les doigts crispés très fort sur le bras de Mateusz.

Les jumeaux nous saluèrent d'un signe de tête avant d'intégrer la file des passagers, la tête haute, un sourire forcé sur les lèvres. Après un ultime geste de la main, ils disparurent.

Leur courage m'impressionnait. Cet instant poignant n'avait pas réussi à les déstabiliser. Ils devaient être terrifiés, pourtant. Ils étaient très jeunes et tout ce qui me faisait peur, à propos de ces camps de travail, ne pouvait que les tourmenter aussi. Ils ne parlaient que quelques mots d'allemand et n'avaient jamais quitté la maison.

Le fait de masquer leur peur était pour eux un sacrifice, tout comme leur décision de partir à ma place. C'étaient des êtres bons. Les meilleurs qui soient.

Je pense encore à mes grands frères. Je me demande parfois si j'aurais agi différemment, ce jour-là, si j'avais su qu'ils allaient tous les deux mourir en moins d'une année, et que, après ces instants, à la gare, je ne les reverrais jamais.

6

Alice

MAMAN A EU BEAU METTRE LE STUDIO de Babcia sens dessus dessous, à la maison de retraite, elle n'a pas retrouvé la fameuse boîte. Elle est donc partie chez elle où elle a gardé quelques affaires de mes grands-parents. Elle en a encore pour un bon moment. Hélas, Eddie appuie sur la touche « déjeuner » de sa tablette des dizaines de fois par minute. Babcia, les infirmières et moi devenons folles. J'ai baissé le son, mais Eddie l'a remonté aussitôt, comme Babcia plus tôt. Une infirmière m'a demandé gentiment si je pouvais lui prendre la tablette. Comme l'appareil représente la voix et les oreilles de mon fils, j'ai refusé.

En réalité, nous avons de la chance que ce soit l'heure du déjeuner, parce qu'il mangerait volontiers de la soupe ou un yaourt. Le problème, c'est que, après le fiasco du supermarché, je n'ai ni l'un ni l'autre sous la main. Eddie a simplement besoin d'une boîte de soupe ou, mieux encore, de quelques yaourts en tube à condition que le logo soit le bon. Il faut que j'appelle Wade pour le convaincre de passer par le supermarché en rentrant du travail afin d'acheter quelque chose qu'Eddie accepte de manger. Ou bien qu'il vienne chercher Eddie pour le ramener à la maison. Si je rechigne à faire appel à lui, c'est parce que je connais d'avance le tour que prendra notre conversation.

Wade émettra les sons habituels quand je lui exposerai la situation, puis il trouvera un énorme prétexte pour se défiler. Il m'a dit qu'il avait des rendez-vous, donc il invoquera sans doute cette excuse toute trouvée.

Dois-je me résigner à endurer les « déjeuner, déjeuner, déjeuner » incessants d'Eddie ? Il semble tellement frustré. J'ai l'impression qu'il est sur le point d'exploser. À la réflexion, il est déjà miraculeux que nous en soyons arrivés là aujourd'hui. Avec un soupir, j'appelle Wade.

— Chérie ! lança-t-il dès la première sonnerie. Je m'inquiétais. Comment ça se passe ?

— C'est horrible. Babcia ne parle pas et je ne crois pas qu'elle nous comprenne, non plus. Elle s'est servie de la tablette d'Eddie pour nous dire qu'elle a besoin d'une boîte de photos que ma mère n'a pas trouvée chez elle. Ce matin, Eddie n'a pas eu son yaourt parce que l'emballage a changé et qu'il a piqué une crise. À présent, il est affamé, donc une nouvelle crise s'annonce et je ne peux pas régler le problème toute seule. J'ai besoin de ton aide. Je sais que tu es très occupé…

— Désolé, chérie. J'ai des rendez-vous…

— Je n'ai personne d'autre à appeler, Wade !

Babcia et Eddie m'observent soudain. S'ils ne saisissent pas le sens de mes paroles, mon haussement de ton ne leur a pas échappé. Je leur adresse une moue d'excuse, puis je respire profondément pour me calmer.

— Je ne peux pas le ramener à la maison, Alice, rétorque mon mari un peu sèchement. J'ai trop de…

— Wade, je ne te demande rien d'irréaliste, comme passer un après-midi seul avec ton fils, par exemple.

Il encaisse le coup. Je sens que la dispute est proche. Une fois de plus, il fait des histoires et, après mon commentaire, je passe sans doute pour la méchante de service. Il ne va pas tarder à riposter. Je ferme les yeux en m'efforçant d'adopter un ton conciliant.

— Je te demande simplement d'aller acheter quelques boîtes de soupe et des yaourts ayant l'ancien emballage, puis de me les apporter à l'hôpital. Je me charge du reste… S'il te plaît, Wade !

Il soupire et je l'imagine, dans son bureau, agacé par ma requête, contrarié par ma façon de parler. Dans le silence terrible durant lequel j'attends sa réponse, je sais qu'il passe la main dans ses cheveux. Ensuite, quand son exaspération sera à son comble, il posera la main sur sa nuque et baissera la tête.

Après toutes ces années, je devine aisément ses réactions, mais je sais aussi qu'il fera ce que je lui ai demandé. S'il n'en avait pas eu l'intention, il m'aurait adressé une réponse cinglante et l'un de nous deux aurait raccroché rageusement, voire les deux.

— J'arrive tout de suite.

— Si tu vas au supermarché proche de ton bureau, ils auront peut-être des yaourts Go-Gurt avec l'ancien emballage.

J'hésite un instant, puis je reprends avec prudence :

— Tu sais à quoi ressemble l'ancienne version, n'est-ce pas ? Je t'envoie une photo. Pareil pour la soupe. Il faut acheter la Campbell.

— Je ne suis pas débile, Alice ! s'emporte-t-il. Je pars tout de suite.

Wade est un très bon père, même si on pourrait croire le contraire au vu de ses interactions avec Eddie. Ses échanges avec lui sont limités et il résiste en permanence aux thérapies qui aident notre fils à survivre dans ce monde. Il se montre négligent, impatient et ne le soutient guère.

En revanche, avec Pascale, notre fille, que nous surnommons Callie, Wade est exemplaire. Son travail l'accapare, mais il parvient à être présent pour tous les événements clés de la vie de Callie, les réunions de parents d'élèves, les spectacles de danse, les rendez-vous médicaux. Callie fait généralement ses devoirs avec lui alors qu'elle a rarement besoin d'aide. Depuis trois ans, chaque soir sans exception, ils se lisent chacun à voix haute une page de *Harry Potter*. Ils en sont au douzième chapitre du dernier titre de la série. L'an dernier, elle a vécu son premier amour et elle a parlé de Tyler Wilson d'abord à son père, puis à moi.

Je ne me rappelle pas la dernière fois où Wade et Eddie se sont trouvés seuls tous les deux.

Wade dirait que nous avions un fils parfaitement normal jusqu'à ses dix-huit mois, quand je l'ai emmené chez un médecin qui a collé une étiquette sur notre petit garçon, une étiquette qui a tout gâché. Wade dirait que j'étais tellement persuadée que quelque chose n'allait pas chez Eddie que ma prophétie s'est réalisée et que j'ai ensuite passé tant de temps à essayer de le « réparer » que je l'ai brisé.

Il n'a pas tort, à propos de ma paranoïa. Dès que j'ai su que j'étais enceinte, j'ai senti une différence. Je n'y comprends rien moi-même. Du point de vue de Wade, je suis peut-être à l'origine de tout ça, du moins au début, une théorie valable jusqu'aux deux ans d'Eddie. Le pédiatre a alors évoqué des « troubles du spectre autistique ». Si nous ignorions encore à quel point ce serait grave, ce diagnostic prouvait que je n'avais aucun contrôle de la situation.

Comment mon mari, cet homme brillant, titulaire d'un doctorat, responsable d'un programme de recherche, peut-il ne pas comprendre mon désarroi face à notre fils ? Je ne suis qu'une marionnette que manipulent des professionnels de la médecine et des thérapeutes. Ils me disent tout ce que je dois faire pour communiquer avec Eddie. Si certaines méthodes, comme l'appli de communication améliorée et alternative installée sur la tablette, m'aident à l'atteindre, la plupart de leurs thérapies ne touchent pas du tout Eddie. Elles nous permettent simplement de survivre. Aucune de ces thérapies n'a soigné Eddie. Il sera toujours différent, voilà tout. C'est sur ce point que Wade et moi avons une opinion divergente.

D'après Wade, c'est un enfant gâté qui pourrait être plus proche d'une intelligence normale si nous le poussions au lieu de le ménager. Wade parle à Eddie car il n'accepte pas qu'Eddie ait des capacités de communication limitées. Moi, je le sais. Wade considère l'écholalie de notre fils comme un jeu, un moyen de nous insulter, de nous provoquer, une preuve qu'il pourrait utiliser le langage verbal s'il le voulait. Quand il voit son père, l'enfant répète souvent « pas maintenant, Edison », ce qui n'arrange rien.

Wade a tendance à oublier qu'au départ, il était en faveur des interventions médicales, convaincu que notre fils serait un autiste savant. Il acceptait plutôt la situation jusqu'à ce qu'un psychologue lui apprenne que le QI d'Eddie était légèrement inférieur à la moyenne. Il n'avait aucune chance de posséder quelque compétence bizarre et géniale. Mon mari étant lui-même une sorte de génie, il aurait pu gérer un enfant différent mais brillant. C'est déjà le cas avec Callie, dont il est très proche. C'est la formule « inférieur à la moyenne » qu'il ne supporte pas. L'autisme lui-même n'est que la goutte d'eau qui a fait déborder le vase.

C'est alors qu'a commencé le petit jeu des reproches. Je ne juge pas Wade pour cela, car j'en fais autant. Au fil des années, mon mari a pas mal été exposé à des produits chimiques industriels et à des radiations dans son travail. Et quand il est livré à lui-même… il mange n'importe quoi. Chacun reproche à l'autre les épreuves d'Eddie, à cette différence près que Wade a parfois le courage d'énoncer ses pensées à voix haute. Au moins, il est honnête. Moi, je traîne mon ressentiment comme un boulet. Certains jours, je me dis que, tôt ou tard, la situation va exploser.

Vingt-deux minutes après notre conversation téléphonique, il se présente et, comme prévu, il est éreinté. Wade porte un costume pour travailler. Le matin, sa cravate est toujours bien droite. À présent, elle est de travers et ses cheveux blonds sont en bataille. En entrant dans la chambre d'hôpital, il prend un air penaud. Ses deux sacs en toile de jute débordent.

— Salut, vous deux ! lance-t-il en vain à Babcia et Eddie.

Il se tourne alors vers moi et brandit le sac qu'il porte dans la main gauche.

— J'ai aussi pris un carton entier de boîtes de soupe. Il est dans la voiture. Ils avaient tout un stock de yaourts avec l'ancien emballage, alors j'ai acheté l'ensemble. En voici la moitié.

Il soulève l'autre sac et le désigne d'un signe de tête.

— Et j'en ai pris avec la nouvelle étiquette, aussi…

Face à mon regard interrogateur, il ajoute, un peu hésitant :

— Eh bien… pour qu'il s'y habitue.

Eddie ne s'habituera pas à la nouvelle étiquette. J'ignore encore comment nous allons régler ce problème, mais l'optimisme de Wade me rappelle qu'il n'a rien compris.

— Merci.

Je m'attends à ce qu'il me remette les sacs et m'embrasse pour la forme avant de tourner les talons, or il pose ses achats par terre et m'attire dans ses bras. Plus étonnant encore, il m'embrasse tendrement sur la tempe.

— Je suis désolé, Ally. Franchement. Je sais que tu es sous pression, en ce moment, et que je ne t'aide pas beaucoup.

Je soupire et me laisse aller contre lui pour trouver un peu de réconfort. Ce sont ces moments rares où j'entrevois l'homme qu'est vraiment mon mari qui font tenir notre couple. Je capte une lueur d'espoir en l'avenir. Tout ce dont j'ai besoin pour continuer à me battre, à travailler, est un de ces instants magiques de temps en temps. Celui-ci arrive à point nommé.

— Moralement, je suis un peu à cran, dis-je à voix basse. Moi aussi, je suis désolée… pour tout à l'heure.

— Ce serait utile que je reste, cet après-midi ?

Il ne propose pas de ramener Eddie chez nous, mais je n'obtiendrai pas mieux et j'apprécie son offre.

— Callie a son cours de danse à quatre heures. Si tu pouvais aller la chercher à l'école, l'emmener à son cours, puis la reconduire chez nous. Et préparer le dîner…

— Bien sûr, me répond-il, avec enthousiasme ou soulagement, je ne sais pas. Je m'en occupe.

Il m'embrasse du bout des lèvres, puis se tourne vers le lit.

— Comment ça va, Babcia ?

— Elle ne te comprend pas. Elle utilise la tablette. Si tu veux lui dire quelque chose, tu devras en faire autant.

Wade se crispe, esquisse un signe de la main et consulte sa montre.

— Je vais retourner au bureau pour leur dire que je pars plus tôt. On se retrouve ce soir à la maison. Si tu as besoin d'autre chose, fais-le-moi savoir, d'accord ?

— D'accord.

Déjeuner, dit Eddie avec la tablette. *Déjeuner, déjeuner, déjeuner, déjeuner, déjeuner…*

— C'est bon, fais-je avec un soupir.

Je me penche vers un sac pour en sortir un yaourt. Très enthousiaste, Eddie se redresse sur le lit.

Six yaourts plus tard, Eddie regarde des vidéos de trains sur YouTube. Soudain, ma mère surgit dans la chambre avec une boîte d'archives. Babcia s'illumine et s'agite à son tour.

7

Alice

MAMAN POSE LA BOÎTE SUR LE PLATEAU de lit pendant que j'installe Eddie dans le fauteuil. Babcia s'impatiente et se redresse sans aide, nous obligeant à remonter ses oreillers. Elle nous repousse pour tendre la main vers sa boîte. Elle tremble, mais il y a de la révérence dans son regard. De temps à autre, elle lance une œillade pleine de gratitude et de soulagement à ma mère. Je dois l'aider à soulever le couvercle car sa main droite ne répond plus très bien. Elle m'arrache presque le couvercle et le serre dans ses bras maladroitement.

— Où était-elle ? je demande à Maman.

— Sous son lit, à la maison de retraite. La première fois, je ne l'ai pas vue, marmonne-t-elle. Je n'imaginais pas qu'elle l'ait cachée si près d'elle. J'aurais dû le deviner. Elle a toujours été sentimentale.

Son ton suggère que c'est un trait de caractère incongru, ce qui m'amuse un instant.

— Tu l'es aussi, Maman, dis-je en riant, ce qui me vaut un regard furibond. Tu oublies que je vous ai aidés à déménager, Papa et toi, la dernière fois. Ton grenier est un véritable musée à la gloire de la famille Slaski-Davis.

Elle a en effet conservé mes colliers de nouilles, mes bulletins scolaires, sans oublier les tickets de cinéma de ses premiers rendez-vous avec mon père. Passionnée par le droit, elle a gardé des documents liés à son parcours professionnel, avec des études de cas truffés de détails potentiellement confidentiels. Lors du déménagement, j'ai tenté de limiter le nombre de cartons, mais ma mère s'accrochait au moindre souvenir. Selon moi, elle a peur d'être un jour frappée de démence, comme mon grand-père. Ces bribes de notre passé sont précieuses si elles doivent un jour lui servir de guide vers des souvenirs chers.

En attendant, je trouve plutôt amusant que, dans une maison d'architecte au décor minimaliste, le grenier déborde de cartons remplis de dessins, de lettres, de photos. Maman soupire et m'adresse un sourire désabusé.

— Elle m'a appris que certaines choses sont irremplaçables, murmure-t-elle.

Nous nous tournons vers Babcia qui essuie maladroitement ses larmes en fouillant la boîte.

— Elle ne l'a jamais dit, reprend ma mère, mais si ces babioles ont autant d'importance, pour elle, c'est parce qu'elle a dû quitter la Pologne. Elle est déracinée.

Babcia désigne la tablette d'Eddie d'un geste impatient. Il est en train de regarder une vidéo de trains, de sorte qu'il va sans doute résister et s'emporter en serrant l'objet contre lui. Mais à ma grande surprise, il lève les yeux, ouvre l'application et tend la tablette à son arrière-grand-mère. Elle lui sourit et tape sur l'icône « merci ». Elle la montre à Maman, qui hoche la tête et s'installe lourdement dans le second fauteuil, de l'autre côté du lit. Dès que Babcia ne la regarde plus, ma mère se masse le front et, l'espace d'un instant, ferme les yeux. Jamais je ne l'ai vue aussi fatiguée. Et elle a participé à huit marathons.

— Maman, ça va ?

— Je veux que cet hôpital s'active et trouve ce qui ne va pas chez Babcia. Je ne peux pas perdre trop de temps. J'ai une décision à prendre et c'est...

Elle s'interrompt brutalement, lève les yeux vers moi et fronce les sourcils.

— C'est trop, Alice. Tu ne peux vraiment pas comprendre.

Ses rares aveux de vulnérabilité sont toujours suivis d'un rappel de son statut et d'une petite pique pour souligner combien mon rôle est subalterne, en comparaison. Je parle à ma mère presque chaque jour et nous sommes proches, par rapport à la plupart de mes amies, par exemple. Ce n'est pas évident car Julita Slaski-Davis n'est pas à l'aise avec la proximité. Le ton monte vite entre nous. C'est ainsi que fonctionne notre famille. Maman ne comprend pas ma vie qui tourne autour de mes enfants et je ne comprends la sienne qui tourne autour du droit. Néanmoins, nous nous aimons très fort. Elle tenait à ce que je suive ses traces et que je devienne au moins avocate. Jusqu'à la fin de mon adolescence, je ne discutais même pas ce projet. Un an avant d'intégrer l'université, j'ai compris que je n'étais pas obligée de faire du droit. Hélas, quand j'ai décidé de « gâcher ma vie » et d'étudier le journalisme, ma relation avec ma mère a changé.

Elle a encore évolué le jour où je lui ai annoncé que j'étais enceinte, deux semaines avant mes examens. Ensuite, je n'ai même pas pris la peine de chercher un emploi de jeune diplômée. Ç'a été le bouquet. Mais à quoi bon puisque je n'avais aucune intention de travailler durant les premières années de mon enfant ? Pour ma mère, c'était impardonnable. Ne comprenais-je pas que mes aïeules avaient mené un combat féministe pour que j'aie droit à une carrière ? Comment osais-je les trahir en acceptant de dépendre d'un homme ?

Dix ans plus tard, je n'ai toujours pas le courage de dire à ma mère que la conception de Callie n'était pas un accident mais une décision réfléchie : je ne voulais pas suivre les traces de ma mère, y compris dans ma façon d'être mère. Maman a fait des études, mené une carrière et, à quarante-trois ans, s'est décidée à avoir un enfant, finalement. J'aime ma mère et je l'admire. Hélas, elle m'a toujours fait passer après son travail. Je tiens à ce que ma progéniture sache qu'elle est ma priorité. Si Wade et moi avons fondé une famille très vite, c'est parce que nous étions certains que je pourrais travailler dès que les enfants seraient scolarisés.

Puis Eddie est arrivé.

La vie a le don de nous rappeler que nous sommes à la merci du hasard et que même les projets les mieux pensés peuvent virer à la catastrophe en un instant. C'est pourquoi, à présent, même si je suis tentée de condamner ma mère pour son impatience à retourner au travail alors que Babcia va mal, je m'efforce d'être patiente avec elle. Maman est là depuis deux jours, seule. Elle n'a ni frère ni sœur, et je suis sa fille unique. Mon père, retraité, est parti jouer au golf à Hawaï avec d'anciens camarades d'université. Maman est bien trop fière pour lui demander de rentrer. En cet instant, elle porte le poids du monde sur les épaules. Si elle a besoin de se réfugier dans son travail pour trouver un peu de répit, qu'il en soit ainsi.

— C'est bon, Maman, dis-je doucement. Eddie a école, demain. Je viendrai à l'hôpital juste après l'avoir déposé et je resterai au chevet de Babcia si tu veux t'occuper de tes dossiers.

— Volontiers, répond-elle en relevant la tête. Merci, Alice.

Babcia prend ma main et l'attire vers sa boîte. J'en sors une pile de photos et de documents, puis j'écarte le plateau pour poser le tout sur ses genoux. De ses mains tremblantes, elle trie les premiers clichés qui datent de diverses époques et sont d'une qualité technique variable. Des photos de Pa, Maman, moi, mes enfants et Babcia au fil des décennies, quelques portraits de chiens datant de l'époque où mes grands-parents habitaient leur grande maison d'Oviedo. Soudain, Babcia se fige face à une photo que je n'ai jamais vue. Un cliché sépia au vernis craquelé. L'image est encore claire.

Un jeune homme sourit face à l'objectif. Il est assis, décontracté, sur un rocher, avec un bois en arrière-plan. Ses bottes sont si abîmées qu'une chaussette apparaît au bout du pied gauche et ses vêtements sont élimés. Il est maigre, on devine ses joues émaciées sous une barbe peu fournie. Néanmoins, il est séduisant. Ses yeux rieurs, surtout, sont frappants.

Babcia porte la photo à sa joue avec un soupir. Elle ferme les yeux un instant, puis elle me la tend.

Ce cliché est précieux pour elle. Je m'en saisis donc avec respect pour l'observer de plus près. Si ce jeune homme m'est inconnu, il a quelque chose de familier…

Au bout d'un moment, Babcia retourne la photo. Au dos figure un message tracé à l'encre d'une petite écriture très serrée. Les mots sont presque effacés :

Photographie prise par Henry Adamcwicz, colline de Trzebinia, 1er juillet 1941.

Je lis les mots à voix haute pour ma mère avant de rendre la photo à ma grand-mère.

— Pauvre Babcia… Pa lui manque tellement, dis-je.

Maman fronce les sourcils en observant le portrait de plus près.

— C'est sûr, mais cet homme n'est pas Pa.

— Comment le sais-tu ?

— Pa avait les cheveux bruns avant de grisonner. Cet homme est plus blond, à moins qu'il ne s'agisse d'un effet d'optique. De plus… je ne sais pas, il ne ressemble pas à Pa, voilà tout. Ses yeux ne correspondent pas… ni la forme des lèvres. En revanche, ses traits me disent quelque chose. En fait, il te ressemble beaucoup. Maman avait deux frères qui étaient jumeaux. Ce doit être l'un d'entre eux.

— Je me demande qui était ce Henry Adamcwicz, dis-je, perplexe. 1941… c'était après la guerre, non ?

— Mais non ! La guerre n'a cessé qu'en 1945, me corrige ma mère.

Nous fixons le cliché comme s'il pouvait nous apporter les réponses à nos questions. Babcia essuie une larme et tend la main vers la tablette.

Tomasz, écrit-elle. *Trouve Tomasz. S'il te plaît, trouve Tomasz.*

— Tu es sûre que ce n'est pas Pa, Maman ?

Ma mère reprend la photo et l'examine attentivement, puis elle secoue la tête.

— Certaine ! décrète-t-elle.

Babcia semble tellement frustrée que, si elle pouvait parler, elle nous hurlerait sans doute dessus. Intriguée, je regarde ma mère, tout aussi perdue. Dans cet état de frustration, Maman est bien plus vulnérable, plus humaine. J'ai un nouvel élan de compassion pour elle.

— Elle est tellement troublée, marmonne-t-elle.

Dès qu'elle se tourne vers la porte, sa frustration fait place à de la colère.

— Pourquoi le personnel ne m'écoute-t-il pas ? s'emporte-t-elle. Une évaluation cognitive s'impose. Il est évident qu'elle souffre de plus qu'une aphasie.

Babcia appuie sur la touche « répétition » de la tablette.

S'il te plaît, trouve Tomasz. À toi.

La gorge nouée, je prends la tablette. Ma mère lève les yeux au ciel. C'est donc à moi que revient la tâche de rappeler à ma grand-mère que son mari est mort. L'angoisse me donne des sueurs froides. D'une main tremblante, j'enchaîne les écrans et, avec un grommellement impatient, j'essaie de créer ma propre icône.

Je tape : *Pa est m-o-r-t.*

Babcia me saisit alors le poignet et secoue vigoureusement la tête. Avec une force étonnante, elle reprend la tablette. Elle trouve une icône qui ne nous a pas servis depuis un an : *Pa*. Son image me serre le cœur davantage encore.

Pas Pa. Trouve Tomasz.

Alors, elle ouvre « nouvelle icône » et, péniblement, se met à taper. Elle est en train de créer une icône qui représente des maisons, une rue pavillonnaire, et ajoute un nom : Trzebinia. La fonction sonore de l'appli tente de lire ce nom, mais je suis certaine que la prononciation est approximative.

— Ce nom figure aussi sur la photo. C'est une montagne en Pologne ? dis-je à ma mère.

Elle se lève et observe l'icône.

— C'est là où elle a grandi, me répond-elle. Tu vois ? Elle est vraiment désorientée ! Je te l'avais bien dit.

Je me saisis de l'appareil pour chercher en vain un symbole de « mort ». Je dois me contenter de : *pas de Pa. Désolée.*

Une fois encore, Babcia secoue la tête, au comble de la frustration. Elle pointe un index rageur sur l'écran, puis sur moi et sur la photo.

Pas Pa. Trzebinia.

Elle lève les yeux et, constatant mon trouble, se met à parcourir les écrans pour s'arrêter sur une page de drapeaux nationaux. Elle en sélectionne un rouge et blanc et l'ajoute à sa phrase :

Pas Pa. Trzebinia. Pologne. Tomasz.

Très concentré, presque fasciné, Eddie assiste à la scène. Il tend la main vers l'appareil que son arrière-grand-mère lui cède volontiers. Il quitte l'appli de communication et ouvre Google Maps, puis tape « Pologne ». Une carte apparaît. Babcia désigne la partie inférieure de l'écran et me regarde comme si cela expliquait tout.

À mon tour, je reviens à l'appli pour faire un copier-coller du nom de lieu dans Google Maps. Eddie pousse un cri de joie en voyant l'écran afficher la ville. Il tape dans ses mains. J'ignorais qu'il savait se servir de Google Maps. Il faudra que j'en parle à son enseignante car il semble très enthousiaste.

Babcia lui sourit, ainsi qu'à moi. Je réagis de même et, pendant un moment, nous sommes tous à sourire comme des abrutis.

— C'est ce qu'elle voulait, tu crois ? demandé-je à ma mère qui hausse les épaules.

— Voir une carte ? raille-t-elle.

Babcia nous observe tour à tour et patiente. En se rendant compte que nous ne la comprenons toujours pas, elle fait la moue. Nous lui accordons toute notre attention, en vain, et elle replonge dans l'angoisse. Que faire, à présent ? Eddie nous tire de ce mauvais pas. Il tend la tablette à Babcia et pose une main sur son bras.

Chaque fois que, dans un film, je vois un personnage autiste que l'on réduit à une absence d'empathie, j'ai envie de briser mon téléviseur. Eddie représente parfois un défi. Parfois il me rend folle. En revanche, il a un cœur d'or. Il ne parlera sans doute jamais, n'aura jamais de vie autonome. Ce qu'on ne dit pas, en revanche, c'est qu'une étreinte de ce petit garçon qui déteste les contacts peut transformer une journée. Edison Michaels comprend la frustration mieux que quiconque. Il l'identifie même dans ses signes les plus subtils parce que c'est ce qui régit le moindre aspect de son existence.

Babcia tape et nous fait entendre les mots :

Trouve Tomasz. S'il te plaît. Trouve Tomasz. Trzebinia. Pologne.

Lorsque Babcia m'observe, je me concentre vraiment sur elle. Elle a le regard vif et limpide. Elle est déterminée, frustrée, mais nullement perdue. Si j'ignore ce qu'elle veut, elle, elle le sait.

— Maman... je pense qu'elle n'est pas désorientée.

— Allons, Alice, elle semble dire que son mari décédé se trouve en Pologne, soupire ma mère. Bien sûr qu'elle est désorientée ! Les cendres de Pa sont dans une urne, à la maison de retraite, dans la chambre de Babcia, pour l'amour du ciel.

Durant plusieurs minutes, Babcia répète, par le biais de l'appli, encore et encore :

Trouve Tomasz. S'il te plaît. Trouve Tomasz. Trzebinia. Pologne.

Maman pousse un soupir exaspéré et se détourne.

— Voilà qu'elle veut parler de la Pologne, marmonne-t-elle. Alors qu'elle est incapable de prononcer un mot. Tu sais aussi bien que moi combien elle et Pa rechignaient à évoquer leur vie là-bas. Nous avons toutes les deux eu une période, à l'adolescence, où nous l'avons interrogée sur la guerre et elle éludait toujours nos questions.

Trouve Tomasz. Maman, trouve Tomasz.

Je me tourne vers ma mère qui lève les mains au ciel.

— Bon sang, elle t'appelle « Maman » ! s'exclame-t-elle, exaspérée.

J'entreprends alors de modifier le titre de ma photo et je désigne l'icône.

Alice.

— Ça va mieux, comme ça ? demandé-je à ma mère, qui pousse un soupir d'impatience.

Babcia reprend la tablette.

Trouve Tomasz, Alice. S'il te plaît, trouve Tomasz. À toi.

Je fixe l'écran et, résignée, je tape une promesse que je ne suis pas certaine de pouvoir tenir.

Oui, Babcia. Alice trouve Tomasz.

Lorsqu'elle découvre le message, ses yeux s'embuent de larmes. Je l'embrasse sur la joue.

— Autant lui dire ce qu'elle a envie d'entendre, je suppose, commente ma mère.

Je sais pourquoi elle dit cela, mais ce n'est pas du tout ce que je suis en train de faire. Ce n'est pas une promesse en l'air destinée à réconforter ma grand-mère.

Cette femme venait me chercher à l'école presque chaque jour et elle me préparait des cookies. Elle a assisté à tous mes spectacles scolaires parce que ma mère ne pouvait jamais être là. À l'adolescence, cette femme m'a appris à surmonter un chagrin d'amour, à remplir une demande d'inscription à l'université et à passer mon permis de conduire.

Mais, surtout, cette femme m'a appris à m'assumer en tant qu'épouse et que mère. Si je suis celle que je suis aujourd'hui, c'est grâce à Hanna Slaski. Et maintenant qu'elle a besoin de moi, je ne la laisserai pas tomber. J'ai l'intention de faire tout mon possible pour lui permettre de retrouver celui qu'elle cherche.

8

Alina

MÊME DANS L'ADVERSITÉ, la vie finit par reprendre son cours, et la première année d'occupation allemande ne fit pas exception à la règle. Je pensais à Tomasz à chaque instant de la journée, sans oser m'avouer que je me languissais peut-être d'un mort.

Nous avions tant d'autres préoccupations !

Dès le départ de mes frères, je me suis retrouvée en cage. Mes parents m'interdisaient de quitter la ferme. J'avais le droit de voir Justyna de temps à autre, à la lisière de nos propriétés. C'était inconcevable et, dans un premier temps, je crus pouvoir les infléchir d'une façon ou d'une autre. J'avais des amies à Trzebinia, sans parler d'Emilia, Truda et Mateusz qui y résidaient. Et je n'étais pas plus en sécurité à la ferme qu'en ville. Des camions nazis passaient souvent sur la route, devant chez nous. Depuis le début de l'Occupation, il n'y avait plus de journaux, à part les publications de la propagande nazie que mon père refusait de lire. Il était interdit d'écouter la TSF. Papa avait détruit son précieux poste de radio à la suite d'un avis annonçant que tout Polonais arrêté en possession d'un tel appareil serait exécuté.

J'allais me retrouver totalement coupée du monde alors que je brûlais d'avoir des nouvelles, quelles qu'elles soient, surtout des camps de travail ou de Varsovie où, l'espérais-je, Tomasz résidait toujours. Chaque fois que mon père se rendait en ville, je l'implorais de m'emmener avec lui. Hélas, il refusait catégoriquement. Il me promettait de se renseigner sur les jumeaux et Tomasz, mais il rentrait toujours bredouille. Avec mon arrogance d'adolescente, j'étais persuadée de pouvoir faire mieux que lui.

— Tu as entendu parler des *lapankas* ? me demanda-t-il un jour d'un ton désinvolte.

— Le jeu ? fis-je, perplexe. Quand on jouait à chat, étant petits...

— Non, une autre forme de *lapanka*, reprit Papa. Celle à laquelle se livrent les nazis. Ils barrent les deux extrémités d'une rue, en ville, et raflent tous ses habitants avant de les envoyer dans un camp ou en prison pour des raisons futiles.

— Moi, je n'ai aucune raison de me faire arrêter !

— Montre-moi donc ta carte d'identité.

Pourquoi détournait-il ainsi la conversation ? Depuis peu, nous étions contraints d'avoir nos papiers sur nous en permanence. Je n'avais pas encore l'habitude. De plus, nous étions dans la salle à manger où je ne risquais rien, selon moi.

— Elle est dans ma chambre.

— Voilà déjà un motif d'arrestation, Alina. Si tu te fais prendre sans tes papiers, tu seras arrêtée ou fusillée sur place. Tu comprends ? Tu veux te rendre en ville mais, même à la maison, tu négliges les règles de base pour ne pas avoir d'ennuis.

Ma mère cousit des poches dans toutes mes jupes pour que j'y range ma carte d'identité. J'en voulais beaucoup à mon père. Il était si injuste ! J'étais parfaitement capable d'intégrer les règles de sécurité s'il m'accordait l'occasion de faire mes preuves. Le problème, c'est qu'il faut beaucoup d'énergie pour entretenir sa rage. En l'absence des jumeaux, je devais garder mes ressources pour mes tâches à la ferme.

D'ailleurs, cette interdiction de sortir était un faux problème car, la plupart du temps, je n'avais même pas la force de rejoindre Justyna à la lisière de la propriété. Les poches de mes jupes n'étaient pas d'une grande utilité non plus. J'oubliais généralement d'y glisser ma pièce d'identité. Si nous n'avions pas encore subi de contrôles à la ferme, la description de mon père des rafles nazies m'avait effrayée, même si je n'avais pas conscience de la proximité du danger.

Du lundi au samedi, je travaillais la terre avec Maman. Nous commencions parfois avant l'aube pour finir après la nuit tombée. Je menais les vaches au pré, je sortais les poules dans la cour, puis je rejoignais mes parents dans les champs. Il fallait presque tout faire à la main : labourer, planter, désherber, récolter, puis le cycle recommençait. Mes parents et mes frères s'étaient toujours battus pour s'en sortir, malgré ma désinvolture. Avec le départ des jumeaux et les rhumatismes de mon père, surtout quand il faisait froid, Maman et moi étions à la peine. J'avais les mains pleines d'ampoules qui se transformaient en cales sur mes paumes. Je passais le plus clair de mon temps le dos courbé. Le soir, j'avais si mal que je devais me coucher en chien de fusil.

Si j'étais inquiète pour Tomasz et mes frères, je consacrais mon énergie de la journée à survivre. Nos absents devenaient une sorte de bruit de fond pour la peur qui ne me quittait jamais. Nous devions exploiter nos terres au maximum car notre vie en dépendait. Nous ne vivions que pour notre travail et la terreur qui nous saisissait chaque fois qu'un véhicule nazi s'aventurait près de notre barrière.

Ce n'est que le soir, lorsque cessaient nos corvées, que je me permettais de penser vraiment à Filipe, Stanislaw et Tomasz. Je priais pour eux avec le peu de force qui me restait. J'ouvrais le tiroir de ma table de chevet pour en sortir la bague de Maman et, l'espace d'un instant, je me concentrais sur Tomasz.

Je revivais un souvenir, je m'imaginais nos retrouvailles, je pensais à notre mariage, je planifiais ce jour béni dans ses moindres détails, jusqu'au nombre de coquelicots que comporterait mon bouquet. Je voyais mon fiancé très clairement, dans ma tête, ses yeux verts si rieurs, son sourire en coin, ses cheveux qui tombaient sur son front et qu'il repoussait machinalement.

Il me manquait terriblement. Juste avant de sombrer dans le sommeil, le désespoir me submergeait. Je me réveillais les yeux gonflés d'avoir trop pleuré.

Je n'avais aucun contrôle sur mon sort. Il ne me restait que mon souffle et un fragment d'espoir. Si je continuais à avancer, je survivrais jusqu'à ce que quelqu'un vienne bouleverser mon univers.

Les Allemands réquisitionnaient une part de plus en plus importante de notre production. Mon père finit par livrer aux nazis la totalité du fruit de notre labeur. En retour, il recevait nos tickets de rationnement. La première fois qu'il revint avec des vivres, je crus avoir mal compris le système.

— Tu devras aller chercher à manger chaque jour ?

— Non, Alina ! répondit-il, impatient. Ce sont nos rations pour une semaine.

Elles n'étaient pas seulement maigres, elles étaient insuffisantes : un paquet de farine, un peu de beurre et de fromage, six œufs et de la viande en conserve.

— On ne va jamais s'en sortir avec ça ! protestai-je. Nous avons tant de travail ! Comment gérer la ferme à trois avec presque rien à manger ?

— Un tas de gens sont moins bien lotis que nous, intervint ma mère.

— Moins bien ?

C'était inimaginable. Voyant ma mère s'énerver, mon père reprit la parole :

— Ces rations correspondent à presque sept cents calories par jour et par personne. Les Juifs, eux, n'ont droit qu'à deux cents calories. Ma fille, tu trouves que nos travaux des champs sont pénibles ? Si tu venais en ville avec moi, tu verrais comment sont traités ces malheureux Juifs.

— Je ne demande qu'à aller en ville ! répliquai-je d'un air de défi. Mais tu me l'interdis.

— Ce serait trop risqué, Alina ! Sais-tu quelles horreurs ces monstres font subir aux jeunes filles, là-bas ? Sais-tu ce que tu pourrais…

— On se débrouillera, coupa ma mère, imposant le silence.

À mes yeux, c'était désobéir aux règles et survivre ou suivre les règles et crever de faim. Je redoutais que mes parents n'optent pour la seconde solution.

— Nous pourrions peut-être garder pour nous un peu de nourriture…, hasardai-je. Rien qu'un peu… quelques œufs ou des légumes…

— Les occupants considèrent que nos fermes appartiennent au Reich, m'expliqua mon père. Si nous conservions des produits, nous serions emprisonnés, voire pire. Ne suggère plus rien de tel !

— Mais…

— Ça suffit, Alina ! lança ma mère.

Frustrée, je soutins son regard. Elle était déterminée. Sa posture en disait plus long que ses mots : Maman avait un plan et elle n'avait aucune intention de m'en faire part.

— Contente-toi d'effectuer tes tâches sans poser de questions. Ton père et moi te dirons quand tu devras t'inquiéter.

— Je ne suis plus un bébé, Maman ! Tu me traites comme une enfant…

— Tu *es* une enfant ! s'exclama mon père d'une voix qui tremblait de passion et de colère.

Nos regards se croisèrent. Il avait les yeux embués de larmes. J'en fus tellement étonnée que je ne sus comment réagir. Soudain, je n'avais plus du tout envie de discuter avec eux. Mon père prit une profonde inspiration.

— Tu es notre enfant, poursuivit-il. Et tu es désormais notre seule raison de lutter. Nous ferons ce qu'il faudra pour te protéger et tu ferais mieux de réfléchir avant de tout mettre en cause.

Fulminant, il désigna la porte, incapable de retenir ses larmes :

— Va faire ton travail, bon sang !

Si je n'avais pas vu les larmes dans ses yeux, j'aurais protesté, repoussé les limites.

À compter de ce jour, je fis profil bas en travaillant d'arrache-pied, au point de consumer ma vie.

*

Par une belle journée de fin d'automne, je m'occupais de nos haies de fruits rouges, d'un côté de la maison, au bas de la pente. Le vent s'était calmé et le soleil brillait. Je prenais des couleurs. À midi, j'avais enfilé une robe légère et fleurie, héritée de Truda. Elle n'avait rien de provocant – je ne possédais aucune tenue provocante –, mais je l'avais choisie parce que sa coupe et son décolleté me permettaient de savourer la chaleur du soleil sur mes bras et ma gorge. Accroupie, je récoltais des framboises mûres que je déposais dans un panier d'osier, en arrachant quelques mauvaises herbes au passage. Papa souffrait de ses hanches et Maman avait décidé de s'occuper de lui.

J'entendis soudain un camion s'approcher puis ralentir. Comme chaque fois, je retins mon souffle. Le véhicule s'engagea dans notre allée. Dès que le moteur se tut, je reconnus le bruit de la porte d'entrée.

Je me souvins, un peu tard, de ma carte d'identité. En me changeant, à midi, je l'avais laissée dans la poche de mon autre jupe, sur mon lit.

Pourvu que ces soldats me laissent tranquille ! Sans grand espoir, je me levai. Je ne voulais pas qu'ils me trouvent accroupie. Ils n'étaient que deux, cette fois. L'un était entre deux âges, le front dégarni et si gras que j'étais folle de rage en imaginant la quantité de nourriture qu'il devait ingurgiter. Son camarade, qui semblait très jeune, devait avoir l'âge de mes frères. Était-il malheureux d'être loin de sa famille, comme l'étaient certainement les jumeaux ? L'espace d'un instant, j'eus de la compassion pour lui. Elle s'envola dès que je découvris son expression. Comme son aîné, il observait notre modeste demeure d'un air de dédain. Sa main effleurait le holster de cuir contenant son arme, sur sa hanche. De toute évidence, il cherchait un prétexte pour défouler son agressivité.

Et je me tenais au bord d'un champ, vêtue d'une petite robe à fleurs, sans carte d'identité. Autant agiter un drapeau rouge devant un taureau furieux.

Pendant que le plus vieux s'approchait de la maison, le jeune scruta les alentours, l'orée des bois, la colline, avant de venir vers moi. J'aurais tout donné pour être invisible. En se tournant, le soldat regarda dans ma direction.

L'espace d'un instant, je crus qu'il ne m'avait pas remarquée ou qu'il ne m'accordait pas la moindre attention. Soulagée, je soupirai. Le jeune soldat fronça les sourcils et inclina la tête. Ce fut comme s'il s'apercevait enfin de ma présence. Il releva les yeux pour croiser mon regard. J'y lus du dégoût, ainsi qu'une sorte d'avidité intense et troublante. Écœurée, je me détournai vite, mais je sentais toujours son regard rivé sur moi. J'eus soudain l'impulsion d'enrouler les bras autour de mon corps.

Je ne pouvais rester là, pétrifiée. J'aurais attiré l'attention sur moi. Dans ce cas, j'étais fichue. Ils ne me permettraient jamais d'aller chercher ma carte d'identité. Ce serait un acte de bienveillance, ce que les Polonais ne méritaient pas, aux yeux des nazis. Ils nous considéraient comme des *Untermenschen*, des sous-hommes, à peine au-dessus des Juifs sur leur échelle des « races ». Je devais faire mine d'être occupée. N'était-ce pas le moyen de survivre ? Être productif, gérer la ferme, produire à tout prix ? Tel était notre mantra depuis le début de l'Occupation. Je voulais croire que cette stratégie me sauverait, en cet instant, malgré l'intensité du regard de ce soldat. Je fus parcourue d'une poussée d'adrénaline. Une goutte de sueur coula dans mon dos. Je voulus bouger mais j'avais les mains moites. En me penchant pour ramasser mon panier, je glissai et m'écroulai dans la terre. Les centaines de framboises que j'avais cueillies se renversèrent. Au bord de la panique, je vis le soldat s'esclaffer avec mépris. Sans dire un mot, il se moquait de moi.

Je me mis à genoux pour ramasser ma récolte, les mains si tremblantes que je faisais tomber la moitié des fruits. Je sentais les yeux du soldat rivés sur moi, comme s'ils transperçaient mes vêtements. Si je m'enfuyais en courant, ils me tireraient dessus. J'étais trop terrifiée pour réfléchir et trouver quelque chose à faire qui puisse détourner l'attention du soldat. Je me sentais nue, exposée, dans cette robe d'été que j'avais enfilée en toute innocence, dans l'espoir de prendre un peu le soleil.

Dans la maison, j'entendais l'autre militaire et mon père qui s'efforçait de discuter avec lui en allemand. Hélas, il ne bredouillait que quelques mots de cette langue. Ils parlaient calmement, puis mon père a évoqué Oświęcim, une ville proche de la nôtre.

Le jeune soldat m'observait toujours.

Le plus vieux se mit soudain à crier sur mon père, avant de tourner les talons pour se diriger vers son véhicule. Enfin, le jeune soldat prit la parole. Il se tourna lentement vers mon père, l'air dédaigneux, puis vers moi. Il débita une phrase que je ne compris pas. L'autre l'appela et ils s'en allèrent ensemble.

Je m'écroulai à terre, bouleversée par la tension de ce moment. Pourquoi me sentais-je aussi mal alors qu'ils étaient partis ? Une main sur mon ventre, je remarquai à peine ma mère qui venait vers moi.

— Tout va bien, Alina.

— Je n'avais pas mes papiers sur moi, soufflai-je.

Elle émit un grommellement d'impatience.

— S'ils avaient vérifié…

— Je sais, fis-je d'une voix brisée. Je sais, Maman. J'oublie sans cesse, mais… je ferai attention, la prochaine fois.

— Non ! s'exclama-t-elle. Tu oublies systématiquement ! Nous ne prendrons plus ce risque ! Je m'occuperai de ta carte d'identité et nous veillerons à ce que je ne sois pas loin de toi quand tu ne seras pas dans le champ.

L'étau se resserrait. Après les cinq minutes qui venaient de s'écouler, je n'en avais que faire.

— Qu'est-ce qu'ils voulaient, Maman ?

— Ils étaient perdus. Ils cherchaient le chemin des baraquements. D'après ton père, ils se rendaient à Oświęcim.

Soudain pensive, elle se tourna vers la colline.

— Je… tu devras porter un foulard dans les champs, reprit-elle, la mine soucieuse. Ou un chapeau de ton père. Désormais… tu devras dissimuler tes cheveux à tout moment. Et tu…

Elle me toisa et passa une main nerveuse dans sa propre chevelure.

— Tu devras peut-être porter les vêtements de tes frères…

Sa voix s'éteignit encore. Elle semblait désemparée.

— Tu ne comprends donc pas ce que je suis en train de te dire, Alina ?

— J'ai fait quelque chose de mal, Maman ? Que m'a dit ce soldat ?

— Il s'adressait à ton père, soupira Maman. Il lui a déclaré que sa fille était jolie.

Elle me regarda alors dans les yeux.

— Nous devons tout faire pour que les prochains soldats qui passeront ne voient pas une jolie fille. Nous ne pouvons pas te cacher, alors tu dois dissimuler ton corps. C'est clair ?

Je ne voulais plus me sentir aussi exposée au regard d'un homme. J'avais envie de brûler cette robe légère et de me camoufler sous un gros manteau pour le reste de mon existence. Je ne m'étais jamais vraiment souciée de mon apparence ; ce jour-là, je me suis mise à détester mon physique. Je détestais mes cheveux châtains, mes grands yeux bleus, mes courbes féminines. Si j'avais pu devenir invisible, je l'aurais fait volontiers. Soudain, j'eus envie de courir vers la maison pour enfiler des vêtements de garçon sans tarder.

Maman s'agenouilla près de moi pour m'aider à ramasser les framboises.

— S'ils t'abordent, ne leur résiste pas, souffla-t-elle. Tu as bien compris, Alina ? Laisse-les faire ce qu'ils...

Elle n'avait pas coutume de chercher ses mots. En me voyant fermer les yeux, elle m'agrippa le bras jusqu'à ce que je les rouvre.

— Ils n'ont aucune raison de te tuer s'ils peuvent obtenir de toi ce qu'ils veulent. Ne l'oublie pas.

Je secouai la tête. Maman resserra son emprise sur mon bras.

— Le viol est une arme, Alina. Tuer nos dirigeants est une arme, nous voler nos garçons est une arme, nous affamer est une arme. S'ils voient que tu résistes à toutes leurs tactiques d'intimidation, ils te contrôleront par d'autres moyens. Ils chercheront à t'épuiser de l'intérieur. S'ils s'en prennent à toi, sois assez intelligente et courageuse pour maîtriser l'instinct de fuite ou de résistance. Même s'ils meurtrissent ton corps, tu survivras.

J'étouffai un sanglot. Elle attendit que j'acquiesce à travers mes larmes et se radoucit.

— Alina... tu comprends à présent pourquoi nous t'interdisons d'aller en ville ? Nous sommes tous vulnérables, impuissants. Mais toi, ma fille… tu es naïve et belle. Tu n'as pas conscience de ce que tu risques.

— Oui, Maman.

Franchement, je n'avais plus la moindre envie de quitter la maison. À compter de ce jour, je ne demandai plus à me rendre en ville.

Ce ne fut pas la seule fois que des soldats se présentèrent chez nous. Ils multiplièrent les vérifications d'identité et les visites impromptues destinées à nous déstabiliser. Elles étaient toujours terrifiantes, mais je ne me sentis plus exposée comme la première fois. Aucun soldat ne me surprit plus en train de travailler seule dans un champ. Ma mère ne me quittait pas d'une semelle, nos papiers dans des poches cousues dans ses dessous. Je ne portais plus mes propres vêtements, je ne lâchais plus mes cheveux sur mes épaules.

Ce jour d'automne, un jeune soldat nazi m'avait pris mon innocence sans s'approcher de moi à moins de trente mètres.

*

Le dimanche, Truda et Mateusz promenaient Emilia sur la colline, sur le versant orienté vers la ville, puis ils nous rejoignaient à la ferme pour le déjeuner. Nous les voyions descendre. Emilia tenait la main de ma sœur, une feuille de papier ou un petit bouquet de fleurs des champs dans l'autre main. Mateusz les suivait de près, pour les protéger, même si cela ne servait à rien. Si un soldat se mettait en tête de nous faire du mal, nous n'y pourrions rien, même pas mon imposant beau-frère.

Emilia s'était vite adaptée à sa nouvelle famille. Truda et Mateusz l'adoraient. La fillette aimait deux choses plus que tout, les fleurs et les mots. Avant chaque visite hebdomadaire, soit elle cueillait de quoi faire un petit bouquet, dans le parc situé au bout de la rue, soit elle nous dessinait des fleurs à l'aide de pastels que Truda avait réussi à obtenir. En général, elles étaient très colorées, d'un trait un peu enfantin et maladroit, mais ces œuvres d'art enjouées me réchauffaient le cœur. Parfois, elle ne traçait que d'épais traits noirs. Quel que soit le thème, je recevais ces offrandes avec surprise et plaisir. En retour, elle me souriait et c'était le plus beau moment de ma semaine.

Le dimanche, elle me tendait son petit cadeau et me demandait dans un souffle si j'avais des nouvelles de Tomasz. Chaque fois, je prétendais être certaine qu'il allait bien et qu'il ne tarderait sans doute pas à rentrer à la maison.

— Il est en vie et il va bien. Il fait de son mieux pour nous revenir.

— Comment peux-tu en être sûre ?

— Il me l'a promis, non ? Et Tomasz ne me mentirait jamais.

— Merci, grande sœur, soupirait-elle en m'étreignant.

La vie à la ferme était dure, mais plutôt tranquille, les premières années. La théorie de Maman semblait se confirmer. Nous nous concentrions sur nos tâches sans faire de vagues et, outre quelques contrôles sporadiques, nous échappions à la guerre qui faisait rage autour de nous. Nous étions affamés, les jumeaux nous manquaient, mais notre existence était presque supportable.

Le dimanche me rappelait qu'en ville les choses n'étaient pas aussi simples. Lors de ces déjeuners dominicaux, si Truda et Mateusz étaient stoïques, Emilia était trop jeune pour masquer sa souffrance. Sans crier gare, elle lançait des propos dérangeants auxquels nous ne savions comment réagir.

— Les Juifs réparaient le bâtiment et un soldat a lancé « sale Juif » et il a frappé le vieux monsieur sur la tête avec une pelle et…

— Ne parle pas de ça à table, Emilia, disait Truda d'un ton à la fois doux et ferme, comme à son habitude.

Emilia parcourait la tablée du regard, puis poursuivait son repas en silence. Un jour, nous discutions tranquillement à propos des poules quand Emilia m'a lancé de but en blanc :

— La dame était morte, dans l'étang du parc, Alina. Elle flottait sur le ventre, le visage dans l'eau. Elle était tout enflée et l'eau était rose.

— Emilia ! intervint Truda, gênée, avec une moue. Je t'avais dit… de ne pas regarder. Je t'avais dit…

Vexée, l'enfant nous observa tour à tour.

— Mange, mon petit, déclara vivement ma mère en déposant une galette de pommes de terre dans son assiette. Ne pense pas à ces choses-là.

À l'issue du repas, les adultes sirotèrent un café léger. J'en profitai pour emmener Emilia sur les marches de la grange pour bavarder librement pendant quelques minutes. Cette enfant si douce et innocente était encerclée par la mort et l'horreur et je sentais qu'elle avait besoin d'en parler, même si le reste de la famille ne le supportait pas.

— J'aime bien Truda et Mateusz, mais Tomasz et mon père me manquent, me confia-t-elle un dimanche.

— À moi aussi.

— Je déteste les méchants soldats qui sont en ville, et voir des gens morts partout. Je n'aime pas entendre des coups de feu, la nuit, quand je ne sais pas si c'est sur nous qu'on tire.

— Je comprends.

— J'ai peur de tout le monde et je veux que ça s'arrête.

— Moi aussi.

— Personne ne veut en parler. Les gens se mettent en colère à chaque fois. Pourquoi les adultes font-ils semblant qu'il ne se passe rien ? Pourquoi on ne peut pas en parler ?

— C'est comme ça, Emilia, répondis-je avec un sourire triste, avant de la serrer dans mes bras. Parfois, quand on parle d'un malheur, c'est comme s'il devenait plus réel. Tu comprends ?

Emilia hocha la tête avec un long soupir.

— Je me sens mieux en parlant de tout ça. Je veux comprendre.

— Tu peux me parler. Je n'y comprends rien non plus mais je serai toujours prête à t'écouter.

— Je sais, grande sœur.

Enfin, je la revis sourire.

9

Alina

POUR LA RÉGION, notre poulailler était assez conséquent. Les années de sécheresse, quand les récoltes étaient mauvaises à cause de la pauvreté de notre sol, nous survivions en mangeant des œufs. Désormais, nous devions les compter avec soin car les nazis nous avaient fixé un quota de vingt œufs par jour.

Or il arrivait que nos poules n'en pondent que dix-huit ou dix-neuf. Les premières fois, je cherchais partout, affolée, avant de me résoudre à annoncer la mauvaise nouvelle à mes parents. Heureusement, le lendemain, il y en avait toujours quelques-uns de plus. Mon père ne portant les œufs en ville que deux fois par semaine, nous retombions sur nos pieds.

Non seulement le quota était toujours respecté, mais nous avions même un ou deux œufs supplémentaires, parfois. Je crus un moment que mes prières avaient été exaucées. Hélas, au fil du temps, le cynisme l'emporta sur la foi.

Au terme de la moisson estivale, nous avions cédé ce que les occupants exigeaient de nous au gramme près. C'était une période où Maman et moi étions toujours très occupées à faire des conserves pour les mois d'hiver. Faute d'excédents à mettre en bocaux, nos soirées étaient libres, ce qui me faisait un drôle d'effet. Ces heures interminables passées avec ma mère me manquaient.

Une nuit, je fus réveillée par une forte odeur sucrée. Je gardai les yeux rivés sur le plafond un long moment. Était-ce le fruit de mon imagination ? Étais-je en plein rêve ? À mesure que la sensation olfactive persistait, mon trouble grandissait. J'ouvris la porte de ma chambre. Ma mère s'affairait derrière le fourneau, dans un appétissant parfum de fraises. La lampe à pétrole était éteinte. Seule la lueur vacillante des flammes du fourneau illuminait la pièce. Pensive, Maman surveillait le contenu de sa marmite.

— Qu'est-ce que tu fais ?

Ma question la fit sursauter.

— Je nettoie la marmite, répliqua-t-elle avec un regard noir. Va te coucher !

— Je... Maman...

La gorge nouée, je fixai la marmite en humant le parfum, avant d'énoncer l'évidence malgré moi :

— C'est de la confiture. Je vois bien que tu fais de la confiture !

Ma mère continua de remuer sa mixture avant de se tourner vers moi d'un air de défi.

— Mais non, ce n'est pas de la confiture, affirma-t-elle.

Elle souleva la cuillère pour me montrer le sirop qui en dégoulinait. Pendant un long moment, elle garda le silence. J'observais la cuillère tandis qu'elle avait les yeux rivés sur moi. Enfin réveillée, je sentis ma gorge se nouer. Incapable de reporter mon attention sur ma mère, dont le regard intense m'était presque insupportable, je me concentrai sur la cuillère. Dans la pénombre, la confiture avait l'aspect du sang. Grâce au feu, il faisait assez chaud dans la maison. Je fus pourtant parcourue d'un frisson.

Maman remit sa cuillère dans la marmite et reprit ses mouvements circulaires.

— Si c'était de la confiture, je serais coupable de rétention et je risquerais l'exécution. Ils me fusilleraient, me pendraient ou me battraient à mort.

Un nouveau silence s'installa. La vérité de ces propos me saisit de terreur.

— Tu me crois assez folle pour prendre un tel risque ? reprit-elle.

Elle me provoquait du regard, comme si elle me défiait d'affirmer le contraire et comme si la seule énonciation de cette évidence provoquerait sa mort. Je tremblai face à la réalité de notre situation, que j'avais réussi à éviter jusque-là.

Je secouai la tête.

— Non, Maman. Bien sûr que non...

— Bien. File te coucher.

Docile, je tournai les talons pour me réfugier sous mes couvertures où je finis par me rendormir. Le lendemain matin, à mon réveil, le soleil se levait, derrière ma fenêtre. Il m'était impossible de nier la vérité, désormais.

Ma mère dissimulait des vivres aux occupants. Forte de cette certitude, je voulais savoir jusqu'où allait sa désobéissance.

Dans la journée, les poules étaient difficiles à dénombrer, d'autant qu'elles étaient libres de s'aventurer à leur guise dans la grange et dans la cour. Le soir, je les pourchassais pour les enfermer et les protéger ainsi des renards. Le lendemain soir, je me mis en tête de confirmer mes soupçons. Dès que j'eus rentré les poules, j'entrepris de les recenser.

— Nous avons vingt-trois poules, plus les coqs, annonçai-je à ma mère, dans la cuisine.

— Non, rétorqua-t-elle, la mine soucieuse. Vingt poules et trois coqs.

— Certaines ont dû t'échapper, parce que je viens de les compter…

— Nous avons exactement vingt poules, Alina, intervint mon père.

Ses mots résonnèrent si fort que je compris le message.

— Vingt poules, répétai-je d'un ton morne.

De la confiture, des œufs… Où s'arrêtait ma mère ? Je me mis à examiner les provisions que rapportait mon père quand il allait chercher nos rations, pour les comparer à ce que nous consommions. Certes, nous ne vivions pas dans l'abondance, mais nous mangions des œufs presque chaque jour, alors que Papa n'en rapportait qu'une demi-douzaine par semaine de la ville. Nous avions de la confiture pour nos tartines. Nos réserves d'avant-guerre, pensais-je. J'observai avec attention le pot dans lequel nous nous servions.

C'était le même pot depuis des mois. Il semblait se remplir de confiture à mesure que nous le vidions.

Quel aurait été mon régime sans ces confitures illégales et ces œufs supplémentaires ? Que trafiquaient mes parents à mon insu ? Ma mère risquait sa vie pour me nourrir.

Un matin, alors que Maman et moi ramassions les œufs, j'attendis qu'elle ait regagné la cour pour me précipiter dans la grange et, munie de la lampe, descendre dans la cave. J'avais déjà eu du mal à surmonter ma peur lors des bombardements. Le cœur battant, je ne découvris qu'un pot de confiture poussiéreux et deux pommes de terre germées.

C'était encore pire que ce que je redoutais. Le fait que Maman ait des réserves secrètes était effrayant, mais la possibilité que nous ayons épuisé ces réserves l'était encore plus.

— Maman ! m'exclamai-je en la rejoignant. Nous avons épuisé nos provisions, n'est-ce pas ?

— Non, répondit-elle en poursuivant son travail comme si de rien n'était.

Incrédule, je la pris par le bras pour l'obliger à me regarder.

— Je suis descendue à la cave !

Elle me fusilla d'un regard perplexe, puis s'esclaffa.

— Alina ! Depuis quand tu descends à la cave, toi ?

— J'étais tellement inquiète...

— Quand viendra le moment de t'inquiéter, je te préviendrai. D'ici là, travaille dur et cesse de poser des questions.

— Mais, Maman... j'ai besoin de comprendre.

— Parfois, il est plus raisonnable de ne pas comprendre, soupira-t-elle. Pour nos envahisseurs, nous ne sommes rien, Alina. Nous étions déjà pauvres, donc il ne leur reste pas grand-chose à nous prendre. S'ils sont persuadés de nous prélever toute notre production, ils nous laisseront tranquilles... la plupart du temps. S'ils commencent soudain à s'intéresser à nous, nous devrons discuter. En attendant, fais-nous confiance. Nous veillons sur toi.

La confiture ne vint jamais à manquer. Il y eut des galettes de pommes de terre chaque dimanche et, le matin, Maman me servait une portion généreuse d'œufs avec ma bouillie d'avoine. Je la voyais glisser des pommes de terre et des œufs, voire des céréales ou du sucre dans les poches de Truda, après le déjeuner. Nous avions tous mauvaise mine, nous étions trop maigres, mais Emilia avait les joues roses et rebondies. Je remarquais les sacs de blé et de sucre que mon père dissimulait à l'arrière de la charrette après un trajet impromptu en ville pour « rendre visite à Truda ».

Nous ne survivions que parce que mes parents conservaient une partie des récoltes et trempaient de temps à autre dans le marché noir. C'était monnaie courante, à l'époque. Tous les citoyens polonais en faisaient autant.

Après ce matin-là, je ne posai plus de questions à ma mère. J'avais envie de protester et je me demandais comment je survivrais quand les réserves seraient épuisées. Même avec ces apports, il m'arrivait d'avoir des vertiges, dans les champs, et d'être fatiguée au point de devoir m'asseoir quelques instants. Sans ces suppléments, je ne serais jamais parvenue à effectuer les tâches que mes parents attendaient de moi pour maintenir la ferme à flot.

Au lieu de chercher à soutirer la vérité à mes parents, j'ajoutai une couche à la terreur qui régissait chaque minute de ma vie.

Parfois, pendant que je plantais, que je désherbais ou que je cueillais les légumes du potager, je me redressais pour étirer mon dos fourbu. En levant les yeux vers le ciel, je remarquais une colonne de fumée noire. Dans un premier temps, je n'y avais guère prêté attention parce que la fumée était omniprésente au début de l'Occupation. Or celle-ci était différente de celle qui s'élevait des bâtiments incendiés par les nazis, car elle se trouvait toujours exactement au même endroit.

Au bout d'un an, puis de deux ans, ces nuages de fumée étaient presque quotidiens. Je finis par établir un lien entre cette étrange colonne sombre et l'odeur nauséabonde qui flottait certains jours et nous enveloppait. En l'absence de vent, la puanteur n'était jamais très loin. Elle ne ressemblait à aucune autre et me donnait mal au cœur. De plus, elle suscitait en moi une peur inexplicable. Très vite, cette fumée qui se détachait contre le ciel d'un bleu limpide constitua à mes yeux une menace.

Par temps clair, je me persuadais que nous étions revenus en arrière, à l'époque où Tomasz n'avait pas encore quitté Trzebinia. Alors, mes pensées vagabondaient. Tomasz descendait la colline en sifflotant pour déjeuner avec nous et amuser mon père avec quelque anecdote. Filipe rentrait des champs en implorant notre mère de le laisser rendre visite à Justyna. J'étais fatiguée depuis si longtemps que j'avais oublié ce que l'on ressentait à être « revigorée ».

Un jour, après le déjeuner, en quittant la maison, je vis la sinistre colonne de fumée noire s'élever dans le ciel. Quelques heures plus tard, tandis que ma mère et moi plantions des légumes de l'autre côté du potager, la colonne était si haute qu'elle s'étirait à l'infini.

— Ne regarde pas ! m'ordonna soudain ma mère. Ce n'est pas en la regardant qu'elle disparaîtra.

La mine renfrognée, elle n'appréciait pas plus que moi ce spectacle.

— Qu'est-ce que c'est, d'après toi ? osai-je lui demander pour la première fois.

— Elle vient d'un camp de travail pour prisonniers. C'est juste un four, rétorqua-t-elle brusquement.

— Un four ? répétai-je, incrédule. Un très grand four, alors.

— Plutôt une chaudière, un chauffe-eau. Il y a de nombreux prisonniers dans ce camp, des prisonniers de guerre pour la plupart. Ils font chauffer de l'eau pour les douches et le linge.

Son explication était plausible. Il n'y avait rien d'inquiétant, finalement. Je pouvais chasser mon appréhension viscérale.

Et pourtant, le lendemain, le surlendemain et les jours qui suivirent, une partie de moi sentit que ma mère se trompait.

J'ignorais encore à quoi correspondait cette fumée, mais j'y voyais désormais un signe supplémentaire que l'étau se resserrait sur mon pays.

C'est par hasard que nous apprîmes la mort de Filipe. Les jumeaux s'étaient retrouvés ensemble dans un immense camp de travail situé à des centaines de kilomètres de chez nous. Ils travaillaient avec des garçons venus de toute la Pologne. Un détenu chargé d'administrer le camp fut « promu » par les nazis à un poste supérieur à Cracovie. En se rendant vers sa nouvelle affectation, il passa nous voir à Trzebinia.

Quelques mois à peine après l'arrivée des jumeaux, Filipe avait été choqué par quelque événement survenu dans le camp et avait tenté d'intervenir. Naturellement, la structure était gardée par des soldats qui avaient aussitôt pointé leur arme sur lui. Sa mort était-elle inévitable ? Avec le recul, elle n'avait rien d'étonnant.

Nous n'avions pas de dépouille à enterrer, à célébrer lors d'une messe. Il était mort, point final. Il n'y eut ni confirmation officielle ni notification, rien que le silence. Un silence qui durait depuis des mois. Rien n'avait changé et rien n'était pareil, non plus, car je n'avais plus qu'un frère au lieu de deux.

Voilà ce que l'Occupation infligeait aux familles. Elle les brisait sans explication, sans qu'elles puissent faire leur deuil. De temps à autre, comme pour Emilia et Truda, quelques fragments de vie se recollaient, mais l'oppression engendrait surtout la mort et la souffrance.

Dès lors, mes parents se replièrent sur eux-mêmes. Nous nous contentions d'exploiter notre modeste ferme sans jamais exprimer notre souffrance. Chacun d'entre nous portait seul son fardeau. Je ne parvenais à avancer qu'en m'accrochant à un optimisme qui refusait de mourir. La Résistance passerait peut-être à l'action. Stanislaw rentrerait à la maison, Tomasz aussi... Chaque fois que mon père se rendait en ville, je l'attendais, le cœur battant, sur le pas de la porte.

— Des nouvelles de Tomasz ou Stani ?

Il secouait la tête et m'embrassait sur le front.

— Désolé, Alina. Pas aujourd'hui.

— Tu t'es renseigné ?

— Auprès de toutes les personnes possibles, ma fille.

Alors que la douleur de la mort de Filipe commençait à peine à s'estomper, Papa rentra un jour avec nos rations. C'était l'hiver et il neigeait. En milieu de matinée, j'avais fini de m'occuper des bêtes et je m'étais repliée à l'intérieur, au coin du feu, pour repriser des chaussettes avec ma mère. En entendant le grincement de la grille, je courus accueillir mon père, comme toujours. Ses épaules voûtées et ses yeux rougis en disaient long.

— Tomasz ou Stani ? demandai-je.

Je suivis le regard de mon père vers l'intérieur de la maison. Ma mère s'était levée, soudain très pâle. Elle avait lu la nouvelle sur le visage de mon père et communiquait avec lui sans paroles. Dans une plainte rauque, elle tomba à genoux et se prit la tête dans les mains. Je me tournai vers mon père en secouant la tête.

— Non, murmurai-je.

Il poussa un long soupir.

— Stani, fit-il d'une voix brisée, au bord des larmes. La dysenterie.

Du jour au lendemain, ce fut comme si mes frères n'avaient jamais existé. Les nazis avaient le droit de vie ou de mort sur nous, le pouvoir d'anéantir deux jeunes gens qui comptaient tant pour nous... Mes parents avaient perdu deux de leurs quatre enfants. Comment surmonter une telle épreuve ? Mon père sombra dans une profonde dépression. Je le retrouvais seul dans les champs, le regard dans le vague. Maman devait parfois le forcer à manger sa maigre ration. Le dimanche, quand Truda, Mateusz et Emilia nous rendaient visite, Papa restait à l'écart. Il avait baissé les bras. La guerre lui ayant pris ses fils, son nom ne serait pas perpétué après sa mort, alors à quoi bon continuer ? Durant la journée, ma mère se montrait courageuse. La nuit, il m'arrivait d'entendre les sanglots qu'elle ne parvenait plus à contenir.

Il ne me restait que l'espoir de retrouver Tomasz. Il était tout, pour moi. Alors que mon univers avait basculé dans l'horreur et la souffrance, il me manquait avec une intensité qui me faisait peur. J'en voulais à Dieu d'avoir permis ce qui arrivait à mon pays. Je me promettais souvent de ne plus jamais prier. Je ne voulais plus être catholique, avoir la foi. Si Dieu permettait ces horreurs, je ne voulais plus entendre parler de lui.

Chaque soir, je déclarais une trêve, au moins avec la Vierge Marie. L'espace d'un instant, je mettais de côté ma colère et je l'implorais d'intercéder en faveur de Tomasz.

Je cessai de demander à mon père de prendre des nouvelles de lui en ville. Je ne priais plus pour avoir des nouvelles car, ces derniers mois, elles étaient toujours mauvaises. Un silence assourdissant était préférable au bruit si celui-ci n'engendrait que du chagrin.

10

Alice

Je persuade ma mère de retourner chez elle chercher sa propre tablette pour Babcia. Eddie a besoin de la sienne et je me sentirais coupable de laisser ma grand-mère sans voix. Dès que Maman rapporte l'appareil, je cherche à obtenir l'application de CAA. Elle coûte très cher, presque trois cents dollars. En découvrant le prix, ma mère grommelle mais la télécharge. Babcia se rend compte de ce que nous sommes en train de faire et appuie encore et encore sur la touche « merci ».

Quand vient le moment de prendre congé, je n'ai qu'une idée en tête, coucher Eddie et me servir un verre de vin. Hélas, Callie m'attend sur le pas de la porte, ivre de rage.

— Tu ne croiras jamais ce qui m'est arrivé aujourd'hui ! C'est honteux !

Eddie a hérité de mes yeux verts, de mes cheveux châtain clair et même de mes traits. Avant que le pédiatre ne le mette sous traitement pour atténuer ses mouvements répétitifs, il avait aussi ma carrure menue. Depuis, il a pris quinze kilos. Callie, en revanche, a toujours été le portrait craché de Wade. Grande et carrée, elle a ses cheveux et ses yeux bleus intenses, sans parler de son intelligence et de sa vision sans nuances de la vie.

— Qu'est-ce que tu as, Callie ?

Je pousse un soupir. Les mains sur les hanches, elle me toise d'un air de défi. Je me prépare psychologiquement. Quelqu'un aurait-il osé suggérer qu'elle avait tort, une fois de plus ? À moins qu'un professeur ne lui ait attribué un binôme légèrement moins doué qu'elle pour un exercice ? Comme prévu, Callie exprime son indignation :

— Une prof, une remplaçante, m'a fait faire des exercices *normaux*. Comme si j'étais une élève *normale* ! C'est de l'abus, non ? Et mes droits ?

Eddie s'écroule sur le pouf du salon et pose sa toupie sur sa cuisse. Il ne l'a pas lâchée de la journée. Je regrette de ne pas avoir noté le nom de la dame du supermarché pour lui envoyer un petit mot de remerciements. La télécommande se trouve exactement à l'endroit où il l'a laissée ce matin. Il ouvre YouTube et navigue vers une vidéo de *Thomas et ses amis*. Il ne veut plus les regarder en public et, depuis peu, réagit violemment quand son enseignante veut lui en faire regarder un épisode. Selon elle, il est conscient d'être trop grand pour cette série mais il ne possède pas les compétences linguistiques nécessaires pour nous en parler. Cela me fait de la peine. Je suis ravie qu'il aime regarder *Thomas et ses amis* à la maison. Je peux ainsi le laisser seul. Il va sans doute enchaîner cinq ou six épisodes avant le dîner, l'équivalent pour lui de ce verre de vin dont j'ai désespérément besoin.

Mon regard passe de mon fils incapable de communiquer à ma fille qui ne peut s'empêcher de le faire. À bout de patience, je soupire. Ces moments surréalistes dans ma vie de mère se produisent de temps en temps et j'arrive à les gérer. Cette fois, mon seuil de tolérance est dépassé. J'essaie de me ressaisir. Je dis les mots qu'il faut mais ils sortent trop sèchement. J'assène à ma fille de dix ans toute la puissance de mon sarcasme.

— Je doute qu'il s'agisse d'exercices « normaux », Callie. On ne donne pas d'exercices « normaux » dans une école de ce niveau.

— C'étaient des exercices *normaux*, pas mon programme avancé. Autant me faire faire de la pâte à modeler ! Quelqu'un comme moi…

C'est son arrogance qui m'énerve. Bien campée sur ses pieds, les mains sur les hanches, la tête haute, elle regarde sans cesse Eddie comme pour étayer ses propos. *Je suis ton enfant surdouée et non celui qui a « des besoins spécifiques ». Je mérite mieux parce que je suis brillante et non en situation de handicap.*

Je suis en train d'élever un monstre. Enragée par cette prise de conscience soudaine, j'imite sa posture pour déclarer :

— Cela ne te fera pas de mal d'être traitée comme une personne normale, pour une fois, Callie.

— J'étais sûre que tu ne comprendrais pas. Papa, il me comprend, lui ! Il sait combien c'est frustrant d'avoir un potentiel intellectuel infini et d'être obligée de faire des coloriages comme une… comme une…

Elle s'interrompt et se tourne une fois de plus vers Eddie.

— Comme une *attardée,* énonce-t-elle d'un ton amer.

Je déteste ce mot, qui sous-entend une forme d'inutilité. Il m'inspire des images de cellules capitonnées et d'enfants abandonnés. Je vois rouge chaque fois que je l'entends.

— Pascale ! File dans ta chambre !

Fulminante, elle soutient mon regard, puis elle fond en larmes et se précipite vers l'escalier. Wade apparaît sur le seuil de la cuisine, affublé du tablier noir et rose fluo qu'il m'a offert pour la fête des Mères. Il est si grand que le tablier lui arrive à mi-cuisses, sur son pantalon de costume. Il est ridicule.

Si je n'étais pas aussi furieuse, j'éclaterais de rire. Je le regarde fixement. Pourvu qu'il dise quelque chose, n'importe quoi, pour exprimer ne serait-ce qu'un soupçon d'empathie.

— Ce sont les journées comme celle-ci…, commence-t-il.

C'est ce que j'ai envie d'entendre. Hélas, la suite est décevante car elle ne concerne que Callie :

— Nous devrions peut-être la faire passer dans une classe avec des enfants précoces plus âgés mais au même niveau qu'elle. Elle n'est pas une enfant surdouée comme les autres. C'est frustrant qu'elle soit obligée de…

— Non, dis-je trop sèchement.

Il se tait. Je respire un grand coup et m'efforce d'adopter un ton plus doux. C'est une discussion récurrente car je tiens à ce que Callie ait des camarades de son âge. Wade semble croire que les copains sont une notion surfaite ; il veut qu'elle aille au bout de ses capacités.

— Excuse-moi, mais je n'ai pas envie d'avoir cette conversation une fois de plus. Pas ce soir. Je t'en prie… demain ?

Il hésite, puis hoche la tête.

— D'accord. Comment ça s'est passé, avec Babcia ?

— Je t'en parlerai quand j'aurai mangé, dis-je avec un soupir. Qu'est-ce que tu nous prépares ? Ça sent bon.

— Oh, des escalopes de poulet avec des légumes.

Il me précède dans la cuisine et, là, c'est le chaos : des casseroles sales, de la vaisselle sur le plan de travail, des paquets ouverts un peu partout. Il y a même des épluchures de légumes au sol. Cet homme est capable de manipuler des nanoparticules pour faire progresser la science ; en revanche, il est incapable de comprendre, dans sa petite tête, que lorsqu'on fait tomber quelque chose par terre, on le ramasse ! Je ne peux lui reprocher le désordre qui règne dans la cuisine parce qu'en réalité il cherche à se rendre utile. Je sais toutefois qu'il va servir le repas, le manger, puis se retirer dans son bureau pour rattraper le travail qu'il n'a pas fait cet après-midi. Ce sera à moi de tout ranger.

Je garde le silence car, pour l'heure, la cuisine est son problème. Dès que possible, je prendrai quelques instants pour moi. Je vais chercher une bouteille de merlot dans le placard et je me sers un verre.

— Wade…

Il me regarde comme si j'allais le féliciter ou le remercier. Cruelle déception.

— Tu pourras m'apporter une assiette quand ce sera prêt ?

— Tu comptes manger dans ton bain, ce soir ?

Il possède des qualités qui rachètent ses défauts. Il me connaît aussi bien que je le connais.

— Absolument. Cela te pose un problème ?

Wade fait la moue, puis il secoue la tête.

— Chérie, on est mariés depuis longtemps, donc je sais qu'il n'y a pas grand-chose que tu ne puisses pas faire dans une baignoire.

J'avale une longue gorgée de vin avant de remplir à nouveau mon verre et je fais quelques pas vers la porte.

— Ah, j'ai failli oublier !

Je vais chercher une boîte de soupe que je tends à Wade.

— Eddie doit manger, lui aussi. Merci et... ne lésine pas sur les pommes de terre, hein !

Je me prélasse dans mon bain jusqu'à avoir la peau fripée. Parfois, c'est mon unique refuge. Wade a raison, je suis capable de tout quand je suis dans mon bain. À chaque défi soulevé par Eddie, je m'octroie des heures de lecture dans ma baignoire. Redoutant que je ne m'électrocute avec ma liseuse, Wade a installé un câble à ressort au plafond. Si je lâche mon appareil, il s'envole au lieu de plonger.

Dans cette salle de bains au carrelage blanc étincelant, dans l'eau chaude et le silence bienfaisants, mes pensées vagabondent. Callie sait qu'il ne faut pas me déranger. Eddie finira bien par venir me chercher. Généralement, toutefois, il prend son mal en patience, une véritable bénédiction.

Ici, je suis tranquille, immobile, moi qui suis sous pression à chaque instant de ma vie. C'est l'unique petit luxe que je m'accorde et je m'y adonne avec délectation. En période de stress, j'y ai recours quotidiennement et, les jours comme aujourd'hui, je ne me refuse pas un verre de vin ou deux. Il m'arrive même de dîner dans la baignoire. L'escalope de poulet de Wade n'est pas pratique à manger ainsi. Tant pis, je me débrouille. Quand l'eau commence à refroidir, je reviens dans le monde réel.

Je persuade Eddie de prendre sa mélatonine, le seul moyen pour lui de dormir plus de quelques heures. Ensuite, je convaincs Eddie de se brosser plus ou moins les dents, ce qu'il déteste. J'ai pourtant essayé toutes les marques de dentifrice, de brosses, toutes les techniques. Enfin, j'incite Eddie à se coucher dans son lit. Quand il est installé, je passe dans la chambre de ma fille. Elle lit, comme toujours, au point qu'il nous est difficile de trouver des textes assez complexes pour l'intéresser mais dont le thème est approprié. Ce soir, elle est plongée pour la énième fois dans *Le Guide du voyageur galactique*, de Douglas Adams, une œuvre de science-fiction humoristique. Quand je l'embrasse, elle lève à peine les yeux de son livre.

Elle n'est pas prête à me demander pardon. Tant pis, j'attendrai. Je lui dis que je l'aime et la laisse tranquille.

À présent, plus moyen de repousser l'inévitable : la remise en état de ma cuisine. Je mets plus d'une heure à réparer les dégâts. Naturellement, Wade demeure invisible. Je ne dois pas lui en vouloir parce qu'il m'a aidée au-delà de mes attentes. Mes pensées vagabondent vers Babcia. La situation serait plus facile si Wade était différent. Wade, pas Eddie. Je n'arrive pas à souhaiter qu'Eddie soit différent. Ce serait trahir mon fils.

En entrant dans ma chambre à coucher, j'ai la surprise de trouver Wade, que je croyais occupé dans son bureau. Il a pris une douche et est en train d'enfiler son pyjama.

— Tu veux en parler ? s'enquiert-il tandis que je m'assieds sur le lit.

Ravie et étonnée, je m'appuie sur les oreillers et me recroqueville sur moi-même.

— Babcia n'arrête pas de réclamer Pa.

— La pauvre, soupire Wade. Elle a... oublié ?

— Je ne pense pas. Maman la croit désorientée mais je me demande si elle ne veut pas autre chose qui concerne Pa.

— Ce doit être très frustrant pour elle.

Wade vient s'asseoir à côté de moi et me fait pivoter pour me masser les épaules. La sensation est délicieuse.

Au moment où je commence à me détendre, il dépose un baiser dans mon cou et s'attarde un peu.

Ce baiser est chargé d'un message implicite, d'une proposition qui a le don de m'irriter. Il est sérieux ? Il croit vraiment que j'ai envie de faire l'amour après une journée pareille ?

Je tente de me libérer subtilement de son emprise, sans cesser de parler, comme si je n'avais pas senti son baiser.

— Je ne sais pas comment nous aurions fait sans la tablette d'Eddie et son appli. La main droite de Babcia semble paralysée. Elle n'arrive plus à écrire.

— Humm…

— Qu'est-ce qu'elle attend de moi ? Elle a passé sa vie entière avec Pa. Quelle question aurait-elle oublié de lui poser ? Au bout de soixante-dix ans de mariage, ils ne pouvaient avoir de secrets l'un pour l'autre.

Mon mari réfléchit, avant de reprendre :

— Tu as des secrets et nous sommes ensemble depuis plus de dix ans.

— Je ne te cache rien !

Wade soupire et s'écroule sur ses oreillers. Vexée, je me tourne vers lui.

— Je te jure !

— Tu es sans cesse en colère contre moi et je ne sais pas pourquoi.

— Sérieusement, Wade ? Tu n'en as pas une vague idée ?

Il arque les sourcils d'un air perplexe.

— Vas-y, vide ton sac, lance-t-il, provocateur. Tu as besoin de te défouler à ce que je vois. C'est quoi, le problème, aujourd'hui ? Je suis un mauvais père, c'est ça ? Un mauvais mari ? Je travaille trop ? Je ne comprends pas à quel point ta vie est difficile ? Je ne comprends pas ce que c'est que de renoncer à sa carrière ?

Je le fusille du regard, puis je me lève et m'éloigne en emportant mon oreiller.

— Vas-y, Alice ! Enfuis-toi. Tu n'as qu'à t'apitoyer sur ton sort parce que le méchant Wade essaie d'avoir une conversation d'adultes !

— Enfoiré !

Sur le seuil, je fais volte-face, au bord des larmes.

— Elle n'en a plus pour très longtemps, Wade ! Babcia va mourir et je ne sais pas comment l'aider. Et toi, tu veux parler de nos problèmes de couple ?

Au moment de claquer la porte, je décèle une lueur de remords dans son regard.

Je trouve Eddie recroquevillé à l'extrémité de son lit, sa couette tombée à terre. Parfois, mon fils s'agite tellement qu'elle glisse. Je le couvre et je tire le lit gigogne de sous le sien.

Je passe souvent la nuit ici pour aider Eddie à dormir. Ce soir, je pense surtout à moi. Wade a peut-être raison. Je fuis. Quoi qu'il en soit, j'avais besoin de réconfort, ce soir, pas de remontrances. Puisque c'est impossible, je me contenterai d'avoir de l'espace.

11

Alina

DEPUIS QU'ILS AVAIENT ENVAHI NOTRE PAYS, les nazis exécutaient tout autochtone venant en aide à des Juifs. Certains patriotes s'évertuant à leur porter secours, les Allemands avaient durci les représailles et fusillaient à présent l'entourage du contrevenant, femmes et enfants compris. Pour un simple verre d'eau donné à un Juif, une famille entière risquait d'être décimée.

Truda et Mateusz nous firent part de cette nouvelle règle lors d'un déjeuner dominical. Ils évoquaient souvent les brimades que subissaient les habitants de Trzebinia. Il neigeait. Emilia portait un manteau noir bien trop grand pour elle, hérité d'une voisine. Les bouquets de fleurs n'étant pas de saison, nous avions droit à de superbes dessins réalisés au verso d'un tract de propagande car le papier était devenu une denrée rare.

Il s'agissait d'une œuvre au fusain, une rose dont il manquait de nombreux pétales. Je collectionnais ses scènes de plus en plus sombres dans un monde lugubre. Emilia avait adopté le fusain pour représenter des fleurs flétries ou des figures abstraites saisissantes. Je les acceptais avec enthousiasme et elle était ravie de me faire plaisir. Si la tristesse qu'ils exprimaient m'inquiétait, je les conservais avec soin dans le tiroir de ma table de chevet, avec mon précieux anneau.

Ce dimanche-là, la conversation tournait autour des représailles contre ceux qui aidaient les Juifs. Si Truda était attristée, Mateusz tremblait de rage.

— C'est sans espoir, déclara Truda. Chaque fois que les choses ne semblent pas pouvoir empirer, ils franchisent un pas de plus dans la cruauté.

— Cette mesure va décourager ceux qui cachent des Juifs, murmura mon père en posant furtivement les yeux sur moi. Les gens sont généreux mais si les Allemands s'en prennent à leurs enfants… même le plus héroïque réfléchira à deux fois.

— Pourquoi ils détestent autant les Juifs, les nazis ? lança Emilia avec sa candeur coutumière.

Tous les regards se posèrent sur elle. Chacun chercha une réponse adéquate à lui fournir.

— Pourquoi ils nous détestent autant, nous aussi ? ajouta-t-elle. Qu'est-ce qu'on leur a fait ?

En grandissant, elle était de moins en moins innocente. Du haut de ses neuf ans, elle demeurait un peu timide, mais j'avais parfois l'impression qu'elle était plus mûre que moi.

— Hitler veut des terres et du pouvoir, or il est bien plus facile de convaincre une armée de mourir pour toi quand tu lui désignes un ennemi, expliqua gentiment mon père. Les Juifs constituent des ennemis faciles car les gens détestent ceux qui ne sont pas comme eux.

— Certains aideront quand même les Juifs, intervint ma mère.

J'eus la sensation qu'elle cherchait surtout à nous rassurer.

— Certains n'ont pas peur des représailles.

— Il y a des gens qui se font tellement d'argent en cachant des Juifs que les menaces de mort ne les impressionnent pas, soupira Mateusz.

C'était la première fois que j'entendais parler de tels arrangements qui me choquèrent.

— Qui peut faire une chose pareille ?

— La lie de notre société, Alina ! s'emporta Mateusz, soudain rageur. Ils exploitent la souffrance de ces malheureux. Ils sont aussi immondes que les nazis.

— Le mal est souvent plus proche qu'on ne le pense, souffla ma mère en se levant pour débarrasser son assiette. C'est pourquoi il ne faut faire confiance à personne en dehors de notre famille.

Il était évident qu'elle pensait à quelqu'un en particulier. J'attendis que quelqu'un développe, mais mon père se contenta de la foudroyer d'un regard exaspéré.

— Ne colportons pas les rumeurs, Faustina. Par les temps qui courent, on peut mourir pour un ragot.

Il s'exprimait d'un ton si implacable que j'en fus intriguée.

— De qui parlez-vous ? On connaît quelqu'un qui ferait ce genre de chose ?

— Laisse tomber ! gronda Truda en désignant Emilia d'un signe de tête.

Ma petite sœur me dévisageait avec une telle intensité que j'eus un peu honte d'être réprimandée en sa présence.

— J'en ai assez d'être traitée comme une gamine ! m'exclamai-je. Vous voulez que je fasse comme si j'étais aveugle. Personne ne me fait donc confiance, dans cette famille ?

— Bien sûr qu'on te fait confiance, objecta ma mère. En revanche, on se méfie des autres. Alina, tu n'as que dix-sept ans. Si on te cache des choses, c'est qu'il y a de bonnes raisons. Excuse-moi de t'avoir contrariée.

— Moi, je n'ai aucun secret pour toi, grande sœur ! déclara Emilia.

Lorsque tous les regards se posèrent sur elle, elle se redressa fièrement.

— Je raconte tout à Alina parce qu'elle me laisse parler, elle.

— C'est vrai, *babisu,* répondis-je doucement en lui prenant la main. J'adore discuter avec toi.

Emilia opina du chef et foudroya les adultes du regard, comme s'ils nous avaient abandonnées. Truda jugea bon de détourner la conversation.

Bien après le départ des invités, je songeais encore au commentaire de ma mère. Parmi nos connaissances en ville et dans les fermes environnantes, certaines étaient à éliminer d'office, comme Jan, le père de Justyna, qui ne dissimulait pas sa haine des Juifs. Mais à part lui ? Tout le monde cherchait désespérément à manger. Un peu d'argent supplémentaire permettait d'acheter des vivres au marché noir. N'en déplaise à Mateusz, presque tout le monde cacherait des Juifs moyennant finance.

Le lendemain matin, je suivis Maman vers le puits pour lui parler seule à seule.

— À qui faisais-tu référence, hier soir, à propos des gens qui cachent des Juifs pour de l'argent ?

— J'étais sûre que tu me poserais la question, murmura-t-elle.

Ma colère monta d'un cran :

— Maman, laisse-moi grandir ! Papa et toi m'enfermez comme si j'étais un bébé.

— Un jour, quand la guerre sera finie, ce que tu vis aujourd'hui comme des injustices et des trahisons te semblera salutaire.

Maman regarda au loin.

— Ce n'est peut-être pas grand-chose mais tout ce que nous avons à t'offrir est notre protection. Parfois, cela consiste à t'épargner certains fardeaux. Un jour, tu nous remercieras d'avoir veillé à ce que tu te concentres sur ton travail. Plus tard, ma fille, ces souffrances ne seront plus que de mauvais souvenirs et tu seras libre.

Ce rêve par trop irréaliste me fit monter les larmes aux yeux.

— Tu crois vraiment ?

— Alina…, soupira-t-elle tristement. Si je n'y croyais pas, je n'arriverais pas à me lever le matin.

Le printemps revint, mais les fleurs des champs ne suffisaient pas à nous mettre en joie. Maman et moi avions repris notre rythme effréné. Un jour, alors que nous travaillions au champ, Justyna s'approcha de la limite de son exploitation et, un peu hésitante, me fit signe.

— Je crois que ton amie a envie de bavarder, murmura ma mère.

— Je peux y aller ?

Elle acquiesça. Je courus vers Justyna, impatiente de parler à quelqu'un d'autre, pour une fois.

— Salut ! Qu'est-ce que tu deviens ? On ne s'est pas vues depuis des mois !

— Je sais, répondit-elle en baissant les yeux. Mon père me fait travailler. Ce doit être pareil pour toi.

— Oh oui…

Son air pincé ne lui était pas coutumier.

— Tu as un problème, Justyna ?

— Ma tante… ma mère…

Elle prit une profonde inspiration avant de poursuivre :

— J'ignore ce qui se passe, au juste. J'ai l'impression que ma tante Nadia sait quelque chose sur ton Tomasz.

Mon cœur s'emballa et je songeai aussitôt au pire.

— Oh non… une mauvaise nouvelle ?

Justyna s'empressa de secouer négativement la tête.

— Aucune idée. Mes parents se disputaient à voix basse. Papa veut qu'on reste ici, mais Maman tient à m'emmener chez ses sœurs de Cracovie, car la campagne est trop dangereuse. Bref, Papa a évoqué Nadia, puis Maman a prononcé « Tomasz Slaski ». J'en suis certaine, même si je n'ai pas saisi le reste.

— Tu leur as demandé de quoi ils parlaient ?

Ma voix était à peine audible tant l'angoisse m'étreignait.

— Ils ont refusé de me répondre, avoua tristement Justyna. Papa s'est mis en colère et Maman était bouleversée. Hier soir, elle n'a pas arrêté de pleurer. Tu connais ma tante Nadia. Elle est tellement gentille ! Elle aurait de la compassion pour toi. Si tu trouvais un moyen de la voir, elle te dirait ce qu'elle sait, c'est certain.

La maison de Nadia se trouvait à l'entrée de Trzebinia. Je pouvais m'y rendre en courant et être de retour en moins d'une demi-heure.

Je me tournai vers la ferme. Naturellement, ma mère avait les yeux rivés sur moi.

— J'hésitais à t'en parler. Tes parents ne te laisseront pas aller chez elle, mais je ne pouvais pas garder ça pour moi. Si Filipe… enfin, si quelqu'un avait eu des nouvelles, j'aurais voulu savoir.

Pouvais-je envoyer Truda rendre visite à Nadia de ma part ? Je chassai aussitôt cette idée. Jamais elle ne prendrait le moindre risque, et même si je parvenais à la convaincre, je ne me pardonnerais pas de faire du tort à Nadia ou à ma sœur et sa famille. Quelles que soient les informations que détenait Nadia sur Tomasz, elle avait pris des risques pour les obtenir.

— Qu'est-ce que tu comptes faire ? me demanda Justyna.

— Il n'y a qu'une chose à faire, répondis-je en relevant légèrement la tête.

La nuit était fraîche pour la saison. J'avais laissé ma fenêtre ouverte pour que mes parents n'entendent pas son grincement révélateur quand viendrait le moment de m'éclipser. Allongée sur mon lit, tout habillée mais cachée sous mes couvertures, je n'avais guère envie de quitter sa chaleur. Masquant la pleine lune, de gros nuages filaient dans le ciel.

Depuis le début de la guerre, j'avais entendu tant d'histoires sur des personnes disparues comme par enchantement. Il était rare que leur famille soit informée de leur sort. Hélas, je ne pouvais demander à ma mère de me rendre ma carte d'identité et, si j'essayais de la reprendre à son insu, mes parents s'en rendraient compte. Mon escapade en ville se ferait donc sans papiers et bien après le couvre-feu. Si un soldat m'arrêtait, c'en serait terminé pour moi.

Mes parents se réveilleraient-ils demain matin pour constater mon absence sans jamais me revoir ensuite ? Que deviendraient-ils sans moi ? La ferme ne serait plus productive et les soldats les emmèneraient, eux aussi.

Réussirais-je à sortir par la fenêtre, franchir la colline en courant et à frapper à la porte de Nadia sans encombre ? Si les nouvelles de Tomasz étaient mauvaises, je serais au moins fixée. Je m'imaginais, sur le chemin du retour, en larmes. Cette aventure serait-elle une fin et non un début ?

J'avais fini par me convaincre que l'absence de nouvelles était préférable à de mauvaises nouvelles mais, la vérité étant à portée de main, je me devais d'agir. J'étais prête à essuyer des tirs nourris pour savoir où était Tomasz...

Si je savais où il était, je pourrais essayer de le retrouver.

Forte de cet espoir, je sortis par la fenêtre et, mue par l'adrénaline, je me hâtai sur un chemin que nul n'empruntait. Si le trajet était plus long, je ne risquais guère d'y croiser une patrouille allemande. Je n'avais jusqu'alors jamais vu de soldats dans les bois et je connaissais cette colline comme ma poche, contrairement à eux.

Je gravis donc le versant le plus abrupt, le chemin le plus direct. Avant même d'avoir atteint le sommet, j'étais hors d'haleine. Mes poumons allaient exploser et mon cœur battait à tout rompre dans ma poitrine.

Soudain, j'eus l'horrible sensation d'être observée. Derrière moi, j'entendis le craquement d'une brindille. Était-ce le fruit de mon imagination ? Cette impression persistante me fit hâter le pas. Très vite, je perçus des pas, derrière moi. Paranoïa ou réalité ? Je n'osais pas me retourner. Et si c'était Justyna venue me rejoindre ? Ou l'un de mes parents qui me traquait ? L'espace d'un instant, cela me parut être le pire scénario, car ils seraient à la fois déçus et fous de rage.

Mon esprit rationnel chassa cette idée. Être surprise par mon père ou ma mère était loin d'être la situation la plus délicate. En entendant les pas s'emballer, je n'eus plus aucun doute. J'étais bel et bien suivie par quelqu'un qui ne voulait pas se faire connaître. Papa ou Maman m'auraient déjà interpellée, de même que Justyna.

Désormais, je me moquais d'arriver chez Nadia. Devais-je même me rendre chez elle si, par miracle, je franchissais la colline sans encombre ? Si c'était un soldat, comment lui expliquer cette visite ?

Je risquais ma peau. J'avais souvent connu la peur mais, cette fois, mon instinct de survie me poussait à fuir le danger. Cette terreur s'insinuait dans toutes les cellules de mon corps.

À l'approche de la clairière, j'entendis mon nom. Ce n'était pas un cri, ni même un appel, plutôt un murmure affolé. Je fus submergée d'un mélange de panique, d'incrédulité, puis le soulagement brouilla mes pensées. Je courais trop vite. Je voulus ralentir en me retournant pour voir si j'avais bien identifié cette voix. Et je chutai au sol. Mon poursuivant s'approcha et s'écroula près de moi.

— Dès que nous aurons retrouvé notre souffle, tu vas t'expliquer, Alina Dziak ! pantela Tomasz.

Il avait l'air épuisé malgré son ton enjoué.

— Comment savais-tu que je serais là ? J'ai fait très attention. C'est à cause des œufs, n'est-ce pas ? Je me doutais que j'en avais trop pris. Tu m'en veux d'avoir volé ta famille ? Vous avez beaucoup de poules... quelques œufs ne vous feront pas défaut.

J'avais dû rêver et j'étais à présent victime d'une hallucination née d'un désir profond. À part mon coccyx endolori, je ne semblais pas blessée, alors pourquoi voyais-je soudain Tomasz ? Avais-je pris un coup sur la tête ?

— Je...

Les mots restèrent coincés dans ma gorge. J'étais trop troublée pour avoir de l'espoir. Soudain, un rayon de lune éclaira son visage. Je n'en revenais pas ! C'était bien la chevelure de Tomasz, un peu trop longue, ses beaux yeux, son visage en partie mangé par une barbe hirsute. Irrésistiblement attirée vers lui, je me mis à ramper au sol, en larmes. J'avais encore peur. Parce que je n'osais y croire.

— Je…

— Tu t'es fait mal ? s'enquit-il en se rapprochant.

Incrédule, j'effleurai son visage du bout des doigts, comme s'il risquait de se volatiliser. Tomasz, lui, prit mon visage entre ses mains et me dévisagea intensément dans la pénombre.

— Alina… Seigneur, Alina ! Dis-moi que tu n'es pas blessée. Pardonne-moi de t'avoir traquée. Je voulais attirer ton attention sans crier et je ne savais pas comment m'y prendre. Ici, les nazis ne me trouveront pas.

Prostrée, je le fixais toujours quand il me prit par les épaules pour me secouer avec douceur.

— Alina, mon amour, tu me fais peur. Dis-moi que tu vas bien !

Je me mis à marteler son torse de mes poings, encore et encore, en pleurant.

— Je te fais peur ? Tomasz ! C'est toi qui m'as fichu la trouille !

Il me saisit les poignets et, au lieu de me repousser, me serra contre lui pour enfouir mon visage dans le creux de son épaule.

— Calme-toi… pardon, mon amour.

Dans un recoin de mon esprit, je remarquai à quel point il était crasseux avec son manteau crotté.

— Qu'est-ce que tu fais là ?

— D'après toi ? Je me cache, répondit-il avec un sourire désabusé.

— Depuis combien de temps ?

— Chut ! Rien que quelques semaines… je… Attends ! Tu ignorais que j'étais là ? Comment m'as-tu trouvé, alors ?

— Des semaines ? répétai-je, furieuse. Tu es là depuis des semaines et tu n'es pas venu me rassurer ? Tu imagines à quel point j'étais inquiète ?

— Alina... tu devais pourtant savoir que je te reviendrais.

— Oh oui !

Je fondis en larmes.

— J'ai eu tellement peur, hoquetai-je. J'ai eu si peur que tu ne sois blessé... ou que tu n'aies recommencé une nouvelle vie ailleurs.

Il repoussa mes cheveux de mon visage.

— La veille de mon départ, je t'ai dit que nous étions faits l'un pour l'autre et que nous nous retrouverions quoi qu'il arrive.

Pendant un long moment, nous restâmes silencieux, à nous regarder, un sourire au coin des lèvres. J'essuyai les larmes qui inondaient mon visage. Soudain, le monde me semblait plus beau. Les récriminations viendraient assez vite. Je l'attirai donc vers moi pour l'embrasser. Quel bonheur de poser mes lèvres sur les siennes, de humer son odeur ! Ses cheveux en désordre avaient le parfum des sous-bois. À l'issue de ce baiser, nous étions tous les deux en larmes. Il était bien là !

L'anticipation et l'absence ont parfois tendance à enjoliver la réalité. Ce ne fut pas le cas. Nos retrouvailles furent aussi merveilleuses que je me les étais imaginées et me blottir dans ses bras aussi divin que dans mes rêves.

— Où étais-tu passé ?

— D'abord, à Varsovie, soupira-t-il. Ces derniers mois, j'étais en route pour venir ici. Cela n'a pas été facile.

Du haut de ses vingt et un ans, il avait changé. Voûté, les joues émaciées... ses beaux yeux verts semblaient un peu éteints, mais la force de mon amour pour lui était presque effrayante. Peu m'importait qu'il soit sale, hirsute, épuisé. Je l'aimais si fort que je n'avais qu'une idée en tête : Tomasz m'était revenu. Au cœur de l'enfer de la guerre, je l'avais retrouvé.

— Tout va s'arranger, lui promis-je. L'essentiel est que nous soyons réunis.

— Mon amour, nul ne doit être informé de mon retour, pas même tes parents. J'ai des ennuis, avoua-t-il.

Avant même de lui demander des explications, il me vint à l'esprit qu'il ignorait peut-être le destin d'Aleksy.

— J'ai quelque chose à te dire, murmurai-je en le regardant droit dans les yeux.

Pendant une fraction de seconde, je reconnus à peine le garçon que j'aimais. Il m'apparut soudain très vieux, usé par la guerre et le chagrin.

— Si c'est à propos de mon père, je suis au courant.

Il avait le regard si grave que je dus me détourner. Tomasz glissa les mains sur mes épaules, puis sur mes joues pour m'obliger à lui faire face. Nos regards se croisèrent et j'eus des papillons dans le ventre tant il y avait d'amour dans ses yeux.

— J'ai appris ce que ta famille avait fait pour ma sœur, Alina. Je sais que tu l'as sauvée, en ce jour funeste. Je t'aimais déjà avant même de connaître ce sentiment, et la façon dont tu as pris soin d'elle…

Sa voix se brisa d'émotion.

— Si nous n'étions pas déjà fiancés, je te demanderais en mariage.

— Et je te dirais oui, murmurai-je.

J'effleurai ses lèvres d'un baiser. Pourtant, lorsqu'il s'approcha pour m'embrasser encore, j'eus un mouvement de recul.

— Attends, Tomasz ! Parle-moi de ces « ennuis ». Qui te traque ? Les nazis ?

Il soupira et se pencha pour poser le front sur le mien, puis il ferma les yeux. J'en fis autant et, pendant un long moment, le silence nous enveloppa.

— Tout le monde, Alina. Je préférerais ne pas t'en parler, mais j'ai des ennuis avec les Polonais… les Allemands… j'ai réussi à me fâcher avec le monde entier.

J'enroulai les bras autour de son cou pour le serrer contre moi.

— Qu'est-ce que tu as fait ? fis-je, hésitante, en rouvrant les yeux.

— J'ai commis des erreurs à Varsovie, admit-il. Depuis, je m'efforce de me racheter.

J'attendis qu'il poursuive, qu'il m'en dise davantage. Hélas, au bout d'un moment, il se détourna pour pousser un long soupir. Puis il posa sur moi un regard implorant.

— Je n'ai pas envie d'en parler maintenant, Alina. Je t'en prie, n'insiste pas. Il sera temps d'évoquer le sujet plus tard. Pour l'heure, j'ai juste envie de te serrer dans mes bras et, pendant quelques précieuses minutes, avoir l'impression que la vie vaut encore la peine d'être vécue.

Son désespoir me brisa le cœur.

— Et si tu m'embrassais au lieu de me regarder comme ça ? répondis-je.

Dès qu'il posa ses lèvres sur les miennes, je retrouvai ce qui m'avait manqué pendant sa longue absence. J'avais l'impression de rentrer chez moi, ce qui était absurde, car j'étais confinée à la ferme. Dans les bras de Tomasz, j'étais à ma place. Je m'étais tant languie de son étreinte ! Puis il s'écarta et prit à nouveau mon visage entre ses mains.

— Alina, je te retrouverai toujours, quoi qu'il arrive. J'ignore ce que l'avenir nous réserve mais, loin de toi, je n'ai qu'une idée en tête, retourner auprès de ma belle.

— Je sais. Je ressens la même chose.

Il m'embrassa encore.

— À présent, je veux savoir comment tu m'as trouvé. Aurais-je été imprudent ?

— Je ne t'ai pas trouvé. Je me rendais chez Nadia Nowak...

Il eut un mouvement de recul imperceptible.

— Qu'allais-tu faire chez elle ?

— Justyna a entendu ses parents se disputer. Ils parlaient de Nadia... et de toi...

Tomasz soupira, visiblement contrarié. J'effleurai sa joue d'une caresse.

— Alina..., reprit-il, méfiant. Que sais-tu de Nadia Nowak ?

— Que veux-tu dire par là ? Je la connais, voilà tout ! C'est la sœur d'Ola. Son mari est mort et les Allemands lui ont pris plusieurs de ses enfants... Tomasz, je ne comprends pas ta réaction.

— C'est tout ce que tu sais d'elle ? persista-t-il.

— Qu'y a-t-il à savoir de plus ?

— Ne t'approche pas de la maison de Nadia, je t'en prie ! Et reste à distance de Jan Golaszewski, aussi.

— Je ne me rendais chez Nadia que pour lui demander de tes nouvelles. Je n'en pouvais plus de cette incertitude et Nadia était mon unique piste. Il fallait que j'essaie ! Mon père m'interdit de rendre visite à Justyna et il me fait travailler si dur que j'ai à peine l'occasion d'échanger quelques mots avec elle dans les champs. Tu n'as pas à t'inquiéter.

Il hocha la tête et me reprit dans ses bras pour enfouir son visage dans mes cheveux.

— Raconte-moi, Tomasz... je t'en prie. Dis-moi tout. Où te caches-tu ?

Il n'hésita qu'une fraction de seconde.

— Pour l'instant, dans les bois. Je mourais d'envie de te rassurer, mais… je redoutais de te mettre en danger. En restant dans les parages, je garde un œil sur ta famille et, le dimanche, je vois passer Emilia. La forêt est une planque idéale. Je suis près de toi, en sécurité, et ma présence ne vous nuit pas.

— Tomasz, tu vis dans les bois ! Tu n'as nulle part où t'abriter des intempéries. Tu ne peux pas rester ici !

— J'ai plusieurs cachettes. Il n'y a personne d'autre dans le bosquet. Les nazis ne patrouillent pas dans le coin, ou rarement.

— Comment dors-tu ?

Il parut touché par ma sollicitude.

— Je me débrouille, Alina.

— Et pour manger ?

Plus je réfléchissais aux aspects concrets de sa situation, plus j'étais terrifiée.

— Cesse de t'inquiéter. Tant de gens souffrent plus que moi.

— Maman me rabâche la même chose, rétorquai-je, frustrée. Ce n'est pas parce que nous ne sommes pas ceux qui souffrent le plus que cela ne compte pas.

Je l'embrassai avec une fougue décuplée.

— Promets-moi que tout ira bien, Tomasz.

— C'est promis, me répondit-il d'un ton trop enjoué à mon goût.

— Tu ne te rends pas compte, Tomasz. Je ne supporterais pas qu'il t'arrive malheur. Je veux une promesse sincère !

— Je me rends parfaitement compte de la situation, m'assura-t-il posément.

Alors, ses yeux s'embuèrent de larmes et il resserra son étreinte.

— La première nuit, je me suis approché de ta fenêtre sans oser regarder à l'intérieur. J'avais peur que tu ne sois pas là… quand j'ai enfin risqué un regard, tu dormais paisiblement. Tu étais si belle… je ne pouvais pas… je ne peux pas…

Sa voix se brisa et je vis une larme couler sur sa joue. Je ne comprenais que trop bien la scène qu'il venait de décrire.

— Si tu savais comme je suis soulagée, mon amour. Je te promets de ne pas prendre de risques inutiles.

Nous restâmes un long moment dans un silence complice. J'avais enfin tout ce dont j'avais besoin. Jamais je n'avais été aussi heureuse ! Hélas, l'ombre de la réalité planait au-dessus de nous. J'aurais tant aimé rester avec lui pour toujours !

— Je ne peux pas m'attarder ici, murmurai-je. Si mes parents remarquent mon absence, ils me surveilleront de plus près, demain, et je ne pourrai plus venir te voir.

— Ne reviens pas, répliqua-t-il.

Lorsque je voulus protester, il secoua la tête et posa un index sur mes lèvres.

— C'est trop risqué, Alina. Cette rencontre relève du miracle. Bon sang, je n'arriverai pas à me passer de toi ! J'attendrai qu'il soit très tard et, si tout va bien, je viendrai sous ta fenêtre, d'accord ?

— Vraiment ?

— Promis. Je ne devrais pas, mais je le ferai.

J'en eus la gorge nouée d'émotion, malgré le danger qui rôdait. Il m'embrassa et m'aida à me relever pour m'accompagner vers l'orée du bois.

— Je t'aime, Alina.

— Je t'aime aussi. Très fort.

Après un ultime baiser au clair de lune, je fis quelques pas. Il me retint par la main. J'avais envie de revivre le soir de sa demande en mariage. L'espace d'un instant, j'étais à nouveau la jeune fille insouciante et gâtée d'avant-guerre et Tomasz, le jeune coq qui demandait ma main.

— C'est fou, Alina, chuchota Tomasz en me dévisageant. Cette rencontre fortuite... le ciel me pardonnera peut-être, finalement.

Son regard s'assombrit. Nous avions tant de choses à nous dire et pas le temps de commencer une conversation.

— On parlera demain, Tomasz. D'accord ?

Il lâcha ma main à regret et regarda au loin, vers le champ.

— Dors bien, mon amour.

— Sois prudent.

J'entrai dans la maison silencieuse en passant par la fenêtre et je me glissai dans mon lit. Je fermai les yeux, mais je ne voulais pas sombrer dans le sommeil.

Je nageais dans la douce torpeur de ces retrouvailles qui tenaient du miracle. Le retour de Tomasz m'enthousiasmait, bien sûr. Toutefois, j'étais surtout soulagée d'avoir enfin une lueur d'espoir.

12

Alice

Les jours d'école, je me lève à cinq heures, plus par habitude que par nécessité. Je prépare l'emploi du temps visuel d'Eddie, ses vêtements et son cartable avec sa toupie, qu'il emporte partout, sa peluche *Thomas*, au cas où, six yaourts en tube, une boîte de soupe et six caleçons de rechange, chacun dans un sachet en plastique, pour gérer les inévitables accidents.

Il est six heures et la maison est encore plongée dans le silence. Une tasse de café à la main, je regarde une chaîne d'informations à la télévision, un fond sonore qui me berce. Je balaie le salon du regard, tous ces livres sur les étagères, la poussière qui s'accumule sur le rebord de la fenêtre et dont je devrai m'occuper, un de ces jours.

C'est ma pièce préférée. Je ne me suis jamais sentie aussi bien chez moi qu'ici. Nous avons acheté cette maison il y a six ans grâce à la première d'une série de promotions pour Wade. Si nous ne sommes pas immensément riches, il gagne bien plus que le salaire moyen. Je ne saisis pas vraiment son système de primes, mais il rapporte pas mal d'argent. Tous les deux ou trois mois, pour le récompenser des excellents résultats qu'il obtient à la tête de son équipe, une forte somme est virée sur notre compte. Wade débouche alors une bouteille de champagne et j'écoute ses explications en faisant mine de comprendre. Hélas, je n'ai pas les codes de son univers.

Je n'ai jamais exercé un métier où l'on mesure les performances. Mon dernier poste consistait à enseigner les lettres à des étudiants de première année. Je ne le faisais que parce que toutes les personnes de ma connaissance avaient un travail. Je dépensais l'argent que je gagnais dans les restaurants ou les boutiques de vêtements. Mes parents étaient obsédés par mes études, ce qui tombe sous le sens, avec une mère carriériste et un père universitaire. Ils étaient plus que disposés à m'aider durant mes années d'université.

J'avais moins de mal à être dépendante financièrement de mes parents que je n'en ai à l'être de mon mari. Ma vie de famille m'inspire un mélange de gratitude, de culpabilité et de frustration. J'aurais pu mener une carrière, moi aussi, si nous avions fait d'autres choix.

Ce n'est pas le cas et notre arrangement ne m'a jamais paru équitable. Parfois, cette maison superbe a des allures de cage dorée.

— Maman…

La voix de Callie, sur le seuil, me fait sursauter. Elle est pâle, ses cheveux blonds sont emmêlés et ses yeux bleus inondés de larmes.

— Qu'est-ce qui t'arrive, ma puce ?

Dès que je pose ma tasse sur la table basse pour ouvrir les bras, elle court vers moi pour s'y réfugier.

— Pardon d'avoir traité Eddie d'attardé.

— Je sais que tu regrettes, chérie. Nous avons tous passé une mauvaise journée, hier.

— Tu ne connais peut-être pas l'origine de ce mot, Maman. C'est horrible. Avant, c'était un terme médical. Il sert à dénigrer les personnes handicapées. J'ai consulté un site d'étymologie, sur Internet. Je me suis rendue coupable de discrimination envers mon petit frère et il n'en sait rien, ce qui est encore pire, parce que seuls Papa et toi savez combien je suis méchante. Vous allez me pardonner ?

Je la serre contre moi pour dissimuler mon sourire et je glisse une main dans ses cheveux.

— Tu n'es pas parfaite, Callie. Tu as le droit de commettre des erreurs.

— La discrimination, c'est plus grave qu'une erreur, sanglote-t-elle.

— Puisque tu as compris pourquoi je me suis mise en colère en entendant ce mot, tu recommenceras ?

— Quoi ?

Saisie d'effroi, elle s'écarte, le visage inondé de larmes. Elle a sans doute peu dormi. Je me sens un peu coupable car je n'ai même pas vérifié si elle s'était endormie, hier soir. Par défaut, je vais voir Eddie, c'est ainsi. Callie a appris à se débrouiller seule et ce n'est pas bien.

— Bien sûr que je ne dirai plus ce mot ! C'est trop grave.

— C'est l'essentiel. Tu demanderas pardon à Eddie plus tard et ce sera réglé.

— Mais c'est impardonnable…

— Ma puce, tu dramatises, dis-je avec douceur.

— Ah… d'accord, souffle-t-elle, penaude.

— Ce soir, tu n'auras qu'à regarder une vidéo de *Thomas et ses amis* avec lui pour te racheter et tu seras pardonnée.

— D'accord…

Je la reprends dans mes bras.

— Je suis désolée que tu aies été fâchée, hier, à l'école, Callie.

— Et moi de m'être comportée comme une enfant gâtée.

Il m'arrive d'oublier qu'elle a des problèmes, elle aussi. Le monde est aussi troublant pour Callie que pour Eddie, à certains égards. Si Eddie a besoin que je lui fasse une place dans ce monde, Callie a besoin que je l'aide à se frayer son propre chemin.

— Et si on réveillait les garçons pour démarrer cette journée ?

— On attend encore cinq minutes ? murmure-t-elle en se lovant contre moi. J'aime bien quand on est toutes les deux.

— Moi aussi, ma puce. Moi aussi.

J'arrive à l'hôpital à neuf heures. Je ne suis pas en retard, aujourd'hui. Babcia somnole. Je m'assieds tranquillement près du lit.

La tablette est posée sur le plateau, à portée de main, devant les objets les plus précieux de ma grand-mère. D'abord, un petit chausson de bébé en cuir usé, de facture un peu grossière. Appartenait-il à ma mère ? Pourquoi Babcia l'a-t-elle conservé ?

Le chausson trône sur deux lettres. Sur la première enveloppe, assez récente, est inscrit mon nom de la main de Babcia. L'adresse se trouve dans le Connecticut. Elle a dû l'écrire alors que j'étais étudiante car, quelques mois après l'obtention de mon diplôme, Wade et moi avons décidé de revenir vivre en Floride.

Babcia ouvre les yeux et me prend le poignet. Nous échangeons un sourire, puis elle désigne la lettre d'un signe de tête. Je l'ouvre donc et je déplie la feuille de papier.

Chère Alice,

Comment vas-tu, ma petite-fille chérie ? J'espère que tu profites bien de ton dernier semestre. Je suis très fière de toi. Savais-tu que ta mère a été la première à décrocher un diplôme universitaire, dans ma famille ? Quelle chance de vivre en Amérique, ce pays qui offre tant de possibilités !

Chérie, j'ai un service à te demander. Un grand service. J'ai peur de manquer de temps et je commence à désespérer. Avec la maladie de ton grand-père, je vais devoir être de plus en plus présente, donc c'est peut-être ma dernière chance de partir.

Certains détails de ma vie en Pologne restent en suspens, des non-dits, des questions restées sans réponse… Tu sais que j'ai des difficultés à évoquer la guerre, mais j'ai besoin de clarifier certains points pour finir mes jours en paix. J'ai quatre-vingt-cinq ans, Alice chérie, et j'ai quitté la Pologne à la hâte il y a plus de soixante-cinq ans. J'aimerais t'inviter à m'accompagner lors d'un petit séjour en Pologne. Je te paierai le billet. J'ai simplement besoin d'aide pour organiser ce voyage. Tu es intelligente et tu sais un tas de choses grâce à tes études. Ce serait pour toi une découverte de l'histoire de ta famille.

Il y a peu, j'en ai parlé à Julita et j'ai cru un moment qu'elle accepterait, mais elle est très prise par son nouveau travail. De plus, il faudra qu'elle s'occupe de ton grand-père, si je m'absente.

Si tu as un peu de temps à me consacrer, nous prendrons deux semaines pour visiter la terre de mes ancêtres et trouver les informations dont j'ai besoin. Cela compte énormément, à mes yeux. Nous partirons dès la fin des cours, en passant par Paris ou Rome, peut-être, histoire de te montrer un petit bout d'Europe et te témoigner ma gratitude.

Je t'embrasse,
Babcia

Je reviens aussitôt à l'époque de cette lettre, la période la plus tumultueuse de ma vie. Mon grand-père venait d'être frappé de démence, quelques semaines à peine après la nomination de Maman au tribunal du district. Papa était professeur d'économie à l'université de Floride mais il songeait à prendre sa retraite pour voyager. Sans Maman. Il avait enfin compris qu'elle travaillerait jusqu'à ce que son cerveau ou son corps lâche. Wade poursuivait ses études et travaillait à plein temps.

J'ai reçu mes résultats finaux. Mes notes avaient chuté lors du dernier semestre. Je passais le plus clair de mon temps à chercher comment avouer à ma famille qu'au lieu de continuer, j'allais devenir Maman.

En levant les yeux, je commence à voir trouble. Babcia m'observe, pleine d'espoir. Cette occasion manquée m'accable de chagrin. Si elle avait posté cette lettre, je serais partie avec elle, enceinte ou pas. Je ne suis pas étonnée qu'elle se soit ravisée en apprenant que j'allais être mère. Babcia a toujours respecté mon choix de me consacrer corps et âme à ma famille.

Babcia prend maladroitement l'autre lettre et la pose près de moi. Je l'ouvre avec soin car elle est bien plus ancienne. En dépliant la fine feuille de papier, j'ai peur qu'elle ne se déchire.

L'encre est presque effacée et seules les dernières lignes sont vraiment lisibles. C'est du polonais. Je ne suis même pas certaine qu'une personne comprenant cette langue parviendrait à déchiffrer le début. En bas, je reconnais un nom : *Tomasz.*

Je regarde ma grand-mère qui pleure en silence. Elle me reprend doucement la lettre et la replie. Elle essuie ses larmes du dos de la main et se saisit de la tablette. Ayant sauvegardé les icônes dont elle a besoin dans ses favoris, elle ne tarde pas à lancer une conversation.

Alice.
Trouve Tomasz.
Alice avion Tomasz. Alice avion Trzebinia.
Babcia feu Tomasz.

Elle me regarde avec espoir et tape *à toi*. Le cœur gros, je prends la tablette. J'ai les mains tremblantes en répondant :

Babcia pas avion.

Elle me reprend vivement l'appareil.

Oui.

C'est gênant. Pendant plusieurs minutes, elle me corrige tapant sur les icônes récemment utilisées.

Babcia malade.
Babcia vieille.
Babcia pas avion.
Alice avion.
Alice avion Trzebinia.
Trouve Tomasz.
Babcia feu Tomasz.

— Mais... je ne peux pas aller en Pologne, Babcia, dis-je à voix haute, oubliant que c'est inutile.

Elle actionne le bouton « répétition » puis me regarde. Comment lui expliquer cette situation insensée ? Elle continue, encore et encore.

Enfin, elle pose la tablette et croise les bras, l'air déterminé, la tête haute. Elle me rappelle ma fille, hier soir, à mon retour à la maison.

— Mais…

Il m'est impossible de laisser Callie, Wade, et encore moins Eddie. Je n'imagine même pas comment je pourrais m'organiser. Wade ne prendrait pas plusieurs jours de congé et Eddie ne s'adapterait pas à mon absence. Ce serait aussi un problème pour Callie. Bref, un cauchemar. De plus, je ne sais pas ce que Babcia veut de moi, en réalité. Que diable signifie *Babcia feu Tomasz* ? Si je partais à l'autre bout du monde pour lui faire plaisir, que ferais-je, en arrivant ?

Soit Babcia lit dans mes pensées, soit elle a les mêmes idées que moi. Elle revient à l'écran d'accueil et trouve l'icône FaceTime, qu'elle me désigne, et elle me regarde encore. Face à mon expression vague, elle passe au bouton « appareil photo » et ouvre l'album. Il est vide parce que c'est la tablette de ma mère, qui n'a rien de ces mamies gâteau qui mitraillent leurs petits-enfants à longueur de temps. Cependant, je reçois le message.

Ma grand-mère veut revoir son pays natal.

J'ouvre l'appli de CAA et je fais défiler les icônes. Comment exprimer : « Il m'est impossible d'aller en Pologne pour te prendre des photos, surtout dans un délai aussi bref. Nous ignorons combien de temps il te reste, de sorte que je devrais partir immédiatement » ?

Comment dire à cette femme qui m'a voué un amour infini que je refuse le seul service qu'elle m'ait demandé ? Comment dire à une personne qui m'a tout donné que la seule chose qu'elle veut est inaccessible ? La réponse ne tarde pas à venir.

C'est impossible. Quand la matriarche dit de faire quelque chose, on le fait.

Cependant, cette mission ne peut être réalisée dans le temps qui m'est imparti. Il n'y a pas d'icône « peut-être » dans cette appli. Le concept est trop vague pour les enfants autistes auxquels elle est destinée. En allant dans les Notes pour taper « peut-être », je découvre avec étonnement des notes préexistantes :

Trzebinia
Ul. Świętojańska 4, Trzebinia
Ul. Polerechka 9B, Trzebinia
Ul. Dworczyk 38, Trzebinia
Alina Dziak
Emilia Slaska
Mateusz et Truda Rabinek
Saul Eva Tikva Weiss
Proszę zrozum. Tomasz.

Déconcertée, je lève les yeux vers ma grand-mère. Ces notes sont en polonais, or elle sait pertinemment que je ne comprends pas cette langue. Je lève la tablette pour qu'elle ne voie pas l'écran, puis j'active l'outil de traduction de Google et je tape « Tu me comprends ? » Le haut-parleur diffuse la version polonaise. Étonnée, Babcia hoche la tête. Nous échangeons un sourire. Je reviens dans Notes, le cœur gros.

Je sens le regard perçant de ma grand-mère rivé sur moi, interrogateur, désespéré et plein d'espoir à la fois. Je relève la tête. Nous nous observons en silence, puis elle m'adresse un signe de tête, l'air satisfait. Elle s'adosse sur ses oreillers et referme les yeux, un sourire au coin des lèvres.

J'ignore ce qu'elle a cru lire sur mon visage, à l'instant, mais je passe la journée à son chevet à réfléchir à une solution.

13

Alina

TOMASZ ET MOI PRÎMES VITE L'HABITUDE de ses visites nocturnes pour partager quelques baisers bien innocents et des caresses maladroites, par la fenêtre. Nous ne pouvions guère parler car mes parents dormaient dans la pièce voisine. J'avais pourtant des millions de questions à lui poser et tant de choses à lui dire. Hélas, il ne s'attardait jamais.

— Laisse-moi venir dans les bois, l'implorais-je parfois. Nous ne sommes pas tranquilles, ici.

— C'est une mauvaise idée, Alina, chuchotait-il. Si tes parents se rendaient compte que tu fais le mur, tu aurais du mal à t'expliquer.

— Mais s'ils nous surprennent ici…

— Dans ce cas, je me volatiliserai sur-le-champ.

Le jeune homme orgueilleux dont j'étais tombée amoureuse était de retour. Il était si arrogant, si sûr de pouvoir me protéger ! Il pensait endosser tous les risques en venant chez moi. Je n'en étais pas si sûre. Hélas, je ne pouvais discuter car il ne fallait pas faire de bruit. Mon désir de le retrouver dans les bois allait au-delà du simple besoin d'explications. Je voulais l'enlacer, l'embrasser à loisir et lui parler à cœur ouvert. Les histoires de Tomasz me manquaient, ses contes de fées, ses outrances et même ses affirmations plus ou moins farfelues sur des contrées lointaines... Ses visites nocturnes n'étaient qu'un luxe furtif, pourtant je ne pouvais me plaindre. J'avais déjà de la chance qu'il soit là.

Quelques jours après le retour de Tomasz, ma mère et moi travaillions dans un champ jouxtant la ferme des Golaszewski. Jan était à quatre pattes près de la clôture, en train de désherber. Je me sentis obligée de le saluer par politesse :

— Bonjour, Jan ! Comment ça va ?

Il leva la tête et fronça ses sourcils broussailleux.

— Ola est partie avec Justyna. Autant que tu le saches...

— Jan, fit ma mère en s'approchant.

— Bonjour, Faustina, rétorqua-t-il sèchement.

— Où est partie Justyna ? hasardai-je. En ville ?

— C'est ça, en ville.

Le visage écarlate, Jan fulminait. La tournure des événements ne lui plaisait pas.

— Enfin, peu importe, elle est partie, c'est tout, conclut-il.

Il jeta ses outils à terre avant de s'éloigner vers sa maison. Il me semblait petit, soudain. Sans doute parce que, en dépit de sa véhémence et sa fougue, ce n'était qu'un homme et qu'il était très seul.

— Je suis désolée que ton amie soit partie, murmura ma mère sur le chemin du retour.

— C'est gentil, Maman.

Je ne voyais Justyna que rarement. Elle ne me manquerait pas tant que cela. J'étais un peu triste, mais bien moins que je ne l'aurais été quelques semaines plus tôt.

Les nuits de pleine lune, je discernais mieux les traits de Tomasz. Son visage était de plus en plus émacié. Il fallait que je le remplume.

Je devrais pour cela chiper des provisions à ma mère, qui elle-même les dissimulait aux nazis. La première fois que je remis à Tomasz les reliefs de mon repas, sa faim de loup vint à bout de mes scrupules.

— D'où vient cette nourriture ?

— Ce sont les restes de mon dîner.

Face à son hésitation, je crus bon d'insister :

— Allez, mange ! Je suis rassasiée.

Incrédule, il se mit à rire.

— Personne n'est rassasié, dans ce pays, depuis le début de l'Occupation. Ne me mens pas. Tu es toute maigrichonne.

— Mange, je te dis ! Je fais deux, voire trois repas par jour. Ce n'est pas le grand luxe, mais je survis.

Comment attirer son attention sur sa mauvaise mine sans être désobligeante ? Je pris sa main dans la mienne.

— Tomasz, j'ai peur pour toi. Tu ne peux pas continuer ainsi. J'ignore ce que tu fabriques. Tes activités sont dangereuses et secrètes. Laisse-moi au moins te donner un peu de ce que les Allemands nous laissent.

Il prit un croûton de pain et le renifla d'un air presque méfiant. Puis il l'engloutit avidement.

— Je doute qu'ils vous accordent de la confiture de fraises.

— Tu n'es pas le seul à avoir des secrets. Je crois que Maman a une réserve cachée.

— Je te propose un marché, Alina chérie, dit-il en prenant un morceau de pomme de terre. Puisque tu peux me donner des vivres, j'en mangerai la moitié et je garderai le reste pour mes amis, d'accord ?

— Mais il y en a à peine assez pour toi ! Je t'en prie, finis au moins ça et, demain, je m'efforcerai d'apporter quelque chose pour tes amis.

— Sans vous mettre en danger, toi et ta mère…

Soudain, la porte de ma chambre s'ouvrit. Mon père apparut sur le seuil, l'air furibond.

— Alina, avec qui parles-tu, nom de Dieu ?

Je tournai vivement la tête vers la fenêtre, mais Tomasz avait disparu. Je levai les yeux au ciel, cherchant un mensonge plausible.

— Je priais, dis-je.

— Tu priais ? répéta mon père, sceptique.

— Oui. Pour Tomasz.

Mon père fronça les sourcils, de plus en plus dubitatif.

— Va te coucher. Nous aurons beaucoup de travail, demain.

Il fit un pas en arrière, puis parut hésitant.

— Laisse la porte ouverte.

Le cœur battant à tout rompre, je me remis au lit, les yeux rivés sur la fenêtre. Tomasz ne revint pas. Au matin, le bol vide réapparut sous mes couvertures…

Le lendemain soir après que mon père faillit nous surprendre en grande conversation, Tomasz était apparu sous ma fenêtre, la mine renfrognée. Avant même qu'il ne prononce un mot, je compris qu'il venait me dire au revoir.

— Je regrette…, murmura-t-il. C'était trop risqué. Je…

— Non, c'est moi qui suis désolée. J'ai été imprudente, j'ai parlé trop fort. Je te promets de faire plus attention.

Il soupira, si nerveux que je posai une main sur son épaule. Il se pencha pour m'embrasser sur la joue.

— Alina, ce n'est pas très avisé. On ne peut pas continuer, chuchota-t-il tristement.

— Mais comment te voir, autrement ? Et si on disait à mes parents...

— Non ! coupa-t-il, désespéré. Non ! Il ne faut pas qu'ils sachent. Il est déjà assez dangereux que tu sois au courant. Tu t'en rends compte, j'espère.

— Comment veux-tu que je te comprenne si j'ignore ce que tu as fait ?

Il soupira encore et m'implora des yeux.

— Si tes parents l'apprennent, ils nous interdiront de nous revoir.

— Mais non !

— Alina..., fit-il doucement. Je t'en prie, fais-moi confiance. Tes parents t'aiment et veulent te protéger. Nos rencontres constituent un danger.

— Mais...

— Même si je me trompais et s'ils nous soutenaient, notre secret ne doit être connu de personne. Si quelqu'un apprenait que je te rends visite... Je me moque de mon propre sort. En revanche, je ne supporterais pas qu'il t'arrive malheur à cause de moi... Je ne pourrais pas...

Sa voix s'éteignit lorsqu'il porta le regard sur la porte de ma chambre.

— Je trouverai un moyen de te voir dans la journée, d'accord ? Et si je te rencontrais dans les bois ?

— Dans la journée ? répéta-t-il comme si ma suggestion était absurde.

— Avant la guerre, les gens se promenaient parfois sur cette colline. Plus maintenant. Tu es le seul que j'y aie croisé depuis des années, à part Truda, Mateusz et ta sœur, le dimanche. Il n'y a pas de lieu plus sûr.

Face à sa mine sceptique, je crus bon d'insister :

— Tu te terres là-bas depuis des semaines en toute discrétion, non ? Personne ne t'a repéré. Qui pourrait nous y surprendre ?

— Si tu vas dans les bois chaque jour, tes parents s'en rendront compte.

— Je sais. Je leur demanderai la permission sans leur expliquer pourquoi.

Il poussa un long soupir.

— Quel prétexte pourrais-tu donc trouver pour aller dans les bois tous les jours, Alina ?

— Je ne suis pas la seule à avoir des ressources, dans notre couple, murmurai-je avec un entrain forcé.

— Très bien, concéda-t-il avec un rire sans joie. Je demande à voir.

À l'occasion du petit déjeuner, je livrai donc le discours que j'avais préparé pendant la nuit :

— Maman, j'ai décidé de m'élever spirituellement et de prier chaque jour pour notre patrie. Je vais donc me lever à l'aube pour passer une heure à prier sur la colline, seule.

Ma mère posa sa tasse et me dévisagea, perplexe. Mes parents échangèrent un regard, puis elle reporta son attention sur moi.

— Bien sûr que tu peux aller prier sur la colline, mais pas pendant une heure. On n'est pas au couvent, que diable. Vingt minutes suffiront, et reste à l'orée du bois. Je peux te rappeler à tout moment, donc ne te laisse pas trop distraire par tes *prières*.

— Je commence demain, répondis-je en masquant à grand-peine mon sentiment de triomphe.

— Tes prières inciteront peut-être Dieu à faire cesser ce cauchemar, ajouta ma mère. Tu devrais t'y mettre sans tarder. Dès aujourd'hui.

Je n'en croyais pas mes oreilles. J'allais passer vingt minutes par jour en tête à tête avec Tomasz ! Je serais libre de lui parler, de l'embrasser... Je finis rapidement ma bouillie d'avoine. Comme si cette bonne nouvelle ne suffisait pas, ma mère me retint par le bras et, à ma grande surprise, me glissa un gros morceau de pain.

— Maman !

— De quoi te donner des forces... *pour tes prières.*

Son sous-entendu ne m'échappa pas. Peu m'importait. J'étais trop enthousiaste pour m'en soucier. J'affichai mon sourire le plus innocent et j'entrepris de débarrasser la table. Ensuite, j'allai ostensiblement chercher mon rosaire avant de quitter la maison. Je pris soin de marcher lentement au cas où mes parents me surveilleraient. Il ne fallait pas que j'aie l'air trop impatiente. Mon mensonge était un peu gros, mais je n'avais rien trouvé de mieux.

Le petit bois était tapissé de sapins au feuillage vert foncé et de bouleaux plus clairs. Si les terres entourant la colline avaient été déboisées pour l'agriculture, cette parcelle caillouteuse et escarpée était demeurée sauvage. Je m'attendais presque à trouver Tomasz assis sur notre rocher plat de la clairière, comme avant la guerre. Hélas, ce perchoir naturel était trop exposé. De même, il aurait été stupide d'appeler Tomasz.

S'il s'était enfoncé dans les bois, je ne le trouverais jamais, d'autant qu'il ne s'attendait pas à me voir, ce jour-là. Nous pensions que je mettrais un certain temps à convaincre mes parents. Non loin de la lisière du bois, je m'assis sur un tronc d'arbre abattu. J'étais déçue mais, en rentrant immédiatement chez moi, j'aurais éveillé les soupçons. Je ne pouvais pas anéantir un plan aussi génial dès le premier jour !

— Alina ! souffla une voix.

J'eus beau me retourner, je ne vis personne.

— Tomasz ?

— Lève les yeux, mon amour, lança-t-il, amusé.

Il était perché sur une branche bien trop haute à mon goût et, semblait-il, trop fragile pour porter son poids. Avec un sourire, il descendit lestement et fit quelques pas vers moi.

— Ce n'est pas une cachette très sûre, protestai-je en allant à sa rencontre.

— On n'est plus en sécurité nulle part, railla-t-il avec un haussement d'épaules désinvolte.

Au-delà de la plaisanterie, je perçus une note de gravité dans sa voix. Il avait tant de choses à me raconter !

— Confie-moi tes ennuis.

Il me rejoignit enfin et me prit dans ses bras.

— Quel bonheur de t'enlacer en plein jour, murmura-t-il.

J'enfouis mon visage dans son cou pour humer son parfum, les yeux fermés. Puis je relevai la tête pour plonger dans son regard. Même dans cet état de maigreur, avec sa barbe hirsute, son visage crotté, ses cheveux en bataille, il était beau. Je nageais dans le bonheur. Le soleil du matin filtrait entre les arbres, les oiseaux chantaient… Tomasz glissa une mèche de mes cheveux derrière mon oreille et m'embrassa avec une tendresse infinie.

— Un jour, je t'emmènerai loin d'ici, murmura-t-il. Un jour, nous irons dans un pays paisible. Un jour, quand tu seras ma femme, nous aurons une belle maison, dans une rue prestigieuse, et des enfants superbes. Les gens diront : « Regardez Alina et Tomasz, les tourtereaux qui vieillissent ensemble. » Tu seras une de ces femmes sur lesquelles le temps n'a pas de prise. Quand tu seras une vieille *Babcia,* tu seras magnifique et je te dévorerai encore des yeux.

— Quel doux rêveur, soupirai-je.

Cette distraction était bienvenue. J'étais soulagée d'entrevoir le Tomasz d'autrefois. Mon amoureux enjoué et léger avait survécu aux épreuves qui l'avaient éloigné de moi pendant si longtemps. Lors de nos rendez-vous nocturnes, sous ma fenêtre, je n'avais vu qu'un masque de culpabilité et de tristesse.

— Comment as-tu convaincu tes parents ?

— Je leur ai raconté que je voulais prier la Vierge sur la colline.

Je sortis mon rosaire de ma poche.

— Et ils y ont cru ? s'esclaffa-t-il.

Je me contentai d'acquiescer en riant.

— Fais-moi confiance ! Je suis capable de garder tes secrets, Tomasz.

— Je n'en doute pas. Cela dit, je suis responsable de ta sécurité. C'est le plus important. Il est déjà risqué de nous retrouver ici.

— Tu as rejoint la Résistance, c'est ça ?

Depuis longtemps, la Résistance polonaise s'efforçait d'entraver l'action des forces d'occupation. Truda évoquait parfois des rumeurs de journal clandestin, de sabotages de cargaisons de munitions. J'avais peur pour Tomasz, mais j'étais fière qu'il contribue à ce mouvement. Notre libération n'était qu'une question de temps avec de tels héros.

— Je me bats avec les armes dont je dispose, murmura-t-il. Tu me fais confiance ?

Perplexe, je m'écartai pour le regarder droit dans les yeux.

— Comment peux-tu me demander ça ? Je te retourne la question.

— Je te confierais ma vie, Alina.

L'intensité de son regard me coupa le souffle, mais je ne me laissai pas distraire, cette fois.

— Dans ce cas, il faut tout me raconter.

— Je le ferai, promit-il. Je te fournirai les moindres détails dès que possible. Pour l'heure… installons-nous quelque part et faisons comme si c'était une journée normale, comme si ce n'était pas l'enfer autour de nous.

Avec un soupir, je me laissai entraîner dans une rêverie sur notre vie enchanteresse d'après-guerre. Je lui offris mon morceau de pain, qu'il empocha en me promettant d'en garder au moins la moitié pour lui-même. J'avais envie de le croire, mais je savais que ce seraient surtout ses « amis » qui profiteraient de la générosité de ma mère.

Il n'était pas encore neuf heures quand je pris congé. En courant vers la maison, je vis ma mère en train de désherber le champ, à la lisière des bois, bien plus proche que je ne l'imaginais. Si nous avions parlé fort, elle nous aurait entendus. Heureusement, nous avions chuchoté.

— Alors ? fit-elle à mon approche. Tu es réconfortée ?

— Oh, oui, Maman ! lançai-je.

Ce jour-là, revigorée, je me jetai à corps perdu dans mon travail.

14

Alice

DANS L'APRÈS-MIDI, lorsque ma mère arrive de son bureau, Babcia se repose tranquillement.

— Comment va-t-elle ? s'enquiert-elle.

— Elle comprend quelques mots prononcés en polonais. Tu le parles un peu ?

— Plus du tout, hélas. Quand j'étais petite, je le parlais un peu, c'est vrai, puis Pa a repris ses études pour valider son doctorat aux États-Unis et il a dû apprendre l'anglais très rapidement. Babcia essayait de faire des progrès, elle aussi. Ils ont interdit le polonais à la maison quand j'ai eu quatre ou cinq ans et je n'ai pas pratiqué cette langue depuis.

Je lui montre l'historique des messages et les notes de Babcia. Elle passe un index sur une ligne.

— Alina, lit-elle en fronçant les sourcils. Hum…

— Tu la connaissais ?

— Non, mais…

Maman a l'air de plus en plus songeuse.

— Tu te souviens, reprend-elle, elle voulait que je te donne le prénom Alina.

— Non, je l'ignorais…

— Si, tu le savais.

— Je ne le savais pas, Maman !

Elle prend un air un peu nostalgique.

— Elle a dit que c'était le nom de quelqu'un de la famille. Moi, j'ai grandi avec un prénom original, du moins pour ici, et je ne voulais pas que tu subisses la même chose. Ton père a suggéré une variante plus américaine et nous avons trouvé « Alice ».

— Pourquoi t'a-t-elle baptisée Julita et pas Alina, alors ?

— Eh bien, il me semble qu'elle m'a confié un jour que le nom de Julita venait du côté de mon père. Alina doit venir de son côté à elle.

— Tu ne m'as jamais raconté ça, Maman.

— Je t'en ai forcément parlé, insiste-t-elle, perplexe, puisque tu as ajouté ton grain de sel avec Pascale.

Je ne peux masquer mon incrédulité.

— Maman, transformer Alina en Alice est déjà un peu tiré par les cheveux, mais je ne vois vraiment pas le rapport avec Pascale !

— Alina… Alice. Ally… Callie, énonce Maman, qui marque une pause, la mine pensive. Tu veux dire que c'est un pur hasard ? Quelle autre raison aurais-tu de donner à ta fille un prénom dont le diminutif ressemble tant au diminutif du tien ?

— Maman, nous avons choisi le prénom de notre fille en l'honneur de Blaise Pascal, tout comme Eddie rend hommage à Thomas Edison. Wade rêvait de donner à sa progéniture des noms de grands scientifiques. Il se trouve que ces prénoms me plaisaient. Je n'avais jamais remarqué cette histoire de diminutifs.

— Ouais…

Nous nous esclaffons, mais je retrouve vite mon sérieux.

— Tu crois qu'Alina était la mère de Babcia ?

— Je n'en sais rien, m'avoue Maman. Elle a juste dit que c'était le prénom de quelqu'un de la famille.

Toujours perplexe, elle reprend la tablette.

— Dziak ne m'est pas familier. Le nom de jeune fille de Babcia est Wiśniewski.

Elle prend la lettre que Babcia m'a écrite autrefois, puis parcourt la lettre en polonais, celle qui est presque effacée. Enfin, je lui montre le petit chausson en cuir. Son expression exprime furtivement surprise et reconnaissance.

— Je l'avais complètement oublié, ce chausson, murmure-t-elle. Je ne l'ai pas vu depuis des dizaines d'années.

Elle le place avec révérence dans sa paume.

— Il t'appartenait ?

— J'imagine. C'était sans doute le bien le plus précieux de Pa, avec son certificat d'inscription à l'ordre des médecins des États-Unis. Il le gardait dans un coffret sur le dessus de son armoire. Quand j'étais toute petite, il le sortait parfois et s'installait dans son fauteuil pour le regarder fixement. En fait, je lui ai souvent demandé d'où il venait, ce chausson, parce qu'il me répondait chaque fois des bêtises. Un jour, il m'a raconté que c'était une machine à remonter le temps, une autre fois la porte vers un autre monde, des trucs comme ça.

Elle rit tristement.

— Il en a sans doute eu marre que je lui pose toujours la même question parce qu'il a cessé de le sortir, du moins en ma présence. Alice, ton père et moi avons toujours essayé de te parler ouvertement, dès ton plus jeune âge. La sexualité, la mort, le Père Noël... j'ai toujours voulu te dire la vérité, dans la mesure où tu pouvais l'accepter, à chaque étape de ta vie.

Cette approche m'avait parfois mise mal à l'aise. Un jour, j'avais surpris mes parents dans une position très délicate. Le lendemain matin, ils m'ont fait un long discours sur l'amour, le sexe, l'intimité, sur le fait qu'il n'y avait pas de honte, que je ne devais pas être gênée par cet incident. Ironie du sort, mon expérience la plus traumatisante ne fut pas de voir mes parents nus, en pleine action. Ce fut ce « débriefing » du lendemain. Outre cette conversation, j'ai toujours apprécié leur franchise. Pas une fois ma mère n'avait refusé de répondre à une question.

— Babcia et Pa avaient une conception différente de l'éducation, poursuit ma mère. Quand j'étais petite, il y avait des choses dont on pouvait parler, bien sûr, mais tant de sujets tabous ! Mes parents étaient incapables d'affronter certains souvenirs. Tout ce qui avait trait à la guerre, par exemple. Si Maman évoquait son enfance, Pa n'y arrivait pas.

Soudain, elle hésite et observe Babcia endormie.

— Ma théorie est peut-être insensée, mais je me demande parfois si Pa n'était pas juif.

Étonnée, je la dévisage.

— Il venait à la messe, à Noël et à Pâques !

— C'était surtout ma mère, la catholique. Pa n'allait pas à l'église sans elle. De plus, il ne communiait jamais. Quand ils sont partis en maison de retraite, je *crois* que ma mère l'a emmené dans une synagogue. Je l'ai questionnée plusieurs fois, mais elle a éludé en affirmant qu'ils voyaient des amis juifs. Il est vrai que cette communauté est très représentée dans cette maison de retraite. C'était plausible. Pourtant...

Elle marque une pause, puis hausse les épaules avant de reprendre :

— Ils ont quitté la Pologne en pleine Shoah. Ma mère m'a dit un jour qu'ils étaient sidérés quand ils se sont rendu compte que l'Amérique n'était pas le paradis multiculturel qu'ils imaginaient. J'ignore ce qui leur est vraiment arrivé, en Pologne. Et si Pa était juif, en réalité ? Inutile d'être historien pour comprendre qu'ils auraient vécu l'enfer.

En posant les yeux sur Babcia, je sens mon cœur se serrer. Je m'efforce d'imaginer mes grands-parents, si gentils, si bienveillants, dans une Pologne occupée par les nazis. Pa était le genre d'homme que l'on ne rencontre que rarement dans une vie. D'une intelligence vive, déterminé, mais humble et généreux, presque trop. Quant à Babcia, elle est implacable et d'un optimisme à toute épreuve, quitte à ne voir que la bonté chez les autres.

Quelle résilience il leur a fallu pour survivre à cette tragédie et garder cette gentillesse…

— Ils ne t'ont jamais demandé de les emmener en Pologne ?

— Oui et non, répond ma mère. Pa refusait net d'y remettre les pieds. À mon avis, c'est la raison pour laquelle Maman n'y a vraiment pensé que quand il est tombé malade. Elle m'a posé la question juste après ma nomination au tribunal du district, mais il m'était impossible de prendre des jours de congé. Elle n'aurait pu choisir de pire moment. Franchement, j'étais un peu agacée qu'elle ait attendu aussi longtemps, comme cette histoire de photos m'agace à présent. Ton père et moi sommes allés plusieurs fois en Europe quand tu étais petite, bien avant la maladie de ton grand-père. Pourquoi ne me l'a-t-elle pas demandé à ce moment-là ?

J'aurais volontiers ajouté une étape en Pologne si tout ce qu'elle voulait, c'étaient des photos.

— Et il n'y a personne, sur place, que nous puissions contacter ? Vraiment personne ?

— Pendant des années, nous avons écrit à sa sœur chaque semaine.

Ma mère reprend la tablette et la déverrouille.

— Enfin, je croyais que c'était sa sœur, mais... je me souviens qu'elle disait essayer d'écrire à une « Amelia ». Or regarde, il y a écrit « Emilia Slaska ». Slaski... peut-être une faute de frappe... je me demande si c'est une parente du côté de mon père.

— Elles étaient brouillées ?

Ma mère lève les yeux vers moi.

— Oh non ! Emilia ou Amelia, quel que soit son nom, n'a jamais répondu. Je pense que Babcia a fini par accepter le fait qu'elle était morte. Tu connais l'histoire de Pologne. Après la guerre, le pays s'est retrouvé sous régime communiste durant des décennies. Dieu seul sait ce qu'est devenue cette sœur, si elle a survécu à la guerre. Tu sais, j'étais déjà adulte quand Babcia a cessé d'écrire. Elle a dû envoyer des centaines de lettres, au fil des ans... des milliers, peut-être.

— Pauvre Babcia..., articulé-je, la gorge nouée par l'émotion. Ce doit être terrible de tout quitter sans connaître le destin de ceux que l'on a laissés derrière soi.

Un long silence s'installe entre nous.

— Donc elle a compris, quand tu lui as répondu que tu ne pouvais pas y aller ? reprend-elle.

— Je... je ne lui ai pas dit que je ne pouvais pas y aller. Pas encore. C'est difficile à exprimer avec l'appli. Il faut que je lui explique les raisons qui m'en empêchent. Ce soir, je réfléchirai à une formulation.

— Elle doit comprendre qu'elle t'en demande trop.

— Je ne sais pas.

Je suis très tentée de trouver une solution pour surmonter mes obstacles domestiques et accéder à cette demande insensée de ma grand-mère. Comment le faire comprendre à ma mère ? Mon argument principal serait : « Quand tu étais trop occupée à travailler pour me donner ce dont j'avais besoin, Babcia a comblé tes lacunes. »

— Qui sait ce qui se passe dans sa tête ? Elle est désorientée, persiste ma mère avec un soupir. Demain, elle aura peut-être oublié cette histoire.

— Peut-être, j'admets en consultant la pendule. Je dois aller chercher les enfants. Je vais les amener ici pour qu'ils la voient.

— Bien… Callie aussi, cette fois ? ajoute-t-elle, une lueur d'espoir dans le regard.

— Oui, Maman. Callie aussi…

En moins d'une heure, je suis de retour au chevet de Babcia avec les enfants. Eddie se blottit aussitôt contre sa grand-mère, sur le lit. Il approche le plateau à roulettes et essaie de faire tourner sa précieuse toupie. Au bout de plusieurs tentatives, Callie s'impatiente et s'empare du jouet pour l'actionner à sa place. Ravi, Eddie pousse un cri de joie et tape dans ses mains.

Callie salue Babcia mais se met aussitôt à parler de sa journée d'école avec ma mère. Babcia me suit du regard tandis que je m'active dans la chambre. J'ai besoin d'évacuer le stress de mes pensées frénétiques. Je jette un bouquet de fleurs fanées, je monte et je rabaisse le store pour nous protéger des rayons du soleil. Babcia prend la tablette et j'entends bientôt une voix artificielle déclarer :

Alice maison maintenant.

Surprise, je me tourne vers ma grand-mère. Elle a les yeux rivés sur moi, puis se penche à nouveau sur la tablette.

Alice maison maintenant. Plus tard, Alice avion Pologne.

— Qu'est-ce qu'elle raconte ? s'étonne Callie.

— Elle est très malade, lui répond tristement ma mère. En ce moment, ce qu'elle dit ne fait pas toujours sens. Ne t'inquiète pas.

Les propos de Babcia font sens, au contraire. Il est de plus en plus évident qu'elle ne va pas laisser tomber l'affaire.

15

Alina

DEPUIS DES SEMAINES, Tomasz et moi nous retrouvions tous les jours dans les bois pour nous tenir par la main, nous embrasser, simplement heureux d'être ensemble. Souvent, il nous inventait un avenir. Nous partions loin de la guerre, de l'Occupation, de la faim et de la tristesse. Un jour, j'étais assise, adossée à un tronc, et il était par terre, la tête sur mes genoux. Je lui caressais distraitement les cheveux. Je lui avais déjà coupé les cheveux et taillé la barbe plusieurs fois en cachant des ciseaux sous mon manteau. Je n'étais pas très douée, mais j'étais heureuse de lui avoir donné une meilleure allure.

— Où veux-tu voyager, aujourd'hui ? me demanda-t-il.

Je parcourus la liste très limitée des pays dont j'avais entendu parler, avant d'opter pour le fantasme préféré de Tomasz :

— En Amérique.

— Ah ! L'Amérique est un pays très riche, tu sais. Nous habiterions dans une demeure somptueuse.

Il leva les yeux vers moi avec un sourire radieux.

— Une maison, plutôt, soupirai-je.

À l'époque, je voulais que le rêve soit un peu réaliste. Tomasz, Aleksy et Emilia avaient partagé une habitation bien plus vaste que la modeste ferme de mes parents. À quoi pouvaient ressembler les maisons américaines ?

— Une grande, ajoutai-je.

— Il le faudra si nous avons onze enfants, renchérit-il avec un regard malicieux.

— Onze ? Tu peux rêver. C'est à moi de choisir le nombre d'enfants que nous aurons. Je préfère une fratrie de quatre… bon, cinq, mais pas plus que six.

— Et je serai médecin, bien sûr.

— Naturellement.

— Dans ce rêve, je peux être spécialiste ?

— Dans quel domaine ?

— Les enfants.

— Les enfants ont un médecin spécifique ? m'étonnai-je.

L'idée me semblait aussi saugrenue que de vivre dans une demeure somptueuse.

— À Varsovie, oui, m'expliqua Tomasz. Il doit en être de même dans un pays riche comme les États-Unis. On appelle ça la pédiatrie.

— J'ignorais que c'était ton ambition…

Il poussa un long soupir.

— À Varsovie, à la faculté, j'ai découvert diverses spécialités dans les hôpitaux. À l'hôpital israélite, par exemple, j'ai rencontré un chirurgien.

Son regard se fit triste, plein de regret.

— Il se nommait Saul et m'a beaucoup appris dans ce domaine. Cela dit, la chirurgie n'est pas pour moi.

J'aime parler aux patients, les rassurer. Si on trouve un moyen de quitter la Pologne, j'ai envie de reprendre mes études et de consacrer ma carrière aux enfants.

— Tu n'as pas besoin de quitter la Pologne pour poursuivre tes études, objectai-je en riant doucement.

Tomasz se renfrogna aussitôt.

— Peut-être que si...

— Mais... quand les nazis s'en iront, les universités rouvriront. Tu retourneras à Varsovie et, crois-moi, Tomasz, personne ne m'empêchera de te suivre, cette fois.

— Alina !

Il se redressa brusquement et prit mes mains dans les siennes. Je compris qu'il était sur le point de me dire quelque chose que je n'avais pas envie d'entendre.

— Même après la guerre, nous ne pourrons pas rester ici. Les universités mettront des années à fonctionner normalement et je ne pourrai jamais refaire ma vie à Varsovie ni même à Cracovie. Nous devrons repartir de zéro.

— Mais... je ne peux pas quitter la Pologne, fis-je, mal à l'aise. Mes parents... et Truda et Emilia sont ici. Nous devons rester ici pour Emilia.

Une tension soudaine monta entre nous, ce qui me déplaisait fortement, d'autant que Tomasz tenta de détourner la conversation en me racontant un de ses contes de fées stupides.

— Je te construirai une maison en pain d'épices, promit-il soudain d'un ton bien trop léger. Ainsi, si tu as faim, tu pourras dévorer les murs.

— C'est ça et moi, je te construirai une église, répliquai-je.

Il parut étonné par ma dureté.

— Je croyais que ces prières du matin n'étaient qu'un prétexte pour me rejoindre. Tu ne songes pas à prendre le voile, j'espère...

N'étant pas d'humeur à plaisanter, je me dégageai de son emprise.

— Dans une église, au moins, on ne ment pas, Tomasz ! Si je te construis une église, tu m'avoueras la vérité sur ces questions qui m'échappent.

Sans un mot, il ramassa une brindille qu'il fit tournoyer entre ses doigts, la mine sombre, le regard distant.

— J'ai peur de t'en parler, admit-il d'une voix mal assurée.

Lorsqu'il plongea dans mon regard, je lus une telle souffrance que j'oubliai ma colère. Je me rassis sur mon tronc d'arbre et pris sa main. Enfin, Tomasz se ressaisit et baissa les yeux sur nos mains jointes.

— J'ai commis des erreurs terribles et j'essaie de me racheter pour retrouver mon honneur. Je veux être digne de toi. Je te raconterai en temps voulu, c'est promis. Pour l'heure, tu connais les risques de cette guerre, même si tes parents te traitent parfois comme une enfant pour te protéger.

— Et comment ! m'exclamai-je, frustrée. C'est pourquoi je ne supporte pas que tu en fasses autant.

— Ce n'est pas le cas, protesta-t-il.

— Si ! C'est précisément ce que tu es en train de faire.

Depuis le champ, ma mère m'appelait et s'impatientait. Je dus m'écarter de Tomasz à contrecœur et le quitter au terme de cette conversation tendue. J'effleurai ses lèvres d'un baiser.

— Parle-moi de nous, soufflai-je. Dis-le-moi encore.

Son visage se détendit. Il esquissa même un sourire.

— Nous sommes faits l'un pour l'autre, chuchota-t-il. Le reste n'a pas d'importance. Le monde devra s'y faire : un jour, nous serons ensemble. Je t'aime.

— Je t'aime aussi, répondis-je avec un ultime baiser. Dors bien. Je te verrai demain matin ?

Il relâcha ma main avec un sourire mélancolique.

— D'ici là, je penserai à toi à chaque seconde.

Je tournai les talons pour m'éloigner, puis je regardai par-dessus mon épaule :

— Tomasz ?

— Oui ?

— Le moment est venu, mon amour. Il est temps que tu me dises la vérité.

Ému, il hocha la tête.

— Je suis forte, tu sais. Notre amour aussi. Quoi que tu aies à me révéler, cela ne changera rien à mes sentiments.

— Tu ne peux pas me faire une telle promesse, mon amour.

— Bien sûr que si, et je te la fais. À demain ?

Il ferma un instant les yeux, puis les rouvrit et acquiesça. J'eus alors la confirmation que, lors de notre prochain rendez-vous, il parlerait.

Mais étais-je vraiment prête à l'entendre ?

Le lendemain, Tomasz m'attendait dans la clairière. Pour la première fois, il était à découvert. En me voyant approcher, il se détourna, visiblement en proie au regret et à la culpabilité.

Lorsque je m'assis à côté de lui, il ne me toucha pas.

— Le dimanche, je regarde Emilia passer avec sa nouvelle famille, murmura-t-il d'un air pensif.

Pendant un long moment, seuls les bruits de la forêt troublèrent le silence.

— Je grimpe dans un arbre, au bord du chemin, uniquement pour la voir. Elle tient la main de Truda.

— Je sais.

— Mateusz marche juste derrière elles et scrute les alentours en quête de dangers éventuels. C'est un bon père.

— En effet.

— Je t'ai observée, toi aussi, sur les marches, avec Emilia, après le déjeuner. Elle est toujours aussi bavarde.

— Oh oui !

— Que sont ces feuilles de papier qu'elle apporte toujours ?

— Des dessins pour Maman et moi. Des fleurs, en général.

Je me gardai de préciser à quel point ils étaient sombres, depuis quelque temps. Tomasz avait suffisamment de soucis.

— Ils sont magnifiques, ajoutai-je. Emilia est très douée, tu sais.

— Et intelligente. Emilia est triste, apeurée, mais elle est aimée, commenta-t-il avant de se tourner enfin vers moi. Alina, la plupart des enfants juifs de Trzebinia sont partis.

Ce changement brutal de conversation me déstabilisa.

— Eh bien… oui, je sais.

— La plupart sont morts de faim ou ont été emmenés dans des camps où ils ont succombé quand ils n'ont pas été exécutés.

J'étais de plus en plus troublée.

— Je suis au courant, Tomasz. C'est affreux, immonde.

— Peut-être, mais peux-tu me dire la différence entre Emilia et ces enfants juifs ?

— Eh bien… non.

— Ce sont tous des enfants de Dieu, des enfants de notre grand pays. Les enfants sont à la fois notre espoir et notre avenir et… c'est tout ce qui devrait compter.

Il se leva et me prit par la main.

— Marchons un peu. Je sais que tu ne peux t'éloigner du champ. Hélas, je ne me sens pas capable de te regarder en face.

Tandis que nous longions les rochers escarpés, il serra soudain ma main plus fort dans la sienne.

— Si Emilia était une enfant juive de Varsovie, elle serait aujourd'hui enfermée dans le ghetto. Ici, la nourriture est rare, certes. Les gamins du ghetto, eux, n'avalent que de la sciure et des cailloux pour se remplir l'estomac. La faim finit par être si douloureuse qu'ils cherchent à la soulager par n'importe quel moyen. À Trzebinia, certains sont malades. Les enfants du ghetto meurent à un tel rythme que les autorités ne savent plus que faire des cadavres. Emilia a peur mais, au moins, elle sourit encore. Les enfants du ghetto ne sourient pas, car il n'y a plus la moindre joie dans leur existence. Et…

Il prit une profonde inspiration avant de reprendre tristement :

— Alina, si Emilia était une enfant juive de Varsovie, elle serait dans ce ghetto, et peut-être à cause de moi.

Je m'arrêtai net. Je m'étais préparée à quelque acte honteux, mais pas à cette déclaration horrifiante.

— Quoi ? m'exclamai-je.

Je me sentis blêmir. Tomasz était aussi pâle que moi. Le souffle court, il se massa la nuque, comme s'il cherchait un moyen d'esquiver cette conversation. Peut-être me jaugeait-il. Serais-je capable de supporter la vérité ? Le silence s'éternisa. N'y tenant plus, je croisai les bras en le fusillant du regard.

— Explique-toi, murmurai-je vivement.

En le voyant fermer les yeux, je dus répéter, plus fort, cette fois :

— Explique-toi, Tomasz !

Il se voûta légèrement.

— Tu te rappelles quand je t'ai dit que je voulais devenir pédiatre ?

— Bien sûr.

— Eh bien... J'ai... il y avait un chirurgien... je t'ai parlé de ce chirurgien, n'est-ce pas ?

Je me radoucis car je le sentais sur le point de me raconter une histoire bien différente de ses contes de fées. Il peinait à s'exprimer. C'était un homme bien. Si ce qu'il venait d'affirmer était vrai, il devait y avoir une explication rationnelle, même si je n'imaginais pas laquelle.

Lorsque je pris sa main dans la mienne, il parut surpris.

— C'est bon, Tomasz. Je t'écoute. Je suis là.

Lorsque je me remis en marche, il m'emboîta le pas, le souffle court, puis il lâcha ma main et, enfin, les mots jaillirent :

— J'ai combattu avec l'armée polonaise à Varsovie jusqu'à la défaite. Nous avons lutté avec acharnement mais nous n'étions pas à la hauteur. Les Allemands m'ont capturé avec un groupe de camarades d'université, et ils nous ont donné le choix : soit nous intégrions la Wehrmacht, soit ils exécutaient nos familles et nous emprisonnaient. Ils affirmaient détenir des renseignements sur nous et savoir où trouver nos proches. J'ai cru que, si je leur obéissais, je sauverais mon père et Emilia, et toi, peut-être, Alina chérie, car nous étions déjà fiancés. Je n'avais pas le choix. J'étais désemparé, alors je me suis engagé dans la Wehrmacht, cracha-t-il amèrement.

Mes frères m'avaient effectivement raconté que des étudiants de Varsovie avaient été enrôlés dans la Wehrmacht. J'avais repoussé cette idée, certaine que Tomasz ne s'abaisserait jamais à cela. En revanche, je connaissais son amour pour sa famille… et pour moi. Les nazis avaient trouvé l'unique moyen de lui faire trahir son pays.

— Tu as tué des gens ?

— Il y a pire que le meurtre, Alina, murmura-t-il. J'ai lâché nos compatriotes. Un jour, quand la Pologne sera à nouveau elle-même, les traîtres rendront des comptes. Surtout moi. Je suis allé à Varsovie pour apprendre à soigner les gens et j'ai mis en œuvre l'idéologie nazie. Ils m'appréciaient parce que j'ai des notions de leur langue, grâce à mes vacances d'été en Allemagne. Et parce que j'étais rapide et fort. Et parce que…

Il se tut pour étouffer un sanglot.

— D'après le commandant, j'ai le don de mettre les gens à l'aise. Mon unité était chargée de déplacer des familles vers le quartier juif. Les enfants et leurs mères étaient terrifiés. Je leur affirmais que leur situation s'arrangerait, qu'il leur suffisait de nous obéir. Hélas, ce n'était pas le cas, loin de là, même au début. Il n'y avait pas assez de place, pas assez à manger. L'objectif était de les parquer pour faciliter les persécutions. Ils ont érigé un mur autour du ghetto, un enfer sans issue où j'ai fait entrer des enfants en leur mentant.

Touchée par ses sanglots, je l'enlaçai, le visage contre son torse. Son cœur s'emballait à mesure que les souvenirs et la honte remontaient à la surface. J'oscillais entre la révulsion que m'inspiraient ses actes et une compréhension grandissante.

Le côté sombre que je décelais parfois dans son regard prenait tout son sens. Il exprimait sa mortification, ses regrets profonds. Cette décision allait à l'encontre des valeurs de Tomasz Slaski.

Lorsqu'il chancela, je l'entraînai vers un tronc d'arbre. Il s'assit en s'y adossant. Comme il ne me regardait toujours pas en face, je me mis à califourchon sur ses genoux et pris son visage entre mes mains.

— Raconte-moi, mon amour…

En larmes, il leva les yeux vers le sommet des arbres qui nous entouraient.

— Ton père me tuerait.

— Peut-être que non s'il comprenait tes raisons.

— Ton père est un homme bien, Alina. Il aurait résisté, lui.

— Il ne te jugera pas. Et moi non plus.

— Un jour, les Polonais m'exécuteront, si les nazis ne m'attrapent pas avant. Des hommes honorables de la trempe de ton père me captureront et je serai exécuté.

Je l'embrassai avec fougue, ne serait-ce que pour le faire taire. Enfin, il soutint mon regard.

— Raconte-moi la suite !

Il poussa un long soupir.

— Un jour où je patrouillais dans le ghetto, je l'ai vu… Saul Weiss.

— Ton ami chirurgien ?

— Oui. Avec sa femme Eva. Ils étaient enfermés là-bas, eux aussi. Ils étaient passés malgré eux d'un bel appartement proche de l'hôpital à un taudis qu'ils partageaient avec deux autres familles. D'abord, j'ai fait mine de ne pas les reconnaître. J'avais honte de contribuer à leur malheur. Je me suis éloigné de quelques pas avant de regarder en arrière. Et tu sais ce qu'il a fait ? Il m'a souri ! Il m'a souri…

Je comprenais à peine ses propos à cause de ses sanglots. Je me mis à pleurer à mon tour, en l'embrassant pour chasser ses larmes.

— Je suis là, mon amour, murmurai-je. Continue…

— Il a eu la noblesse de ne pas me détester. Nous avions un passé commun et, malgré les circonstances, il se montrait amical. Saul Weiss avait tout perdu à cause de salauds de mon espèce, des Polonais n'ayant pas le courage de résister. Ce jour-là, je me suis senti brisé. Il fallait que cela cesse.

— Comment as-tu réussi à quitter Varsovie ?

— Je suis passé par les égouts.

Il marqua une pause, le temps de se ressaisir.

— Nous avons pataugé dans les eaux usées. Saul, Eva, sa femme, et moi.

— Tu leur as permis de s'échapper avec toi ?

— Oh non ! s'exclama-t-il avec un rire amer. Tu me prends toujours pour le héros de cette histoire ! Alina, je suis en train de t'expliquer que c'est moi le méchant. Ce sont eux qui m'ont autorisé à fuir avec eux. Je tenais à présenter mes excuses à Saul. Je l'ai entraîné dans une boutique désertée pour ne pas éveiller les soupçons. Une fois seul avec lui, j'ai fondu en larmes. Quelques jours plus tard, au moment de s'enfuir, il m'a proposé de les accompagner. Ils avaient remis leurs dernières économies à un passeur. Franchement, c'était une mission suicide et c'est pourquoi j'ai accepté sans réfléchir à ce que je ferais en cas de réussite. La mort était un meilleur sort que de garder cet uniforme et mourir du mauvais côté de la barrière. Aussi, quand nous avons émergé dans les environs de Varsovie, j'étais le premier étonné. À partir de là, Saul et Eva n'avaient pas de plan établi. Nous sommes donc partis à pied, dormant sous les ponts et dans des granges pendant des mois, pour venir ici.

— Mais… comment ? Vous avez effectué le trajet à pied ? Cela représente des centaines de kilomètres. C'est…

— C'est incroyable, n'est-ce pas ? Enfin, tu as compris. Nous l'avons échappé belle plusieurs fois. L'aventure pouvait se terminer en un clin d'œil. La chance ou le destin étaient de notre côté. Un paysan compatissant nous a mis en contact avec le réseau Żegota, un groupe clandestin venant en aide aux Juifs avec le soutien du gouvernement en exil. Sans eux, jamais nous n'aurions pu quitter ce qu'on appelle la zone du gouvernement général des territoires polonais occupés.

Le silence s'installa entre nous. Je m'assis à côté de lui, la tête sur son épaule. Ce qu'il venait de me raconter, même les détails les plus cruels, faisait partie de l'histoire de Tomasz. Je voulais tout connaître de lui.

Au bout d'un moment, il reprit la parole :

— Il faut que tu comprennes, Alina. Saul et Eva m'ont sauvé la vie. Je me dois de les aider en retour. Ils sont cachés non loin d'ici et je ferai mon possible pour eux.

— Tu voles de la nourriture ?

— Oui, quand j'en trouve. Parfois, je capture un oiseau, un écureuil. Je chaparde dans les fermes… Les nazis réquisitionnent les récoltes, donc ce n'est pas vraiment du vol. J'ai même chipé des œufs dans ton poulailler. Vous avez tant de poules que mes larcins sont passés inaperçus. J'ai agi par nécessité…

Je n'en revenais pas !

— Tu aides des Juifs cachés, c'est ça ?

— Trois groupes d'amis aux alentours de ta ferme, dont Saul et Eva. D'autres se terrent en ville. De temps à autre, je leur donne aussi un coup de main. Des résistants les nourrissent. Il est risqué de se rendre en ville.

— Absolument *tout* ce que tu viens de décrire est risqué ! m'exclamai-je avec un mouvement de recul. Tu ne te rends pas compte ? On peut être exécuté pour un verre d'eau donné à un Juif ! Et tu ne m'as rien dit ? Je fais partie de ta famille, Tomasz ! Emilia aussi. Sans ces Juifs, ce serait beaucoup moins dangereux et…

— Saul et Eva ont un nouveau-né, coupa-t-il sèchement.

— Un bébé ?

— Oui. Eva a accouché il y a quelques semaines, juste après notre arrivée. La petite Tikva ne consomme que le lait de sa mère, qui n'en produit que si je lui trouve à manger. Je devrais laisser cette enfant crever de faim, selon toi ?

Frustré, il croisa mon regard.

— Saul est bien plus honorable que moi. Comme il est juif, les nazis veulent l'affamer, l'enfermer dans un camp, le tuer au travail. Et son bébé, né de parents juifs ? Elle mérite de mourir, elle aussi ? Tu lui tirerais une balle dans la tête ?

— Ne dis pas ça ! protestai-je farouchement.

Dépassée, horrifiée, je pleurais à chaudes larmes, mais Tomasz ne se laissa pas attendrir.

— C'est pourtant ce que tu sous-entends en considérant que je ne devrais pas les aider.

Il parut soudain très triste et son regard m'implora de le comprendre.

— Voilà pourquoi je préférais me cacher. Si notre amour passe avant le reste, je refuse de te choisir au détriment de ce qui est juste. Je ne serais pas l'homme que tu mérites si je n'étais pas solidaire de ces malheureux.

Frustré, il passa une main nerveuse dans ses cheveux.

— Un monstre n'a pas le droit de vivre un grand amour tel que le nôtre. Je dois prouver que je ne suis pas un monstre. Je t'en prie, ne me demande pas d'arrêter. Je t'en prie !

Les risques étaient énormes. À l'époque, les choses allaient de mal en pis, en Pologne. Nous devions lutter, sans armes, avec la force de notre volonté. La résistance avait un sens différent pour chacun d'entre nous. Pour moi, il s'agissait de faire ce que Tomasz me demandait, quitte à en périr. Je ne me savais pas aussi courageuse ! Ma relation avec lui équivalait à une condamnation à mort, ce qui n'entamait en rien ma détermination.

Je m'étais toujours vue telle que les autres m'imaginaient : une jolie fille menue et délicate, trop féminine pour être utile dans une ferme, une petite dernière paresseuse et immature, voire un peu niaise.

Pas courageuse, en tout cas, ni héroïque ou noble.

Si j'avais été cette créature fragile, l'idée de risquer ma vie pour Tomasz m'aurait pétrifiée. Or, en cet instant, je ne voulais qu'une chose : le mettre à l'abri, l'apaiser, aider ses amis. Mes sentiments pour lui étaient si forts qu'ils éclipsaient ma peur. J'endossai son fardeau. Notre amour était un miroir dans lequel je me voyais pour la première fois. Je n'étais plus une enfant gâtée amoureuse de son camarade d'école, mais une femme forte d'un amour altruiste, une adulte.

— Je ne te demanderai pas d'arrêter. Je vais même chercher un moyen de t'aider.

Il leva les yeux vers moi et secoua vigoureusement la tête.

— Pas question, Alina, c'est…

— Non ! coupai-je d'un ton ferme. Ne me dis pas que c'est trop dangereux. T'aimer est dangereux, par les temps qui courent, mais je ne pourrais pas m'en empêcher même si je le voulais. Dorénavant, ta cause est la mienne. Qu'est-ce que tu me répètes toujours ?

— Que nous sommes faits l'un pour l'autre, murmura-t-il, la mine grave. Qu'importe, je t'interdis de te mettre encore plus en danger.

— Tu n'as rien à m'autoriser ou m'interdire, Tomasz ! J'ignore dans quelle mesure je peux t'aider, mais je me fais un devoir d'essayer, même si cela se limite à procurer un peu plus de nourriture à cette Maman et son nourrisson. Pour l'heure…

Je poussai un long soupir en me tournant vers les champs. Je n'avais pas entendu ma mère m'appeler. Elle n'allait pas tarder à venir me chercher.

— Je suis absente depuis trop longtemps. Il faut que j'y aille.

J'effleurai ses lèvres d'un baiser. Tomasz était épuisé physiquement et moralement, mais nous venions de franchir un cap. Nous n'avions jamais rien partagé de tel. Il s'était ouvert à moi et, en retour, je ne pouvais que le comprendre et l'accepter. Il me fallut ensuite des années pour assimiler la profondeur de ce moment, le soulagement qui dut être le sien. À l'époque, j'agissais d'instinct, mue par mon amour.

— Je t'aime, conclut-il.

Je l'embrassai encore en humant son parfum, les yeux fermés.

— Moi aussi, je t'aime, Tomasz. Tu n'as rien d'un monstre. Tu es un héros, au contraire ! Tu n'en as pas encore l'impression mais, un jour, tu comprendras.

En descendant de la colline, je croisai le regard perplexe de ma mère.

— Tu as pleuré ?

— Quoi ? fis-je d'un air innocent. Non ! J'ai dû prendre froid.

— C'est ça… tu as dû prendre froid, maugréa-t-elle.

Elle ne me crut pas, bien sûr. Je n'avais pas le temps de m'en soucier.

Je songeais déjà au dîner et à la nourriture que je dissimulerais pour Tomasz et ses amis.

16

Alina

L'ÉTÉ 1941 TOUCHAIT À SA FIN. La colonne de fumée sporadique que je redoutais tant, au début de la guerre, était de plus en plus présente dans le paysage. Son odeur âcre m'était désormais aussi familière que celle des déjections de nos poules. En l'absence de vent, une poussière de cendres se déposait sur les vêtements et dans les cheveux telle une neige grisâtre. J'appris à l'ignorer. Il le fallait bien car il n'y avait pas moyen d'y échapper.

Tomasz vivait toujours dans les bois, sans abri ni vêtements chauds. J'avais l'intention de lui apporter discrètement des affaires de mes frères avant qu'il ne fasse trop froid.

Certains matins, je le trouvais recroquevillé sur lui-même dans un tronc creux, tremblant de tout son corps, les lèvres bleuies.

— Tu es un ami de Nadia Nowak, n'est-ce pas ? lui demandai-je un jour.

— Je connais Nadia, en effet, me répondit-il, sur ses gardes.

— Tu ne pourrais pas séjourner chez elle ? Ou te cacher avec certains de tes protégés juifs ?

— Non, je ne peux pas loger chez Nadia... c'est bien trop risqué. Quant à mes protégés, il est difficile d'entrer et de sortir de leurs cachettes, or je dois partir en quête de nourriture chaque soir.

Je m'inquiétais de son dévouement envers ses amis. La culpabilité que suscitait en lui son expérience à Varsovie guidait chacune de ses décisions. Et s'il allait trop loin ? Il avait déjà entrepris une mission suicide en revenant à Trzebinia. Combien de temps lui faudrait-il pour récidiver ?

Un matin, en allant à sa rencontre, j'étais si perdue dans ces pensées que je n'étais pas suffisamment en alerte. En percevant un mouvement, devant moi, je levai les yeux : un soldat allemand se tenait à moins de deux mètres.

Surprise, je poussai un cri strident qui résonna dans les bois. Le militaire pointa son fusil vers mon visage.

— S'il vous plaît..., suppliai-je d'une voix brisée. S'il vous plaît, non...

Il se mit à hurler des ordres que je ne compris pas. Le regard vide, je levai les mains en l'air, au cas où. Impatient, il s'adressa à moi en polonais :

— Qu'est-ce que tu fais là, toi ?

— Alina ! lança soudain ma mère, derrière moi, exaspérée. Ralentis un peu, veux-tu !

— Maman...

J'aurais voulu l'avertir de ne pas s'approcher, mais il était trop tard. Je la sentis s'arrêter près de moi.

— Bonjour ! lança-t-elle au militaire, détendue, comme si tout allait bien.

Je lui adressai une œillade incrédule.

— Et toi, la vieille, qu'est-ce que tu fais dans les bois ? demanda le soldat en nous menaçant tour à tour de son arme.

— On va voir mon autre fille, en ville, répondit Maman avec assurance, avant d'ajouter avec une sollicitude crédible : Vous recherchez quelqu'un ?

En amont de la colline, je vis apparaître un autre soldat, puis un autre. Au total, j'en dénombrai six, les yeux rivés sur ma mère et moi. La gorge nouée, je n'osai lever la tête. Et si Tomasz était à proximité ? S'il s'était assoupi une fois de plus ? Il n'avait sans doute pas de papiers sur lui. De plus, il suffisait de le regarder pour savoir qu'il était en cavale.

— Des Juifs se cachent dans le secteur, déclara le soldat. On passe les bois au peigne fin à la recherche de fugitifs.

— Ici ? fit ma mère, dubitative.

Elle s'esclaffa et reprit :

— Qui pourrait se terrer dans ce bosquet ? S'il y a quelqu'un, vous les débusquerez facilement.

Elle désigna vaguement notre maison.

— Nous habitons à quelques centaines de mètres. Croyez-moi, il n'y a personne. Je le saurais !

— Vos papiers ! ordonna le soldat.

Au moment où je crus mourir de peur, ma mère glissa tranquillement une main dans son corsage puis elle tendit nos cartes d'identité au militaire qui les examina avec soin. Il hocha la tête et il rendit les papiers à Maman en nous faisant signe de circuler.

Maman rangea vite les documents pour m'entraîner vers le sommet de la colline. Lorsque je voulus me retourner, elle me secoua vivement.

— Regarde devant toi !

Plusieurs camions nazis étaient garés au pied de la colline, du côté de Trzebinia, parmi les hautes herbes. En croisant les sinistres véhicules, ma mère resserra son emprise sur mon bras. Le trajet jusqu'à la maison de Truda se déroula dans un silence glaçant. La tension était palpable. Je ne fondis en larmes que lorsque ma sœur nous ouvrit la porte.

— Prépare-lui du thé, soupira ma mère en me fusillant du regard. Alina, ma fille, j'ai fait preuve de patience avec toi, mais il est grand temps que tu m'avoues la vérité.

Emilia apparut dans le couloir.

— Alina ! lança-t-elle, ravie. C'est toi qui viens chez moi, pour une fois !

En voyant mes larmes, elle retrouva vite son sérieux :

— Oh… qu'est-ce que tu as ?

— Tout va bien, mentis-je avec un sourire forcé.

Hélas, je fus incapable de maîtriser mes sanglots. Furibonde, Truda envoya la fillette jouer dans le jardin.

Ma mère et moi étions attablées côte à côte dans la cuisine. Truda nous servit du thé avant de rejoindre Emilia dehors. Je sanglotais amèrement en évitant le regard de Maman. J'étais dans une telle panique que je ne parvenais pas à remettre de l'ordre dans mes idées. Si j'étais sortie quelques minutes plus tôt, les soldats nous auraient surpris ensemble, Tomasz et moi. Nous ne pouvions plus prendre le risque de nous revoir, même si les soldats n'avaient pas capturé Tomasz. Au bout d'une minute ou deux, ma mère poussa un long soupir.

— Arrête un peu ta comédie, Alina. Il n'y a pas de quoi faire tant d'histoires.

— J'ai eu peur…, bredouillai-je de façon peu convaincante.

Maman leva les yeux au ciel.

— J'ai deviné ton secret, tu sais.

Ma situation déjà difficile se compliquait. Connaissait-elle mon secret ou avait-elle simplement des doutes ? Et si, pour elle, ce secret était autre chose ? Je ne voulais pas la fâcher car elle m'impressionnait. Je réfléchis à toute vitesse, la tête baissée vers ma tasse de thé.

— Je ne vois pas de quoi tu parles, Maman…

Je m'efforçais d'avoir l'air innocent malgré mon état d'agitation. L'adrénaline faisait battre mon cœur à tout rompre. Elle m'assena une tape sur l'arrière de la tête en marmonnant qu'elle n'était pas une imbécile.

— Depuis quand est-il revenu ? demanda-t-elle enfin.

— Je…

— Tomasz est de retour et il se cache, c'est ça ? Tes prières à la Vierge, c'est un prétexte pour le voir ?

Je me contentai de la fixer, ce qui la fit rire.

— Même si nous n'avions pas eu des doutes dès le départ, nous aurions vite compris. Tu insistais pour aller prier même sous la pluie.

Son regard se radoucit légèrement.

— J'ai eu dix-huit ans, moi aussi, et j'ai été amoureuse.

— Pourquoi ne m'as-tu pas dit que tu savais ?

— Pour être honnête, j'avais trop peur. J'ignorais pourquoi toi et Tomasz préfériez vous cacher. En attendant tes explications, je suis restée dans les parages, au cas où tu aurais des ennuis. J'ai bien fait vu ce qui s'est passé aujourd'hui.

Folle d'angoisse, je levai ma tasse d'une main tremblante. Au bout d'un long silence, ma mère me demanda :

— Il faut parler, à présent, Alina. Pourquoi se cache-t-il ?

— Je ne sais pas, mentis-je, incapable de masquer mon effroi.

D'un regard, elle lut mes pensées. Je me sentis rougir.

— Je ne sais pas ! insistai-je.

— Il est dans la Résistance, c'est ça ?

Sûre de son fait, elle s'adossa plus confortablement.

— Ou alors il aide ceux qui se cachent ?

Sans que je prononce un mot, elle décela la réponse sur mon visage et émit un grommellement approbateur.

— Maman ? m'étonnai-je.

— Quoi ?

— Je ne dis pas qu'il le fait… s'il cachait des Juifs…

— Je te demanderais pourquoi vous ne m'en avez rien dit plus tôt.

— Il voulait me protéger.

— Dans ce cas, il est moins intelligent que je ne le croyais. Sinon, il saurait que le moindre contact avec toi nous met tous en danger, mais que ton père et moi comprenons.

Je sentis l'espoir renaître en moi.

— Vous comprenez ?

— Tu te souviens, quand Filipe a voulu rejoindre la Résistance ?

Elle parlait si rarement de ses fils disparus que je fus déstabilisée.

— Oui…

— Nous l'en avons dissuadé. Nous trouvions qu'il valait mieux faire profil bas. Tu te souviens ?

— Oui, Maman.

— Eh bien, c'était une erreur. Il est mort quand même. Si nous avions résisté, si nous avions lutté…

Sa voix se brisa. Elle prit une profonde inspiration avant de poursuivre :

— J'ai essayé de protéger mes enfants. On a fait de notre mieux. Ça n'a pas suffi. Je regrette à présent de ne pas avoir résisté. Nous aurions pu faire une différence, peut-être pas pour Filipe, mais pour d'autres. Notre passivité est coupable, Alina. Ton père et moi voulons nous racheter. L'occasion ne s'est pas encore présentée. Ces juifs ont un abri ?

— Eux, oui. Pas lui.

— Que compte-t-il faire, l'hiver venu ?

Je me contentai d'un regard vague.

— Il commence à faire froid, Alina. S'il neige, il ne pourra pas rester dans les bois. Dis-moi que vous avez un plan.

— Il se cache dans les arbres, parfois derrière un tronc abattu. Parfois, il s'assoupit en plein jour et à découvert... Il affirme qu'il s'en sortira, mais j'ai tellement peur...

— Tu comprends la gravité de sa situation ?

— Bien sûr.

— J'espère que tu es consciente de la gravité de la tienne, aussi, Alina, même si tu ne fais que le bécoter dans les bois et lui donner les miettes de nos repas. S'il aide des Juifs à se cacher, tu es complice. C'est passible de la peine de mort.

Elle me regardait droit dans les yeux avec dureté. Il fallait qu'elle comprenne, qu'elle sache combien j'aimais Tomasz et que j'étais disposée à braver les pires dangers pour lui.

— Maman, c'est Tomasz ! Il est seul au monde, il n'a que moi. Même si c'est dangereux, je ne peux pas l'abandonner. Il protège une famille, avec un nourrisson qui mourra sans notre aide. Comment veux-tu que je fasse passer ma propre vie avant celle de ce bébé ?

Ma mère me dévisagea longuement, puis elle hocha la tête, comme si elle était satisfaite.

— Tu ne peux pas, concéda-t-elle. Et moi non plus. Je veux vous aider.

Après le départ des camions militaires, le silence était revenu dans les bois. J'avais beau scruter désespérément les arbres, je ne vis aucun signe de Tomasz. Je voulais croire qu'il était perché ou caché dans un tronc creux, qu'il avait échappé à la chasse à l'homme.

— Tu crois que je peux l'appeler ? demandai-je à ma mère.

— Non. Écoute, j'ai quelque chose à te montrer. Rentre à la maison pour quelques heures. Tu reviendras plus tard.

Nous père nous accueillit sur le pas de la porte, l'air soucieux.

— Qu'est-ce qui vous a retenues si longtemps ?

Maman entra en trombe.

— Alina a besoin de ce dont nous avons parlé, annonça-t-elle. Surveille la route et les bois. Des soldats rôdent dans le secteur.

Papa se posta à la fenêtre de la cuisine tandis que ma mère s'affairait à déplacer la table. Lorsqu'elle souleva le tapis, je ne pus dissimuler ma stupeur en découvrant la présence d'une trappe. Elle actionna ensuite le panneau de bois donnant accès au sous-sol.

— Maman !

— Chut ! Pas de commentaires, gronda-t-elle.

C'était une seconde cave, un lieu de stockage plus réduit dont j'ignorais l'existence. Si j'avais foulé le tapis à cet endroit, j'aurais sans doute perçu une irrégularité, mais la table s'était toujours trouvée juste au-dessus. Je me penchai dans le vide.

Il faisait si sombre que j'eus l'impression d'étouffer. Pas question pour moi d'aller voir ce qu'il y avait en bas. Ma mère alluma notre petite lampe à pétrole et me la tendit. Je la brandis en silence pendant qu'elle empruntait l'échelle, puis elle me fit signe de lui rendre la lampe.

— Viens voir !

— Mais…

Elle fit tourner la lampe pour me montrer qu'il y avait plus de place que je ne le pensais.

— Alina, tu as toujours peur du noir ? dit-elle, impatiente. Risquer la mort pour ton petit ami fugitif te fait à peine sourciller, mais tu trembles à l'idée d'emprunter cette échelle ? Allons, ma fille, ne sois pas absurde !

Je m'enfonçai donc dans les ténèbres. L'atmosphère était si lourde que je n'étais pas certaine de survivre plus de deux minutes dans ce trou. Mais, dès que mes pieds touchèrent le sol, je découvris un véritable trésor : des dizaines de pots de confiture, des pommes de terre, des sacs de farine et de sucre, un panier d'œufs… de quoi nourrir la famille pendant des mois et condamner mes parents à mort si les nazis découvraient cette cachette.

— Comment as-tu réussi à nous dissimuler cette trappe ?

— On a commencé à faire des réserves bien avant la guerre, dès les premiers articles de journaux évoquant des troubles. Le jour où les Allemands ont exécuté le maire et Aleksy, on a tout descendu puis complété notre stock au fur et à mesure. On opère en pleine nuit, quand tu dors, précisa-t-elle en riant. C'est comme ça qu'on t'a surprise en train de « prier » à ta fenêtre, il y a quelques mois. On a entendu ta voix. Tu parlais à Tomasz, n'est-ce pas ?

J'acquiesçai avec un soupir.

— Pourquoi ne m'en as-tu pas parlé ? demandai-je à ma mère.

— Tu n'avais pas à le savoir. Au début, on redoutait que nos enfants fassent des bêtises. Rien n'était prémédité. Il se trouve que ton grand-père a creusé l'autre cave en construisant la grange.

Ma mère posa doucement une main sur mon épaule.

— Cette cave pourrait être utile à Tomasz. Il n'y a pas de chauffage, mais il ne fait jamais très froid, ici. Il aurait cette lanterne, même s'il faut économiser le pétrole. Les garçons sont partis et il est difficile de procurer des vivres à Truda et Emilia, désormais… nous ne pourrons pas tout manger. Jeter des aliments périmés serait un crève-cœur. Ton père et moi serions ravis que Tomasz distribue à manger à ses protégés. On veut se rendre utiles.

— Maman, vous seriez exécutés si les nazis s'en rendaient compte.

— Eh bien…, fit-elle d'un ton qui se voulait désinvolte, s'ils capturent Tomasz et découvrent que tu l'as secouru, ils te tueront aussi. En temps de guerre, chacun prend des risques.

— Que sait Papa ? demandai-je en jetant un coup d'œil anxieux vers la trappe.

— La même chose que moi.

— Tomasz a servi dans la Wehrmacht. À Varsovie. Cela fait une différence, pour toi ?

Ma mère parut d'abord étonnée, puis elle soupira :

— Un jeune Polonais honorable tel que Tomasz Slaski ne travaillerait pour ces ordures que s'il n'avait pas le choix. Je me trompe ?

— Non.

— Dans ce cas, cela ne fait aucune différence.

— Papa laissera Tomasz se cacher ici ?

— Il te permet d'aller le voir dans les bois chaque jour. Je ne vois pas en quoi c'est pire.

Je me sentis rougir, ce qui la fit rire.

— D'après toi, pourquoi je te suis de près ? Les soldats ne sont pas les seuls à risquer de te créer des ennuis, ma fille.

— Quand Tomasz peut-il s'installer ?

— Attends encore une heure ou deux, puis va lui dire de venir ce soir, quand il fera nuit.

17

Alina

DEUX HEURES PLUS TARD, je me rendis dans les bois aussi calmement que possible. Mille pensées se bousculaient dans ma tête. Je n'arrivais pas à me faire à l'idée que mes parents *savaient* et que Tomasz vivrait bientôt sous notre toit. Au sommet de la colline, je le vis descendre d'un arbre et venir à ma rencontre.

— J'ai vu les Allemands d'abord, puis tu es arrivée. Ils étaient juste en dessous de mon perchoir et je ne pouvais pas bouger.

Le souffle court, il me prit dans ses bras.

— Mes parents sont au courant, bredouillai-je.

Je crus qu'il allait s'enfuir en courant.

— Attends ! Ils veulent t'aider.

— M'aider ?

Son incrédulité me brisa le cœur.

— Figure-toi qu'ils ont une réserve de nourriture. On a une autre cave dont la trappe se trouve sous le tapis du séjour. Ils proposent que tu t'y caches.

Étonné, Tomasz me prit par les épaules.

— Alina, c'est très gentil. Malheureusement, je ne peux accepter.

— Pourquoi pas ? insistai-je désespérément. Tu n'es pas à l'abri dans les bois. J'ai si peur pour toi.

Ému par mes sanglots amers, il me serra fort contre lui.

— Ils te tueraient s'ils me trouvaient chez toi et je ne peux pas…

Sa voix se brisa.

— Te voir ainsi est égoïste, mais je pensais que les Allemands n'établiraient un lien entre nous que s'ils nous surprenaient ensemble. Dans ta maison…

— Ce n'est pas ton problème, Tomasz.

— Je m'inquiète pour toi.

— Dans ce cas, accorde-moi cette faveur. Laisse-nous t'aider. Mes parents tiennent à ce que ces vivres soient utiles à ceux qui en ont besoin. Tu es en mesure d'exaucer leur vœu.

Il était toujours très tendu, au point que je crus bon d'ajouter :

— Tu imagines combien cette nourriture serait précieuse à la petite famille dont tu t'occupes ?

— Je…

— Et les autres personnes cachées ? Maman a un sac entier de pommes de terre.

— Ne peux-tu pas simplement me fournir ces vivres ? implora-t-il. Je les remettrai à mes protégés. Je n'ai pas à séjourner chez toi, où les nazis risquent de me débusquer. Il faudrait que je quitte la maison chaque jour et que j'y revienne. C'est trop risqué.

Je m'écartai de lui et croisai les bras.

— C'est toi qui me traitais d'enfant gâtée, non ?

— Oui, mais…

— Eh bien, je suis habituée à obtenir gain de cause, quitte à recourir au chantage. Si tu ne viens pas vivre chez nous, je trouverai un autre moyen pour procurer à manger aux réfugiés.

Face à sa mine impassible, je crus bon d'ajouter d'un air entendu :

— Et si j'allais voir Nadia Nowak, par exemple ? Elle me donnera peut-être des conseils pour faire la distribution moi-même ?

— Alina ! s'exclama-t-il, incrédule. C'est…

— C'est à prendre ou à laisser.

— Tu ne me donnes pas le choix.

— Telle était mon intention. J'ai d'autres atouts dans ma manche, alors ne m'oblige pas à les sortir.

— De quels atouts parles-tu ? demanda-t-il, perplexe.

J'effleurai ses lèvres d'un baiser.

— Je les garde pour la prochaine fois que tu me sous-estimeras.

J'écartai quelques mèches de son front toujours soucieux, avant de tourner les talons pour rentrer à la maison.

— Viens après la nuit tombée. Nous serons prêts.

18

Alice

Je m'affaire à mes tâches habituelles. Wade reste tard au bureau pour rattraper le temps perdu hier. Il est sur un projet qui lui donne du fil à retordre, donc je ne suis pas étonnée. Dès que les enfants sont couchés, je me sers un verre de vin et je mets de la musique pour me prélasser sur le canapé.

Alice avion Pologne.

Une requête absurde et totalement inaccessible.

Comment refuser ? Je n'en ai pas la moindre idée. Je décrocherais la lune pour Babcia. J'ai l'impression qu'elle me demande de monter à bord d'un avion, de prendre des photos et de rentrer à la maison. Quand pourrais-je partir au plus tôt ? Et rentrer ? J'ignore même où se trouve Trzebinia ! Pour moi, la Pologne est un pays d'Europe dont la capitale est Varsovie. Mes connaissances géographiques s'arrêtent là.

Je pourrais me renseigner sur l'ordinateur de Wade qui est posé sur la table basse, devant moi. Je m'abstiens et, en attendant d'entendre sa voiture entrer au garage, j'écoute la musique.

Nous n'avons pas échangé un mot depuis notre dispute d'hier soir, mais je sais qu'il va me rapporter des fleurs et qu'il s'efforcera de se faire pardonner.

Comme prévu, il apparaît avec un énorme bouquet de roses rouges, l'air contrit. Je me lève en posant mon verre à côté de l'ordinateur et j'accepte les roses et le baiser qu'il me propose.

— Je regrette, murmure-t-il.

— Moi aussi.

— Ça va, les enfants ? Et Babcia ? Et toi ?

— Passe à table. Je te mettrai au courant des dernières nouvelles.

— … même si je voulais y aller, ce serait impossible.

Ce soir, Wade m'écoute en silence, ce qui me rappelle nos premières années, quand c'était moi, la bavarde et lui, le scientifique posé. J'étais sidérée qu'un homme aussi brillant s'intéresse à ce que je racontais. Dans les premiers mois de notre relation, nous bavardions souvent jusqu'au petit matin. Je ne m'étais jamais sentie aussi valorisée. Il est loin, ce temps-là, mais il est bon de se rappeler, l'espace d'un instant, le couple que nous étions. C'est comme si nous partions en week-end dans un lieu aimé que nous fréquentions alors.

— Tu as envie d'y aller ? me demande Wade, impassible.

— Peu importe ce dont j'ai envie. Comment veux-tu que je laisse les enfants ?

Après m'avoir écoutée babiller pendant trois quarts d'heure, il est à nouveau en odeur de sainteté mais, d'un seul coup, il réussit à me fâcher.

— Bon sang, Alice ! rétorque Wade sans masquer son exaspération. Accorde-moi au moins un peu de mérite. J'ai un doctorat, nom de Dieu ! Je peux quand même gérer deux enfants pendant quelques jours.

Je sens ma rage monter d'un cran. C'est si soudain que je ne vois plus qu'elle, je fulmine. Pourtant je me contente de le dévisager, bouche bée.

— Ah oui ? dis-je dès que ma colère me permet de parler. C'est aussi simple que ça, pour toi ?

— Oui, c'est aussi simple que ça, m'assène mon mari.

Il s'adosse plus confortablement et croise les bras.

— Je ne dis pas que je ferai tout *à ta façon*, mais on se débrouillerait, ajoute-t-il.

À mon tour, je m'adosse en imitant sa posture de défi.

— Et ce serait comment, Wade ? Tu ferais comment avec Eddie, par exemple ?

Je viens de briser une règle tacite en évoquant le sujet tabou. Le manque de communication entre Wade et Eddie plane au-dessus de nous. Wade rougit, gêné par ma question, mais son regard exprime le même courroux.

— Il irait à l'école, comme un gosse *normal.*

— Il ne supporte pas l'école à plein temps. Ses enseignants me l'ont confirmé.

— Eh bien, il la supportera pendant une semaine. Il faut le pousser un peu.

— Le pousser un peu ?

Hébétée, je répète ses paroles d'une voix éteinte.

— Oui, Alice ! s'emporte-t-il. Parfois, tu le couves…

— Je le couve ?

C'en est trop. Je pose les mains sur la table basse, prête à me lever.

— Ne t'avise pas fuir, grommelle-t-il. Tu m'as demandé ce que je ferais et je te le dis. Tu n'as aucun droit de m'interrompre uniquement parce que ma réponse ne te plaît pas.

— Tu imagines la difficulté pour Eddie de se retrouver à l'école à plein temps du jour au lendemain, sans explication ?

— Si tu lui accordais une chance, il te surprendrait.

— Qu'est-ce que tu veux dire par là ?

— Que tu étais persuadée que quelque chose n'allait pas chez Eddie dès le départ et que tu ne lui as jamais donné la chance de te prouver le contraire.

— Ah, je vois ! J'ai tout faux, c'est ça ? Les médecins, les enseignants, les thérapeutes se trompent...

— Je ne dis pas que c'est un enfant comme les autres. C'est clair, il est autiste, Alice. Je ne suis pas aveugle. Je crois juste que...

Wade s'interrompt, comme si la dureté de son ton résonnait enfin à ses propres oreilles. Il grimace et se tait. Lorsqu'il reprend la parole, son agressivité a disparu pour faire place à un ton presque trop gentil.

— J'ai peur qu'on ne le sous-estime, chérie, rien de plus. Si tu passais autant de temps à le défier, le stimuler qu'à le protéger, ta vie serait différente. Et si tu lâchais un peu la bride, rien qu'un peu, je pourrais peut-être...

Je me lève si brusquement que ma chaise bascule sur le carrelage. Si Wade se mure dans le silence, il ne compte pas baisser les bras de sitôt. Nous aurions dû avoir cette discussion il y a des semaines, voire des années. Apparemment, nous cherchions une raison de jouer cartes sur table. Le moment est venu.

Je refuse de me battre, je ne veux pas lui faire de mal, mais il faut qu'il comprenne et je n'ai d'autre solution que la franchise.

— Tu n'y arriverais pas, Wade.

— Tu plaisantes ? répond-il, abasourdi. Je suis responsable d'une équipe de trois cents personne, au boulot ! Je peux gérer deux gosses pendant quelques jours. Ce seraient même des vacances, pour moi.

Je ressens comme une explosion dans ma tête, un barrage qui cède, des années de non-dits qui se déversent. C'est la goutte d'eau qui fait déborder le vase.

Je tourne les talons et je me précipite au salon en claquant la porte derrière moi. Je m'écroule dans mon fauteuil pour finir mon verre de vin, puis je prends l'ordinateur portable. J'affiche la photo que j'ai prise des notes de Babcia et je me lance dans des recherches sur Internet. Il ne me faut que deux minutes pour confirmer que certaines entrées sont des adresses, que je trouve facilement sur Google Maps. J'y vois une sorte de confirmation qui ne fait qu'intensifier mon envie d'aider ma grand-mère. En recherchant par nom, je tombe essentiellement sur des jeunes, sur des réseaux sociaux. Il y a néanmoins une biographie de Henry Adamcwicz :

Henry Adamcwicz (1890-1944) :

Photographe américain reconnu pour ses reportages dans les territoires occupés par l'Allemagne nazie pendant la Seconde Guerre mondiale. Très tôt, il a tenté en vain d'alerter les gouvernements américain et britannique sur les persécutions contre les Juifs polonais. Il a collaboré avec l'organisation clandestine Żegota, nom de code de la Commission d'aide aux Juifs, pour faire passer des images et des documents hors de la Pologne occupée. Il a été exécuté par les forces nazies durant l'insurrection de Varsovie en 1944…

Je poursuis frénétiquement mes recherches : plans, outils de traduction, calendrier… Je peux prendre un avion jusqu'à Cracovie et me rendre en une heure dans la ville natale de Babcia. J'ai besoin de quelques jours pour me préparer et il faut que je sois de retour en une semaine. Je décide de rester quatre nuits sur place. Le prix élevé des vols réservés à la dernière minute me fait hésiter. En dépit de ce que suggère parfois ma mère, l'impulsivité n'est pas dans ma nature. Quand je pense au nombre de fois où je n'ai pas osé l'informer que je voulais suivre une autre voie que celle qu'elle avait prévue pour moi.

« Je peux gérer deux gosses pendant quelques jours. Ce seraient même des vacances, pour moi. »

La porte s'ouvre et Wade surgit.

— Qu'est-ce que tu fais ? me demande-t-il en voyant son ordinateur sur mes genoux.

Très calme, je lève les yeux vers lui.

— Tu peux gérer deux gosses pendant quelques jours, non ? Ce seraient même des vacances, pour toi.

— Allons, Alice, je ne peux pas prendre des jours de congé comme ça, tu le sais bien.

Il est impatient, dédaigneux, condescendant, comme si j'étais une enfant stupide et non la femme qui fait en sorte que son univers reste à flot.

— Je conseillerai à Babcia de ne pas mourir tant que ton emploi du temps ne le permet pas, craché-je d'un ton amer, avant de sélectionner mon billet d'avion.

— Alice… qu'est-ce que tu fabriques ?

Je perçois de l'angoisse dans sa voix. Il ne voit pas l'écran d'ordinateur mais mon expression le rend soudain très nerveux.

De peur de perdre courage, je m'empresse de cliquer pour finaliser le paiement par carte bancaire, dont le numéro est prérempli.

Pendant une fraction de seconde, je triomphe, puis je me rends compte de ce que je viens de faire et mon cœur s'emballe. J'en ai le souffle coupé. Au bord de la panique, je lève les yeux vers Wade, qui panique à son tour.

— Ally…

Il fait vivement le tour de la table basse pour observer l'écran d'ordinateur.

— Chérie… qu'est-ce que tu as fait ?

Alors je me montre raisonnable et je songe à tout l'argent que je viens de gaspiller pour ces billets d'avion, à l'impossibilité de cette mission, et je fonds en larmes. Wade me prend l'ordinateur au moment où l'écran affiche que le règlement s'est déroulé avec succès.

En silence, il lit le récapitulatif de la transaction. Je le vois fulminer, la mâchoire crispée. Il ne me regarde pas.

— Alice…

— Non ! dis-je en tendant la main pour le faire taire. Arrête ! Arrête !

— Je t'accorde un peu de temps pour te calmer, soupire-t-il.

Il jette pratiquement l'ordinateur sur le canapé en cuir. Nul n'essaie de le retenir de tomber lorsqu'il s'immobilise au bord de l'assise, comme si nous n'osions pas le toucher. Wade tourne les talons et s'éloigne.

— Il faut absolument qu'on en parle ce soir, conclut-il en regardant par-dessus son épaule.

19

Alice

WADE S'EST RETRANCHÉ DANS SON BUREAU. En passant devant la porte close, j'entends le cliquetis familier des touches de son clavier électronique. Quand il est stressé ou plongé dans un problème complexe, il a deux exutoires : soit il va courir des kilomètres, soit il met ses écouteurs et essaie d'apprendre des concertos de piano très complexes, une manie héritée de son enfance. Sa mère avait vu juste en considérant qu'un garçon si féru de mathématiques apprécierait les défis qu'offre la musique. Quelques semaines après le diagnostic d'Eddie, Wade a tellement travaillé un morceau de Rachmaninov qu'il s'est retrouvé avec des microtraumatismes aux deux mains. Selon lui, distraire la partie consciente de son cerveau l'aide à assimiler les événements.

Je soupçonne depuis longtemps que Wade souffre du problème que nous avons avec Callie. Son cerveau fonctionne trop vite et, s'il ne l'occupe pas intensément, il s'agite et s'énerve.

C'est à peu près le contraire de mon mécanisme de gestion. Je suis contrariée, moi aussi, alors je me fais couler un bain. Ce soir, je prends le temps d'allumer plusieurs bougies parfumées à la rose. Elles me rappellent la superbe roseraie de Babcia, dans son ancienne villa. Je vide le flacon de bain moussant dans l'eau, au point que la mousse déborde sur le carrelage. Je m'immerge lentement et je pleure à chaudes larmes car je suis complètement perdue. Que faire, maintenant ?

Ce devrait être facile. Je n'ai qu'à annuler le billet.

Sauf que je ne suis pas certaine d'en avoir vraiment envie. Cruel dilemme ! Une partie de moi est enthousiaste à l'idée d'accepter cette mission un peu folle et l'autre meurt d'envie de rester à la maison.

Je m'attarde si longtemps dans mon bain qu'il n'y a presque plus de bulles et que l'eau refroidit. Malgré ma peau fripée, je reste. Peu après minuit, la porte de la salle de bains s'entrouvre. Les bougies ont fondu mais leur parfum un peu trop capiteux flotte encore. Wade entre avec précaution, comme s'il me croyait endormie, puis il s'assoit au bord de la baignoire.

— Tu veux vraiment y aller.

C'est une affirmation et non une question. Si seulement c'était aussi simple ! Je lève les yeux vers lui.

— Je ne sais pas... Je me rends compte que c'est beaucoup te demander, que ce sera trop dur pour vous tous, et pourtant... je me sens poussée à le faire.

— Ally... comment on en est arrivés là ?

De quoi parle-t-il ? J'ai horreur de ne pas le suivre. Je balaie la pièce du regard.

— Tu veux dire... ici ?

— Au début, on discutait de tout. Tu m'appelais juste parce que tu avais lu un article dans le journal ou vu quelque chose d'intéressant en rentrant du magasin. J'adorais ça, chez toi.

Une grande tristesse s'empare de lui.

— Chez *nous*, soupire-t-il. Et voilà que tu achètes un billet d'avion sans m'en parler. On vit sous le même toit et je n'ai pas la moindre idée de ce qui se passe dans ta tête. Tu es heureuse ? Est-ce que…

Sa voix se brise et il se tait un instant avant de reprendre dans un murmure :

— Est-ce que tu m'aimes encore ?

Un silence douloureux s'installe. Nos visages sont si proches qu'ils se touchent presque, malgré le gouffre qui s'est creusé entre nous.

— Eddie, déclaré-je en ravalant mes larmes d'émotion.

Wade se détourne et baisse les yeux. Je poursuis :

— Eddie a tout changé.

À l'instar de celui qui sépare mon fils du monde extérieur, un mur s'est dressé entre Wade et moi parce que mon univers tourne autour de mon enfant et que mon mari n'a pas trouvé le moyen de se connecter à lui. Wade déteste-t-il autant que moi cette situation ? Cette incapacité de Wade à communiquer avec Eddie peut être perçue comme une forme de bouderie. Il n'a pas eu le fils dont il rêvait alors il refuse celui qu'il a. En y réfléchissant bien, ce comportement n'est pas dans sa nature. Il m'est plus facile d'incriminer Wade. L'autre explication serait qu'il ignore comment se connecter à Eddie ou qu'il n'ose pas essayer.

— Je t'ai trouvé une guide.

Encore une fois, il passe du coq à l'âne et me perturbe. Je lui désigne ma serviette de bain. Il me la tend et me regarde l'enrouler autour de mon corps.

— Tu veux dire quelqu'un qui se rendra dans les endroits cités par Babcia ?

C'est logique, non ? Il suffirait d'annuler ce billet hors de prix et de charger un autochtone de prendre ces photos pour ma grand-mère. Pourquoi ne suis-je pas emballée par cette solution qui résout tous mes problèmes ?

— Non, me répond-il.

Il reprend cet air dédaigneux que je déteste, celui qu'il affiche parfois quand je ne suis pas à la hauteur de ses attentes.

— Quelqu'un qui t'emmènera voir ces endroits, Ally ! Elle est bilingue et a un master d'histoire contemporaine. C'est une guide professionnelle. Elle s'appelle Zofia, je viens de l'avoir au téléphone. Elle est idéale. Elle fait souvent des recherches généalogiques et organise des visites pour des Américains. En général, elle est réservée des mois à l'avance mais elle a eu une annulation la semaine prochaine, alors j'ai sauté sur l'occasion. Elle t'emmènera dans cette fameuse ville et tu verras ce que Babcia t'a demandé. Selon elle, les trois jours prévus seront largement suffisants.

— Tu… tu as fait quoi ?

— Le bled s'appelle Trzebinia, c'est ça ?

Abasourdie, je me contente de le fixer.

— Comment tu le sais ?

— J'ai vu mon écran d'ordinateur, répond-il avec un haussement d'épaules. Bref, tu n'as plus qu'à envoyer un mail à Zofia pour régler les détails. En gros, tu pars lundi soir pour atterrir à Cracovie le mardi. Elle te réservera un hôtel et t'y retrouvera mercredi matin pour te prendre en charge.

Cette fois, c'est vraiment la panique. En achetant mon billet, j'avais plus ou moins l'intention d'annuler. J'ai peur de me lancer dans un projet trop ambitieux.

Respire, Alice ! Dois-je m'emporter contre Wade parce qu'il m'infantilise ou le remercier de m'aider ? Ne sachant comment réagir, je lève les yeux vers lui et mon cœur se serre.

Les épaules voûtées, il fixe le carrelage détrempé. Se sentant observé, il se redresse. Les sentiments se bousculent dans mon esprit, ma tristesse de nous savoir désunis, mon désarroi face à son intervention et mon amour pour lui. Oui, mon amour, surtout. Au cours des dernières années, cet homme m'a brisé le cœur tant de fois que je ne les compte plus. Il n'a pas été à la hauteur. Et pourtant, mes sentiments pour lui sont intacts et je m'en veux terriblement qu'il ait pu croire le contraire.

— Tu sais, ça fait des mois, voire des années, que je cherche un moyen d'améliorer les choses, me confie-t-il d'un ton las, le regard fuyant. J'ai obtenu ce que j'ai toujours voulu, dans la vie. Toi, cette maison, mon boulot. Cette famille… en grande partie. Et pourtant, j'ai l'impression que tu t'éloignes un peu plus de moi chaque jour alors que tu es notre pilier. Si je te perds, Alice, je perds tout le reste.

La brutalité de sa déclaration me coupe le souffle. Wade me prend la main et la pose sur sa joue, puis il ferme les yeux. Il semble vulnérable, assis là, sur le bord de la baignoire. En comprenant que mon mari veut désespérément arranger les choses entre nous, je sens les larmes me monter aux yeux. Moi qui étais persuadée qu'il se moquait de voir notre famille brisée…

— Tu es très attachée à Babcia, et moi, je tiens à toi, murmure-t-il à présent. J'aime beaucoup Babcia, bien sûr, mais… et même si j'ai dit des bêtises, si je t'ai mise en colère, je sais que tu n'aurais pas acheté ce billet d'avion si tu ne voulais pas partir, au plus profond de toi. Je vais donc faire mon possible pour t'aider.

— Tu confonds deux problèmes.

— Ah oui ? rétorque-t-il d'un ton chargé de sarcasme.

— La situation de Babcia n'a rien à voir avec…

— Faisons une expérience par hypothèse, propose Wade. Imaginons que notre second enfant vient de naître et qu'il est exactement comme sa sœur, très précoce, sans la moindre… difficulté. Décris-moi ta vie, aujourd'hui.

Je n'arrive même pas à me l'imaginer. Je ne veux pas d'un autre fils qu'Eddie. Nous avons ce fils-là et je l'aime tel qu'il est.

— Tu sais parfaitement comment ce serait.

— Allez, Alice, joue le jeu ! Serais-tu partie en Pologne si nous avions deux enfants de sept et dix ans plus… ordinaires ?

Sans l'ombre d'une hésitation.

Je déteste déjà ce jeu, qui a au moins le mérite de clarifier les choses. Je ne cesse de me répéter que ma famille a besoin que je reste, mais peut-être que ce n'est pas ma famille qui me retient de m'absenter quelques jours. C'est Eddie parce que, au contraire de mon mari et de ma fille, il a besoin de moi. Wade se lève et me prend doucement par les épaules. À contrecœur, je croise son regard.

— Tu serais partie en voyage, Ally, chuchote-t-il. Tu m'aurais confié les enfants en toute confiance, si Edison était autrement.

— Je te fais confiance.

Mon mensonge n'est pas convaincant. Wade soupire et écarte tendrement une mèche de cheveux humide de mon épaule.

— On a toujours eu l'intention de visiter l'Europe, non ? J'y suis allé une dizaine de fois pour des conférences et tu n'as jamais sourcillé. Tu as attendu mon retour à la maison. Nous voulions être de ces parents qui emmènent leurs enfants à l'étranger pour élargir leur horizon, leur montrer le monde. Ce n'est pas vraiment possible, en ce moment, mais c'est quelque chose que tu as toujours voulu, encore plus que moi. Quand tu étais petite, tu as passé des vacances de rêve avec Pete et Julita, non ?

— Pour moi, la Pologne ne serait pas des vacances !

— Ce n'est pas mon propos. Je dis que c'est important pour toi, que ce voyage a un sens. C'est la première fois depuis des années que tu envisages quelque chose sans les enfants.

— Les enfants sont importants. Ils sont… Cette famille est l'œuvre de ma vie, comme ton métier et tes recherches pour toi.

— Je le comprends, tu sais. Les enfants sont sacrés mais… (il hésite) Babcia aussi, non ?

Je hoche la tête en silence.

— Il n'y a pas de mal à vouloir quelque chose qui n'implique pas les enfants ou moi. Nous sommes tous importants, Ally. Toi aussi.

Je n'ai pas souvenir de la dernière fois qu'il m'a dit ça. Je ne peux retenir mes larmes d'émotion. Il me serre dans ses bras pendant un long moment. Enfin, je commence à avoir froid et je m'écarte. Wade me suit dans la chambre à coucher attenante. Sans un mot, il me regarde enfiler mon pyjama.

— Alors, chérie… tu vas y aller ?

Je suis rassurée, je me sens soutenue, mais je demeure tiraillée et, franchement, j'ai peur.

— Je peux y réfléchir d'ici demain ?

— Bien sûr, me répond-il avec ce sourire en coin qui m'a fait craquer pour lui dès le départ. Après tout, tu as déjà réglé ton billet et je viens de débourser une somme rondelette pour une guide personnelle. Vas-y, réfléchis !

— Bon sang… Même sans tenir compte de la famille, je suis angoissée. Je ne sais pas exactement ce que veut Babcia, ni comment préparer Eddie, ni même comment *te* préparer à…

— Je me charge d'Eddie.

— Qu'est-ce que tu feras de lui les jours où il n'est pas à l'école ?

— J'y ai déjà pensé, figure-toi. Il devra aller à l'école à plein temps. Si tu es certaine qu'il ne peut pas gérer…

— Il ne peut pas.

— Dans ce cas, je l'emmènerai au bureau.

À une époque, j'aurais tout donné pour que Wade emmène Eddie à son travail, mais il trouvait cela trop risqué. D'après lui, c'était un vaste espace de travail en pleine effervescence, avec des piles de dossiers, dans un complexe de recherche industrielle truffé de dangers potentiels. Callie y était allée plusieurs fois, pas Eddie. Wade en avait décidé ainsi.

— Mais…

— Je sais, Alice, coupe-t-il si brusquement que je me tais. J'ai dit que c'était une mauvaise idée, quand tu me l'as suggéré, à l'époque. Depuis, j'y ai beaucoup réfléchi. On va y arriver. Je tiens à le pousser un peu, cette semaine, afin qu'il sorte de sa zone de confort.

Il est tard. Nous sommes épuisés. Nos regards se croisent et je sens que nous essayons désespérément de conclure cette discussion avant qu'elle ne dégénère en querelle. Malgré la tension qui règne, cela fait longtemps que nous n'avons pas fait preuve d'une telle honnêteté lors d'une dispute. En général, elles sont émaillées de sous-entendus et de remarques perfides.

— Considérons ça comme une étude scientifique, me propose Wade d'un ton plus léger. Ma théorie, c'est qu'Eddie et moi, on peut s'entendre très bien, cette semaine, à condition de contourner certaines règles. Si l'expérience est un échec, on rejettera cette théorie pour admettre que ta méthode est la seule valable. Je comprendrai peut-être un peu mieux pourquoi tu es si stricte à propos du déroulement de son quotidien.

— J'ai l'impression que je n'ai pas le choix.

— Eh bien, soupire Wade en prenant tendrement mon visage entre ses mains. D'une façon ou d'une autre, on s'en sortira tous. Toi, moi, Callie et même Edison.

Il m'embrasse et pose son front contre le mien.

— Je t'aime.

Malgré la tension et la distance qui se sont immiscées entre nous ces dernières années, je sais que Wade m'aime et que c'est réciproque. J'ai parfois l'impression de le détester mais, en général, je l'aime. La vie de couple est ainsi, pas toujours facile. Nous avons traversé des turbulences et ce sera toujours le cas. J'acquiesce, ce qui me vaut l'esquisse d'un sourire.

— Je t'aime aussi, dis-je dans un murmure avant de l'embrasser avec fougue. Je t'aime tant, Wade ! Et je t'aimerai toujours, quoi qu'il arrive.

— Viens te coucher, souffle-t-il en m'entraînant.

Hier soir, ce même ton suggestif m'a rendue furieuse. Cette fois, je suis impatiente de me reconnecter avec lui, de me laisser guider.

20

Alina

Il faisait nuit noire quand j'entendis quelques coups hésitants frappés à la porte. Je retins mon souffle. Tomasz se tenait sur le seuil, son vieux chapeau sur sa poitrine, les yeux baissés.

Ma mère se précipita vers lui et le toisa avec effroi.

— Tomasz Slaski ! souffla-t-elle. Tu n'as plus que la peau sur les os ! Assieds-toi.

Elle le poussa vers la table d'un air réprobateur.

— Qu'as-tu fait du pain que je confiais à Alina ? Tu n'as pas partagé avec nos frères et sœurs juifs ?

— La femme de mon ami vient d'avoir un bébé, répondit-il en s'asseyant lourdement sur une chaise. J'ai donné ce que j'ai pu à cette Maman.

— C'est fini, maintenant.

N'obtenant aucune réaction, elle posa les mains sur ses épaules pour le secouer.

— Tu m'entends, jeune homme ? Tu ne pourras rien faire pour eux si tu ne manges pas. Je vais te remplumer, tu vas voir ! Je te montre la cave et le trésor qu'on a à partager.

Son étonnement et sa joie m'amusèrent. Un peu plus tard, quand il se fut régalé de soupe, d'œufs et de pain, sans oublier quelques gorgées de vodka servies par mon père, Tomasz descendit dans « ses appartements ». Me voyant assise au bord de la trappe, il leva les yeux vers moi :

— Tu m'as attiré ici en usant de chantage et tu refuses de me faire visiter mon palais ?

— Ce serait volontiers. Hélas, j'ai peur du noir. Je me demande comment tu supporteras la pénombre en permanence.

— Les ténèbres, c'est comme le sommeil, répondit-il en haussant les épaules. Et il n'y a rien de pire que de dormir dans un arbre.

— Tu m'en veux beaucoup de t'avoir forcé la main ?

Il soupira et passa une main dans ses cheveux.

— J'ai du mal à te répondre, dans l'immédiat, car il fait bon ici et que je suis un peu éméché. J'ai un matelas confortable et le ventre plein…

Son sourire fit vite place à de l'inquiétude.

— Je te suis reconnaissant, mais je ne me le pardonnerai jamais s'il s'avérait que j'ai commis une terrible erreur.

— Tu restes ici, ce soir ? lança ma mère depuis l'extrémité de la salle de séjour, où elle préparait son propre lit. Tu aurais besoin d'une bonne nuit de sommeil.

— Il vaudrait mieux que non ! lança-t-il. La plupart de mes protégés peuvent se passer de moi pendant un jour ou deux, mais pas Saul et Eva. Le fermier qui les cache se contente du minimum et ne pense qu'à l'argent.

— J'ai fait une miche de pain, hier. Tu lui porteras le reste, ainsi qu'un pot de confiture. Je vais cuire quelques œufs… à condition que tu dormes. On fera sonner le réveil. Tu pourras sortir et être de retour avant le lever du soleil.

Tomasz gravit quelques barreaux de l'échelle pour se hisser à ma hauteur.

— Merci, madame Dziak, déclara-t-il d'un ton bourru.

Ensuite, il se tourna vers mon père, qui était dos à la cheminée.

— Merci à vous aussi, monsieur Dziak. Pour votre courage, votre générosité, votre gentillesse.

— Sans cette maudite guerre, tu serais déjà notre fils.

Tomasz me prit la main.

— Un jour, me murmura-t-il avec un sourire qui me fit fondre. Bientôt, mon amour.

— Dors, tant que tu le peux. On parlera demain, lui soufflai-je.

*

Depuis que Tomasz se cachait dans la cave, nous respections une organisation quasi militaire. Il quittait la maison juste avant que mes parents n'aillent se coucher, avec les vivres que lui remettait ma mère, et ne revenait qu'au petit matin. Dès son retour, Tomasz ou ma mère me réveillait. Je bavardais un peu avec lui, dans la cave, pendant que ma mère préparait le petit déjeuner. Nous laissions la trappe ouverte car elle nous surveillait du coin de l'œil.

Je ne m'habituais pas à la pénombre de ce sous-sol. Chaque fois que je descendais, l'odeur de renfermé et de poussière assaillait mes narines. Sur son lit de fortune, Tomasz m'enlaçait. Dès que nous entendions

Maman s'approcher, nous nous écartions vivement l'un de l'autre.

Au cours de ces semaines, nous parlions de tout, de la douleur de la séparation, que nous avions surmontée, à notre avenir rêvé. Il n'y avait plus de secrets entre nous. Tomasz me racontait ses activités et ses craintes pour ses amis.

— Certains paysans ne font cela que pour l'argent. Si seulement nous n'étions pas contraints de faire appel à eux ! L'homme qui héberge Saul et sa famille me fait très peur. Nous voulons les extraire au plus vite mais il n'est pas évident de leur trouver un lieu sûr.

— Et tes autres protégés ?

— Ils ne sont qu'une poignée, Alina. Je me déplace à pied pour porter à manger dans les fermes accessibles. Au départ, nous ne voulions pas utiliser les habitations inoccupées parce que nous pensions que des colons allemands allaient s'installer à la place des Polonais déplacés. Ce n'est pas le cas dans la région et ce sont des cachettes idéales. Je m'étonne que les nazis n'utilisent pas ces logements.

— Les paysans fuient vers les villes. Je me suis toujours demandé si la vie était plus facile là-bas.

Tomasz émit un rire amer.

— Pas d'après ce que j'ai vu à Varsovie, loin de là.

Bien que n'ayant aucune solution à apporter, j'aimais partager le fardeau de ses épreuves.

Naguère, le dimanche était la meilleure journée de la semaine. Désormais, c'était la pire. Il était trop dangereux de révéler la vérité à Emilia, ou à Truda et Mateusz. D'après Papa, moins il y avait de personnes au courant, meilleures étaient nos chances de protéger notre secret. Comment demander à une enfant de dix ans de tenir sa langue ?

Tomasz restait donc terré dans sa cave, sous la table à laquelle sa sœur déjeunait en compagnie de sa nouvelle famille. C'était un calvaire pour lui. Avant l'arrivée des invités, je lisais sa douleur sur son visage. Le soir, après leur départ, il était plus affligé encore.

— C'est mieux que d'être loin d'elle, murmura-t-il un jour, mais je meurs d'envie de la serrer dans mes bras.

— Je l'embrasserai pour toi jusqu'à ce que ce soit possible, lui promis-je.

Par la suite, chaque fois que j'embrassais la fillette, je lui disais : « De la part de Tomasz, petite sœur. » Elle me souriait.

— Tu es sûre qu'il va bien, Alina ?

— Naturellement.

— Comment peux-tu en être sûre ?

— Il me l'a promis, non ? Et Tomasz ne me mentirait jamais.

Au fil de ces semaines, nos habitudes s'installèrent. Le soir, je veillais jusqu'au départ de Tomasz. Nous échangions alors un chaste baiser devant mes parents.

— Sois prudent, soufflais-je.

En s'éloignant, il se retournait pour m'adresser un sourire confiant avant de disparaître dans la nuit, comme si la terrible réalité n'était plus qu'un détail mineur dont je n'avais pas à me soucier.

21

Alice

J'APPRÉHENDE D'ANNONCER À CALLIE que je vais me rendre en Pologne. Je vais aussi devoir le dire à ma mère et trouver un moyen d'en informer Eddie. En fait, Callie est la plus facile à gérer. En la conduisant à son cours de danse du samedi matin, je l'observe dans le rétroviseur. Elle est plongée dans un livre posé sur ses genoux. C'est un manuel scolaire, celui de français, je crois. Avec ses cheveux blonds relevés en chignon, elle semble sereine et bien trop sérieuse pour une enfant de dix ans.

— Callie, devine quoi ? Je pars en voyage.

— Ah oui ?

Elle pose brièvement les yeux sur moi, puis sur Eddie, qui regarde par la fenêtre, et revient à sa lecture.

— Et vous allez où ?

— Je pars seule. En Pologne.

Elle referme vivement son livre et je sens ses yeux me transpercer le dos.

— Sans Eddie ? s'étonne-t-elle.

— Ton père va s'occuper de lui pendant quelques jours. Il s'en sortira très bien.

Je croise son regard dans le rétroviseur. Elle est abasourdie.

— Non, Maman. Papa ne s'en sortira pas *très bien* avec Eddie pendant quelques jours. Il n'a aucune idée de la vie d'Eddie. Il n'utilise même pas l'appli de communication ! Il est incapable de se servir de la cafetière et tu sais bien comment il est, le matin, tant qu'il n'a pas bu son café. Tu as vu le résultat quand il essaie de cuisiner ! Et ne parlons surtout pas de *mon* emploi du temps. Papa ne saura pas où m'emmener ni quand venir me chercher. Non, ça ne va pas marcher, Maman. J'adore Papa, mais il n'est pas équipé pour *ça.*

Si la rage outrancière de Callie n'était pas aussi drôle, en cet instant, je me sentirais presque coupable. Je reste de marbre, mais mon amusement transparaît. Je souris et, très vite, je craque et j'éclate de rire.

Ma fille, elle, ne rigole pas du tout. Dans le rétroviseur, je ne vois qu'une enfant outrée et inquiète.

— Callie ! Vous vous en sortirez très bien sans moi pendant quelques jours. Tu aideras Papa à s'occuper d'Eddie. Tu lui apprendras à utiliser l'appli quand il aura enfin compris qu'il en a besoin. Tu sais quoi, chérie, je suis presque jalouse car tu vas voir ça et pas moi.

— Depuis des années, Papa refuse d'utiliser cette appli. Je ne trouve pas ça drôle.

— Justement. Il n'a jamais eu à gérer Eddie seul et tu sais aussi bien que moi que, sans l'appli de communication, c'est mission impossible.

Callie se contente de regarder par la fenêtre, manifestement effrayée.

— Tout va bien se passer, chérie.
— Ça ne me plaît pas, Maman.
— Il faut que je parte pour Babcia et, franchement, après ton petit discours, je crois qu'il faut que je le fasse pour toi, aussi.
— Quoi ? Tu prétends que tu abandonnes ta famille pour moi ?
Elle se renfrogne et je sens qu'elle va bouder.
— Un jour, ma puce, tu auras ta propre famille, si tu le veux. Je m'en voudrais de te donner l'impression que la maternité implique que ton existence tourne autour de tes enfants et ton conjoint. Notre situation est compliquée, mais ce n'est pas une raison. Papa et moi ne sommes pas de bons exemples d'une vie de famille équilibrée. De plus, ce voyage est très important, pour moi. J'appréhende de vous laisser, mais il le faut.
Callie pousse un soupir impatient.
— D'accord… Je te préviens, j'aiderai Papa pour les choses de base. S'il se plante, il devra se débrouiller seul.
Je me mets à rire et, cette fois, elle esquisse un sourire résigné.
— Qu'est-ce que tu vas voir en Pologne ?
— Des endroits liés à l'enfance de Babcia.
— Elle veut juste que tu ailles visiter certains endroits ?
— Et que je prenne des photos. J'ai l'impression qu'il y a autre chose derrière tout ça, mais je ne sais pas quoi. Tu as remarqué à quel point on a du mal à communiquer. Babcia tient à ce que j'y aille.
— Alors…
Elle réfléchit un instant avant de reprendre avec enthousiasme :
— C'est une quête ! Tu ne sais pas trop ce que tu cherches et tu pars quand même en espérant comprendre en chemin. Faut en avoir des…

— Surveille ton langage, Callie !

Elle sourit et se replonge dans sa lecture. Devant la salle de danse, et pour la première fois depuis longtemps, elle m'embrasse. Puis elle m'adresse un signe de la main et s'éloigne en courant.

Sur le chemin de l'hôpital, je me réjouis que Callie ait fini par soutenir ma démarche. C'est une bonne journée. Non seulement Eddie connaît le chemin de la chambre et me guide avec joie, mais en plus Babcia va un peu mieux. Elle est assise dans son lit et, dès qu'elle nous voit, elle s'illumine. Eddie se blottit contre elle. Je prends aussitôt la tablette pour annoncer mon départ à ma grand-mère.

Alice avion Pologne.

Babcia déchiffre les symboles à plusieurs reprises, puis elle lève les yeux vers moi et me sourit. Ses traits sont fatigués et son regard s'embue de larmes. Elle ne peut retenir un léger sanglot. Les mots sont inutiles pour m'exprimer sa gratitude.

Le doute n'est plus permis. Elle veut davantage que des photos et n'est pas en mesure de me préciser quoi. Autant chercher une aiguille dans une botte de foin ! C'est insensé, mais j'ai la certitude d'être dans le vrai.

Naturellement, ma belle assurance s'envole dès que ma mère fait son entrée, un nuage de parfum dans son sillage. Elle porte un tailleur strict, même un samedi. Elle se rendra à son bureau dans la journée, comme d'habitude. Le week-end n'a jamais signifié grand-chose, pour elle.

— Je sors des services administratifs de l'hôpital ! annonce-t-elle en guise de bonjour.

À en juger par son expression, un malheureux employé vient d'en prendre pour son grade.

— Je leur demandais juste de nous trouver un interprète polonais, mais personne ne semble capable d'organiser ça en si peu de temps. Franchement, vu les honoraires pratiqués ici, j'espérais…

— Ça va, Maman. On s'en sort bien avec l'appli.

Elle est folle d'inquiétude pour Babcia. Dommage qu'elle mobilise tant d'énergie pour dénigrer l'hôpital. Elle ferait mieux d'admettre qu'elle souffre et se sent seule. Elle aurait pu consacrer le temps qu'elle vient de perdre à appeler mon père et lui demander d'informer ses camarades de golf qu'il doit rentrer chez lui.

Elle ignore encore qu'elle va rester seule pendant quelques jours. Je prends mon courage à deux mains pour lui annoncer la nouvelle.

— Maman, je vais aller en Pologne.

— Quoi ? fait-elle, abasourdie.

— Je pars lundi après-midi. Wade et moi l'avons décidé hier soir. J'ai réservé mon billet et j'aurai une guide sur place…

— Tu plaisantes, j'espère ! Je suis tellement débordée que je ne sais même pas par quel bout commencer. Ah, je te reconnais bien là !

La septuagénaire à la brillante carrière se transforme en une adolescente boudeuse à la première contrariété.

— Je retrouve l'Alice étudiante. Elle a une impulsion ? Elle fonce dans le tas. L'âme rebelle ? Elle jette aux orties des années de préparation aux études de droit pour se lancer dans le journalisme ! En manque ? Elle se tape son chargé de TD…

— Maman ! Il n'était pas mon chargé de TD.

À quoi bon rectifier ? Elle sait pertinemment que Wade n'a pas été mon prof. Jamais je ne me serais intéressée à la nanotechnologie. Ma mère oublie les faits pour sombrer dans le mélodramatique.

— Elle se sent dépassée ? poursuit-elle d'un ton fielleux. Elle abandonne sa carrière avant même de l'avoir commencée et reste au foyer ! Une vraie ménagère des années 1950 ! Et maintenant, le clou du spectacle : elle a pitié d'une vieille dame désorientée en fin de vie ? Elle saute dans un avion !

— Arrête !

Maman mal, déclare la tablette d'Eddie. Dans un silence pesant, je croise le regard de ma mère. La tablette de Babcia se fait entendre :

Alice gentille Julita méchante.

La voix artificielle n'en est pas moins accusatrice. Ma mère et moi nous tournons vivement vers le lit. Babcia nous observe, contrariée par nos éclats de voix et la réaction d'Eddie. Mon fils me dévisage, inquiet. J'esquisse un sourire pour exprimer un calme que je suis loin de ressentir. Ma mère est en pleine forme, aujourd'hui et, comme d'habitude, elle énumère les nombreuses déceptions que je lui ai fait subir.

— Maman, je peux te dire deux mots dans le couloir ?

Elle me suit en grommelant, prête pour un face-à-face.

Ce n'est pas la première fois, donc nous savons comment il va se dérouler. Je vais reculer, remettre à plus tard ma décision. En général, je concède qu'elle a raison pour apaiser les tensions. Même quand elle n'est pas aussi hargneuse, elle prend le dessus. Étant procureur depuis quarante ans, elle connaît la musique. Cette version émotive de ma mère est moins rationnelle que de coutume. C'est pourquoi, aujourd'hui, je vais résister à mon envie de céder.

— Babcia n'est pas désorientée, dis-je sèchement. Elle sait ce qu'elle veut. J'ignore pourquoi ce voyage est essentiel pour elle, mais il l'est, c'est évident.

— Donc tu vas me laisser tout gérer seule ici ?

Je n'en reviens pas ! Voilà donc de quoi il s'agit, en réalité. Maman se moque que je parte. Elle refuse que je la laisse.

La simple idée que l'implacable procureure Julita Slaski-Davis ait peur de quoi que ce soit me laisse bouche bée. J'aime ma mère, je l'admire et je lui en veux. Si elle m'inspire une multitude de sentiments, il est rarissime qu'elle me surprenne, et je crois que je n'ai jamais eu de la peine pour elle.

— Il serait temps d'appeler Papa…

— Je ne lui demanderai pas de rentrer !

— Il comprendrait, Maman. Si tu le lui demandais, il reviendrait sur-le-champ.

— Je ne suis pas toi, Alice Slaski-Davis ! persifle-t-elle d'un ton condescendant.

Elle ne supporte pas que j'aie pris le nom de famille de Wade sans l'accoler au mien à l'aide d'un tiret. Il y a dix ans, mon choix l'a horrifiée et elle ne s'en est toujours pas remise.

— Je ne veux pas dépendre d'un homme pour surmonter cette épreuve. C'est…

— Arrête, Maman !

Je sais qu'elle est sur le point de me débiter sa rengaine « Alice est une mauvaise féministe ».

— Je ne vais pas me disputer avec toi à propos de Papa.

Ni de Wade, de mon nom de famille, de ma capacité à survivre sans carrière…

— Je veux juste que tu comprennes pourquoi je tiens à faire ce voyage pour Babcia. Elle m'a indiqué des endroits, des noms… Je pars en Pologne prendre quelques photos pour elle. Je l'appellerai peut-être sur FaceTime de temps en temps, en fonction du décalage horaire. J'ignore pourquoi c'est si important à ses yeux, mais Dieu seul sait combien de temps il lui reste à vivre.

— Qu'est-ce que tu cherches à prouver ? Qui se rend à l'autre bout du monde pour prendre des photos ? C'est insensé.

— Eh bien, je l'apprendrai peut-être une fois sur place, dis-je en songeant aux commentaires de Callie dans la voiture.

Je prépare Eddie à partir et j'embrasse Babcia.

Aujourd'hui c'est samedi, lui dis-je grâce à la tablette. *Alice maison demain. Alice avion Pologne lundi.*

Elle m'observe, perplexe.

— Tu vois ? lance ma mère avec amertume, assise dans un coin, les bras croisés. Je t'avais bien dit qu'il nous fallait un interprète.

Je regarde la tablette et, pendant un moment, je ne comprends pas ce qui contrarie Babcia. Elle connaît les symboles de « aujourd'hui », « Alice », « maison », « avion » et n'a aucune difficulté à trouver le drapeau de la Pologne.

Je ne peux utiliser que les icônes qu'elle crée elle-même et celles qu'elle connaît déjà. J'ai soudain une idée et je me rends dans les réglages.

Polski.

Je change de langue, puis je reviens à l'écran d'icônes. Babcia regarde à nouveau et me sourit en hochant la tête. Elle prend la tablette et s'affaire pendant plusieurs minutes. Elle fait un selfie, grimace et recommence plusieurs fois jusqu'à ce qu'elle soit satisfaite du résultat. Enfin, l'appareil s'exprime en polonais. Je constate que Babcia a créé une nouvelle icône à laquelle elle a ajouté un selfie souriant. Je reviens à la langue d'origine pour faire relire le message par la tablette.

Babcia heureuse. Babcia fière.

Au bout de cinq minutes, ma mère, l'infirmière-chef et Babcia sont capables d'utiliser la tablette pour traduire leurs propos en polonais. Je fais une série de photos de la précieuse lettre de Babcia afin que Zofia, ma guide, puisse me la lire.

— Bon, je m'en vais, annoncé-je en désignant la porte.

Ma grand-mère me sourit tandis que Maman me regarde fixement, la mine impassible.

— Je ne viendrai pas demain parce que je dois tout préparer pour les enfants. Je serai rentrée dans six jours. On reste en contact par téléphone ou par texto.

Aucune réaction de ma mère. Je soupire en embrassant Babcia, puis je fais le tour du lit pour saluer ma mère. Elle me retient par le bras et se lève pour m'embrasser.

— Bonne chance, déclare-t-elle, un peu crispée.

Je la remercie et je file avant qu'elle n'ajoute « tu vas en avoir besoin » pour gâcher la douceur relative de ces adieux.

Dans la voiture avec Eddie, je prends mon courage à deux mains pour appeler mon père.

— Ally ! répond-il avec chaleur. Comment ça va ? Et ta grand-mère ?

— Pas bien, Papa. Maman t'a expliqué qu'elle ne parle pas ?

— Oui. Elle trouve que l'hôpital n'est pas à la hauteur.

— Je sais...

— Et toi, tu trouves que ta mère est dure, comme d'habitude.

Je ris doucement. J'adore mon père, surtout depuis qu'il est un retraité décontracté.

— Ce n'est pas faux. Papa, je crois que Maman a besoin de toi. Elle rechigne à te demander de rentrer à la maison, mais il le faudrait. Babcia veut que j'aille en Pologne et j'ai accepté. Maman sera donc seule…

— Attends un peu, ma chérie. C'est quoi, cette histoire de voyage en Pologne ?

— C'est compliqué. Babcia tient à ce que j'y aille sans que je sache vraiment pourquoi. En tout cas, j'ai dit oui.

— Eh bien, c'est étonnant ! Tu vas bien t'amuser.

J'adore que mon père accepte aussi facilement ce projet un peu fou.

— Maman a réagi à l'inverse de toi. Elle est complètement stressée, entre son travail, les visites à Babcia… je n'ose pas penser à ce qu'elle fera s'il arrive quelque chose à Babcia en mon absence. Tu peux rentrer ?

— Bien sûr, soupire-t-il. Si elle me l'avait demandé, je serais revenu immédiatement après la crise de Babcia. Tu en es consciente, n'est-ce pas ?

— Oui, Papa. Je sais…

— Alors, quand passes-tu du statut de mère au foyer à celui de globe-trotteuse ?

— Demain après-midi.

— Je ne te reverrai donc qu'après ton retour. Fais-moi plaisir, rapporte-moi de la vodka. De la bonne, la plus forte possible. Je vais en avoir besoin, avec ta mère, quand Babcia s'en ira.

— Je n'arrive même pas à l'imaginer !

— Tu sais, ma chérie, en rencontrant ta mère, j'ai gagné le gros lot, côté belle-mère. Ça me fait de la peine mais Babcia a quatre-vingt-quinze ans. Tôt ou tard, il faudra lui dire au revoir.

22

Alina

QUELQUES SEMAINES APRÈS L'ARRIVÉE de Tomasz à la ferme, je me mis à rêver que cette cohabitation dure éternellement. Hélas, une chose était sûre, en ces temps de guerre, tout allait de mal en pis.

Le matin du jour fatidique, je venais de dire au revoir à Tomasz et Maman allait refermer la trappe pour qu'il puisse dormir. Songeant aux tâches qui m'attendaient, je me mis en route vers les champs, sachant qu'elle n'était pas loin derrière moi. Mon père était allé en ville pour livrer nos produits. Soudain, il franchit la barrière en criant. Il sauta de sa charrette et courut vers la maison, ce qu'il ne faisait jamais à cause de ses rhumatismes.

— Alina ! Va-t'en, Alina ! File, pour l'amour du ciel !

Je le suivis à l'intérieur.

— Qu'est-ce qui se passe ?

La table était déplacée et la trappe ouverte. Penchés dans le vide, mes parents chuchotaient furieusement à l'adresse de Tomasz.

— On n'a pas le temps. Dans la cave, vite ! me dit ma mère.

— Qu'est-ce…

Elle m'agrippa le bras et me poussa vers la trappe. Je tremblais de tout mon corps. Sous le choc, je descendis le long de l'échelle. Tomasz me prit dans ses bras et posa un index sur mes lèvres avant de m'entraîner vers son matelas. Dès que je m'assis près de lui, le noir se fit. La trappe se referma avec un bruit sourd et j'entendis le bruissement du tapis et le raclement des pieds de la table.

Cela faisait des semaines que je descendais chaque jour dans cette cave exiguë, mais la trappe n'était jamais fermée. Si mes yeux commençaient à s'accoutumer à l'obscurité, l'atmosphère m'oppressait.

Respire, Alina.
Inspire. Souffle.
C'est la fin. Je vais suffoquer.

Je pensais que je ne tiendrais pas plus de deux minutes, alors deux heures… Il fallait que je sache ce qui se passait.

— Tomasz…

Il plaqua vivement une main sur ma bouche, comme je l'avais fait avec Emilia, autrefois. Frustrée, je me libérai de son emprise, désemparée et, très vite, terrorisée.

J'entendis le grondement d'un camion qui s'approchait. Il s'arrêta devant la porte, un son sinistre, depuis le sous-sol. J'avais l'impression que le sol tremblait et qu'il allait nous tomber sur la tête, un peu comme lors des bombardements. J'ignorais la véritable nature du danger, car il était partout, mais si mes parents jugeaient bon de me cacher, ce devait être grave.

Je perçus des voix étouffées, la dureté des soldats, la politesse désespérée de ma mère.

— *Hübsche Tochter* ?

Mon sang se figea dans mes veines car je savais qui était ce soldat.

Votre jolie fille.

C'était le jeune militaire de cette journée d'automne, la dernière fois que j'avais mis une robe. Il était de retour et demandait à me voir. J'étais si terrifiée que je ne pouvais ni crier ni me contrôler, encore moins réfléchir posément.

Tomasz me serra plus fort et me caressa les cheveux. Je me laissai aller contre lui, comme s'il pouvait m'insuffler sa force. Seule la chaleur de son corps et la puissance de ses bras m'empêchaient de hurler de peur.

— Elle est partie pour Varsovie, prétendit ma mère. S'occuper de son neveu malade…

Un neveu malade ? Je n'avais même pas de neveu ! Jamais elle n'avait rien fait d'aussi insensé, malgré les épreuves que nous avions surmontées. Elle serait vite démasquée et nous en paierions le prix fort. Avait-elle perdu la raison ?

Les voix des soldats se firent plus féroces, plus déterminées… et plus proches. Ils étaient dans la maison ! Ils se tenaient même juste au-dessus de nous, près de la table qui dissimulait la trappe.

L'emprise de Tomasz était si forte qu'il me faisait mal. Je me concentrai sur cette douleur car je ne ressentais plus que de la terreur. Lorsque les soldats entrèrent dans ma chambre, je devinai leur mépris. Ils repassèrent près de la table pour fouiller la chambre de mes frères.

Enfin, la porte d'entrée se ferma. Ils étaient tous dehors, à présent, et leurs voix s'éloignaient. Le camion démarra, puis ce fut le silence.

Au bout d'un long moment, je me dis que mes parents iraient vaquer à leurs occupations en nous laissant dans notre cachette, jusqu'à ce que, selon eux, la voie soit à nouveau libre. Le temps passa et la trappe resta désespérément close, dans un silence de mort. Tomasz esquissa un mouvement et émit un son nasal que je ne reconnus pas tout de suite comme un sanglot. Je me tournai vers lui et, dans le noir, je mis un moment à distinguer ses larmes.

— Pourquoi ? fis-je sans savoir quelle question je posais.

Pourquoi tu pleures ? Pourquoi ils ne reviennent pas ? Pourquoi cette guerre ?

— Au service du rationnement, les Allemands ont parlé à ton père. Ils lui ont ordonné de rentrer préparer une valise. Ils lui ont dit qu'ils viendraient…

— Me chercher ? Mais…

— Non, pas toi, Alina. Ils sont venus vous chercher tous les trois.

— À cause de moi ? Parce que je…

— Ils ne veulent que les champs, m'expliqua-t-il. Ce matin, ils ont annoncé à Bartuk qu'ils créaient un *Interessengebiet*, une « zone d'intérêt », autour des camps de travail. Il avait droit à une valise pour un départ immédiat. On sait désormais pourquoi la plupart de tes voisins ont disparu. Il y a des dizaines de milliers de prisonniers dans les camps, de la main-d'œuvre gratuite, et vos rations, quoique maigres, sont bien plus généreuses que celles des travailleurs.

— Où sont partis mes parents ?

— Alina, mon amour, peu importe où ils sont. Nous devons quitter les lieux dès que possible.

— Quitter la maison ?

— Le secteur, tout au moins.

— Maintenant ? Mes parents sont Dieu sait où... tu es fou ? Il faut que je reste ! Je dois les aider.

— La situation dépasse largement tes parents, murmura Tomasz. Ton père a eu vent d'une clôture qui fermerait le secteur. Cette ferme risque d'être englobée dans la zone. Il faut s'en aller.

— Et mes parents...

— Ils sont pleins de ressources, affirma-t-il sans conviction.

Moi qui étais persuadée de ne pas tenir deux minutes dans cette cave... j'y passai la journée entière. Blottis sous une couverture, sur le lit, nous écoutions l'horloge égrener les heures. De temps à autre, je fondais en larmes. Tomasz aussi.

Lorsque je me sentis à bout de forces, il m'aida à remonter et alla puiser de l'eau fraîche. Nous ne pouvions ni faire du feu ni allumer la lumière au cas où quelqu'un surveillerait la maison. Nous devions donc tâtonner dans la pénombre. Quand vint le moment de redescendre dans la cave, je me dis que nous aurions du mal à remettre le tapis et la table en place sans aide. Tomasz avait tout prévu. Il tira légèrement la table afin que deux des pieds ne soient plus sur le tapis, mais de façon à ce qu'elle couvre la trappe. Un visiteur ne connaissant pas les lieux ne verrait qu'une table excentrée sur le tapis. Ce fut un peu acrobatique. Heureusement, une fois la trappe refermée, le tapis reposait dessus.

Blottie contre lui sous les couvertures, je finis par m'assoupir. Lorsque l'horloge sonna deux heures du matin, il me réveilla et m'embrassa sur le front.

— Il faut que je parte, m'annonça-t-il.

Cette idée m'affola à tel point que je fis de mon mieux pour le convaincre de rester.

— Je vais me renseigner au cas où quelqu'un saurait où tes parents ont été emmenés. Je dois aussi porter à manger à Eva. Je serai absent plusieurs heures, le temps d'aller chez Nadia à Trzebinia.

— Dis-moi... Nadia est ton contact au sein du groupe Żegota, n'est-ce pas ? C'est pour ça que tu m'as ordonné de rester à l'écart de chez elle ?

— Oui, admit-il. Elle coordonne les actions dans la région.

— Et Jan était furieux parce qu'elle aide des Juifs ? devinai-je.

Il confirma mes soupçons d'un hochement de tête.

— Tu te souviens de ce fermier dont je me méfiais ?

— Jan cache des Juifs chez lui ? m'exclamai-je, incrédule. Mais... ça n'a pas de sens.

— Il s'est enfermé dans la partie avant de la maison parce qu'il est assez stupide pour croire la propagande nazie et qu'il est persuadé que mes amis transmettent des maladies. Saul et Eva se serrent dans un espace minuscule à l'arrière. Ne te fais pas d'illusions, Alina. Il n'est motivé que par l'argent. Nadia l'a sollicité uniquement parce que nous étions dans l'urgence. Il fallait un lieu sûr où Eva puisse accoucher.

— C'est pour ça que Justyna et Ola sont parties ?

— Ola refusait de s'impliquer. Elle en voulait beaucoup à Jan et Nadia de mettre la vie de Justyna en péril.

Tomasz effleura ma joue d'une caresse.

— Laisse-moi t'accompagner, ce soir !

— Non. Si on me surprend en ville après le couvre-feu, je risque gros, mais j'aurai peut-être une chance de m'expliquer. Toi, tu ne passes pas inaperçue, mon amour. Reste cachée ici, pour l'instant.

— Et si tu ne reviens pas ?

Je tremblais de tout mon corps.

— Rien ne m'empêchera de revenir, Alina. Après tout ce que nous avons surmonté, ce que j'ai enduré pour te retrouver… Mon amour, si je tarde trop, reste en bas. Tu as de quoi boire et manger pendant des semaines. Nadia saura où venir te chercher.

Il remplit son sac à dos de pommes de terre et ajouta quelques œufs, puis il gravit les barreaux de l'échelle.

Sans oublier de remettre le tapis et la table en place, il se mit en route.

23

Alina

L'HORLOGE SONNA UNE HEURE, puis deux, puis trois. Des vagues de peur panique revenaient sans cesse me submerger. J'aurais aimé hurler contre cette injustice, en vouloir à Tomasz de m'avoir laissée seule dans cette cave, en ce jour funeste. J'aurais aimé revenir en arrière, m'enfermer dans ma chambre et enfouir mon visage dans mon oreiller, comme si rien de tout cela n'était arrivé.

Peu après cinq heures du matin, j'entendis du bruit au rez-de-chaussée, puis un mouvement furtif au-dessus de moi. La trappe s'ouvrit et Tomasz apparut. Je fondis en larmes. Dès qu'il eut remis la trappe en place, il vint me réconforter. Il tremblait, lui aussi. L'adrénaline ou le froid, sans doute.

— Alors ? Tu as des nouvelles ?

— Oui.

— Où ont-ils été emmenés ?

— À Oświęcim, répondit-il.

— Ah, fis-je, soulagée. En ville, alors ?

J'étais plutôt rassurée. Oświęcim était une bourgade agréable, assez similaire à Trzebinia. J'imaginais mes parents dans une usine, travaillant pour les nazis, un sort qui n'avait rien d'enviable, mais j'étais certaine qu'ils pouvaient survivre.

— Non, Alina. Pas en ville. Ils sont internés dans le camp de travail. Enfin, il y en a deux, maintenant, et je n'ai pas pu découvrir lequel.

Mes illusions s'envolèrent. Je les voyais à présent parmi des milliers de détenus, serrés comme des sardines.

— Savoir dans quel camp ils sont n'a pas d'importance, n'est-ce pas ? fis-je, accablée. On ne peut pas les sauver. À moins que Nadia ne puisse contourner l'armée allemande...

— Non. Savoir quel camp ne change rien, confirma Tomasz.

— Alors ils attendront la fin de la guerre là-bas. Ils travailleront dur en faisant profil bas, comme toujours.

Soudain, une idée germa dans mon esprit :

— Attends ! Ce sont les camps où il y a des fours ?

— Oui. Ils appellent le plus petit Auschwitz et le plus grand Birkenau. (Tomasz m'attira vers lui, sur le lit.) Il y a un immense four dans les deux camps et...

— D'après Maman, les fours servent à chauffer de l'eau, coupai-je d'une voix un peu trop stridente.

— On n'a aucune certitude. En dehors des camps, personne ne sait vraiment ce qui s'y passe.

Il poussa un long soupir et reprit d'un ton plus dur :

— Les Allemands transportent des camions entiers de cendres qu'ils déversent dans le fleuve. On murmure que ce sont celles de certains prisonniers. Tes parents auront peut-être de la chance. À moins qu'ils ne trouvent un moyen de survivre. Hélas, des milliers de personnes sont entrées dans ces camps, des milliers de Juifs originaires de tous les pays, des milliers de Polonais catholiques, des milliers de prisonniers politiques… or les nazis n'ont eu besoin d'agrandir les lieux que récemment. Ces malheureux sont bien quelque part. Qu'ils soient assassinés ou qu'ils meurent d'épuisement, ils finissent probablement dans un four crématoire.

J'entrevoyais le nouveau Tomasz, l'homme brisé par les épreuves et les remords, le réaliste qui avait remplacé mon doux rêveur. Par ces mots, il m'assenait une gifle pour me ramener à la triste réalité. L'espace d'un instant, je lui en voulus, puis je me dis que rien de tout cela n'était sa faute. En me voyant fondre en larmes, il couvrit mon visage de baisers.

— Ils ne reviendront pas, Alina.

— Mais peut-être…

— Ils ne reviendront pas, murmura-t-il encore. Si je trouve un moyen de quitter la Pologne, nous devrons saisir l'occasion. Promets-moi de m'accompagner.

— Quitter la Pologne ? répétai-je entre deux sanglots. Ce n'est même pas possible. Comment veux-tu que nous sortions de Pologne ?

— Je ne sais pas, admit-il. Il y a quelques mois, j'ai rencontré un photographe. Il faisait une sorte de reportage sur Żegota et je sais qu'il engageait des coursiers pour faire sortir ses pellicules du pays. À l'époque, il m'a proposé d'effectuer un trajet pour lui. En toute franchise, j'ai été tenté, Alina. C'était juste avant nos retrouvailles. Je pensais m'enfuir et te faire venir par la suite. Je n'ai pas réussi à m'éloigner en te laissant ici. J'ignore où se trouve ce type, mais Nadia le recherche. Il nous aidera, mon amour. Nous n'avons pas d'autre solution, désormais. Nous devons sortir d'ici.

— Et si on restait ? murmurai-je. On vivrait dans la clandestinité comme tu l'as fait…

— Je ne veux pas de ça pour toi.

— On logerait ici.

— Les vivres finiraient par manquer et nous serions peut-être prisonniers de cette fameuse zone d'intérêt.

— On pourrait aller en ville…

— Je ne veux pas de ça pour toi, Alina ! répéta-t-il avec une telle brusquerie que j'eus un mouvement de recul. D'accord, il y aurait des moyens de survivre ici, avec de faux papiers, par exemple. On pourrait aller à Cracovie ou Varsovie où on serait peut-être arrêtés et tués, à défaut d'années de privations, de violence. Ici, ce n'est plus possible. Il nous est impossible de mener l'existence dont nous rêvons. J'ai besoin de te savoir en sécurité.

Il soupira et m'attira vers lui.

— Mais je suis chez moi, ici ! La Pologne est notre pays. Où irions-nous ?

— Nous serons chez nous tant que nous serons ensemble. Tu es un petit brin de femme, mais tu es forte. Tu as la rage de vivre. Quand tu as l'impression qu'on te cache quelque chose, il y a une lueur dans tes yeux… Tu as fait preuve de courage en décidant de m'aider au péril de ta vie. Et si nous réussissons à partir… imagine, mon amour… je reprendrais mes études, je deviendrais médecin et tu ferais des études, toi aussi. On pourrait travailler, avoir une maison, des enfants et leur assurer un bel avenir. Rester ici, c'est accepter une mort certaine infligée par ces monstres qui nous ont déjà tout pris. Notre unique chance est dans la fuite.

— Et en cas d'échec ?

— Eh bien…

Il se tut pour chercher ses mots.

— Eh bien, au moins, on échouera ensemble. C'est déjà cela, non ?

Je serrai sa main dans la mienne. Je n'avais plus rien à perdre, à part Tomasz, qui m'implorait de partir avec lui.

Si Tomasz s'en allait, je n'avais pas le choix, car rester ici sans lui était impossible pour moi.

— D'accord.

24

Alice

LES TRENTE-SIX HEURES SUIVANTES ne sont qu'une course folle qui amuse ma fille et déstabilise mon fils. Eddie m'observe en silence tandis que je surfe sur Internet en quête d'un moyen de lui communiquer « Maman part en voyage ». Finalement, je recours au scripting, une méthode qui consiste à préparer une situation stressante à l'aide d'un scénario. Wade le lui montrera chaque jour pour lui rappeler où je suis. Il faudra aussi créer un calendrier afin qu'il compte les jours avant mon retour. Je rédige des instructions strictes. Wade cochera un jour chaque matin pour qu'Eddie sache combien de nuits il reste. J'imprime une photo de moi que je colle sur le tableau avant de l'encercler au marqueur vert fluo.

Enfin, je plonge dans le beau regard vert de mon fils et je fonds en larmes. Eddie réfléchit un instant avant de s'éloigner en silence. Il réapparaît quelques minutes plus tard, muni de sa tablette et me demande :

Maman a mal ?

Je me calme et lui assure que tout va bien. Je l'installe devant une vidéo de *Thomas et ses amis* pendant que je décris une journée type à l'intention de Wade. Je cherche un juste milieu entre un programme très précis et les grandes lignes que Wade pourrait adapter. Le problème c'est qu'avec Eddie il n'y a pas de juste milieu. Wade ne le comprend pas et n'en tiendra pas compte. Je n'ai pas la moindre idée de ce qui va arriver à mon fils en mon absence.

Il y a sept ans, j'ai intégré un club dont je n'ai jamais voulu faire partie, celui des mères d'enfants autistes. Quelqu'un m'a dit un jour qu'avoir un enfant autiste était un voyage dans un pays dont on ne parle pas la langue. À l'époque, je trouvais l'analogie pertinente. Ces dernières années, à mesure que l'étendue des incapacités d'Eddie se manifeste, je me demande si ce n'est pas plutôt une autre planète.

Je vais quitter Eddie pendant six nuits entières, remonter le temps, revenir à une période de ma vie où aucun fils n'accaparait l'essentiel de ma concentration. Va-t-il me manquer ? Vais-je m'inquiéter pour lui ? Ou, pire encore, serai-je soulagée de ne plus porter le fardeau de cette responsabilité ? J'aime Eddie de tout mon cœur. Hélas, quand je songe à ma vie avec lui, je me sens seule et totalement dépassée.

Une partie de moi-même espère que, durant les six jours à venir, Wade se fera une idée de mon quotidien. C'est la partie qui sait que mes topos sur les habitudes d'Eddie ne serviront à rien, car mon mari est trop arrogant pour en tenir compte.

J'ai un doctorat, nom de Dieu ! Je peux quand même gérer deux enfants pendant quelques jours.

Ce qui m'exaspère, c'est sa façon de dénigrer la complexité de mon rôle au sein de notre famille. Il sous-estime la difficulté de ce qu'il a accepté de faire.

Si je m'inquiète avant tout pour Eddie, Callie fait partie du tableau, elle aussi. La précocité de cette enfant constitue un vrai défi, parfois. Elle s'enrage quand on la sous-estime. Son emploi du temps est surchargé et son esprit tourne à mille à l'heure en permanence. Il convient de la surveiller de près car elle craque pour un rien. Wade n'a jamais vraiment eu à gérer cet aspect de sa personnalité. Que ferait-il en cas de crise ?

Je respire un grand coup en me promettant que, quoi qu'il arrive, ils survivront. Tous. Et moi aussi.

J'ai organisé ce qui pouvait l'être, j'ai envoyé par e-mail les informations dont la guide touristique avait besoin et j'ai fait mes bagages avec une précision militaire. Pourtant, dès notre arrivée à l'aéroport, je suis frappée par l'énormité de ce que je laisse derrière moi. Soudain, je ne peux penser à rien d'autre. Je ne ressens que de la peur et des regrets. Quelle décision stupide et impulsive ! Et s'il arrivait quelque chose à Eddie ou Callie pendant que je me trouve à l'autre bout du monde ? Je mettrais des jours à rentrer. Et si Babcia nous quittait ? Qu'est-ce que je vais trouver, là-bas, de toute façon ? Je ne sais même pas ce que je cherche.

— Alice…

En me tournant vers Wade, je me rends compte que je suis en hyperventilation et que cela se voit. Il me saisit les bras et baisse les yeux sur moi.

— Je ne te décevrai pas, affirme-t-il. Je te promets que les enfants n'auront aucun problème.

— C'était une erreur, une impulsion. Je suis mal...

— Mais non, coupe-t-il avec douceur.

Sa tendresse me surprend. Je me tais pour lui accorder le temps de s'expliquer. Il pousse un long soupir et prend mon visage entre ses mains.

— Ces dernières années, tu n'as existé qu'à travers notre famille. Tu es une épouse merveilleuse, une mère formidable. Mais... Ally... (Son regard se fait implorant et son souffle plus court.) Ce n'est pas *tout* ce que tu voulais être, chérie. J'espère que tu fais ce voyage pour toi aussi, et pas seulement pour ta grand-mère. C'est une chance pour toi de te décharger de ton fardeau et pour moi de me racheter un peu. On a tous les deux des choses à rattraper. Depuis notre conversation de l'autre soir, j'ai réfléchi. Pas une fois tu ne m'as demandé de faire passer mon travail en second. Cette semaine, je veux que tu comprennes à quel point je l'apprécie. Un jour, peut-être, on parviendra à mieux se répartir les tâches. Je ne sais pas comment, mais je veux être un meilleur mari et un meilleur père... pour Eddie.

Cela faisait des années qu'il ne l'avait pas appelé Eddie. Jamais il n'avait été aussi proche d'admettre qu'il n'est pas présent pour son fils et, par ricochet, pour moi. L'entendre admettre qu'il est conscient de ce qu'il nous a infligé pendant des années a de quoi m'énerver.

Pourtant, je ne ressens aucune colère, parce que je le savais déjà, et Wade aussi. Ce n'est plus un non-dit. Cette chose immonde est enfin sortie et, soudain, je respire beaucoup mieux. Ce sera dur de monter à bord de cet avion. J'ignore même comment je vais dormir, cette nuit, sachant que je suis loin d'eux et toute seule.

Cependant, Wade a raison. Je dois profiter de cette occasion qui s'offre à moi. C'est à la fois une chance qu'il m'accorde et que je me donne à moi-même. C'est ainsi que deux partenaires devraient fonctionner. Nous agissons ensemble pour le bien de Babcia et le mien.

Qu'est-ce qui m'attend en Pologne ? J'ignore si je vais trouver des réponses à des questions que je ne connais même pas mais, soudain, cette mission me semble cruciale, presque divine.

— Allez, file, conclut Wade en m'embrassant sur le front. Je t'aime. Je ne te décevrai pas. Essaie de prendre du bon temps, d'accord ?

Je dois me détourner pour cacher les larmes qui menacent de couler. Les doigts crispés sur la poignée de ma valise, je me dirige vers le comptoir d'enregistrement.

25

Alice

JE M'INQUIÈTE UN PEU DE LA BARRIÈRE DE LA LANGUE. En polonais, je ne sais dire que *jen dobry*, « bonjour ». Quand j'étais toute petite et que Babcia me gardait, elle me serinait *Isc potty,* « pipi pot », ce qui ne risque pas de m'être utile dans mes démarches, avant ma rencontre avec Zofia, prévue pour demain. Après les formalités douanières, je suis accueillie par le chauffeur de l'hôtel, qui brandit une tablette indiquant mon nom.

— Enchanté, me dit-il avec une pointe d'accent. Je m'appelle Martyn. Vous avez fait bon voyage ? Je vous conduis à l'hôtel.

Installée à l'arrière d'un véhicule de luxe, je regarde défiler le paysage urbain, bien plus moderne que je ne l'imaginais et jalonné de nombreux chantiers de construction. Les embouteillages sont encore pires qu'en Floride. Divers modes de transport cohabitent parfois sur une même voie, voitures, bus, tramway, sans parler des piétons et des cyclistes étonnamment nombreux. Aux abords de la ville, je me croirais presque chez moi, s'il n'y avait les affiches et pancartes en polonais. À mesure que nous nous enfonçons, toutefois, les façades n'ont plus rien de moderne. Je me retrouve entourée de bâtisses en pierre et en brique qui n'ont pas changé depuis plus de cent ans, sans doute.

Le hall de l'hôtel est somptueux, avec ses énormes lustres en cristal, son sol en marbre. Parmi les clients, beaucoup sont anglophones, des Américains pour la plupart. Le chauffeur m'apporte ma valise tandis que je me dirige vers la réception.

— Bonjour, madame, m'accueille une jeune réceptionniste. Vous avez une réservation ?

— Oui, au nom d'Alice Michaels. Il était prévu que j'arrive de bonne heure.

— Un instant, je vous prie.

Ses doigts volent sur le clavier, puis elle relève la tête et fait la moue.

— Je regrette, madame Michaels, mais votre chambre n'est pas tout à fait prête.

— Ah… ma guide a pourtant signalé mon arrivée tôt. Je viens de passer la nuit dans l'avion et je suis fatiguée…

— Je suis désolée. Ce ne sera pas très long, une heure ou deux, peut-être. Vous pouvez laisser vos bagages ici. Vous pourriez aller faire un tour, manger quelque chose et revenir en début d'après-midi ?

Ce dont j'ai envie, c'est aller me coucher et dormir. Explorer seule une ville étrangère ne m'attirerait déjà pas même en temps normal, alors pas question.

— Mais…

Elle m'adresse un sourire rassurant et sort un plan de sous le comptoir.

— Vous êtes ici. La vieille ville est juste là, ainsi que la grande place du marché. Bonne promenade !

L'horloge indique onze heures quarante-cinq à Cracovie, donc cinq heures quarante-cinq du matin à la maison, trop tôt pour leur téléphoner. De plus, je meurs de faim. Va pour la promenade !

La rue est animée, la circulation insensée. Voitures, tramways et bus se disputent un espace étroit. Les trottoirs sont bondés de piétons qui vont tous dans la même direction que moi. Je me fonds dans la foule pour suivre le mouvement. Des vélos me dépassent sur le trottoir et plusieurs adultes font du skate ou du patin à roulettes. Nous sommes en milieu de journée, un mardi, et j'ai la sensation de me rendre à quelque festival. Les restaurants se succèdent, des chaînes internationales que je connais, ainsi que des établissements moins familiers promettant une cuisine polonaise authentique. Il y a des fleurs partout, chatoyantes, en bouquets, sur les tables ou dans des jardinières, voire dans des paniers suspendus aux balcons. Je commence à comprendre pourquoi Babcia aime tant les fleurs.

Je pensais manger dans le premier restaurant qui attirerait mon regard, mais je continue à marcher, comme tout le monde. Moi qui appréhendais de me sentir seule… La chaussée est joliment pavée de carrés légèrement irréguliers en granite. Avec des talons aiguilles, il doit être impraticable, mais je suis en baskets et je trouve ce détail charmant.

Je débouche bientôt sur une vaste place. Le lieu a quelque chose de magnétique, bordé d'une immense basilique, une église, de grands magasins et d'élégants restaurants. Au centre, de jeunes gens vendent des ballons de baudruche gonflés à l'hélium. Il y a des échoppes de boissons, de bretzels, de café. Un homme forme des bulles géantes en trempant un fil tendu entre deux bâtons dans de l'eau savonneuse. Elles s'envolent sous les cris de joie des enfants qui tentent de les attraper ou de les faire éclater. D'autres artistes chantent, jouent de la guitare ou de l'accordéon, assis sur des coussins. Plusieurs sont accompagnés d'adorables chiots ou chatons qui semblent les écouter. C'est une belle journée ensoleillée, mais le soleil n'est pas brûlant. Je ferme les yeux un court instant pour mieux respirer l'atmosphère, le soleil, les rires des enfants qui courent sur cette place piétonne, le fumet des saucisses, l'odeur de la bière et même des cigarettes.

Babcia est-elle déjà venue à Cracovie ? Sur cette place ? Il y a plus de soixante-dix ans, elle ne devait guère être différente. Je sors mon téléphone pour prendre rapidement quelques photos. Puis je fais un selfie parmi la foule et les bâtiments. En regardant le résultat, je ne peux réprimer un sourire parce que j'ai l'air à la fois épuisée et heureuse, fière et enthousiaste.

J'envoie toutes les photos à ma mère en lui demandant de les montrer à Babcia, puis je traverse la place. J'ai repéré un restaurant dont la terrasse est entourée de jardinières regorgeant de géraniums rouges et blancs. La carte en polonais me fait hésiter tandis que je m'approche du serveur.

— Une personne ? me demande-t-il en anglais.

Je hoche la tête, un peu perdue.

— Le menu en anglais ? me propose-t-il.

— Oui, s'il vous plaît. Comment le savez-vous ?

— Tous les jeunes Polonais parlent anglais et la plupart des touristes aussi, alors…

En m'attablant, je pense commander le plat le moins risqué, un sandwich, peut-être, avec un café corsé. Une dose de caféine m'aidera à tenir jusqu'à une heure raisonnable pour me coucher et à visiter un peu les lieux.

Le menu ne propose aucun sandwich, mais des soupes, du hareng, des saucisses, du porc, des ragoûts, un plat appelé *bigos,* sans oublier plusieurs pages de *pierogi.* La carte des boissons est tout aussi décadente avec une grande diversité de vodkas, de vins et de bières. Il y a tant de bières différentes !

— Vous avez choisi ?

— Oui. Je prendrai une bière et des *pierogi.*

— Des *pierogi* à quoi, madame ?

— Je ne sais pas… faites-moi la surprise…

Il hoche la tête en riant.

Si les *pierogi* sont une véritable révélation, la bière me monte directement à la tête. De retour à l'hôtel, je suis un peu pompette et plus que prête à faire une bonne sieste en prenant possession de ma chambre. À la maison, il est sept heures trente. Je m'écroule sur le lit et appelle Wade par Skype.

— Salut, chérie !

Je vois à l'image qu'il est attablé dans la cuisine, bien rasé, les cheveux encore humides. Il porte une chemise impeccable. Normalement, c'est moi qui repasse ses chemises, mais j'ai manqué de temps, cette semaine, donc il a dû le faire lui-même.

Il n'est pas agité le moins du monde. Je suis étonnée et plutôt impressionnée.

— Tu es bien arrivée ?

— Oui, et je viens de déjeuner sur la place de la vieille ville. C'est…

— C'est comment ? intervient-il en m'entendant hésiter.

— Tu sais, c'est une ville assez géniale.

Wade affiche un large sourire. Je le trouve très séduisant, ce matin. Avec l'habitude, on ne remarque plus ces petits détails. J'ai l'impression que le changement dans ma routine peut m'être bénéfique.

— Tant mieux, dit-il, visiblement ravi pour moi, ce qui me rend encore plus heureuse.

— Tout se passe bien à la maison ?

— Oh oui, très bien, assure-t-il, toujours souriant. La situation est sous contrôle.

Sauf que, soudain, j'entends un bruit de verre brisé. L'expression de Wade vire à la panique. Lorsqu'il se lève, je constate qu'il est en caleçon. Callie surgit dans la pièce, toujours en pyjama. Elle hurle à pleins poumons. Eddie est sur ses talons, serrant son Thomas en peluche contre lui, en sanglots. Avant que l'écran ne devienne noir, j'aperçois le visage inondé de larmes d'Eddie qui ramasse le téléphone de Wade, sur la table.

Mue par une poussée d'adrénaline, je rappelle. Eddie répond dès la première sonnerie. Très angoissé, il regarde fixement l'écran.

— Eddie…, dis-je en effleurant l'écran du bout du doigt.

— Eddie, je t'aime, énonce-t-il.

Il laisse le téléphone retomber sur la table et se balance d'avant en arrière. Je le vois à peine au bord de mon écran, mais il se pince le haut des bras.

— Rassure-toi, mon ange. Wade ! Qu'est-ce qui se passe ?

— Tout va bien ! me lance Wade en arrière-plan. La situation est sous contrôle, Ally, je…

— Maman…

Callie prend le téléphone à Eddie. Son visage surgit à l'écran.

— La situation n'est pas sous contrôle, Maman. Je t'avais bien dit que Papa n'y arriverait pas. Il a décidé qu'Eddie n'avait pas besoin de mélatonine, alors Eddie a mal dormi et nous a réveillés tous les deux. Papa n'a pas réussi à utiliser le fer à repasser et il a fait un trou dans son pantalon. On ne sait pas trop ce qu'Eddie mange à l'école. En plus, il vient de casser un verre parce que Papa refusait de lui donner sa timbale de bébé...

Cette fois, c'est Wade qui s'empare du téléphone et réapparaît à l'écran.

— Tout va bien, persiste-t-il. La situation est sous contrôle. Il faut qu'on se prépare pour l'école et le travail, à présent, alors je vais te laisser. On se reparle plus tard, d'accord ?

Je meurs d'envie d'intervenir. Cela dit, je ne suis pas mécontente de voir mon arrogant de mari dans un tel état de panique. Lui qui était persuadé de s'en sortir sans l'ombre d'une difficulté...

— Tu as donné à Eddie le planning visuel et le scripting que j'ai préparés ?

Wade confirme mes pires craintes en répondant d'un ton désinvolte :

— Ça va, Alice. Tout va bien.

— D'accord !

Je soupçonne en réalité que les choses sont sur le point d'empirer pour lui, car il n'a manifestement pas lu les recommandations que je lui ai laissées. Il n'a donc pas la moindre idée de ce que Callie fait après l'école.

— Bon, je te rappelle demain matin, à peu près à la même heure ?

— Oui... d'accord...

Je coupe la communication. Le visage plein de détresse d'Eddie me revient en mémoire. Je pourrais céder à la panique, mais je flotte toujours dans la douce torpeur de la bière et la panique peut attendre un peu. Après tout, je ne peux pas faire grand-chose pour eux.

Je me recroqueville sur mon lit et je m'endors sans tarder. À mon réveil, je trouve un message de Callie.

Maman, j'ai installé une appli de messagerie sur ma tablette pour qu'on reste en contact en ton absence. Tu me manques et je t'aime très fort.

Avec un soupir, je lui réponds :

Callie, je te rappelle que tu n'as pas le droit d'avoir une messagerie. Tu n'es pas à l'école ?

Sa réponse arrive immédiatement :

Je te promets d'utiliser l'appli seulement avec toi. Oui, je suis à l'école mais j'ai expliqué à M. Merrick ce que tu faisais et il a trouvé que c'était une excellente façon de faire de la géographie. Tu as vu de belles choses ? Tu prendras des photos pour moi ?

Je lui adresse les clichés de la place. Elle me répond :

Maman, c'est trop cool ! En classe, on parlait justement des adultes qui nous inspirent et je voulais choisir Grandma. Finalement, c'est de toi que j'ai parlé parce que c'est génial, ce que tu es en train de faire. Ne t'en fais pas pour Papa et Eddie. Je pourrais prétendre que tout se passe au mieux, mais je me contenterai de te rappeler que tu seras de retour dans quelques jours. Je t'aiderai à remettre de l'ordre. Je t'aime, Maman.

Je décide de me concentrer sur la partie du message qui ne me donne pas envie de rentrer à la maison sur-le-champ. Ma fille me considère comme un exemple ! Je n'ai fait que prendre l'avion toute seule et Callie trouve ça formidable. C'est à la fois exaltant et déprimant.

Je t'aime aussi, ma puce.

Je pose la tablette et je regarde par la fenêtre. Il fait encore jour. Je pensais me coucher tôt et dîner dans ma chambre en appelant le room service mais, soudain, je meurs d'envie de voir la grande place le soir, après une journée de travail. J'enfile mes chaussures, je me recoiffe et je sors faire une nouvelle promenade.

26

Alina

— VIENS AVEC MOI, murmura Tomasz, le lendemain soir, lorsque l'horloge sonna vingt-deux heures.

Je somnolais dans ses bras. À ces mots, je me réveillai d'un bond.

— Hier, tu affirmais que c'était trop dangereux !

— Hier, j'ai dû me rendre dans quatre fermes du coin, puis chez Nadia. Aujourd'hui, je ne vais que chez les voisins, les Golaszewski, pour Eva. C'est beaucoup moins risqué. Et j'aimerais que tu rencontres mes amis.

Je n'avais aucune envie de rester seule dans cette cave une nuit de plus. Nous sortîmes donc dans la nuit. C'était la pleine lune et, sous un ciel limpide, chaque ombre était pour moi un soldat nazi en puissance. Après avoir traversé les champs, je tremblais comme une feuille.

— Je me demande comment tu peux faire ça chaque soir…

— Tu comprendras quand tu verras le bébé, me répondit-il.

La maison des Golaszewski était bien plus grande que la nôtre et leurs terres fertiles, de sorte que leur exploitation était très rentable. Au fil des années, Jan avait ajouté plusieurs extensions dans un mélange hétéroclite de styles et de matériaux. Tomasz évita la façade pour m'entraîner vers l'arrière. Connaissant l'agencement des lieux, je fus surprise de voir où il s'arrêtait.

— Sachant ce que Jan pense des Juifs, j'ai peine à croire qu'il ait cédé à tes amis sa propre chambre, commentai-je.

— Il les a emmurés derrière une cloison, dans une alcôve sans issue. Ils sont prisonniers, sauf si Jan déplace sa lourde bibliothèque. Aussitôt après les avoir installés, il a fermé à clé l'accès à cette partie de la maison. Il habite l'ancienne chambre de son fils pour maintenir une sorte de sas entre lui et Eva et Saul. Si je ne venais pas leur passer à manger par une fente, ils mourraient de faim en quelques jours. Tu peux me croire, ils sont dans une situation terrible.

Un souvenir d'enfance me revint. J'étais venue voir Justyna avant que les relations entre Jan et mon père ne se dégradent. J'avais été impressionnée parce que les parents de mon amie avaient leur propre chambre alors que les miens dormaient dans le séjour. Au fond de cette pièce spacieuse, une alcôve abritait une bibliothèque. Une fois murée, elle était extrêmement exiguë.

— Comment leur parles-tu… ?

Tomasz porta un index à ses lèvres et s'accroupit à terre. Au pied du mur, une pierre était posée sur la terre battue.

— Nous avons mis au point un code qui me permet de savoir qu'ils n'ont pas été découverts. Quand cette pierre est là, je toque à cette trappe qui s'ouvre de l'intérieur.

Il se redressa et frappa sur une latte de bois. Le panneau se mit à trembler, puis s'effaça pour révéler une ouverture à hauteur de visage. J'aperçus pour la première fois les grands yeux marron d'Eva, ses pommettes saillantes, son visage délicat qui aurait été d'une grande beauté s'il n'avait pas été émacié. Derrière elle, comme je le redoutais, l'alcôve permettait à peine à deux personnes de se déplacer.

L'attention de la jeune femme se concentra sur moi.

— Tomasz ? C'est la fameuse Alina ? chuchota-t-elle avec enthousiasme.

— Oui, répondit-il en me prenant par les épaules. Alina, je te présente Eva Weiss.

— Salut, fis-je, soudain intimidée. Ravie de te rencontrer.

Saul apparut à son tour, très souriant.

— Je suis Saul. Tout le plaisir est pour nous.

Il passa une main à l'extérieur pour serrer la mienne. Il avait les doigts noueux, la poigne ferme. Sa barbe noire contrastait avec la pâleur de son teint.

— Nous avons beaucoup entendu parler de toi.

— Oh oui, renchérit Eva, espiègle. Pendant nos mois d'errance, c'était Alina par-ci, Alina par-là. Non seulement il a traversé la Pologne à pied pour te retrouver, mais il nous chantait tes louanges.

Je ris de la gêne manifeste de Tomasz qui se contenta d'un haussement d'épaules. Il commenta :

— Tu ne devrais pas t'étonner que je pense à toi.

Je me sentis rougir.

— Nous remercions ta famille pour ce qu'elle a fait pour nous, Alina, déclara Saul.

— Ce n'est rien…, répondis-je avec sincérité.

Nos actions demeuraient insuffisantes pour ce couple, que je trouvai d'emblée cordial et agréable en dépit de leurs conditions de vie dramatiques.

— Allons donc ! s'étonna Eva. Vous risquez votre vie pour nous. Quant à la nourriture… c'est sans doute la seule raison…

Sa voix se brisa d'émotion.

— Attends, je vais te montrer.

Elle disparut un instant et réapparut portant une petite forme allongée.

— Tu veux la prendre ? proposa-t-elle doucement.

— Je… je n'ai pas l'habitude des bébés, admis-je.

— Prends-la dans tes bras en lui tenant la tête. Elle est encore fragile.

Par le passé, les rares nourrissons que j'avais connus étaient des poupons roses et potelés au sourire angélique. Tikva Weiss était différente. Elle n'avait que quelques mois mais les joues creuses et la peau flasque.

Elle était si légère que je rabattis sa couverture pour m'assurer qu'il y avait bien un enfant en dessous.

Tikva était si petite… trop petite. Tomasz n'avait pas menti. Elle était adorable et méritait mille fois les risques qu'il prenait.

— Comment s'appelle-t-elle, déjà ?

— Tikva, souffla Saul. Ce prénom signifie « espoir » en hébreu.

J'effleurai le visage du bébé du bout du doigt, puis ses fins cheveux bruns. En la serrant plus fort, je me rendis compte que je ne tenais pas simplement un nourrisson. C'était tout l'espoir de ce couple que j'avais entre les mains. Mes yeux s'embuèrent de larmes, mais je devais rester digne pour ne pas donner à cette famille l'impression que j'avais pitié.

Tomasz se pencha vers Tikva.

— Un jour, notre tour viendra, murmura-t-il à mon oreille.

Son souffle chaud me donna des frissons. Des frissons agréables, pour une fois. Je détachai mon regard du bébé pour échanger un sourire avec lui.

Tomasz remit au couple une réserve d'eau pour plusieurs jours, puis des provisions. Durant ces cinq minutes, l'enfant resta dans mes bras, puis elle se mit à gigoter et à geindre. Eva m'expliqua qu'elle avait faim.

En faisant passer le bébé dans la trappe, j'eus envie de leur demander pardon, non pas pour une faute que j'aurais commise, mais pour tout ce qui s'était passé. Depuis le début de l'Occupation, j'étais protégée et centrée sur moi-même.

Moi qui me sentais impuissante, au cœur de cette guerre, je me rendais compte que je ne l'avais jamais été totalement. J'aurais pu m'engager, comme Tomasz, comme Filipe, même, ou des milliers d'autres dont j'avais entendu parler, mais je n'avais pas osé tendre une main secourable. Je n'étais pas encore consciente de l'ampleur et de l'horreur du projet nazi. Ce soir-là, au clair de lune, j'avais un sentiment d'inhumanité.

Tikva méritait de grandir dans une maison au lieu de se terrer dans ce trou à rat. En la rendant à sa mère, j'eus honte de ma lâcheté. Si j'avais fait quelque chose, n'importe quoi, ce battement d'ailes de papillon aurait-il influé sur le sort de cette famille ?

— Il faut vraiment qu'on parte, maintenant, prévint Tomasz, contrit.

— J'ai été ravi de te rencontrer, assura Saul avec une chaleur qui me serra le cœur.

— Merci encore, renchérit Eva.

Incapable de prononcer un mot, je me contentai d'un sourire forcé et d'un hochement de tête. Lorsque

Tomasz m'entraîna au loin, je fondis en larmes. Dans le champ proche de chez moi, il s'arrêta et poussa un soupir plein de désespoir.

— Alina…

— Ce n'est pas juste.

— Je sais. Tout ce qu'on peut faire, c'est les aider. On ne peut pas changer la guerre, ni le monde, mais on peut faire de petits gestes pour eux, les aider à se cacher, leur donner à manger. C'est déjà plus que ce que font certains de nos compatriotes. Tu peux en être fière.

— Le bébé…, fis-je en étouffant un sanglot. Tomasz, ce bébé est prisonnier avec eux. Ce sont des cibles faciles. Il suffirait que les nazis l'entendent pleurer…

— Il faut garder espoir. Jusqu'à présent, ils ont surmonté tous les obstacles. C'est important, mon amour. Par les temps qui courent, c'est même vital.

27

Alina

— Tomasz, parle-moi de ton ami photographe.

Il était très tard et je n'arrivais pas à dormir. Chaque fois que je fermais les yeux, je revoyais le visage émacié de Tikva.

— Il s'appelle Henry Adamcwicz. Il est américain.

— Américain ? Qu'est-ce qu'il fait ici, alors ?

— Ses parents sont polonais. Ils ont émigré en Amérique et il est né là-bas. Il travaille pour un grand journal américain et fait un reportage sur l'Occupation. Il habite en Floride, un pays tropical qui ne connaît presque pas l'hiver. De sa maison, il peut aller à la plage à pied. Tu imagines ?

Je me laissai aller à rêver. Je n'étais jamais allée à la plage mais j'avais une idée de ce à quoi cela ressemblait. Le sable, la mer, la chaleur… Je ne pus réprimer un sourire.

— S'il peut nous aider, nous devrons faire passer des photos clandestinement ?

— Une pellicule. Les photos ne sont pas encore développées.

— Que représentent-elles ?

— La dernière fois, c'étaient les camps, des Juifs dans les ghettos. Il y en a même une de moi sur la colline, figure-toi. Il l'a prise quand il est venu me voir pour me demander de lui servir de passeur.

— J'aimerais bien la voir !

— Je suis beau comme un dieu.

— C'est sûr !

— Henry m'a expliqué qu'il cherchait en permanence des messagers. Il m'a jugé apte et, la dernière fois, il avait besoin de quelqu'un en urgence. J'espère que c'est toujours le cas. Tu es fiancée à un brillant étudiant en médecine qui excelle dans la pose de plâtres sur les fractures. Je lui ai dit que je cacherais la pellicule dans un plâtre et il a trouvé l'idée excellente.

— C'est…

— Du génie ? hasarda Tomasz avec un sourire.

— Dis-moi franchement… c'est risqué ?

— Eh bien, le pire danger qui nous guette à l'heure actuelle, c'est que Henry n'ait pas besoin de nous ou ne puisse pas nous faire sortir du pays.

— La dernière fois, quand tu as refusé d'y aller, quel était le projet ?

— D'après Nadia, ils ont mis l'homme qui a pris ma place à l'arrière d'un camion allemand de fournitures qui l'a déposé près du front. Ensuite, il est parti à pied. Il a réussi à gagner le territoire soviétique, mais j'ignore si la pellicule est arrivée à destination.

J'avais entendu de nombreuses histoires sur les Soviétiques. Ils avaient envahi une moitié de la Pologne alors que les nazis occupaient l'autre. Les nouvelles provenant du secteur soviétique n'étaient pas moins horrifiantes que ce qui se passait chez nous. La lueur d'espoir que j'avais entrevue s'éloignait.

— Tu as préféré ne pas y aller à cause de moi ?

— J'ai songé à convaincre Henry de me laisser t'emmener, mais…

Il soupira et me caressa le bras.

— Eh bien, je serais apparu sous ta fenêtre, une nuit, pour te dire que j'étais recherché, puis je t'aurais demandé de fuir avec moi une sécurité relative pour un danger extrême. C'était injuste. De toute façon, avec un tant soit peu de bon sens, tu aurais refusé.

— Probablement, admis-je. Non pas parce que je ne voulais pas être avec toi, mais parce que mes parents comptaient sur moi, à l'époque.

En pensant à eux, je sentis ma gorge se nouer d'émotion.

— Je ne veux plus parler de ça, repris-je. Raconte-moi une histoire. Parle-moi de nous, de notre vie en Amérique, comme celle de Henry, près de la plage, là où il n'y a pas d'hiver.

— D'accord. En Floride, on aura une grande maison. Et une voiture, bien sûr.

— Bien sûr.

— Et je serai pédiatre. Tu voudras travailler, toi ?

— Oh oui, ce serait bien.

Je réfléchis un instant.

— J'aimerais travailler dans une bibliothèque.

— Et nos enfants, ils s'appelleront comment ?

— Eh bien… Notre fils Aleksy, comme ton père, peut-être.

— Très bon choix, commenta Tomasz en m'embrassant.

— Et notre fille Julita, comme ta Maman ?

— Il faudrait rendre hommage à tes parents, aussi, non ?

— Nous aurons d'autres enfants ! Au moins trois de plus. Mes parents ne seront pas oubliés, ne t'en fais pas.

Il rit de bon cœur. Le pessimisme et la peur firent place à une forme étrange de bonheur qui nous remonta le moral. Moi qui étais déterminée à me départir de mes comportements puérils… il me suffisait de quelques heures à rêvasser avec Tomasz pour que je m'abandonne à ce fantasme de bonheur éternel. Après les horreurs dont j'avais été témoin, quand j'étais avec Tomasz, je croyais encore que la vie pouvait être un conte de fées.

Le lendemain, dans le noir, en attendant Henry, nous n'avions rien d'autre à faire que de profiter de ces heures précieuses pour nous découvrir comme jamais nous n'avions eu le temps ou la possibilité de le faire. Cette intimité nous nourrit comme un festin. Ce fut notre lune de miel, comme s'il n'y avait pas la guerre au-dessus de nos têtes, comme si nous allions le vivre, notre conte de fées.

Au cours de ces deux jours passés dans cette cave qui me faisait si peur, j'ai découvert que le bonheur se trouvait n'importe où du moment que Tomasz était avec moi.

28

Alice

ZOFIA EST BIEN PLUS JEUNE que je ne l'imaginais. Elle m'accueille avec chaleur et m'entraîne vers un restaurant pour prendre le petit déjeuner. La serveuse, qui semble bien la connaître, nous installe, avant de filer nous chercher deux cafés.

— Qu'est-ce que vous me conseillez, Zofia ?

— Tout dépend de votre audace et de votre curiosité. Personnellement, je recommande les tartines de *smalec*, mais j'ignore si votre palais américain va apprécier. C'est du lard assaisonné. Un délice.

Je ne peux réprimer une moue en imaginant du gras de porc, ce qui amuse Zofia.

— Je vais en commander pour moi, annonça-t-elle en riant. Je vous ferai goûter.

Elle s'approche du comptoir et revient avec deux cartes qu'elle me tend.

— Faites plutôt votre choix sur le menu qui propose des petits déjeuners plus internationaux.

J'opte pour des œufs au bacon.

— Parlons de cette visite à Trzebinia, propose-t-elle. C'est une petite ville, mais nous ignorons ce que nous cherchons, au juste, c'est bien ça ?

— En gros, oui.

— Hier, je me suis renseignée à partir des éléments que vous m'avez fournis.

Elle sort une tablette de son sac et ouvre une application de généalogie.

— Beaucoup de touristes qui viennent ici ne se rendent pas compte que nos archives d'état civil sont rarement numérisées. Les registres de naissances, mariages et décès ne sont pas centralisés. Hier, je suis allée à Trzebinia pour consulter les registres de la mairie. Certains aiment bien le faire eux-mêmes, mais vous n'avez pas le temps. J'ai scanné les éléments utiles pour que vous puissiez les voir.

— Ce n'est pas un problème. Je suis simplement curieuse. Que cherchiez-vous ?

— Je voulais déterminer qui étaient ces personnes, m'explique Zofia. La bonne nouvelle, c'est que j'ai réussi à identifier quelques-unes d'entre elles. Emilia était la sœur cadette de votre grand-père, lui-même fils de Julita et Aleksy Slaski. Je n'ai pas trouvé d'acte de décès pour Emilia ou Aleksy, mais Julita est morte en mettant au monde Emilia.

Zofia me montre une page d'écriture en polonais qui ne m'inspire rien, dans un premier temps, jusqu'à ce que le nom de Pa me saute aux yeux :

Tomasz Slaski, 1920.

— Son acte de naissance, dit Zofia.

Je m'empare de la tablette pour scruter l'écran. Zofia passe ensuite à une page similaire.

— Voici un autre nom, Alina Dziak, née quelques années après votre grand-père. Votre grand-mère a aussi mentionné Truda Rabinek, qui se trouve être la sœur aînée d'Alina. Elle a épousé Mateusz Rabinek au début des années 1930. Je n'ai pas trouvé d'acte de décès pour elle, Alina ou Mateusz.

— Cela signifie qu'ils sont encore en vie ?

— Alina serait nonagénaire et Truda et Mateusz auraient bien plus de cent ans. C'est peu probable. J'ai consulté l'annuaire téléphonique, au cas où. Il n'y avait rien. En l'occurrence, l'absence d'un acte de décès n'est hélas pas un indicateur que la personne est encore en vie. Nos archives datant de la guerre sont incomplètes. Les nazis tenaient des registres précis dans les camps de concentration mais ils ont souvent été détruits à la Libération. Dans la région, les morts étaient enregistrées de façon anarchique.

— Donc ces deux femmes, Alina et sa sœur, étaient des parentes de Babcia ?

— Aucune idée, avoue Zofia. Je n'ai trouvé aucune trace de votre grand-mère.

— Ah…, fis-je en fronçant les sourcils. Elle est née ici, pourtant, c'est certain.

— Eh bien, c'est peu plausible car il n'y a aucun acte de naissance ou de baptême à son nom.

Si Zofia semble désolée, son assurance me laisse pensive.

— Quant à cette autre famille qu'elle mentionne…

— Attendez ! Babcia est bien née ici, je vous le garantis. On ne sait pas grand-chose de son passé, mais elle est née et a vécu à Trzebinia, cela ne fait aucun doute, comme toute sa famille. Sa fratrie entière est née dans la maison qu'ils habitaient jusqu'à la guerre.

Zofia ne masque pas sa perplexité.

— Je ne sais que vous dire, Alice. Il n'y a aucune trace d'elle. En fait, je n'ai trouvé aucune archive pour la famille Wiśniewski. À mon avis, elle est née ailleurs et est arrivée très jeune, ce qui expliquerait tout. Il en est de même pour Saul, Eva et Tikva Weiss. Que savez-vous d'eux ?

Je pense toujours à Babcia. Trzebinia était son univers, avant qu'elle n'émigre. Je l'entends encore me raconter qu'elle est née dans la ferme où elle a grandi. J'ai du mal à me reconcentrer sur Zofia.

— Ces noms me sont inconnus.

— Le prénom d'Eva est assez courant chez les Polonais. En revanche, à l'époque, Saul était surtout prisé des familles israélites. Quant à Tikva, c'est clairement un prénom juif… c'est même un mot hébreu. Ces personnes ne sont mentionnées nulle part. J'ai donc consulté les archives israélites. Aucune trace. Ils n'étaient pas de Trzebinia, eux non plus.

— C'est décevant. Y a-t-il d'autres sources à consulter ?

— À moins que vous n'ayez un autre nom de ville, non, répond Zofia. J'espère que votre grand-mère ne vous a pas envoyée ici pour connaître le destin de ces gens parce que… ce ne sera peut-être pas possible… surtout en si peu de temps.

— Je ne crois pas que ce soit ça. Elle semblait faire une fixation sur mon grand-père, pour être honnête, même si je ne vois pas pourquoi. Depuis qu'elle arrive à communiquer grâce à sa tablette, c'est son mari qu'elle réclame.

— Ce que j'ai trouvé le plus intéressant, dans la liste de votre grand-mère, ce n'est pas que Tomasz y figure, mais les mots en polonais qui entourent son nom.

Elle me désigne : *Prosze˛ zrozum. Tomasz.*

— Ce que je traduirais par : « Je t'en prie, il faut comprendre Tomasz. » Cela vous inspire quelque chose ?

— Rien de spécial, admets-je. Pourquoi veut-elle que je comprenne un homme avec qui elle a vécu pendant plus de soixante-dix ans et qui est à présent décédé ?

— La lettre que vous n'avez envoyée est intéressante, elle aussi. Au début, il les évoque assis ensemble. Elle se moque de lui parce qu'il doute d'arriver à la rejoindre. Il lui raconte ensuite que la guerre est chaotique et la vie pleine de dangers, alors il veut lui faire part de ses sentiments pour elle.

Zofia lève les yeux et me sourit.

— Votre grand-père était un romantique, on dirait.

— Apparemment…

Je suis perplexe car, avant que Pa ne sombre dans la démence, je n'ai pas souvenir de les avoir vus ne serait-ce que se toucher.

— … c'était moins le cas dans son grand âge.

— C'est normal, après des décennies de mariage ! s'esclaffe Zofia. Sinon, certains mots sont illisibles. En gros, il affirme que c'est son amour pour elle qui lui permet d'avancer et qu'il trouvera toujours un moyen de la retrouver, s'ils étaient séparés, parce qu'ils sont faits l'un pour l'autre. Je ne vois pas à qui la lettre est adressée parce que les premières lignes sont presque effacées. Puisque c'est votre grand-père qui l'a écrite et qu'elle était en possession de votre grand-mère, le mystère est résolu. Quant aux dernières lignes… je dois deviner en partie parce qu'il manque quelques mots par-ci par-là. Je crois qu'ils étaient ensemble quand il l'a écrite. Ensuite, il évoque une séparation éventuelle… et s'ils s'étaient perdus de vue pendant une période de la guerre ? Et si elle voulait à présent savoir ce qu'il a fait durant cette séparation ?

— C'est une mission impossible.

— À moins que, par miracle, une personne figurant sur cette liste soit en vie, que nous la retrouvions, et qu'elle sache…

— Je sais que c'est un peu fou de venir ici avec aussi peu d'informations mais… même aphasique, ma grand-mère peut être très persuasive.

— Il n'y a vraiment rien d'autre ?

— À plusieurs reprises, elle a répété *Babcia feu Tomasz.* Je n'ai pas la moindre idée de ce que cela peut signifier.

— Dans cette lettre, il dit que leur amour est le feu qui brûle en lui et qui l'aide à avancer. Votre grand-mère fait peut-être allusion à cette passion, suggère Zofia.

— Je n'y avais pas songé. Sur la tablette, il y a un symbole « amour », mais elle ne l'a peut-être pas trouvé… Ce doit être ça.

— Encore un mystère de résolu, commente Zofia. Mangeons. Ensuite, nous irons à Trzebinia voir ce qu'on peut dénicher.

La serveuse nous apporte nos assiettes. Elle pose une corbeille de pain et du *smalec* devant Zofia, qui prépare une tartine de lard à mon intention.

— Oh, je ne sais pas…

— Je vous assure que c'est bon, insiste ma guide avec un sourire.

J'enfourne une bouchée et, aussitôt, c'est la révélation. Ce *smalec* est salé, goûteux, d'une texture agréable. Allié au pain frais, c'est en effet un délice. Je pourrais dévorer tout le pot.

— Alors ? demanda Zofia, hilare. La prochaine fois, ce sera du *smalec* ?

Je hoche la tête en pouffant à mon tour.

— Vous m'avez convertie.

29

Alina

LORS DE NOTRE TROISIÈME JOUR DANS LA CAVE, à six heures du soir, Tomasz parlait d'aller ramasser quelques œufs afin qu'ils ne soient pas perdus et j'essayais de le persuader de rester dans notre bulle encore une nuit quand la porte d'entrée s'ouvrit. Une voix retentit :

— Tomasz ?

Henry Adamcwicz nous avait trouvés.

Tomasz l'aida à nous rejoindre et referma la trappe. Pour la première fois en deux jours, notre petite lampe à pétrole s'alluma, baignant notre nid d'amour dans une douce lumière dorée. Je revis enfin Tomasz. Dans son regard, je lus les secrets partagés dans le noir pendant des heures. J'étais un peu triste que ces moments merveilleux prennent fin.

Henry était plus petit que Tomasz et bien plus âgé que je ne l'imaginais. S'il parlait couramment polonais, son accent m'obligeait à me concentrer pour comprendre ses propos.

— Quel plaisir de te rencontrer enfin, Alina, déclara-t-il en me serrant la main. Tomasz m'a beaucoup parlé de toi, et en termes élogieux ! Tu dois être très spéciale pour qu'il décide de rester uniquement pour toi.

— Merci, répondis-je en rougissant.

— Il est peut-être un peu suicidaire, aussi, railla-t-il en riant.

Un peu vexée, je n'avais pas le temps de m'attarder sur ce commentaire.

— J'espère que tu as de bonnes, nouvelles, Henry ! lança Tomasz. Puisque tu es là, je suppose que oui.

— La filière utilisée la dernière fois fonctionnera sans doute encore avec quelques modifications. Le front de l'Est s'étant déplacé, ce sera plus long, mais on espère vous faire sortir de Pologne ainsi.

— À la bonne heure !

Tomasz était si enthousiaste qu'il ne tenait pas en place. En cet instant, les détails n'avaient aucune importance à mes yeux. Tomasz semblait aussi heureux que si nous étions déjà à l'abri, sains et saufs. En dépit de la triste réalité, je me laissai aller à partager son euphorie.

— Ne t'emballe pas, prévint Henry. Laisse-moi t'expliquer ce que je te propose. Jakub a construit une grande caisse en bois. En apparence, elle ressemble à n'importe quelle caisse. À l'intérieur, il y a de la place pour deux et une petite valise contenant des vivres et de l'eau. Ce sera inconfortable. Vous serez tout au fond du camion et devrez effectuer le trajet sans sortir. Il faudra au moins une journée, peut-être plus si Jakub doit s'arrêter pour dormir, ce qu'il préfère éviter, mais…

Tomasz croisa mon regard et son sourire s'effaça. Il me jaugeait pour voir si je comprenais les implications.

Pas de toilettes, pas d'intimité, pas de lumière du jour… Ce serait aussi dur que dans cette cave, voire pire, car nous pouvions au moins nous dégourdir les jambes.

Serais-je à la hauteur ? Soudain, j'eus l'impression que les murs de la cave se refermaient sur moi. Je n'avais d'autre choix que de faire preuve de courage. Je regardai Henry dans les yeux.

— Et ensuite ?

— Notre chauffeur vous conduira vers un endroit où le fleuve Don est accessible. Un habitant du coin vous attendra avec un bateau et vous fera traverser. Staline a libéré ses détenus polonais. En théorie, vous serez libres dès que vous serez sur l'autre rive, en territoire soviétique.

Je mis un moment à assimiler cette information.

— Libres ? bredouillai-je.

— Libres, répéta Tomasz avec délectation.

— Absolument, confirma Henry. Toutefois, le voyage ne sera pas terminé et vous ne serez pas hors de danger. Vous vous rendrez à pied dans la ville de Voronej, proche du front de l'Est mais encore sous contrôle soviétique. Là-bas, vous prendrez le train jusqu'à Bouzoulouk. Je tiens à ce que vous compreniez dans quelle aventure vous vous engagez, les amis. Ce sera long et pénible, quelques semaines au moins. Les trains sont bondés de Polonais libérés du goulag et des camps de travail et tous désireux de gagner Bouzoulouk.

— Pourquoi ? s'enquit Tomasz.

— La Deuxième division de l'armée polonaise est en train de se reformer et s'entraîne là-bas. Il paraît que les conditions dont dures, la nourriture rare et que les maladies font des ravages. Vous devez absolument gagner le camp de Bouzoulouk parce qu'une cargaison britannique d'uniformes va arriver pour habiller les nouvelles recrues polonaises cet hiver. Normalement, les officiers britanniques qui livreront ces uniformes vous chercheront et, en repartant pour la Grande-Bretagne, vous emmèneront pour vous confier à l'ambassade des États-Unis. Mon frère prendra le relais.

— Ton frère ?

— Il est juge aux États-Unis. Il a des contacts au sein du gouvernement… On veut leur montrer à quel point la situation est difficile, ici, afin qu'ils interviennent. Jusqu'à présent, nos efforts n'ont pas porté leurs fruits, mais… cette nouvelle pellicule sera peut-être l'élément déclencheur. (Il poussa un long soupir.) On fait de notre mieux.

— Nous aussi, on fera de notre mieux, n'est-ce pas, Alina ?

J'acquiesçai avec un sourire mal assuré.

— C'est promis, confirma Tomasz.

Mon enthousiasme à la perspective d'être libre retomba après les mises en garde de Henry. La mission semblait impossible.

— Tenez…

Henry sortit de son sac à dos un rouleau de bandage, un récipient, un petit étui et plusieurs flacons qu'il remit à Tomasz.

— Je suis désolé, c'est tout ce que j'ai trouvé. Tu parviendras à faire un plâtre crédible ?

Tomasz lut les étiquettes et inspecta le matériel, puis il fit une moue.

— Il n'y a pas grand-chose.

— Le matériel médical est difficile à obtenir.

— Je sais, murmura Tomasz. Je vais me débrouiller.

— On ne peut pas se contenter de transporter la pellicule ? m'enquis-je.

Il y eut un silence, puis Tomasz me répondit :

— Si nous sommes capturés, il vaut mieux que les nazis ne trouvent pas la pellicule.

— Quand vous arriverez en territoire soviétique, vous croiserez de nombreux désespérés. Les objets de valeur sont susceptibles d'être volés. Cette pellicule doit absolument être cachée, m'expliqua Henry. Je vous ai acheté des roubles. Ce n'est pas grand-chose, mais vous devrez vous débrouiller pour acheter des vêtements et à manger. Enfin, vous aurez besoin de pièces d'identité pour accéder au camp de Bouzoulouk. Les volontaires sont si nombreux que les autorités limitent l'entrée aux citoyens polonais. Tu as toujours tes papiers, Tomasz ?

— Oui. J'ai réussi à garder mon passeport d'avant-guerre.

— Oh non..., geignis-je, saisie d'angoisse. Maman t'a donné ma carte d'identité avant que les Allemands ne l'emmènent ?

Tomasz secoua négativement la tête.

— Maman..., bredouillai-je en tremblant. Elle la gardait toujours sur elle parce que nous étions toujours ensemble et que j'oubliais sans cesse mes papiers. Et je n'ai pas de passeport.

Henry ouvrit la bouche puis se ravisa. Affligé, Tomasz ferma les yeux. Le désespoir me submergea. Je m'en voulais terriblement. J'étais irresponsable, au début de l'Occupation, désinvolte et paresseuse, alors que ma vie était en danger...

— On peut gagner Bouzoulouk sans papiers, non ? s'enquit Tomasz.

— Bien sûr, fit Henry prudemment. Vous serez cachés à l'arrière du camion. Nul ne vous demandera vos papiers.

— Et j'aurai accès au camp avec mon passeport ?

— D'après ce que j'ai compris, oui.

— Dans ce cas… allons à Bouzoulouk. Au pire, Alina devra m'attendre à l'extérieur du camp.

— Il est immense, Tomasz. Des dizaines de milliers de gens s'y entassent déjà. Je trouve inquiétant que tu n'aies pas conscience des difficultés que vous auriez, une fois séparés. Tel que je te connais, mon ami, si Alina devait rester à l'extérieur, tu refuserais d'entrer, ce qui rendrait cette mission inutile.

Visiblement frustré, Henry soupira et se massa les tempes d'un air pensif.

— La seule solution serait que je retourne chez Nadia pour essayer d'obtenir de faux papiers pour Alina. C'est notre unique chance.

Tomasz serra ma main dans la sienne.

— Ce serait déjà difficile en temps normal, reprit Henry. Mais là… le temps presse. Si la mission est maintenue, il faut partir demain.

— Demain ? suffoquai-je.

Cette fois, j'étais au bord de la panique. Je ravalai mes larmes sous le regard compatissant de Henry.

— Je suis désolé, Alina. Jakub ne peut pas prendre ce risque quand il a un compagnon de voyage. L'occasion ne se représentera peut-être pas avant plusieurs mois.

— Ça ira, dis-je en relevant fièrement la tête.

— Nadia est au courant ? Elle saura s'occuper de mes protégés, après mon départ ? demanda Tomasz.

Il acquiesça au grand soulagement de Tomasz.

— Tant mieux, souffla-t-il. Je dois aller les voir, au moins Eva et Saul.

— Je te laisse faire, murmura Henry.

Après nous avoir indiqué le point de rencontre, au bord de la route, non loin de chez moi, il nous laissa seuls dans la cave.

— Combien de temps nous reste-t-il ?

— Environ onze heures, répondit Tomasz.

— Si Henry n'arrive pas à m'obtenir un passeport...

— Nous partirons quand même. Nous sommes débrouillards, mon amour. On trouvera bien un moyen d'entrer dans ce camp !

— Il n'y a qu'une seule chose dont j'ai besoin, à part mon manteau, dis-je en l'entraînant dans ma chambre.

Sous les dessins d'Emilia, je trouvai ma bague.

— Ma mère me l'a donnée pour notre mariage, murmurai-je.

J'avais un souvenir précis de ce moment. Comme j'étais naïve, à l'époque ! Tomasz m'embrassa doucement sur le front.

— Dès que nous aurons quitté le pays, je ferai de toi ma femme. Le premier prêtre que nous croiserons nous mariera... Je te passerai cette bague au doigt et le monde entier saura que nous appartenons l'un à l'autre.

— Elle est bien trop grande pour moi. Il va falloir trouver un prêtre *et* un bijoutier.

Je me mis à rire à travers mes larmes.

— Je vais allumer la lampe pendant cinq minutes pour la coudre dans l'ourlet de mon manteau.

— Prends le temps de faire le tour de la maison pour lui dire au revoir. Je sais que... je sais que c'est difficile, mon amour, terrifiant, même. S'il existait une autre solution...

Je l'embrassai avec fougue.

— Maman me dirait d'arrêter de bouder et de me mettre au boulot. Je pourrai pleurer et bouder à loisir à l'arrière de ce camion nazi qui nous mènera peut-être à notre perte.

— Notre perte ? s'étonna Tomasz. Notre liberté, tu veux dire ! Et je serai là pour te serrer dans mes bras.

— Dans ce cas, je survivrai, répondis-je avec un sourire. Tant que tu es avec moi, je peux tout supporter.

30

Alice

SUR LA ROUTE DE TRZEBINIA, Zofia me résume l'histoire de la Pologne jusqu'à la période communiste et l'entrée du pays dans l'Union européenne. Je l'interroge sur les pierres tombales et les monuments que nous croisons çà et là. Certains sont sophistiqués, d'autres à peine visibles derrière les fleurs et les bougies.

— Il y a aussi des monuments en l'honneur de la Vierge Marie, m'explique-t-elle en désignant un bâtiment orné de rubans bleus. Celui-ci, par exemple. Certains sont récents, d'autres plus anciens, souvent de la période de la guerre. La campagne est parsemée de tombes. À Varsovie, c'était pire. J'ai vu des photos de sépultures de fortune dans les rues, sans pierre, sans nom. Six millions de Polonais ont péri pendant la guerre. Un esprit moderne a du mal à s'imaginer tant de morts et de souffrances.

Nous roulons en silence pendant un moment, puis nous quittons la route pour entrer dans Trzebinia. Je vois des usines, des entreprises. La pollution est perceptible. Dans un quartier résidentiel, Zofia tend un index vers une bâtisse délabrée, à gauche.

— C'est l'unique synagogue qui soit encore debout. Au début de la guerre, des milliers de Juifs vivaient ici. On comptait quatre synagogues. À l'issue de la guerre, il ne restait plus personne. Cette synagogue est désaffectée. Une communauté ne peut vivre sans membres.

Je regarde la bâtisse qui s'éloigne peu à peu derrière nous. Que dire ? Bien sûr, j'ai entendu parler de la guerre à l'école, en cours d'histoire, mais pas en détail et de façon assez irréelle. Cette tragédie était trop énorme, trop atroce, pour être aussi récente.

Soudain, je pense à mes grands-parents, qui étaient incapables de nous parler de leur passé. Ils ont dû voir des choses, vivre des expériences dont je ne saurai jamais rien, quelles que soient mes découvertes pendant ce voyage. Que faire lorsque les histoires sont perdues ? Quand il n'y a plus personne pour les transmettre ?

Si seulement ma grand-mère n'avait pas répondu : « C'était une époque terrible dont je n'ai pas envie de parler » quand je l'interrogeais, autrefois. Si seulement elle m'avait raconté un souvenir, un détail. J'aurais appris des choses, je les aurais transmises à mes enfants, nous aurions pu tirer les leçons du passé.

Soudain, le quartier résidentiel fait place à une petite colline boisée. La route serpente sur un côté de la butte, puis nous nous retrouvons entourées de champs, au milieu de nulle part. Il n'y a pas grand-chose à voir, à part quelques parcelles cultivées et des terres laissées à l'abandon, envahies de hautes herbes et de fleurs sauvages qui se balancent sous la brise.

— L'adresse qu'elle vous a indiquée est proche d'ici, annonce Zofia. On se dirige vers cette maison, à gauche. Il est rare de trouver une construction d'avant-guerre, dans le secteur… C'est une chance qu'elle soit encore là.

— Parce qu'elle est ancienne ?

— Non. Parce que les fermes de la région n'ont généralement pas survécu à l'Occupation. Ce qui l'a sauvée, c'est son matériau de construction. Si elle avait été en briques, elle aurait disparu. Les nazis ont démoli les structures en briques parce qu'ils avaient besoin de briques pour agrandir la seconde partie d'Auschwitz, le camp qu'ils appelaient Birkenau. On n'en est pas très loin. Cette propriété devait être dans le rayon de vingt kilomètres qu'ils nommaient « zone d'intérêt ». En gros, ils ont vidé les fermes de leurs résidents et érigé une clôture pour que personne ne puisse voir ce qu'ils faisaient à l'intérieur du camp. Ils ont trouvé le prétexte d'un camp de travail agricole, ce qui était vrai. S'ils ont fait cultiver une bonne partie de ces champs, leur véritable objectif était la discrétion.

— Je ne m'imagine même pas vivant dans une maison aussi petite, j'avoue. Elle doit être plus petite que ma pièce à vivre.

— C'était une autre époque. Les gens avaient d'autres ambitions, d'autres attentes.

Zofia gare la voiture dans l'allée.

— Nous y sommes !

J'observe la maison, la colline boisée derrière elle et, bizarrement, je reconnais le paysage que j'ai sous les yeux. Je ne suis jamais venue ici et la vie de Babcia pendant la guerre est un mystère. En revanche, je sais *tout* de son enfance. J'ai entendu parler de ces bois, de la colline, de la ville, de l'autre côté. Elle m'a raconté qu'elle habitait dans une petite ferme avec une vaste grange, que la terre était caillouteuse et que les champs étaient en pente.

C'est précisément ce que je vois.

— C'est bien la colline de Trzebinia ?

— Je ne crois pas qu'elle ait un nom officiel. La ville de Trzebinia s'étend sur l'autre versant, donc ce serait logique, me répond Zofia.

— Babcia m'a très peu parlé de sa vie au début de la guerre, mais elle a souvent évoqué son enfance, sa vie avec ses frères, sa sœur et ses parents, dans leur fermette. Tout est exactement tel qu'elle me l'a décrit.

À mesure que je m'éloigne de la voiture, une émotion intense enfle en moi et me déstabilise. Ma présence prend une autre dimension. Je suis dans le pays que ma grand-mère a aimé et qui lui a manqué. Je m'efforce de chasser mes larmes, en vain.

— Vous avez besoin d'une minute ? me demande Zofia doucement.

Je secoue la tête.

— C'est bête…, dis-je, gênée. Je n'arrive pas à croire que je suis là. Je n'ai toujours connu que l'autre visage de ma grand-mère. J'ai l'impression de voir…

La gorge nouée, je cherche mes mots.

— Ce n'est qu'une ferme. Une modeste demeure. Et on n'a même pas la preuve qu'il s'agit de celle dont elle m'a parlé. Je ne comprends pas pourquoi je suis bouleversée.

— Vous vous trompez de point de vue, Alice. Ce n'est qu'une ferme pour n'importe qui d'autre. Votre volonté de venir ici prouve la force de votre amour pour votre grand-mère. C'est peut-être une partie de votre histoire que vous aviez perdue jusqu'à présent. J'ai déjà aidé des gens à retrouver leurs racines. Certains détails sont parfois intenses.

Je hoche la tête à travers mes larmes.

— Si seulement j'avais pu venir ici quand elle était encore en bonne santé. Si seulement elle m'en avait dit davantage. Je donnerais tout pour qu'elle soit là, en ce moment, pour qu'elle puisse me parler.

J'observe la maison nichée contre cette colline, sous un ciel d'un bleu intense. Il flotte une odeur de terre et d'herbe fraîche, la brise fait voleter mes cheveux. Je hume l'air de la campagne comme pour graver son souvenir dans ma mémoire et le rapporter chez moi.

La cour est fermée par une clôture rouillée et une barrière. Le cadenas ne sert plus à rien. De toute façon, il serait facile de sauter par-dessus. Zofia s'en approche et se tourne vers moi mais j'hésite.

— On va entrer par effraction ?

— Si cela vous pose problème, vous avez traversé l'Atlantique pour rien, rétorque-t-elle en riant. Allez, Alice ! Plus personne n'habite ici depuis belle lurette. Ce n'est pas rare, vous savez. Les jeunes ne veulent pas ou ne peuvent pas gagner leur vie en cultivant un lopin de terre. Si ça se trouve, il n'y avait personne pour reprendre la propriété après la guerre.

— Il y a des traces de pneus dans l'herbe.

— Elles ne sont pas récentes, répond-elle en haussant les épaules.

Au-delà de la barrière, je décèle une allée envahie par les mauvaises herbes. Zofia a raison, personne n'est venu depuis longtemps. Elle passe par-dessus la barrière et remonte l'allée. Je rechigne à en faire autant, mais je n'ai pas le choix.

— Il y a des serpents, par ici ?

Le rire de ma guide répond à ma question et je lui emboîte le pas. Je dois trottiner pour la rattraper. Si les murs semblent assez solides, la toiture en plaques de tôle ondulée est manifestement sur le point de s'effondrer. À côté de la ferme se dressent deux structures en bois, la cabane abritant les toilettes et une grange en partie écroulée.

Je soupçonne que les toilettes ne sont pas reliées aux égouts. De près, la bâtisse semble encore plus petite. La villa de Babcia et Pa à Oviedo était au moins trois fois plus grande. Je sais qu'ils ont vécu ailleurs. Ma mère a connu des logements modestes, étant enfant, avant que le doctorat de mon grand-père ne soit validé. Cependant, Babcia a dû recevoir un sacré choc en arrivant aux États-Unis.

Je foule prudemment les hautes herbes pour prendre une photo de la fermette avec la grange et je l'envoie à ma mère.

Montre-la à Babcia stp. C'est la première adresse de la liste. Aucune trace de la naissance de Babcia à Trzebinia. Selon ma guide, elle est peut-être née ailleurs. Pourtant, la maison est exactement telle que Babcia m'a décrit sa ferme natale.

Il est six heures du matin en Floride. Ma mère doit déjà être en route pour l'hôpital, avant d'aller travailler. Elle ne me répondra pas tout de suite. Zofia et moi explorons la ferme chacune de notre côté. Elle se dirige vers la grange pendant que je m'approche d'une fenêtre latérale pour jeter un coup d'œil à l'intérieur de la maison. Difficile de distinguer quoi que ce soit derrière le vieux rideau et la vitre crasseuse. Je discerne une salle de séjour, avec un fourneau, un divan, un coin repas. La table et une chaise sont de travers, comme si quelqu'un était parti brutalement.

La propriété serait-elle abandonnée depuis la guerre ? Je reviens presque quatre-vingts ans en arrière.

Si j'ignore comment et pourquoi Babcia a quitté les lieux, il est troublant de penser que j'ai sous les yeux le décor de ce tournant de son existence. Elle était peut-être assise à cette table quand sa vie a changé. Et si le voyage qu'elle a entrepris ce jour-là s'était terminé en Amérique ?

Au moment où je recule de la fenêtre, ma mère m'appelle.

— Salut, Maman !

— Bonjour, Alice. Je suis avec ta grand-mère qui est particulièrement exaltée.

Elle tourne l'appareil vers Babcia, dont le visage est inondé de larmes, mais qui affiche un sourire béat.

— *Jen dobry, Babcia,* lui dis-je.

Elle sourit de plus belle et essaie de m'applaudir. Je retourne l'appareil et je fais le tour de la propriété pour lui montrer les champs, la grange délabrée et même la cour envahie par la végétation. En marchant, je guette la réaction de ma grand-mère sur l'écran. Je lis de la joie, de la tristesse, de la nostalgie… Nous sommes au bon endroit.

Je ne peux m'empêcher d'imaginer cette scène si nous avions fait ce voyage ensemble, il y a dix ans. Je lui aurais posé mille questions et elle m'aurait au moins apporté quelques réponses.

— Alice, intervient ma mère au bout de quelques minutes. Je dois aller au bureau. Tu es sur les lieux ? Ta grand-mère semble…

Ma mère détourne un instant le regard, puis elle hausse les épaules et sourit à son tour. Cette approbation soudaine me sidère.

— Elle semble heureuse. Très heureuse.

— Tant mieux, je souffle, ravie.

Je repense à l'absence d'acte de naissance.

— Maman, t'a-t-elle déjà dit qu'elle était née dans la maison où elle a grandi ?

— Oui. Elle et ses frères, qui étaient jumeaux, ainsi que sa sœur y ont vu le jour.

Je regarde Zofia qui observe le téléphone, visiblement intriguée.

— Euh..., intervient-elle, pensive. Des jumeaux ?

— Bonjour ! lance ma mère, perplexe. Qui est-ce, Alice ?

Je tourne l'appareil pour montrer Zofia à ma mère.

— Je te présente Zofia. Ma mère, la juge Julita Slaski-Davis.

— Enchantée. Dites-moi, Hanna était-elle la benjamine de la fratrie ?

— Absolument. Elle me racontait qu'elle était la petite dernière, l'enfant gâtée. La notion d'enfant gâtée étant relative, à l'époque.

— Comment s'appelaient ses frères et sœur ?

Pour une fois, ma mère n'est pas sûre d'elle.

— J'ai toujours cru que sa sœur s'appelait Amelia. Sur la liste qu'elle a dressée pour Alice figure le nom d'Emilia, alors...

— Emilia était la petite sœur de Pa, dis-je à ma mère, qui soupire.

— J'ignore comment cela fait sens, mais elle écrivait bien à sa propre sœur. Enfin... je me trompe peut-être.

— Et le nom de ses parents, hasarde Zofia. Vous les connaissez ?

— Seulement le nom de sa mère. Faustina, répond ma mère. L'Église catholique a canonisé une sainte Faustina... Seigneur, il y a peut-être vingt ans, et Babcia était excitée comme une puce.

— Ah ! Sa mère se nommait Faustina et son père...

Zofia sort sa tablette de son sac et consulte l'écran :

— Bartuk, c'est ça ?

Ma mère regarde de côté et je perçois un mouvement hors cadre. Ma mère fronce les sourcils.

— Qu'est-ce qui se passe, Maman ? Tout va bien ?

— Attends une minute, Alice.

Je la vois s'éloigner vers le lit. Elle pose un instant le téléphone, sur la table de chevet, je crois, car je ne discerne que le plafond de la chambre d'hôpital.

— Maman ? Tout va bien ?

L'appareil se met à bouger et je vois un doigt, puis, enfin, le visage de Babcia.

— Coucou, Babcia, dis-je dans un murmure, par habitude.

Elle est en pleine détresse.

— Maman ? Donne-lui la tablette, s'il te plaît. Je crois qu'elle veut dire quelque chose.

— Elle comprend le polonais, n'est-ce pas, me souffle Zofia en tendant la main vers mon téléphone. Vous permettez ?

Elle sourit face à l'écran et parle très distinctement pendant quelques minutes. Une larme coule sur la joue de Babcia, mais elle hoche la tête. Zofia se tourne vers moi, ravie.

— Eh bien, voilà un mystère de résolu.

— Ah bon ?

— Alina Dziak était la dernière enfant de Faustina et Bartuk Dziak. Ils avaient quatre enfants, une fille Truda, des jumeaux et Alina. Je ne me souviens de cette fratrie que parce que les jumeaux et Alina avaient peu de différence d'âge, explique Zofia. Alice, je viens de demander à votre grand-mère si c'est elle, Alina, et elle a hoché la tête.

— Quoi ? Maman, tu entends ça ?

Je vois ma mère tendre la tablette à Babcia et reprendre son téléphone. À l'écran, elle affiche une mine soucieuse.

— Elle s'appelle Hanna, affirme ma mère. Elle est désorientée.

— Je n'ai trouvé aucune trace d'une Hanna dans les registres, ni d'une famille portant son nom de jeune fille dans le secteur, explique gentiment Zofia. Puisque ses frères et sœur sont nés ici, les Wiśniewski auraient laissé des traces dans les archives.

Ma mère secoue la tête. Soudain, j'entends le bruit d'un appareil photo, en arrière-plan. La tablette de Babcia dit *Alina*. Incrédule, ma mère lève les yeux au ciel et retourne son téléphone. Babcia est assise sur son lit, sa tablette sur les genoux, face à sa fille.

Babcia est déterminée. Sur l'écran, elle montre un nouveau selfie portant l'étiquette *Alina*. Impatiente, elle pointe un index sur l'écran, puis sur sa poitrine.

— Nom de Dieu…, dis-je.

— C'est une confirmation, déclare Zofia.

— Non, je n'y crois pas ! persiste ma mère, soucieuse. Alice, je ne comprends pas ! Cela n'a pas de sens. Elle m'aurait menti toute ma vie ? Non, je ne…

— Maman… rappelle-toi, elle voulait que tu me prénommes Alina. Cela fait sens, ça, non ?

Son expression se durcit. Je la dévisage un long moment, puis la tablette de ma grand-mère se remet à parler :

Alina feu Tomasz. Babcia feu Tomasz. Alina feu Tomasz.

— Oh non, elle est fâchée, maintenant, maugrée ma mère. Bon, je vais la calmer. Alice, à plus tard. Il faut que je réfléchisse.

Sans crier gare, elle coupe la communication. Je soupire en me tournant vers Zofia.

— Donc ma grand-mère a pris une fausse identité il y a quatre-vingts ans. C'est bien notre hypothèse ?

— C'est une conclusion logique.

— Pourquoi, d'après vous ?

— Il y a mille explications possibles. Dans la Pologne occupée, les faux papiers étaient une véritable industrie, m'explique Zofia. Elle a peut-être eu des problèmes avec les nazis et besoin de se cacher. Nous n'avons aucun moyen de le savoir, sauf si elle parvient à nous le dire.

Je balaie les lieux du regard. Il n'y a pas grand-chose de plus à voir, mais je n'ai pas envie de partir tout de suite.

— Je vais prendre d'autres photos, dis-je en guise d'excuse pour rester. Pour mon mari et mes enfants.

— Prenez votre temps, Alice. Je vous laisse un peu d'espace, d'accord ? Je vous attends dans la voiture.

Je photographie la ferme sous toutes ses coutures, puis nous retournons en ville. L'adresse suivante est à presque deux kilomètres de la ferme, dans une rue bordée d'arbres.

— Des châtaigniers, commente Zofia. Il y en a plein le parc, au bout de la rue. Quel cadre magnifique ! Du temps de votre grand-mère, ce devait être une adresse prestigieuse.

En voyant les belles demeures anciennes qui bordent la rue, je pense que nous nous rendons vers l'une d'elles. Je suis déçue de constater que l'adresse citée par ma grand-mère correspond à une bâtisse rénovée.

— Nous avons eu de la chance de retrouver la ferme. Ce qu'elle voulait nous montrer a disparu depuis longtemps, déclare Zofia.

— Je ne vois pas quoi faire, à part prendre des photos pour lui montrer la rue de nos jours, je murmure, un peu désemparée.

Nous frappons néanmoins à la porte. Les résidents sont un jeune couple aisé. En vingt ans, la maison a changé au moins deux fois de propriétaire. Cette femme ignore pourquoi ma grand-mère peut vouloir une photo. Elle est chaleureuse et sympathique. Lorsque nous lui expliquons les raisons de notre présence, elle nous propose de visiter les lieux. Dès que je franchis le seuil, je découvre un agencement très moderne. Ce que Babcia recherche a disparu.

Nous partons bredouilles, comme je m'en doutais. C'est un peu décevant après l'exaltation que m'ont inspirée la ferme et la découverte du vrai nom de Babcia. L'heure du déjeuner étant passée depuis longtemps, mon estomac se met à gargouiller. Zofia me propose de faire une pause sur la place de la ville.

— J'ai hâte de voir ce que nous réserve cet après-midi, me confie-t-elle en s'attablant.

Après le repas, je laisse Zofia boire son deuxième café et je m'éclipse dans une allée pour appeler ma famille.

— Tu es où, Maman ? me demande Callie.

La connexion n'est pas optimale, de sorte que son visage est un peu flou à l'écran mais, pour la première fois, je ressens un peu de nostalgie. Je me ressaisis vite pour adopter un ton léger.

— On est dans une petite ville appelée Trzebinia, là où Babcia et Pa sont nés. Comment ça se passe, à la maison ?

— Oh, comme tu l'imagines… Ne t'en fais pas, j'aide davantage Papa maintenant. Il a presque compris les bases. Presque.

Mon rire forcé se transforme en grimace, ce qui attriste Callie.

— Maman, quand Papa voyage pour son travail, il nous manque beaucoup. Avec toi, c'est encore pire.

— Tu me manques aussi, ma puce.

Callie chasse vite les larmes qui lui montent aux yeux. Elle fait soudain bien plus que ses dix ans, ce qui me fend le cœur.

— Bref… Tu as découvert quelque chose de cool, aujourd'hui ?

Je lui parle de la ferme en promettant de lui envoyer des photos. Dès que Wade prend l'appareil, ma nostalgie revient à la charge. Chez moi, je passe une bonne partie de mon temps à me morfondre sur ce qui cloche dans notre couple. À l'autre bout du monde, il m'apparaît clairement que ce n'est pas fichu. Certes, la passion des débuts s'est estompée, mais il demeure mon meilleur ami et je reste désespérément attirée par lui.

— Salut, Wade.

— Bonjour, ma chère et tendre. Tout se passe bien, en Europe ? Ce doit être très glamour…

— Oh oui !

Je retourne l'appareil pour lui montrer l'allée, ce qui le fait rire.

— On a vu la maison d'enfance de Babcia. J'ai appelé ma mère pendant que j'étais sur place pour que Babcia puisse voir sa ferme. C'était dingue. Un très beau moment. Je suis tellement heureuse de faire ça pour elle. Devine quoi ? Babcia s'appelle en réalité Alina.

— Pas possible !

— Je te jure. Ma mère m'a raconté l'autre jour qu'elle avait essayé de la convaincre de m'appeler Alina et qu'elle se demandait où Babcia était allée chercher ce prénom.

— Incroyable ! Tu sais pourquoi elle a changé de nom en immigrant ?

— Pas pour l'instant. Au fait, Zofia est adorable, elle conduit très bien et elle sait un tas de choses. Bien joué.

— Merci, me répond Wade en faisant mine de s'incliner devant l'appareil.

Un silence gêné s'installe entre nous. La maison semble calme, aujourd'hui. Je n'ose pas demander des nouvelles d'Eddie.

— Il est dans sa chambre. Il regarde des vidéos, déclare Wade comme s'il lisait mes pensées, ce qui me rassure. Il va bien, Alice. Je l'ai emmené au bureau, hier, et il a sympathisé avec des membres de l'équipe.

— Vraiment ?

— Bien sûr. Quand on y réfléchit, mon bureau est un lieu idéal pour Eddie. Il n'y a que des règles et tout est inscrit noir sur blanc. Je lui ai remis le manuel de sécurité du visiteur. Il l'a lu en entier et a passé la journée derrière mon bureau à jouer sur sa tablette. Ah, et il m'a accompagné lors d'une réunion. Il est resté tranquille, à jouer avec sa toupie. Aucun de mes collaborateurs n'est très bavard, ce qui a sans doute aidé. Eddie s'est senti comme chez lui.

Wade s'interrompt et hésite un peu avant de reprendre :

— Je me suis demandé pourquoi je n'avais jamais fait ça…

Soudain, je suis troublée car cet aveu me ravit et me soulage à la fois. En même temps, je lui en veux. Ces dernières années, j'ai renoncé à le convaincre de communiquer avec Eddie mais, au début…

À l'époque, j'essayais tout le temps.

Sois classe, Alice. Ne le dis pas.

Ne le dis pas.

— Il y a des années, je t'ai demandé de l'emmener au bureau ! Je t'avais bien dit qu'il aimerait ça et que ton équipe comprendrait. Et toi, tu affirmais que c'était trop dangereux...

Wade se crispe.

— Je sais, admet-il un peu sèchement.

Je dois détourner cette conversation avant qu'elle ne dégénère en querelle, mais je tiens à avoir des précisions concernant mon fils, alors j'adopte un ton plus léger.

— Il a bien dormi, cette nuit ? Il a mangé ?

Wade semble un peu méfiant, à l'écran.

— Hier soir, je lui ai donné sa mélatonine et il a bien dormi. Parfois, il te réclame sur la tablette. Callie lui a montré le calendrier que tu as réalisé.

Son regard s'adoucit et il parvient à me réconforter, ce dont j'ai tant besoin :

— C'est gérable, ne t'en fais pas, chérie. Tout va bien.

L'espace d'un instant, je ne pense qu'à mon pauvre Eddie, perdu sans moi, qui me réclame sans comprendre pourquoi j'ai disparu pendant qu'il était à l'école, un jour. En sentant une tension m'envahir, je me dis que cela aurait pu être bien pire. Je m'attendais à pire, en réalité. Et ce voyage a déjà donné du positif. Wade pourrait emmener Eddie à son bureau de temps à autre, si j'étais malade ou incapable de jongler avec les emplois du temps des deux enfants...

Ma vie serait si différente.

J'aurais une solution de secours, une occasion d'avoir un peu de répit, j'aurais quelqu'un qui prendrait le relais, avec qui partager les hauts et les bas. Je n'ai jamais rien souhaité d'autre.

J'ouvre la bouche pour dire quelque chose de cet ordre mais, à cet instant, une pile d'objets n'ayant rien à faire là attire mon attention, en arrière-plan.

— Wade… qu'est-ce que je vois sur le comptoir ?

Il se retourne et hausse les épaules.

— De boîtes de soupe.

— Que font ces six boîtes de soupe sur le plan de travail ?

— Je n'en sais rien, Alice. Je ne les avais pas remarquées. Je suppose que c'est Eddie qui les a mises là… pour une raison quelconque.

Je ne vois qu'une seule raison : il fait cela quand il a faim et que je suis en retard ou occupée et qu'il veut que je me dépêche. S'il y a six boîtes, c'est qu'il a réclamé son repas sans l'obtenir, alors il a tenté d'accélérer les choses en sortant une boîte, puis une autre, et une autre.

— Qu'est-ce qu'il a mangé, ces deux derniers soirs ?

Mon ton est dur. Toute ma gratitude s'est envolée. Wade sent que je suis passée en mode « tigresse ». Il est sur la défensive.

— Le premier soir, je lui ai donné un burger, comme Callie et moi, et hier des macaronis au fromage.

— Il a mangé du yaourt, hier ?

— C'est bon, Alice ! rétorque-t-il sèchement. Il mange. Je gère. Un peu de variété ne peut que lui faire du bien. Tu crois que c'est sain, pour lui, de ne consommer que deux aliments ?

— Parce qu'un burger et des macaronis au fromage, c'est diététique, peut-être ? Fais-lui chauffer sa soupe. Je me doutais que tu ferais ça ! Wade, il ne mange rien de solide ou en morceaux. Il a des…

— C'est bon, je vais lui donner sa soupe ! coupe Wade d'un ton qui se veut conciliant.

Il se rend compte que la tension sous-jacente est sur le point d'exploser. Même sa voix m'exaspère, à présent, car il ne concède pas que j'ai raison. Il veut simplement éviter une prise de bec à huit mille kilomètres de distance.

— Je n'avais pas remarqué ces boîtes, voilà tout. Je croyais que cela lui ferait du bien de manger autre chose, d'essayer de nouvelles textures. Il ne va pas mourir de faim et il s'est gavé de yaourt, malgré la nouvelle étiquette…

— Tu ne peux pas modifier ses rituels, Wade ! J'ai travaillé des années pour en arriver là.

— Alice, dit-il d'un ton glacial, je fais de mon mieux, d'accord ? On a décidé que tu ferais ce voyage et que je gérerais les choses à la maison, et à ma façon. J'ai commis une erreur avec la soupe, mais je vais la réparer dès aujourd'hui.

Cette descente rapide est aussi frustrante que la montée en puissance car je tiens à lui faire comprendre combien il est important qu'Eddie mange cette soupe. Zofia me rejoint. Elle regarde son propre téléphone et ne me prête pas attention. Cependant, elle a entendu la fin de ma conversation et je suis gênée. Je pousse un long soupir et me détourne un instant, au bord des larmes.

— Je dois y aller.

— Tu ne veux pas parler à Eddie ? me demande-t-il, les sourcils froncés.

Je secoue la tête et une larme coule le long de ma joue. Je suis trop bouleversée pour parler à mon fils et il ne serait pas dupe. Je ne veux pas le traumatiser davantage.

— Non. Zofia m'attend et on a des choses à faire. Je vous appellerai peut-être ce soir.

— Bonne journée, Alice, conclut-il, tendu.

— À toi aussi.

Quand il a décroché, il me manquait, mais à présent je suis soulagée de mettre un terme à cette conversation.

Je suis tellement frustrée que je mets quelques minutes à me rendre compte que j'ai interrompu mon mari alors qu'il évoquait la nouvelle étiquette du yaourt Go-Gurt.

En y réfléchissant, j'ai bien l'impression qu'Eddie a mangé du yaourt dans le nouvel emballage, ce qui me semblait totalement impossible.

31

Alina

TOMASZ ET MOI ÉTIONS EN TRAIN DE REMPLIR des seaux de provisions pour les porter à Saul et Eva quand il s'interrompit soudain pour me fixer.

— Saul et Eva pourraient venir ici. Ainsi, ils bénéficieraient de toutes les réserves.

— Jan nous permettra de les faire sortir, tu crois ?

Il grimaça puis secoua la tête.

— Non. Il serait furieux qu'on le réveille.

— Ils ne peuvent pas sortir par la trappe ? insistai-je.

— Tikva, c'est sûr. Peut-être pourrait-on arracher quelques lattes de plus. Il ne faudrait pas grand-chose. Jan ne serait pas content. Il suffirait de ne pas le réveiller et il ne s'en rendrait compte que demain matin. C'est une solution à court terme, mais ils seraient bien plus à l'aise ici, ne serait-ce que pour quelques nuits.

Il se tut, pensif, et prit sa décision :

— Alina, je pense y arriver.

— Mes parents n'y verront pas d'inconvénient, répondis-je sans réfléchir. Enfin… s'ils arrivent à rentrer.

Tomasz me regarda tristement. Cela valait la peine d'essayer, d'autant qu'il nous restait un peu de temps. Nous partîmes donc dans la nuit vers l'arrière de la maison voisine. Tomasz posa un index sur ses lèvres et chercha des yeux la pierre indiquant que la voie était libre. Il se redressa, perplexe, et me fit signe de ne pas bouger avant de gagner l'avant. Je restai en retrait pour l'observer de loin.

Les épaules voûtées, il tourna au coin de la bâtisse. Quand il réapparut, je distinguai son visage, au clair de lune. La douleur qu'il exprimait me coupa le souffle. Tomasz ne cherchait plus à se cacher. Au contraire, il s'écartait du mur, la main tendue, comme s'il la tendait vers quelqu'un.

Bien qu'il m'ait ordonné d'attendre, j'en étais incapable, surtout après avoir vu son expression. Je fis le parcours, à pas de loup.

— Non, Tomasz, fit alors une voix rauque dans le silence de la nuit. Il ne faut pas venir ici. Ils se sont renseignés sur toi. Et s'ils venaient te chercher ?

— Si tu crois que je vais te laisser endurer ça seul, rétorqua Tomasz, tu te trompes, mon frère.

D'instinct, je me précipitai vers Tomasz et pris mon courage à deux mains pour regarder la façade.

Dans un premier temps, la scène qui se déroulait sous mes yeux ne fit aucun sens. Au clair de lune, Saul était assis sur la première marche du perron, le corps inerte d'Eva sur ses genoux. Je décelai le visage de la petite Tikva, nichée entre ses parents. Saul exprimait une douleur infinie. De plus près, je le vis cligner les yeux, le souffle court.

— Saul…, fit Tomasz. Que s'est-il passé ?

Saul se tourna vers lui, le regard vague. Soudain secoué de sanglots, il serra plus fort sa femme et sa fille contre lui.

Je ne parvenais pas à détourner les yeux, mais je n'osais pas m'avancer, non plus. Tomasz s'assit à côté de son ami et le prit par les épaules.

— Saul, fit-il d'une voix brisée. Je suis désolé pour toi, mon ami.

— Les soldats étaient au courant, même pour toi et Nadia, hoqueta Saul, affligé. Ils m'ont tout pris. Je n'ai plus de raison de vivre. Sauve-toi et laisse-moi mourir, je t'en prie, laisse-moi mourir…

Tomasz s'attarda si longtemps sur cette marche que mes jambes s'engourdirent. Je finis par m'asseoir par terre, sans m'approcher d'eux, en partie parce que le spectacle des cadavres et l'odeur du sang me donnaient la nausée.

Chaque fois que je fermais les yeux, je voyais le visage de Tikva, figé dans la mort. Lorsque je l'avais prise dans mes bras, elle dormait. L'innocence de ce moment… Le pire, c'était que cette image faisait partie de moi, désormais. Je le savais d'expérience après avoir été témoin de la mort du maire et d'Aleksy. Je ne serais plus la même.

Enfin, Tomasz se leva et vint à ma rencontre, le visage inondé de larmes. Il m'enlaça, tremblant de la tête aux pieds.

— Alina, j'ai quelque chose à te demander. Peux-tu attendre ici, avec lui ?

— Attendre ? fis-je en regardant Saul et les deux cadavres, devant la maison. Où vas-tu ?

— Il est couvert de leur sang, murmura Tomasz. Je retourne chez toi chercher de quoi l'habiller.

— On pourrait y aller tous, l'emmener.

— Il faut…

Tomasz s'interrompit et baissa les yeux, avant de reprendre :

— Il faut les enterrer d'abord, mon amour. Elles méritent bien ça.

Je fermai les yeux le temps de me ressaisir.

— À l'intérieur, il doit y avoir les vêtements de Jan…, hasardai-je avec espoir.

— Jan est responsable de la mort d'Eva et Tikva, Alina. On ne peut pas lui demander ça.

J'eus envie de refuser, ce qu'aurait fait l'ancienne Alina, mais j'étais déterminée à me comporter en adulte, désormais, à rendre Tomasz fier de la femme que j'étais. Cependant, il était difficile d'accepter de rester seule avec un homme et deux cadavres dans un endroit où les nazis venaient de passer et où ils risquaient de revenir.

— On ne peut pas le mettre à l'abri, au moins ?

— L'intérieur est…

La voix de Tomasz s'éteignit.

— N'y entre pas, mon amour. J'ai regardé par l'entrebâillement de la porte. Ce n'est pas beau à voir.

Il écarta mes cheveux de mon visage.

— Je ne crois pas qu'ils reviendront, ce soir, Alina. Saul n'arrive toujours pas à me raconter ce qui s'est passé, mais soit ils l'ont délibérément laissé en vie, soit il s'est caché. Si les nazis reviennent, ce sera à bord d'un véhicule. Tu verras les phares, tu entendras le moteur. Dans ce cas, emmène-le dans la grange, d'accord ?

Le souffle court, je hochai la tête, morte de peur. Tomasz me désigna Saul pour m'encourager à le rejoindre. Étouffant un sanglot, je m'approchai des cadavres en me jurant de ne plus regarder le bébé et de rester assise à côté de Saul en faisant comme si le bébé n'était pas là.

Je fus incapable de ne pas regarder. Je gardai même les yeux rivés sur Tikva. L'odeur du sang était si entêtante que j'eus toutes les peines du monde à ne pas céder à une nausée. Enfin, je parvins à m'asseoir à côté de Saul, comme Tomasz.

— Bonjour, Saul, c'est Alina. Tomasz va te chercher des vêtements propres et je vais te tenir compagnie en attendant. Tu n'es pas seul. Nous sommes avec toi.

Lorsqu'il se tourna vers moi, je vis qu'il avait le regard trouble.

— Merci, c'est gentil, Alina, balbutia-t-il. Je ne sais pas s'ils ont arrêté Jan ou s'il nous a dénoncés. Il a dû leur cracher le morceau, leur raconter où on se cachait, comment on survivait... Ils voulaient qu'on dénonce Tomasz et ont dit à Eva qu'ils la libéreraient si elle leur disait où le trouver, mais elle était bien trop intelligente, ma femme. Si belle, si brillante... Puis ils lui ont arraché Tikva des bras...

— Tu n'as pas à me le raconter, murmurai-je vivement.

Il ne parut pas m'entendre.

— Ils l'ont jetée à terre et lui ont tiré dans la poitrine parce qu'ils croyaient qu'on parlerait. Ils ne comprenaient donc pas ? Tikva morte, nous n'avions plus de raison de vivre. Et puis Eva...

Je me rendis compte qu'il ne s'adressait pas vraiment à moi. Je vivais la même expérience qu'avec Emilia, le dimanche, sur le perron de la ferme. Comme la fillette, Saul avait besoin de parler à quelqu'un du sort de sa famille. Je me trouvais là, en tant que témoin, au moment où il était prêt à se livrer.

— Eva était hystérique. Le soldat qui la tenait l'a projetée contre le mur et, aussitôt, elle s'est tue. J'ai vu que son crâne était... j'ai essayé, mais... il était... non. J'espérais être le suivant à mourir et que nous puissions partir ensemble dans l'au-delà. Je n'ai pas bougé, je n'ai pas tenté de partir en constatant qu'elles étaient mortes. Le sergent était furieux de voir que je ne luttais pas. Il a ordonné aux autres de ne pas me tuer. Selon lui, me laisser mourir à petit feu était un châtiment encore pire. Je les ai implorés de m'abattre. Je voulais rejoindre ma famille.

Que dire ? Je ne trouvai rien d'autre à faire que de le prendre par les épaules, comme Tomasz un peu plus tôt. Brisé, il se pencha en avant et reprit :

— Dieu doit m'en vouloir pour me laisser souffrir autant…

— Ne dis pas ça ! m'exclamai-je.

Saul sursauta comme s'il venait seulement de remarquer ma présence. Je regrettai aussitôt mon ton brusque. Je ne savais que trop bien qu'il fallait s'accrocher au moindre espoir pour survivre aux ténèbres. Je ne pouvais rien faire pour Saul à part le tenir par les épaules.

— Si Dieu t'a laissé en vie, c'est qu'elle a un sens. Tu as encore des choses à accomplir sur cette Terre. Accroche-toi à ce qui te reste, Saul. Et s'il ne te reste que ta foi, accroche-toi de toutes tes forces, tu m'entends ?

L'espace d'un instant, je crus être allée trop loin et j'eus des scrupules. De quel droit parlais-je de sa foi à cet homme juif en présence des cadavres de sa femme et sa fille ? Saul hoquetait de plus en plus fort, puis il hocha la tête et se tourna vers les champs.

Soudain, des mots jaillirent de sa bouche, dans une langue que je ne comprenais pas. Peu importaient les traditions, en cet instant. L'intensité de sa souffrance transcendait nos différences. Nous n'étions plus une catholique et un juif, nous n'étions plus un homme et une femme, nous étions deux êtres humains sous le choc d'un acte inhumain.

Je fermai les yeux pour ne pas regarder le visage du bébé et, la tête baissée, je me mis à prier avec Saul.

Tomasz revint avec deux seaux pleins de provisions et des vêtements propres. Il vida les seaux et alla puiser de l'eau. Je demeurai en retrait pendant que mon Tomasz aidait son ami à nettoyer les dépouilles, puis à faire une toilette sommaire.

Saul insista pour creuser lui-même les tombes, mais il était trop faible et dut accepter l'assistance de Tomasz. Quand il n'en pouvait plus, Saul s'interrompait et Tomasz prenait le relais. Ils n'avaient pas le temps de creuser très profond. Ils cherchaient simplement à donner à Eva et Tikva une sépulture décente.

Saul mit d'abord sa femme en terre. Avec un calme apparent, il posa sa dépouille en lui parlant à voix basse, puis il l'embrassa sur le front. Lorsque Tomasz lui tendit le nourrisson, Saul se remit à pleurer à chaudes larmes. Il plaça l'enfant sur le torse de sa mère et enroula les bras de son épouse autour d'elle. Au dernier moment, Saul se pencha pour lui prendre un petit chausson en cuir. Enfin, il se releva à contrecœur. Je sentais son envie de rester avec elles.

Quand Tomasz eut comblé la fosse, Saul s'agenouilla pour prier entre deux sanglots, serrant le petit chausson de cuir sur son cœur.

Tomasz essuya ses propres larmes et me rejoignit.

— Le temps presse, murmura-t-il.

— Je sais, mais on ne peut pas le laisser là. Y a-t-il quelqu'un chez qui on pourrait l'emmener ?

Tomasz s'écarta de moi, sans un mot.

— Non, compris-je d'instinct. On ne peut pas rester ici, tu l'as dit toi-même. Si nous restons…

— Il n'est pas question pour *nous* de rester, coupa-t-il. Ce pays n'est pas sûr pour toi. Ils ont ton nom, ton signalement. Tu dois partir, Alina.

— Ils savent qui tu es, toi aussi ! Tu n'as donc pas entendu Saul ? C'est la raison pour laquelle nous devons partir.

— Ils savent qui je suis et ils ne tarderont pas à identifier Emilia, admit-il.

Je n'y avais pas pensé. Je sentis mon cœur se serrer.

— Je dois intimer à mes autres amis de fuir, prévenir ta sœur de mettre Emilia à l'abri. Mais…

Il m'agrippa par les bras et plongea dans mon regard.

— Alina, il faut absolument que tu partes. On ne peut pas laisser filer cette chance.

— Quoi ? Jamais ! Je n'irai pas seule.

Il m'implorait de ses beaux yeux verts, la voix brisée par un sanglot.

— Je sais. Je sais que c'est trop te demander. Et pourtant, je vais t'en demander davantage encore.

Je le vis tourner les yeux vers Saul, toujours agenouillé près de la tombe.

— Tomasz…

— Il est faible et en état de choc. Tu vas devoir le soutenir, au propre comme au figuré. Quand il ira mieux, tu constateras qu'il est très compétent. Il a un savoir immense. Il peut faire beaucoup de bien autour de lui, aider des centaines, des milliers de gens. Je serais impardonnable de partir ce soir alors qu'il peut prendre ma place.

— Non ! Ne me demande pas ça !

— Je t'en prie, mon amour.

— Je ne peux pas partir sans toi.

— Je t'en supplie, Alina.

Je perçus un changement dans sa voix. Sa décision était prise et rien ne pourrait l'infléchir.

— Comment cela serait-il possible ? Il a des papiers, au moins ? De toute façon, il est juif et ne pourra jamais entrer dans le camp.

— On ne peut pas prendre le risque, murmura Tomasz.

Il me relâcha doucement et sortit de la poche de son pantalon un document qu'il me montra. Au clair de lune, je reconnus son passeport, avec une minuscule photo de lui, sombre et délavée. Méconnaissable.

— Il date d'avant mon départ pour l'université, quand mon père m'emmenait en vacances. Nul ne verra la différence, au camp. Cette photo ne ressemble à personne, surtout sans barbe. Saul est plus brun que moi, mais… je suis sûr qu'elle peut passer.

— Je ne veux pas…

— Ce n'est pas définitif, assura Tomasz, au désespoir. Dès que mes autres protégés seront en sécurité, dès qu'Emilia et ta sœur seront en sécurité, je te rejoindrai. Henry m'obtiendra de faux papiers et on se reverra à Bouzoulouk.

Nous étions en larmes, enlacés, chacun cherchant à convaincre l'autre.

— Je n'ai pas la force de faire ça. Je n'ai pas ce courage. Je ne suis pas intelligente…

— Si, Alina. Tu possèdes ces qualités et plus encore. Tu es le feu qui me fait vivre et tu as peuplé mes rêves durant cette guerre. Tu es tout, pour moi. Je te connais mieux que quiconque et c'est pourquoi je te fais confiance. Je t'implore d'emmener cet homme en lieu sûr.

Comment refuser ? J'en mourais pourtant d'envie. J'étais prête à m'accrocher à lui, quitte à en mourir.

Mais je ne voulais pas le décevoir. Même à l'époque, je comprenais que Tomasz avait besoin d'agir ainsi. Avant que nous ne puissions démarrer une nouvelle vie ensemble, il devait se libérer de sa culpabilité d'avoir fait partie de la Wehrmacht à Varsovie. Face au malheur absolu qui frappait Saul, Tomasz ne pouvait renoncer à cette occasion de sortir de l'enfer cet homme qui en avait fait autant pour lui, naguère.

— Je t'en prie, mon amour.

Je pris sa tête entre mes mains pour l'embrasser. Mon baiser lui dit ce que je n'avais pas le temps d'exprimer.

— Nous nous retrouverons toujours, Alina. Notre amour est plus fort que cette guerre, je te le promets.

32

Alice

L'adresse suivante sur la liste de Babcia nous conduit dans un centre médical, un bâtiment ancien situé à l'angle de deux rues tranquilles. Cette bâtisse prestigieuse est superbement restaurée. Une rampe mène à l'entrée, dont la porte vitrée est automatique. D'après Zofia, l'enseigne indique simplement « centre médical de Trzebinia ». Aucun des médecins cités ne se nomme Slaski.

— Ç'aurait été trop beau, s'esclaffe Zofia.

Mon regard se pose sur une plaque en bronze, près de l'entrée, car le nom de « Slaski » y figure et le texte n'est pas en polonais.

— Peut-être pas, dis-je en désignant la plaque.

Zofia traduit :

— En mémoire du Dr Aleksy Slaski, exemple de courage et d'engagement, 1939. Hum… nous sommes peut-être sur la bonne voie, finalement.

Je photographie la plaque et l'immeuble, puis je suis mon guide à l'intérieur. En ce milieu d'après-midi, seuls deux patients attendent. Derrière la réception sont assis un homme et une femme, qui ôte son casque et pose sur moi un regard appuyé qui me met mal à l'aise. Mon apparence trahit-elle à ce point le fait que je ne suis pas d'ici ? Zofia les salue en polonais et me présente.

— Alice vient des États-Unis pour retrouver ses ancêtres, explique-t-elle en anglais. On pense qu'Aleksy Slaski a pu être son arrière-grand-père.

— Hélas, c'est impossible, assure la jeune femme avec un sourire contrit.

— Pourquoi ? s'étonne Zofia.

— Eh bien, Aleksy Slaski était mon arrière-grand-père et ma grand-mère était fille unique.

Dans un premier temps, je ne sais pas si je dois être déçue ou troublée, mais j'ai besoin d'en savoir plus.

— Votre grand-mère était Emilia ?

Elle semble étonnée.

— Oui, c'est bien elle…

Mon cœur s'emballe. Nous avons un lien avec quelqu'un qui figure sur la liste de Babcia. Et d'après ses propos, Emilia est vivante !

— C'est formidable ! J'espérais retrouver sa trace…

— Nous devrions discuter en privé, murmure la jeune femme. Suivez-moi, je vous prie.

Elle nous fait entrer dans une salle de réunion et referme la porte derrière nous. Malgré son sourire poli, elle a les bras croisés et les yeux légèrement plissés.

— Que voulez-vous à Emilia, au juste ? De l'argent ?

— Oh non, pas du tout ! Je ne veux qu'entrer en contact avec elle. Tomasz Slaski, mon grand-père, était son frère.

— Je regrette, c'est impossible, persiste-t-elle, de plus en plus méfiante.

— Mais je…

— J'ignore d'où vous tenez vos informations car Tomasz Slaski est mort en 1942, coupe-t-elle.

J'échange un regard perplexe avec Zofia.

— Je me rends parfois sur sa tombe, avec ma grand-mère.

— Mais…

Des souvenirs ressurgissent. Je pense aux baisers de mon grand-père, à son rire qui illuminait une pièce. Il aimait la vie. Il la prenait même à bras-le-corps et ne manquait pas une occasion de faire le bien, de donner de l'amour. Cette jeune femme qui n'en sait rien me regarde à présent avec compassion.

— Tomasz est un nom courant en Pologne. Slaski aussi. Vous vous trompez de famille.

— Votre arrière-grand-mère se prénommait Julita, non ? intervient Zofia.

— Oui, mais…

— Il doit y avoir confusion. Nous disposons de faits avérés, poursuit Zofia. J'ai effectué des recherches généalogiques de mon côté. Aleksy et Julita Slaski étaient bien les parents de Tomasz Slaski né en 1920, le grand-père d'Alice.

— Je suis désolée, insiste la jeune femme, un peu sur la défensive. Je ne me trompe pas non plus. Pas sur ce sujet.

Au bord du désespoir, j'essaie un autre angle d'attaque.

— Comment vous appelez-vous ?

— Lia Truchen.

— Ravie de vous rencontrer, Lia, dis-je pour dissiper toute tension et repartir sur de nouvelles bases. Voyez-vous, ma grand-mère a quatre-vingt-quinze ans et elle est malade. Elle a quitté la Pologne pendant la guerre et n'a jamais pu revenir. D'après ma mère, elle envoyait des lettres à Emilia, des centaines de lettres, au fil des années, après la guerre, pour reprendre contact. Nous ignorons ce qu'elle voulait, au juste, mais c'était très important à ses yeux.

— Emilia est très âgée, elle aussi, et ne va pas bien non plus, répond Lia. Vous comprendrez que je n'aie pas envie de la bouleverser. Si elle ne répondait pas aux lettres de votre grand-mère, elle devait avoir une raison.

Lia s'efforce de rester polie. Elle m'implore du regard et je comprends qu'elle protège sa grand-mère. Cela ne signifie pas que je vais baisser les bras.

— Si vous lui téléphoniez, peut-être…

— Emilia est très fragile, réplique Lia plus fermement.

— Peut-être que…

La situation m'échappe. Il me faut regagner les faveurs de Lia.

— Loin de moi l'idée de faire de la peine à qui que ce soit, mais si vous parliez de ma grand-mère à la vôtre, cela l'intéresserait peut-être.

— Qui est votre grand-mère ?

— Elle s'appelle Hanna Slaski…, dis-je machinalement.

— Avant son mariage, elle s'appelait Alina Dziak, précise Zofia en même temps que moi.

— Alina ou Hanna ?

Lia ne cache plus ses soupçons.

— C'est compliqué, dis-je avec un soupir.

Je lui relate nos découvertes de la matinée.

— Le problème, c'est qu'Emilia peut la connaître sous le nom de Hanna ou Alina. En tout cas, c'est une Slaski puisqu'elle a épousé mon grand-père.

— Ce serait Alina Slaska si elle a épousé un Polonais, corrige Lia.

Zofia me le confirme d'un hochement de tête.

— En Pologne, un homme s'appelle Slaski et sa femme Slaska. Mes clients américains sont toujours étonnés car les émigrés abandonnent cette coutume.

— Peu importe. Je ne la connais pas. Ma grand-mère n'a jamais parlé d'elle, soupira Lia. Je persiste à croire que vous vous trompez de famille... ou de ville.

— Non. Ma grand-mère a bien évoqué Trzebinia et nous avons retrouvé sa maison d'enfance. Tous les autres éléments correspondent.

Je me tourne vers Zofia :

— Quelque chose m'aurait échappé ?

— Tout correspond, me confirme-t-elle en posant un regard perplexe sur Lia. Alice et moi sommes sûres de nos informations. L'erreur ne serait-elle pas de votre côté ?

— Vous comprenez combien il serait perturbant pour ma grand-mère de quatre-vingt-sept ans d'apprendre qu'une Américaine pense que son bien-aimé frère aîné a vécu soixante-quinze ans de plus qu'elle ne le pensait ?

Lia ne se montre pas impolie et elle ne nous met pas dehors, enfin pas franchement. Néanmoins, Zofia et moi nous retrouvons vite devant le centre médical, au soleil.

— Cette famille doit être fortunée, commente ma guide.

— Mais nous lui avons garanti que je ne voulais pas d'argent !

— Si vous êtes la petite-fille de Tomasz, il avait peut-être droit à une part de l'héritage d'Aleksy. Cela m'étonnerait qu'elle ait inventé cette histoire de cimetière.

— Que faire, à présent ?

Zofia réfléchit, puis elle secoue la tête.

— Les archives d'état civil sont parlantes : un seul Tomasz Slaski est né dans cette paroisse. Notre unique piste est l'histoire de Lia.

— Il s'agit peut-être de deux familles du même nom, après tout.

— Dans une petite ville comme celle-ci, quelles sont les chances de trouver deux Aleksy Slaski ayant épousé une Julita et ayant eu deux enfants nommés Emilia et Tomasz ?

— Eh bien... ce sont des noms courants ?

— Pas à ce point-là ! s'esclaffe Zofia.

Je me tourne vers l'entrée du centre médical.

— Attendez-moi là et si elle me jette à la rue, rattrapez-moi avant que je m'écroule sur les pavés !

Je retourne donc à la réception. Penchés l'un vers l'autre, Lia et son collègue chuchotent fébrilement et ne remarquent pas immédiatement ma présence. Dès qu'elle relève les yeux vers moi, je débite d'une traite :

— Lia, je comprends que vous protégiez votre grand-mère, j'en ferais autant, à votre place. Hélas, Babcia n'a plus beaucoup de temps à vivre et elle m'a chargée de venir ici pour chercher quelque chose, j'ignore quoi. Emilia pourrait peut-être m'éclairer. Qui sait ? Vous voulez bien y réfléchir, au moins ? Dites-lui simplement qu'Alina Dziak ou Hanna Wiśniewski cherche à la joindre. C'est tout. Et...

Lia me fusille du regard tandis que je prends un stylo et un Post-it pour griffonner mon nom et mon numéro de portable.

— Je suis en Pologne pendant quelques jours encore. Appelez-moi à n'importe quelle heure.

Lia hésite mais je soutiens son regard. Elle finit par acquiescer. Soulagée, je la remercie et je tourne les talons pour filer avant qu'elle ne change d'avis. À l'extérieur, Zofia me dévisage et se met à rire.

— Qu'est-ce que vous lui avez raconté ?

— J'ai simplement veillé à ce qu'elle puisse me contacter si elle en a envie. Je ne peux rien faire de plus, non ?

Dans la soirée, après un dîner au restaurant de l'hôtel arrosé d'un verre de vin, je téléphone à ma mère. Elle est en route pour l'hôpital et me semble étonnamment réservée.

— Bonjour, Alice.

— Salut, Maman. Tu as passé une bonne journée ?

— Oui, me répond-elle, distante.

— Tout va bien, avec Babcia ?

— Oh, ça va, soupire-t-elle. Je suis fatiguée et un peu désorientée par cette histoire d'identité secrète. Je ne comprends pas pourquoi elle ne m'a pas parlé de ce changement de nom.

— Je sais. C'est dommage. Je ne sais pas quoi te dire, Maman.

— J'espère qu'elle se remettra pour s'expliquer. Ton amie ou un interprète pourrait l'interroger, mais à quoi bon ? Il existe un tas de raisons de changer de nom, alors on devra se contenter d'hypothèses. Il n'existe pas d'icône adaptée dans l'appli de communication.

Sa voix s'éteint, puis elle reprend :

— Comment se passe ton expédition en Pologne, sinon ?

— Bien. On a découvert qu'Emilia Slaski était toujours en vie. Aujourd'hui, on a rencontré sa petite-fille, qui s'appelle Lia.

— Tu vas parler à cette Emilia ? Elle nous apprendra peut-être ce qui est arrivé à Babcia.

— En fait, c'était un peu bizarre. Lia nous a affirmé que Tomasz, le frère d'Emilia, était mort en 1942, ce qui ne peut être le cas.

— Tu crois qu'il y a eu confusion ?

— Quelque chose n'est pas clair, en tout cas. D'après Zofia, elle a sans doute eu peur que je ne revendique une part d'héritage, mais… mon instinct me dit qu'il y a autre chose.

— Parfois, il faut se fier à son instinct. Alice, puisque tu es en Pologne en dépit de ma… réprobation subtile…

Je pouffe et je la sens sourire.

— Je vais te rappeler ce que tu sais sûrement déjà : frapper à une porte ne suffit pas toujours.

— Que faire alors ?

— Quand on veut vraiment quelque chose, il faut parfois défoncer la porte, me répond-elle.

— Ce pourrait être ta devise, Maman.

Elle se met à rire.

— Et comment ! Bon, j'arrive à l'hôpital donc je vais te laisser. On se parle demain ?

— D'accord. Merci, Maman.

À l'issue de cette conversation, je repense à son conseil. À la maison, je l'applique au quotidien pour procurer aide et soutien à Eddie, mais quand il s'agit de communiquer avec l'homme dont je partage le lit, c'est une autre histoire. Pourquoi n'ai-je pas affronté nos tensions conjugales, ces dernières années ? C'est pourtant l'exemple que j'ai reçu. Il n'est pas normal qu'il y ait tant de non-dits au sein de mon propre foyer.

Au lieu d'appeler Wade, je procrastine en prenant un bain. Chez moi, je n'ai jamais le temps d'observer notre famille en prenant du recul, d'un regard objectif. Je m'interroge à présent sur notre schéma familial, sur mon ressentiment envers Wade, ce sentiment terrible qui se mêle à ma culpabilité quant à mon rôle de mère au foyer. Si je suis le pivot de notre vie domestique, je ne contribue en rien aux finances, contrairement à ce que j'envisageais. Je suis à la fois responsable des opérations et entretenue malgré moi. J'ai laissé cette tension s'installer peu à peu. Pourquoi ne suis-je pas plus déterminée ? Pourquoi n'ai-je pas abordé le problème des relations entre Wade et Eddie ? J'aurais dû exiger qu'il fasse sa part en tant que parent.

Hélas, je suis terrifiée par ce que j'ai à perdre, si je le faisais.

Je m'accroche sans doute un peu trop à ce que je peux contrôler, comme les rituels quotidiens que j'ai mis en place pour Eddie, les tâches domestiques que j'aime faire à ma façon. Au-delà de ça, il y a trop de choses que je ne maîtrise pas. J'essaie de contrôler le monde qui entoure Eddie car je ne peux pas le changer, lui.

Je ne peux réparer Eddie parce que Eddie n'est pas cassé. Il est simplement différent et il le sera toujours. Il est comme ça. Mon existence sera toujours ainsi car Callie va grandir et quitter la maison. Eddie, lui, ne sera jamais indépendant.

Pas une fois je n'ai regretté la vie que j'aurais pu mener et encore moins le fils que je pensais avoir. J'ai immédiatement accepté celui que j'avais, au contraire de mon mari.

Une vague de manque me submerge au point que j'ai envie de filer à l'aéroport pour sauter dans le premier avion. J'ai envie de prendre Wade et les enfants dans mes bras pour ne plus les lâcher. Même Wade. Surtout Wade. Nous avons besoin l'un de l'autre afin de trouver un certain équilibre.

Je suis impatiente d'entendre la voix de mon mari et d'apaiser mon stress avant d'aller me coucher. Il est vingt-deux heures à Cracovie, donc seize heures à la maison. En ce mercredi, Wade et Eddie doivent être en train de regarder Callie pendant son cours de danse classique. Je sors de mon bain et me drape dans un peignoir pour téléphoner. D'emblée, je comprends qu'ils ne sont pas au cours de danse.

— Wade ?

— Eddie, je t'aime ! dit la voix d'Eddie, étonnée et joyeuse.

Son visage apparaît sur l'écran. Il tient l'appareil bien trop près. Il semble euphorique. Ses grands yeux verts pétillent de joie. On dirait qu'il vient de recevoir un cadeau merveilleux et que mon appel est la cerise sur le gâteau. Je reconnais alors le mur de briques, derrière lui.

— Coucou, chéri ! Papa t'a amené à la gare.

— Salut, Alice ! lance Wade. Comme ça ne servait pas à grand-chose de regarder Callie danser, on est allés se promener. À l'approche de la gare, Eddie s'est mis sur pilote automatique et m'a entraîné jusqu'ici. J'en conclus que vous venez de temps en temps.

Jamais je n'emmènerais Eddie faire une promenade improvisée. Je ne prendrais pas un tel risque, de peur qu'il ne fasse une crise ou ne s'enfuie. Je planifie nos sorties comme un enseignant prépare une sortie scolaire. Je prévois tout, j'inscris les détails sur l'agenda visuel, j'évalue les risques, établis diverses hypothèses.

En conséquence, je ne vois jamais cette joie, cet étonnement sur le visage d'Eddie, ce que Wade a réussi à susciter. Avec moi, la vie d'Eddie est sans surprise. Je ressens une jalousie qui me sidère.

— On y va le vendredi matin s'il reste à l'école le jeudi. On se gare à la même place que pour aller au cours de danse, alors il connaît le chemin.

Le regard d'Eddie se détourne de l'écran pour se concentrer sur quelque chose qui se trouve devant lui. À son excitation grandissante, je devine qu'un train est à l'approche.

— Qu'est-ce que tu as prévu pour ce soir ?

— De la soupe, répond Wade.

Je ne le vois pas à l'écran mais je décèle un soupçon d'amertume dans sa voix.

— C'est pour ça que tu appelles ? Pour me fliquer ?

— J'appelle parce que j'ai passé une journée troublante et pleine d'émotions et que j'avais envie d'entendre ta voix.

Au bout d'une minute, il me fait une réflexion et je suis sur la défensive ! Mon amertume est à la hauteur de la sienne. Pas étonnant que nous en soyons là. Aucun de nous n'est prêt à faire un pas vers l'autre. C'est plutôt un pas en avant, un pas en arrière. Ce soir, je ne veux pas me disputer avec lui. Je ne suis pas de taille, psychologiquement.

Je reprends d'un ton qui se veut posé :

— Ce n'est pas le moment d'en discuter. On en reparle demain.

Le visage d'Eddie disparaît de l'écran pour faire place à celui de Wade. Il a les yeux cernés et, pour la première fois, un jour de semaine, il n'est pas rasé.

— Ne raccroche pas, Ally, murmure-t-il. J'ai quelque chose à te dire. Prépare-toi à un choc.

Je sens qu'il va faire une plaisanterie et je ris d'avance.

— Je suis prête. Vas-y.

— Deux gosses sont bien plus difficiles à gérer que trois cents rats de laboratoire. Ce n'est pas une sinécure, loin de là, et je m'excuse d'avoir dit ça… et pour les soupes, aussi. En gros, je m'excuse pour pratiquement tout.

— Moi aussi…

J'effleure l'écran du bout du doigt. La nostalgie m'envahit à nouveau en croisant son regard.

Je souffle d'une voix brisée par l'émotion :

— Tu me manques vraiment, Wade.

— Toi aussi.

J'entends le grondement d'un train à l'approche. Une bourrasque fait voleter les cheveux de Wade. J'ai envie de lui parler de l'emballage des yaourts Go-Gurt, de revoir Eddie pour m'assurer qu'il va vraiment bien. Le moment est mal choisi car Wade doit crier pour se faire entendre.

— On se reparle demain, quand je ne serai plus à la gare, d'accord ?

Je ris et je lui envoie un baiser.

— Je t'aime…

Il lit sur les lèvres et me répond la même chose.

33

Alina

SUR LE CHEMIN DE MA MAISON, Saul tenta de nous convaincre de le laisser, mais il était trop épuisé pour trouver des arguments valables. Las de la détermination de Tomasz, il se tourna vers moi. J'en vins à soutenir la décision de Tomasz à mon corps défendant.

— Il est logique que tu partes avec moi. Tomasz a encore des choses à faire, ici.

Le plâtre mettrait six heures à sécher. Tomasz voulait qu'il soit presque sec avant que nous ne montions à bord du camion. Au départ, nous devions être chez moi à temps. Hélas, il était trois heures du matin et je monterais dans le camion avec un plâtre encore humide et mou.

— Il faudra faire très attention, prévint-il en bandant mon avant-bras, l'étui étant dissimulé sur mon poignet.

Je ne me faisais pas à l'idée que je ne verrais plus la ferme de mon enfance.

— Il ne faudra pas te cogner tant que ce ne sera pas sec. Il fait illusion mais quelqu'un risque d'avoir des soupçons. Et surtout, il ne faut pas mouiller la pellicule.

— Un peu plus loin sur le poignet, Tomasz, recommanda Saul d'un ton assuré, comme s'il ne venait pas de perdre sa famille.

Tomasz ajusta le bandage.

— Comme ça ?

— C'est mieux. Tu manques un peu de matériel. Mieux vaut un plâtre court et épais qui camouflera l'étui. N'oublie pas qu'il n'est pas nécessaire d'immobiliser le bras. Ce n'est pas une vraie fracture. Si tel était le cas, ce plâtre ne serait pas adéquat. Si quelqu'un s'étonne de sa longueur, Alina pourra invoquer une fracture située juste au-dessus du poignet et une pénurie de fournitures.

Je baissai les yeux vers Saul, assis par terre, adossé au mur de la cave. Recroquevillé sur lui-même, il était d'une pâleur extrême. Lorsqu'il croisa mon regard, son ton s'adoucit.

— Si on te demande comment tu t'es blessée, tu as fait une chute et tu t'es appuyée sur une main. Ton poignet a cédé. Tu raconteras que la fracture a été réduite par un médecin militaire et que tu as ressenti une douleur vive et lancinante. Il faut que tu sois crédible.

Je me tournai vers Tomasz, qui opina du chef. Au-delà de sa souffrance et de son deuil, Saul restait un médecin. Je comprenais le point de vue de Tomasz. De toute façon, la décision était prise. Je partirais et il resterait. De temps à autre, Saul était secoué de sanglots et se balançait d'avant en arrière comme un enfant, en serrant son petit chausson de cuir contre sa joue.

Par le passé, ma plus grande responsabilité avait été de trouver un foyer à Emilia. Ce n'était rien à côté de ce qui se passait à présent… Désormais, j'étais un passeur, et j'allais traîner avec moi un homme qui venait d'endurer la pire des tragédies. Je montrerais le chemin, au lieu de suivre Tomasz. Celui-ci se pencha sur mon bras. Sans réfléchir, j'enfouis les doigts dans ses boucles épaisses. Il avait grand besoin d'une coupe de cheveux. Si seulement j'avais eu le temps de le faire une dernière fois. J'aimais m'occuper de lui et je voulais qu'il se rappelle combien je tenais à lui. Il se redressa enfin et me sourit tristement.

— Ça va bien se passer, tu verras.

— Et tu me retrouveras, répondis-je.

Je n'avais cessé de le lui répéter durant tout le trajet de retour de la ferme des Golaszewski.

— Quand tu auras réglé tes problèmes, tu effectueras le même parcours pour nous rejoindre à Bouzoulouk.

— Absolument.

— Et si les autorités du camp refusent de croire que ton passeport est celui de Saul ?

— Tu trouveras un moyen de les convaincre.

— Et si les nazis nous capturent avant la frontière soviétique, que faire ?

— Cela n'arrivera pas.

Sa façon de ne pas envisager cette possibilité m'enrageait. Comment savoir si notre plan allait fonctionner ? Une arrestation était plausible et je devais m'y préparer.

— Réponds-moi, Tomasz. Si nous sommes interceptés avant même de quitter la région et que Saul a un passeport à ton nom, que suis-je censée faire ?

— Cela ne…

— Mais si, ça risque d'arriver ! Tu étais recherché à Varsovie pour avoir déserté la Wehrmacht. Et maintenant tu es recherché dans le secteur pour tes activités au sein de la Résistance. Alors réponds-moi : que faire en cas d'arrestation ?

Cette femme pleine de bravoure sommeillait en moi depuis toujours. Je l'avais entraperçue le jour où j'avais sauvé Emilia, puis lorsque j'avais décidé d'aider Tomasz dans la clandestinité. La petite fille apeurée d'autrefois avait bel et bien disparu.

À mesure que Tomasz enroulait le bandage sur l'étui, son relief s'effaçait.

— S'il t'arrive quelque chose, si la pellicule est perdue, il n'y aura plus rien à faire. Henry aura peut-être d'autres consignes quand nous le retrouverons au lieu de rendez-vous. Quant à moi…

Il secoua la tête, les yeux embués de larmes.

— Je ne peux que croire que tu y arriveras, reprit-il, que tu me maudiras dans quelques jours, quand tu seras libre, en territoire soviétique et que ton poignet te démangera sans que tu puisses te gratter.

Je posai une main sur sa joue.

— Je déteste qu'on soit séparés, Alina. C'est insupportable, mais il n'y a pas d'autre solution.

— Tu es sûr que c'est la meilleure chose à faire ?

Il hocha la tête.

— Je n'ai jamais été aussi certain de quoi que ce soit, soupira-t-il.

— Dans ce cas, d'accord…

À mesure que nous approchions du lieu de rendez-vous, je sentais ma belle assurance s'éloigner, puis revenir. Derrière moi, Tomasz soutenait Saul, qui peinait à garder le rythme. Tomasz lui répétait sans cesse que nous ne devions pas rater le camion, qu'il fallait se dépêcher. J'en venais à me demander si cela n'aurait pas été préférable pour nous trois.

Henry nous attendait au bord de la route aux premières lueurs de l'aube. Il se précipita vers nous, intrigué de voir une troisième personne.

— Les nazis tiennent peut-être Nadia et ils me recherchent, expliqua Tomasz sans préambule. Dépêchons-nous !

Henry examina mon plâtre.

— Que s'est-il passé ?

— Saul part à ma place et ils doivent se mettre en route sans tarder.

Henry se gardant de tout commentaire, Tomasz lui murmura à l'oreille des paroles que j'entendis à peine :

— On n'a pas le temps, Henry. Ils savent qui je suis et ce que j'ai fait. Ils vont me rechercher, si ce n'est pas déjà le cas. Jakub doit se mettre en route au cas où ils aient installé des barrages. On n'a pas le temps de discuter.

— Tu es sûr de toi ? fit Henry, l'air pincé.

— Il n'y a pas d'autre solution.

Henry soupira et passa une main dans ses cheveux, puis il se tourna vers moi.

— Tu as la pellicule ?

— Oui.

— Et les roubles ?

Je tapotai le sac en cuir qui était dissimulé sous mes vêtements.

— Et tu connais le plan ?

Je hochai la tête.

Il sortit de sa poche une enveloppe qu'il me tendit.

— Une nouvelle carte d'identité au nom de Hanna Wiśniewski. C'est un faux pas très convaincant, mais on n'a pas pu obtenir mieux en si peu de temps. À toi de faire en sorte que ça passe.

Lorsque je voulus glisser l'enveloppe dans la poche de mon manteau, Henry m'en empêcha.

— Cache-la bien dans tes sous-vêtements, Alina ! Sans papiers, tu n'entreras pas dans le camp, or les soldats britanniques viendront chercher la pellicule dans l'enceinte !

Vexée, je rangeai l'enveloppe dans mon sac avec les roubles. Henry nous observa tour à tour, Saul et moi.

— Seigneur…, soupira-t-il, au désespoir. C'est…

— Henry, Alina est à la hauteur, assura Tomasz. Elle portera cette pellicule là où il faut. Elle a autant de ressources et de capacités que moi. À présent, allons-y.

Soudain, j'empoignai le bras de Henry.

— Et si je suis capturée… que dois-je faire ?

Il soupira encore et me regarda dans les yeux.

— Trouve un moyen de détruire la pellicule. Dans le cas contraire, il faut espérer que, quoi qu'il t'arrive, tes geôliers ne s'intéresseront pas à ton plâtre. S'ils trouvent cette pellicule, ils remonteront vite jusqu'à moi, ainsi qu'à mes camarades.

Au bord de cette route, nous évoquions l'éventualité d'une exécution comme si ce n'était pas grand-chose. Au vu des circonstances, la mort n'était qu'un événement parmi tant d'autres.

— Très bien, conclus-je. J'ai compris.

Henry nous entraîna dans un sentier et, bientôt, le camion se profila. Je ne m'étais pas préparée à voir un homme vêtu d'un uniforme de la Wehrmacht, en train de fumer une cigarette. Je faillis faire demi-tour et m'enfuir en courant.

— C'est Jakub, expliqua Henry.

Qui d'autre pouvait rouler ouvertement sur une route du front de l'est, à part un Allemand au volant d'un camion de la Wehrmacht ? Mon hésitation agaça Henry de plus belle.

— Dépêche-toi, Alina ! Tu connais les risques, non ?

J'eus du mal à me remettre en marche pour confier ma vie à cet homme en uniforme nazi.

— Je m'appelle Jakub.

— Alina, répondis-je d'instinct.

— Non ! corrigea Henry, impatient. Pas Alina. Comment t'appelles-tu ?

Je levai les yeux vers lui, l'esprit embrumé.

— Je… je ne sais plus…

— Hanna Wiśniewski ! Tu t'appelles Hanna Wiśniewski, nom de Dieu !

— Tu connais le plan ? s'enquit Jakub, sceptique.

La gorge nouée, je hochai la tête. Jakub se tourna vers Tomasz, qui s'approchait, portant littéralement Saul.

— Qui part ? Je n'ai pas de place pour trois, c'est clair.

— Rien que moi et Saul, celui qui se fait porter, avouai-je tristement.

— Tu es sûre d'être d'attaque ? me demanda-t-il, perplexe.

— Bien sûr qu'elle l'est ! intervint Tomasz.

À l'arrière du camion, tout au fond, il y avait des caisses de rations, derrière plusieurs barriques et divers contenants. Jakub m'aida à monter à bord tandis que Tomasz hissait Saul à ma suite. Enfin, il vint se poster à côté de moi. Resté à l'extérieur, Henry nous observait, visiblement nerveux.

— Surtout, pas de bruit, nous recommanda Jakub. Sur la route, vous pourrez murmurer, mais si le camion ralentit ou s'arrête, je veux le silence complet. Soit ce sera une livraison, soit un chargement. Si vous toussez, si vous éternuez, c'est la mort pour vous deux… et pour moi.

— Qu'est-ce que tu transportes ?

Je redoutais d'être cachée parmi les explosifs, de risquer de mourir lors d'une déflagration accidentelle.

— Des fruits et légumes cultivés par les détenus d'Auschwitz, répondit-il amèrement. Les officiers du front exigent des produits frais, même s'ils sont tachés du sang de notre peuple.

Jakub sortit un tournevis de sa poche pour ouvrir une caisse. Lorsque Tomasz se tourna vers moi, je pris son visage entre mes mains pour chercher dans son regard un moyen de le convaincre de venir avec moi. Face à sa détermination affichée, mon courage fit place à un sentiment de panique.

— Je ne veux pas, soufflai-je. Je ne peux pas...

— Si, murmura-t-il en me caressant les cheveux, avant de m'embrasser. Je sais que tu peux.

— Laisse-moi rester avec toi jusqu'à ce que tu puisses partir. Saul ira seul à Bouzoulouk.

— Tu as ton plâtre, Alina. Si Henry a organisé cette opération, c'est uniquement pour faire sortir cette pellicule. Il n'y a pas d'autre solution.

— Mais on pourrait...

Ma voix s'éteignit. On pourrait quoi ? Nous n'avions plus de plâtre et aucun moyen de nous en procurer. Si j'ôtais le mien, nous serions contraints de cacher la pellicule ailleurs. Tomasz me prit par le menton.

— Saul ne peut pas partir seul. C'est un homme brisé, mon amour. Il tient à peine debout.

— Et si tu ne me retrouvais pas ?

— Allons... tu n'as toujours pas compris ?

— Ne le dis pas, sanglotai-je. Ne le dis surtout pas alors que tu me fais monter dans ce camion.

Il posa un index sur mes lèvres.

— C'est pourtant la seule vérité qui me reste. Nous sommes faits l'un pour l'autre et peu importe ce qui se passera dans cette vie ou la prochaine, Alina. Nous nous retrouverons.

— Et si tu n'y arrivais pas ? geignis-je.

Il essuya mes larmes.

— Promets-moi une dernière chose. Prends grand soin de Saul. Je veux une promesse, Alina. C'est un homme bien, bien meilleur que moi. Pense aux gens qu'il peut aider grâce à ses compétences. Occupe-toi de lui aussi longtemps qu'il en aura besoin.

Je n'avais jamais su dire non à Tomasz, je ne le pus encore moins ce jour-là. Sa détermination féroce m'indiquait que sa requête était vitale à ses yeux.

En plus de le quitter, je devais continuer son œuvre en aidant Saul à s'échapper.

— Tu me le promets, Alina ?

Incapable de le regarder, je fermai les yeux et hochai la tête.

— C'est bien.

Il m'embrassa encore, un baiser différent de tous ceux que nous avions partagés, une supplique, une promesse et un adieu tout à la fois. Lorsqu'il s'écarta enfin, il était en larmes. J'avais envie de l'implorer, mais à quoi bon ? Je n'avais plus le temps d'être lâche.

Je me hissai dans la caisse qui mesurait à peine quarante centimètres d'envergure et occupait la largeur du camion. Nous pourrions nous y asseoir tous les deux ou nous y accroupir pour nous retourner, au besoin. Je pris place derrière Saul. Tomasz tendit une main et posa deux doigts sur mes lèvres.

— Comment t'appelles-tu ? me demanda-t-il.

Je sentis monter la panique.

— Je ne sais pas, Tomasz. J'ai déjà oublié. Je ne…

— Hanna Wiśniewski ! s'exclama Henry, furibond. Tu dois te l'enfoncer dans le crâne, Alina !

— Rappelle-toi-le, dis-je en agrippant la main de Tomasz. Tu devras t'en souvenir quand tu viendras me retrouver.

— Je l'ai déjà mémorisé, mon amour. Tu t'appelles Hanna Wiśniewski. Bon voyage, Hanna !

— D'accord, répondis-je avec tout le courage dont j'étais capable, en retenant à peine mes larmes. On se verra à Bouzoulouk.

Tomasz et Jakub descendirent, me laissant seule avec Saul.

— Ça va ?

— Tu crois que c'est ce qu'elles ressentent ? répliqua-t-il, au bord de la panique.

— Qui ça ?

— Ma femme et ma fille, dans leur tombe. Dans le noir, sans air… ce doit être ça, non ?

L'espace d'un instant, je faillis céder à la panique, moi aussi. J'avais l'impression d'être murée dans un tombeau. Il fallait que je revienne à la réalité.

Respire, Alina.
Inspire. Souffle. C'est la fin. Je vais suffoquer.
Inspire.

— Non !

Je crachai les mots dont il avait besoin, même si je n'y croyais pas moi-même :

— Je ne crois pas. Elles sont libérées de ces sensations. Je crois qu'elles t'attendent de l'autre côté. Elles sont en sécurité et reposent en paix.

Je le sentis se détendre, même si sa réaction se limita à un sanglot étouffé.

34

Alice

ZOFIA ET MOI SOMMES EN ROUTE pour une nouvelle expédition à Trzebinia. Au volant, elle se met machinalement en mode « guide touristique », mais mon esprit ne cesse de vagabonder. Si ses informations sont intéressantes, j'ai la tête ailleurs.

Je songe aux journées qui m'attendent. Je n'ai pas la moindre idée de ce que je vais en faire. Plus troublant encore, les paroles de ma mère, hier soir, me tourmentent et engendrent un tas d'idées folles.

« *Parfois, il faut défoncer la porte.* »

— Alors, quel est le programme ? me demande Zofia aux abords de la petite ville.

Je soupire et, au moment d'avouer que je n'en sais rien, l'idée me vient que, hier, une seule adresse nous a fourni une piste.

— On retourne au centre médical, s'il vous plaît.

Cette fois, je demande à Zofia de m'attendre dans la voiture en espérant que Lia se montrera plus coopérative face à moi seule.

— Vous restez entre cousines ? suggère-t-elle avec un sourire.

— C'est un peu ça.

Pleine d'appréhension en pensant au refus catégorique de Lia, je franchis le seuil. Dès qu'elle me voit, Lia émet un grommellement réprobateur. Je lève les mains en signe d'apaisement.

— Suivez-moi, m'ordonne-t-elle en ôtant ses écouteurs.

Elle est visiblement en colère. Je la suis dans le couloir, puis dans la salle de réunion.

— Je vous ai dit…

— Écoutez, vous êtes mon unique piste et je vois bien que vous aimez votre grand-mère autant que j'aime la mienne, donc je vous comprends. Mettez-vous à ma place ! Depuis mon arrivée, je n'ai trouvé que sa maison d'enfance, qui ne m'a rien appris, et vous. D'accord, il semble y avoir un souci à propos de mon grand-père et votre Tomasz Slaski, mais accordez-moi quelques minutes pour essayer de résoudre cette énigme. Vous dites qu'Emilia se rend toujours sur sa tombe ?

— En effet, soupire Lia.

Son regard est si triste que j'ai la certitude qu'elle ne ment pas.

— Chaque mois. Autrefois, elle y allait plus souvent. Il est son héros.

— D'accord… vous pouvez m'indiquer où se trouve cette tombe ?

Elle hésite. Dans le silence qui s'éternise, je commence à m'agiter. J'opte pour l'humour :

— Je vous promets de ne pas camper sur place pendant un mois pour vous soutirer un entretien avec votre grand-mère. Je veux juste voir cette sépulture.

— Très bien, concède Lia.

Elle prend une feuille de papier et un stylo et griffonne quelques mots.

— C'est un peu difficile à trouver. Vous devrez sortir de la ville et suivre la route principale qui contourne la colline que l'on voit à l'est. Il y a une vieille ferme. Voici l'adresse. Ma grand-mère possède l'unique clé de la barrière. Vous devrez vous garer dans l'allée et sauter par-dessus.

Je connais parfaitement le lieu qu'elle me décrit. Ce ne peut être que la maison d'enfance de Babcia. Pourtant, je n'ose pas me réjouir trop vite.

— Serait-ce *Świętojańska, 4* ?

Naturellement, ma prononciation laisse à désirer, ce qui n'empêche pas Lia de me comprendre, car elle est intriguée.

— Je ne saisis pas… vous savez déjà où c'est ?

— Cette maison…

Je m'interromps, la gorge nouée par l'émotion.

— Pourquoi la tombe se trouve-t-elle à proximité ?

— La propriété est abandonnée depuis la guerre. Même les communistes n'en ont pas voulu. Mon grand-oncle n'est pas enterré sous cette pierre, mais sur la colline, juste derrière. Je vous indique cette adresse parce que la tombe est plus accessible depuis ce côté-là, à présent, à cause des nouvelles constructions.

— Pourquoi ce lieu particulier ? Cette colline ?

Lia me remet l'itinéraire et fronce les sourcils.

— Aucune idée. Dites-moi… comment connaissez-vous cette ferme ?

— Il s'agit de la maison d'enfance de ma grand-mère.

Lia ne masque pas son étonnement. Un silence pesant s'installe entre nous.

— Sacrée coïncidence, concède-t-elle enfin.

— Ce ne peut être une coïncidence.

— Les nazis ont sévi dans toute la région. Bien des malheureux reposent dans la campagne. Mon grand-oncle a au moins eu la chance d'avoir une sépulture décente. Je vais être franche avec vous : j'ignore pourquoi il est enterré là-bas. Ma grand-mère rechigne à évoquer la pire période de sa vie, au point que nous avons arrêté de lui poser des questions.

— J'ai le même problème.

— C'est la raison pour laquelle je ne peux pas vous laisser lui parler. Allez voir la tombe si cela vous chante. Il n'y a rien de plus que je puisse faire pour vous.

— Merci.

D'instinct, je l'embrasse. Elle se crispe un peu, puis se laisse faire et désigne la porte.

— Bonne chance.

Une demi-heure plus tard, Zofia et moi sommes dans une clairière, derrière la maison de ma grand-mère, face au spectacle le plus glaçant qui soit :

Tomasz Slaski, 1920-1942

Son nom est gravé dans le granite rouge poli d'une pierre haute et bien entretenue. Un bouquet de fleurs se fane dans l'herbe, entouré de bougies. Il y a même quelques lanternes à LED. Zofia se penche pour en allumer une.

En observant la pierre de plus près, je remarque qu'une médaille y est attachée, gravée d'une inscription en hébreu.

Zofia et moi gardons le silence, comme si elle pouvait nous livrer son mystère si nous la fixions assez longtemps. Hélas, je dois vite me détourner.

— Pauvre Emilia, murmure Zofia.

Elle s'accroupit pour examiner le médaillon et caresse les caractères.

— C'est la médaille attribuée aux Justes parmi les nations, m'explique-t-elle. Elle nous indique que *ce* Tomasz Slaski a pris des risques pendant la guerre pour aider le peuple juif. Son nom figure donc sur un mur du Jardin des Justes à Jérusalem. C'est un immense honneur.

— Quelle horreur, dis-je en me relevant.

Soudain, j'ai les nerfs à fleur de peau, je suis parcourue de frissons, malgré la chaleur. Ce n'est pas la tombe de mon grand-père, même si elle porte son nom.

— C'est vraiment lugubre.

Je prends vite une photo puis je baisse aussitôt mon téléphone. Zofia semble intriguée.

— Je ne peux pas montrer ça à Babcia. Elle serait… bouleversée.

— Sacré mystère, quand même, commente-t-elle.

— C'est bien le nom de mon grand-père, son année de naissance, mais ce ne peut pas être lui.

— Emilia Slaski n'en sait rien.

— Comment est-ce possible ? Vous croyez que c'est ce que Babcia attend de moi ? Que je dise la vérité à la sœur de mon grand-père ?

Naturellement, Zofia n'a pas de réponse à me fournir. Au bout d'un long silence, elle me demande :

— Comment est-il arrivé aux États-Unis ?

— Je sais simplement que ma mère est née en janvier 1943 et qu'ils étaient déjà là-bas.

Zofia fronce les sourcils :

— C'est impossible.

— Pourtant, j'en suis sûre.

— Ils ont dû partir avant la guerre, alors.

— Ils étaient en Pologne quand la guerre a éclaté. Je n'en sais guère davantage.

— Mais… ils sont partis pendant l'Occupation ?

— Certainement.

— C'est… difficile à croire, insiste Zofia en secouant la tête. Il était pratiquement impossible de quitter le territoire occupé par les nazis.

— Ils sont arrivés à bord d'un bateau en provenance d'Angleterre. J'ignore comment ils ont gagné l'Angleterre.

Zofia baisse les yeux vers la pierre tombale.

— Ce n'est qu'une hypothèse, mais Emilia a-t-elle pu croire son frère décédé alors qu'il était en réalité en route pour l'Amérique ? Elle était très jeune, à l'époque. Peut-être qu'elle ou quelqu'un d'autre a pris un cadavre pour le sien. Parce que si cet homme est mort en 1942 et si Tomasz a fui la Pologne en 1942…

— C'est peut-être la seule explication, admets-je.

J'ai envie de pleurer, et je le ferai sans doute plus tard, car si je n'y comprends rien, j'ai au moins une certitude : c'est une tragédie pour Emilia Slaski.

— C'est un endroit bizarre, pour une tombe, non ?

— Il est peut-être mort ici, suggère Zofia.

— Derrière la maison de ma grand-mère ?

— De nombreuses personnes se cachaient dans les bois, pendant la guerre.

— Était-ce mon grand-père, le héros qui sauvait des Juifs ? Ou cet autre homme ?

Je suis parcourue d'un frisson. Il n'aurait jamais laissé sa sœur le croire mort pendant toutes ces années. Il m'est plus facile de l'imaginer en héros volant au secours de ses compatriotes, car il était le plus généreux des hommes.

— Zofia ?

— Oui ?

— Comment démêler ce sac de nœuds sans Emilia ? Peut-on lui dire, si tant est qu'on arrive à lui parler ?

— Je suis désolée, Alice. Je crois que le seul moyen d'avancer est de passer par Lia Truchen.

Je laisse Zofia dans la voiture pour franchir une quatrième fois le seuil du centre médical. J'ai fait des progrès, ce matin, et j'ai même eu l'impression de créer un lien avec Lia. À mon entrée, elle s'occupe d'un patient. Son collègue me remarque et lui donne un coup de coude. Lia pose sur moi un regard courroucé, puis elle affiche un sourire pour conclure sa conversation avec le patient. Enfin, elle m'entraîne dans la salle de réunion.

— Lia… j'ai vu la tombe. Ce sont bien le nom et l'année de naissance de mon grand-père. En revanche, ce ne peut être lui car il est mort l'an dernier. Le seul moyen de résoudre ce mystère est de parler à Emilia. Soit vous, soit moi…

— Écoutez, Alice, j'ai de la peine pour vous, vraiment. J'ai fait de mon mieux pour vous aider, mais vous m'en demandez trop.

— Peut-être que si vous mentionniez Alina…

— Chaque mois, on l'emmène se recueillir sur cette tombe, réplique Lia. Le dernier dimanche de chaque mois, elle met sa plus belle tenue et va à la messe, puis elle achète des fleurs au marché et un de ses petits-enfants la conduit là-bas. Et vous savez pourquoi on y va chacun notre tour ?

Je secoue la tête.

— Parce que, presque quatre-vingts ans après la mort de son frère, ma grand-mère pleure encore sur sa tombe et que ça nous brise le cœur. Avez-vous conscience de ce que vous me demandez ?

— Imaginez qu'Emilia soit sur son lit de mort et qu'elle vous envoie en Amérique, que vous soyez à ma place…

— Pour l'heure, il y a une vieille dame qui souffre, n'est-ce pas ? Si je fais ce que vous voulez, elles seront deux, et tout ça pour rien ! Ma grand-mère ne sera sans doute pas aussi déconcertée que nous et si elle n'a jamais répondu aux lettres de votre grand-mère, c'est qu'elle a ses raisons. Et je vous en prie, cessez de m'importuner sur mon lieu de travail !

Je n'ai plus qu'à accepter ma défaite. Je sors de la pièce pour gagner la salle d'attente. Je vais quitter cette ville et passer le reste de ma vie sans savoir pourquoi Babcia m'a envoyée en Pologne.

Il est trop tard pour que Babcia me raconte son histoire. Et il est probablement trop tard pour que j'explique à Babcia à quel point elle a compté pour moi et combien je l'aime.

En revanche, il n'est pas trop tard pour tenter de résoudre ce mystère.

« *Parfois, il faut défoncer la porte.* »

Je ne me résous pas à m'en aller, à baisser les bras. Je m'assieds sur une chaise, près de l'entrée. Lia n'en revient pas.

— Il est hors de question que vous restiez ici ! lance-t-elle sans se soucier de la stupeur des patients qui m'entourent.

— Je n'irai nulle part tant que vous n'accepterez pas de parler de moi à Emilia.

Je n'ai pas coutume d'être aussi pénible. Pourtant, dans ma jeunesse idéaliste, je rêvais de devenir une journaliste d'investigation prête à tout au nom de la vérité.

— Comme vous voudrez, soupire Lia en s'installant à son poste.

Elle remet son casque et parvient à m'ignorer pendant si longtemps que Zofia finit par m'envoyer un texto.

Tout va bien ? Vous êtes là-dedans depuis une heure et je commence à m'inquiéter.

En levant les yeux, je surprends Lia qui me regarde fixement. Elle se détourne. Dois-je y voir un progrès ?

Lia refuse de m'aider alors je fais un sit-in jusqu'à ce qu'elle change d'avis.

Zofia me répond d'un émoji choqué, puis :

Dites-moi si vous avez besoin de quelque chose. Je suis au café d'en face. Bonne chance !

Une heure s'écoule, puis une autre. Pour me donner une contenance, je feuillette les revues de la salle d'attente, bien qu'elles soient en polonais.

Intérieurement, je suis en train de craquer comme Eddie lorsqu'il passe une mauvaise journée. Les idées se bousculent dans ma tête. J'en viens à douter de ma stratégie et de mes décisions. Les médecins qui viennent chercher leurs patients me regardent bizarrement. J'ai l'impression d'être sur scène dans une pièce intitulée *Alice Michaels perd sa dignité dans un pays étranger*.

À l'heure du déjeuner, Lia s'approche de moi. L'espace d'un instant, je crois avoir gagné. Avant que je ne puisse jubiler, elle s'assied à côté de moi et se prend le visage dans les mains.

— Vous ne pouvez pas rester là, souffle-t-elle, en plein désespoir. Vous me semblez raisonnable. Je vous supplie d'arrêter. J'ai du travail, Alice. Les patients me posent des questions et je ne peux vous laisser continuer. Je ne changerai pas d'avis.

— Je resterai ici jusqu'à ce que vous changiez d'avis, je réponds fièrement, aussi têtue que Babcia ou Callie.

Contrariée, Lia se lève.

— Très bien, vous ne me laissez pas le choix. Je suis sur mon lieu de travail et, si vous refusez de partir, je serai obligée d'appeler la police, qui vous expulsera.

Ah… je ne m'attendais pas à ça.

— Lia… je vous en prie…

— Je vous accorde cinq minutes, Alice. Ensuite, j'appelle la police.

J'entends ma mère qui me félicite. « *Parfois, il faut défoncer la porte, Alice.* » Déterminée, je reste assise, les bras croisés.

— Vous vous débarrasserez plus facilement de moi en acceptant de parler à votre grand-mère.

Lia grommelle et retourne à son poste. Elle discute avec son collègue pendant un long moment. Pourvu qu'elle ne mette pas sa menace à exécution. Je fais mine de ne pas remarquer qu'elle décroche son téléphone. Elle bluffe, c'est sûr. Je l'agace, donc peut-être qu'en restant un peu plus longtemps…

Quelques minutes plus tard, deux policiers se présentent au comptoir. Lia me désigne.

— On vous a demandé de partir, déclare le plus âgé. On vous accorde une chance de vous en aller de vous-même. Sinon, on vous sortira de force et on vous emmènera au poste de police.

Je me lève d'un bond.

— Je pars, dis-je d'une voix étranglée, en prenant mon sac.

— Si on vous revoit ici, vous serez arrêtée.

J'implore une dernière fois Lia du regard et je file vers la voiture de Zofia. Le souffle court, je monte.

— Ils vous ont arrêtée ? s'étonne Zofia en me rejoignant.

— Presque. Je n'arrive pas à croire que je viens de faire ça.

Zofia démarre sur les chapeaux de roues. À l'approche de l'autoroute, elle se met à rire. Je craque à mon tour.

— Soit vous êtes déterminée à accomplir votre mission, soit vous êtes complètement folle.

— Les deux, peut-être, dis-je en retrouvant mon sérieux. Et tout ça pour rien.

— Vous voulez revenir demain ?

— Pour quoi faire ? Me retrouver au poste de police ?

— Alors qu'aimeriez-vous faire, demain ? Vous avez une autre idée ? Votre grand-mère vous a fourni d'autres éléments ?

— Non.

Je sors mon téléphone et je fais défiler mes photos des notes de Babcia. Je lis à voix haute.

— Trzebinia. Bon, nous sommes venues.

— C'est fait, confirme Zofia.

— *Ul. S´wie˛tojan´ska 4.*

— Sa maison d'enfance.

— Oui. *Ul. Polerechka9B.*

— Une superbe demeure ancienne rénovée dans une allée bordée de châtaigniers. En quoi est-ce important ?

Je soupire avant de reprendre :

— *Ul. Dworczyk 38.*

— Le centre médical où travaillait Aleksy Slaski.

— Emilia Slaski.

— Votre grand-tante.

— Alina Dziak, le vrai nom de ma grand-mère.

— Oui.

— Saul Eva Tikva Weiss.

— Là, aucune idée.

— *Prosze̜ zrozum. Tomasz.*

— Votre accent est lamentable mais, oui, elle nous implore de comprendre Tomasz.

— Comment ça, le comprendre ?

— Et c'est tout ? s'enquiert Zofia.

— Il ne reste que *Babcia feu Tomasz.* Nous en avons conclu que c'était une allusion à la passion, ce qui est touchant. Toutefois…

— Ça ne nous aide pas beaucoup. Dans ma famille, on une expression qui colle parfaitement à la situation : la vodka rend les choses plus claires.

De retour à Cracovie, dans un restaurant sur la place, nous dégustons plusieurs vodkas locales en faisant le point sur notre enquête.

— Bon, revenons à Lia, murmure Zofia. Elle est réceptionniste, n'est-ce pas ?

— Apparemment.

— Mais son arrière-grand-père a été propriétaire des locaux, autrefois. Le cabinet appartient peut-être encore à la famille. Peut-être qu'Emilia est devenue médecin, elle aussi, ou que l'un de ses enfants est propriétaire.

Zofia sort son téléphone pour faire quelques recherches et trouve la liste des médecins exerçant au centre médical.

— Agnieszka Truchen fait partie des propriétaires. Ce doit être la mère de Lia, ou au moins une parente.

Nous trouvons quelques images un peu floues et anciennes d'Agnieszka, qui n'est pas sur les réseaux sociaux. Ses contacts se limitent au centre médical. Tandis que Zofia effectue ses recherches sur son appareil, je scrute les photos et je crois déceler une ressemblance avec moi-même. Je tends mon écran à Zofia.

— Vous ne trouvez pas qu'elle me ressemble ?

— Effectivement, il y a un air de famille. Vous l'avez vue, au centre médical, aujourd'hui ?

— Non. Plusieurs médecins sont venus chercher leurs patients, mais je l'aurais remarquée.

— Et si on appelait en demandant à lui parler ? suggère Zofia en consultant sa montre. Il n'est pas encore cinq heures…

— Ils reconnaîtront mon accent…

— Pas le mien, déclare aussitôt Zofia avec un sourire. Elle consulte le site du centre médical et appelle un numéro. Je l'entends parler brièvement, puis la communication est vite coupée. Elle semble désolée.

— Agnieszka est toujours propriétaire, mais elle a pris sa retraite il y a quelques années.

Une idée me vient soudain.

— Et Emilia ? On pourrait trouver son numéro de téléphone.

— Elle a eu au moins un enfant, donc elle doit être mariée. Il n'y a aucune chance qu'elle ait gardé son nom de jeune fille.

Nous cherchons néanmoins. Naturellement, ma grand-tante de quatre-vingt-sept ans n'a pas de page Facebook. Nous commandons une autre tournée de vodka et l'atmosphère se détend davantage.

— Puisque Lia refuse de nous dire où se trouve Emilia, engageons un détective privé pour la traquer…

— Ou passons une annonce dans le journal pour demander à Emilia de nous contacter.

— Pénétrons en douce le centre médical pour dénicher l'adresse d'Agnieszka.

— Et si j'annulais mon vol de retour pour me cacher à l'intérieur jusqu'à ce qu'Agnieszka se présente, en espérant qu'elle soit plus coopérative… au moins qu'elle n'appelle pas la police.

— On pourrait dérober des rognures d'ongles de Lia et demander un test ADN...

— Ou offrir une récompense d'un million de dollars à quiconque résoudra notre mystère !

Zofia se tourne vivement vers moi.

— Vous avez un million de dollars ? demande-t-elle, pleine d'espoir.

— Je suis mère au foyer, donc non.

— Ah... l'idée semblait prometteuse.

Quand le serveur nous apporte l'addition, nous gloussons un peu trop fort. Nous faisons un petit tour pour remettre de l'ordre dans nos idées avant de partager un repas sur la place en discutant de tout sauf de ma mission. J'évoque mes enfants, la difficulté que j'ai à les laisser, et même mes réticences à les confier à mon mari. Pour la première fois, je me dis que je me suis peut-être trop collée à Eddie. Zofia me décrit son travail, les déceptions et les espoirs des gens dont elle recherche les ancêtres. Je suis captivée. Cet échange me fait un bien fou. Je ne vois pas le temps passer.

— Oh, dis-je en consultant l'horloge. Je vais rentrer téléphoner à ma famille. Merci pour cette soirée, Zofia.

— Je vous en prie. Je vous raccompagne à l'hôtel. À demain et ne perdez pas espoir, Alice. Nous trouverons bien quelque chose.

Je téléphone à Wade sans lui envoyer de texto au préalable car il est à présent vingt-deux heures trente à Cracovie, soit seize heures trente en Floride. Ils sont tous rentrés. Callie répond dès la première sonnerie.

— Maman..., gémit-elle, en pleurs.

— Ma puce ! Qu'est-ce qui t'arrive ?

— Papa a oublié de venir me chercher au cours de français et, comme ils voulaient fermer, ils l'ont appelé, mais il n'a pas répondu. Mme Bernard s'est énervée et je ne me souvenais pas du numéro de Grandma alors je ne savais pas quoi faire.

Je vois une larme couler sur sa joue.

— Maman… tu peux rentrer à la maison ?

La torpeur de la vodka se dissipe d'un seul coup.

— Oh, mon ange… Papa a fini par venir, non ?

— Non. Mme Bernard m'a conduite au travail de Papa et m'a laissée à la réception. La réceptionniste a dû aller le chercher en réunion.

— Et Eddie ? Il est où pendant ce temps-là ? Pas à l'école, quand même ?

— Non.

Je n'ai pas le temps de soupirer de soulagement car elle poursuit :

— Il était avec Papa parce qu'il s'est fait renvoyer de l'école, aujourd'hui. Il a fait une crise en classe et a lancé une chaise sur M. Bailey. Eddie a fait plusieurs fois pipi dans sa culotte, aujourd'hui. Ne t'en fais pas, j'ai déjà mis son linge sale dans la machine.

— Pourquoi fais-tu ça à la place de Papa ?

Je suis tellement folle de rage que j'ai du mal à me concentrer.

— Il est dans son bureau sur Skype avec ses collègues. Il doit terminer sa réunion.

Elle retourne l'appareil pour me montrer deux boîtes de soupe ouvertes sur le comptoir.

— Ne t'en fais pas, Maman. Je prépare le dîner d'Eddie.

— Non, Callie ! Non, tu ne sais pas te servir de la cuisinière, chérie. Tu vas te brûler.

— Je la passe au micro-ondes, s'offusque-t-elle.

J'entends un « ding » révélateur. Callie est assez mûre pour utiliser le micro-ondes ou la cuisinière. Si je ne le lui ai pas montré, c'est parce que, franchement, elle n'a jamais eu besoin de le savoir. C'est moi qui prépare les repas. Pas une fois il ne m'est venu à l'idée de partager ces tâches.

— Tu as réglé la minuterie sur combien de temps ?

— Dix minutes, un peu au hasard.

Saisie d'effroi, je crispe les doigts sur le téléphone en la regardant se diriger vers le micro-ondes, qui est posé sur une étagère, hors de portée d'Eddie.

— Ne touche pas à ça !

Callie fronce les sourcils.

— Pourquoi ?

— Ce sera trop chaud, mon ange.

Je respire profondément pour garder mon calme.

— Chérie, je vais te demander quelque chose.

— Quoi ?

— Va dans le bureau pour interrompre la réunion et…

— Il ne veut pas être dérangé.

— Callie, obéis ! Va voir Papa et dis-lui que Maman le demande au téléphone et que c'est urgent.

— D'accord, soupire-t-elle. Mais je ne veux pas avoir des problèmes, moi.

— Si quelqu'un risque d'avoir des problèmes, c'est Papa !

Callie brandit le téléphone devant elle pour gravir les marches. Lorsqu'elle ouvre la porte, je vois Wade devant son ordinateur portable. Sur l'écran, je reconnais un technicien de laboratoire. Je vois une fenêtre remplie de formules mathématiques. Wade est si concentré qu'il ne remarque même pas l'arrivée de Callie.

— Pas maintenant, Eddie, déclare-t-il.

— Papa… Maman veut te parler !

Je vois Wade se crisper. Il s'excuse à contrecœur auprès de son collègue avant de se tourner vers le téléphone. Son visage exprime une grande culpabilité lorsque Callie lui tend l'appareil. Wade scrute mon expression et soupire.

— Callie, tu nous accordes une minute, s'il te plaît ?

— Et ne touche surtout pas le micro-ondes !

En m'entendant hurler, Wade semble intrigué.

— Mais la soupe est prête ! proteste Callie.

— Callie, descends à la cuisine, ne touche pas au micro-ondes, lis un livre, par exemple, le temps que je finisse de parler à Maman.

Dès qu'elle a refermé la porte, il me regarde droit dans les yeux par écrans interposés.

— Alice, je t'en prie, n'en fais pas trop.

— Eddie a lancé une chaise et a été exclu de l'école ? Tu as oublié d'aller chercher Callie ? Callie lave les vêtements sales de son frère et lui prépare à manger pendant que tu échanges des formules avec Jon ? Je suis tellement furieuse, là, que je ne sais pas par où commencer.

— Eddie a passé une mauvaise nuit, puis une mauvaise journée. Ce serait arrivé même en ta présence. Je n'aurais rien pu faire pour empêcher ça.

— Tu plaisantes, Wade ? Bien sûr que tu aurais pu l'empêcher. Si tu avais la moindre idée de la façon de communiquer avec lui, tu aurais remarqué dès ce matin les signes d'une mauvaise journée. Tu aurais pu rester à la maison avec lui comme je l'aurais fait.

— On est à un point crucial de notre projet sur le plastique, Alice. Je ne pouvais pas rester à la maison avec lui. Mon équipe aussi a besoin de moi. J'essaie de jongler avec un millier de choses, cette semaine, pour que toi, tu puisses être là-bas…

— Callie était sur le point de sortir la soupe du micro-ondes au bout de dix minutes !

— Aïe…, grommelle Wade en passant une main dans ses cheveux. Pourquoi ne sait-elle pas utiliser un micro-ondes ?

Il touche un point sensible. Elle devrait savoir s'en servir, mais j'ai l'habitude de tout faire moi-même.

— Elle a deux parents, Wade, dis-je, sur la défensive. Tu aurais pu lui apprendre aussi facilement que moi.

Il pousse un long soupir.

— Franchement, Alice, c'était l'enfer, aujourd'hui. Ce soir, je n'ai vraiment pas besoin…

— Callie a dix ans. Certes, elle est précoce, mais elle n'a que dix ans. Tu ne peux pas lui passer le relais parce que tu as du travail… Je n'aurais pas dû vous laisser…

— C'est une seule mauvaise journée, Alice ! s'exclame Wade. J'ai le droit à une mauvaise journée, non ?

— Je me doutais que ça arriverait.

Je m'exprime comme une mère et je déteste ça. Hélas, je suis si enragée que je ne peux pas m'en empêcher.

— Que tu ne serais pas à la hauteur.

— C'était juste une mauvaise journée ! lance-t-il, furieux.

— Eddie a sept ans, Wade. Cite-moi un moment de sa vie où tu as été à la hauteur.

C'est la vodka qui parle. Ma déception, ce voyage qui ne mène à rien. Je vais devoir admettre face à Callie, Babcia et Wade que j'ai échoué. Quoi qu'il en soit, j'ai prononcé des paroles que je ne peux pas effacer, qui ont dépassé les limites de l'acceptable. Sur l'écran, l'air sidéré de Wade m'apprend qu'il est blessé. Je suis toujours en colère, mais je donnerais tout pour ne pas avoir prononcé ces paroles. Nous nous regardons dans un silence pesant. Wade parvient à maîtriser sa rage.

— Je vais descendre, déclare-t-il posément. Je vais voir comment va Edison et m'excuser auprès de Callie. Je vais récupérer la soupe, faire la lessive. Ensuite, je commencerai les rituels du soir et préparerai la journée d'école de demain.

Il s'interrompt et respire profondément avant de reprendre :

— En revanche, je ne vais pas me disputer avec toi sur FaceTime. Je ne pense pas que ce soit une bonne idée que tu parles à Eddie, ce soir. Cela ne ferait qu'empirer les choses.

Je raccroche sans un au revoir, puis j'enfouis mon visage dans mon oreiller pour fondre en larmes. Et je dois encore appeler ma mère pour prendre des nouvelles de Babcia. Je bois un verre d'eau, me prépare un café et regarde la télévision, le temps de retrouver une voix normale.

Je passe un appel vocal à ma mère car je ne veux pas qu'elle voie mon visage. Elle répond immédiatement.

— Je n'ai pas beaucoup de temps pour te parler, Alice.

— Qu'est-ce qui se passe ?

— L'état de Babcia s'est dégradé il y a quelques heures et elle a été transférée en soins intensifs, m'explique-t-elle, nerveuse. J'attends le neurologue mais il est avec un autre patient depuis une demi-heure, nom de Dieu. D'après l'infirmière, elle a eu un autre AVC mineur, ce n'est pas rare, à son âge. Ce qui est problématique, c'est que ça recommence sans cesse…

— Elle va bien ?

— Non, elle ne va pas bien, Alice, rétorque ma mère. Il faut qu'on accepte qu'elle n'ira plus jamais bien.

Je sais que son temps parmi nous est compté. Que ferais-je en Pologne à chercher je ne sais quoi, sinon ?

Pourtant, les paroles de ma mère me donnent envie de pleurer.

— Tu peux m'envoyer un texto quand tu auras du nouveau ?

— Alice…

Je perçois sa contrition mais, telle que je la connais, elle se montrera dure, et je ne suis pas de force ce soir, alors je conclus vivement :

— Je dois te laisser. J'attends ton texto, d'accord ?

Pour la deuxième fois de la journée, je raccroche au nez de quelqu'un que j'aime.

Vingt minutes plus tard, je sanglote encore quand je reçois son message :

La bonne nouvelle, c'est qu'elle n'a eu qu'une petite hémorragie, aujourd'hui, donc pas de gros dégâts. Malheureusement, elle n'est plus stable. Le Dr Chang va me trouver un interprète. Elle veut parler à Babcia d'une clause de refus de réanimation.

Quelques minutes plus tard, alors que je réfléchis à une réponse, un autre texto me parvient :

Au fait, ton père vient de rentrer. Je suppose que tu n'y es pour rien… Il n'est peut-être pas le seul qui devrait rentrer plus tôt.

— J'y pense, Maman, dis-je à voix haute, dans ma chambre d'hôtel. En fait, je ne pense plus qu'à ça.

35

Alina

JE PENSAIS ÊTRE TERRIFIÉE LORS DU CHARGEMENT de la cargaison, or c'était sans doute le moins dangereux. Les rires gras et les plaisanteries des soldats nazis me mettaient en colère. Je savais que nous étions à Auschwitz et que mes parents n'étaient peut-être pas loin.

Étaient-ce ces types qui avaient emmené mes parents ? Tué la famille de Saul ?

Je bouillais soudain d'une rage contenue pendant ces années d'occupation. Leur insouciance me donnait des envies de meurtre, d'autant que, derrière moi, Saul se posait sans doute les mêmes questions. Je tendis une main en arrière pour la poser sur son épaule. Au bout d'un moment, il plaça une main tremblante sur la mienne.

Enfin, la portière claqua et le camion redémarra.

Ensuite, je perdis toute notion du temps. Saul et moi étions silencieux et ne bougions que pour dégourdir nos membres. La valise contenait des bocaux remplis d'eau et j'avais emporté nos ultimes biscuits de rationnement et de la confiture, sans oublier le dernier pain cuit par ma mère. Pour Saul, c'était un véritable festin. Je m'attendais à avoir faim, mais je dus me forcer à manger. Lorsque Saul refusait ce que je lui proposais, je me retournais péniblement pour le nourrir comme un bébé. Il était squelettique et n'aurait pas tenu longtemps sans rien ingurgiter.

L'enfermement exacerbait mes sensations : étouffement, chagrin, douleur d'avoir quitté Tomasz, démangeaisons sous mon plâtre, sans oublier les échardes de bois qui me meurtrissaient la peau. Parfois, le camion ralentissait ou s'arrêtait. J'entendais des voix et je me résignais à l'inévitable. Nous avions été découverts, nous étions fichus, la mort était proche. J'avais échoué dans ma mission. Et chaque fois le camion redémarrait, jusqu'à l'arrêt suivant, l'angoisse suivante.

Quand le bruit du camion était assez fort, j'essayais de parler à voix basse avec Saul, histoire de tromper mon ennui, de me changer les idées des terribles dangers qui nous guettaient. Parfois, il me répondait d'un grommellement mais, en général, il n'avait guère de réaction.

J'avais l'impression qu'il dormait beaucoup, à moins qu'il n'ait été perdu dans les souvenirs de cette soirée, ces premiers stades d'une vie entière de deuil amplifiés par la situation et les privations sensorielles de notre prison. Je finis par accepter son silence. Parfois, il pleurait, ce qui, au début, me contrariait. Je compris vite qu'il y avait quelque chose de plus grave. Dans le silence, une sourde angoisse s'empara de moi. Et s'il était mort ? Et si j'étais coincée dans une caisse qui avait tout d'un cercueil à côté d'un cadavre émacié ? Dans ces moments-là, je guettais le moindre mouvement de sa poitrine. Parfois, je n'en avais pas le courage. Si Saul avait succombé, j'étais coincée là et je n'y pouvais rien. Il flottait une odeur de sueur et d'urine si forte qu'elle était presque palpable.

J'avais perdu le fil de notre itinéraire, de sorte que je sursautai lorsque le camion s'arrêta. J'entendis des pas sur le plateau, des caisses que l'on déplaçait.

— Tout va bien, là-dedans ? fit la voix de Jakub. On est arrivés au fleuve Don. Il faut faire vite. Je suis en retard pour ma dernière livraison au centre de commandement.

Il nous aida à sortir de notre caisse, puis à descendre du camion, car nous étions fourbus. Jakub nous remit la valise et se mit à déplacer d'autres caisses

— Qu'est-ce que tu fais ? lui demandai-je.

Il parut étonné.

— Eh bien, je dois me débarrasser de votre caisse avant d'effectuer ma dernière livraison.

— Te débarrasser de la caisse ?

— Il ne faut pas qu'elle entre dans le centre de commandement, m'expliqua-t-il. Il est évident que c'est une cachette. Je serais fichu.

— Tu l'as déjà utilisée, non ? Avec l'autre messager.

— La ligne de front était bien plus proche, à l'époque. Un groupe de résistants l'a cachée jusqu'au trajet de retour. Nous sommes dans ce qui était le territoire soviétique, ici. Je ne connais personne.

— Mais... tant de gens ont encore besoin de ton aide. Tant de...

— Je ne serais pas très utile si j'étais mort, coupa Jakub sans méchanceté. J'ai construit celle-ci, je peux en construire une autre. Dépêchez-vous de gagner le bord du fleuve. J'ignore à quelle heure vient votre bateau. Il vous reste à manger ?

— Un peu, murmurai-je, rechignant à abandonner le problème de la caisse aussi facilement. Tu pourrais la laisser ici…

— Prenez ça, coupa Jakub en me lançant quelques carottes.

Elles tombèrent à mes pieds et je me penchai pour les ramasser.

— Essaie de convaincre ton ami d'en manger aussi. Il a besoin de prendre des forces pour marcher.

— Mais…

Jakub désigna les bois.

— Vous êtes prêts ? me demanda-t-il doucement. Ça va être dur, tu sais.

Saul était affalé contre un arbre. Le jour se levait après vingt-quatre heures dans cette caisse, et mon compagnon d'infortune ne semblait pas plus vif. S'il cessait de marcher, je ne pourrais jamais le porter… ni le laisser sur place. J'avais fait une promesse à Tomasz et j'entendais la tenir.

— Je ne sais pas, admis-je.

Jakub posa sur moi un regard plein de compassion.

— En route, jeune fille ! Et bonne chance.

Jakub adressa un signe de la main à Saul, qui lui répondit de même.

— Merci, murmurai-je.

Je pris la valise et me dirigeai vers Saul. Derrière moi, j'entendis le fracas de la caisse que Jakub brisait. Les larmes aux yeux, je ne pus regarder en arrière. Je pris Saul par le bras pour l'entraîner à l'orée du bois, puis je l'aidai à s'asseoir par terre. Il se prit aussitôt le visage dans les mains.

Je sortis nos derniers biscuits, notre pain rassis et le peu d'eau qui nous restait.

— Il faut que tu manges, murmurai-je.

Saul rouvrit les yeux, comme s'il émergeait d'un profond sommeil.

— Alina, dit-il soudain.

— Oui ?

Il pencha la tête vers moi et déclara :

— Merci.

Je redoutais la traversée du fleuve. Un vieux fermier bougon nous emmena dans sa barque vers l'autre rive. Il n'y eut ni drame ni tension. Nous étions à quelques kilomètres à l'ouest de la ligne de front. Nous percevions des détonations, au loin, mais aucune menace directe à notre encontre. Ce fut même un moment de sérénité après les trente-quatre heures les plus éprouvantes de ma vie. Le paysan, qui ne parlait pas polonais, nous désigna la rive. Ni Saul ni moi ne connaissions sa langue, ce qui ne nous empêcha pas de le remercier à voix basse en débarquant. Le paysan eut alors une réaction violente et nous barra le chemin de sa rame, en nous montrant la valise.

— Je crois qu'il veut de l'argent, chuchota Saul.

Je glissai une main sous mes vêtements pour sortir quelques pièces de mon sac. L'homme les prit, la mine renfrognée, en grommelant. Je ne savais pas combien je venais de lui donner, ni combien il me restait. Au moins, il ne brandissait plus sa rame. Nous étions libres de partir.

J'aidai d'abord Saul à mettre pied à terre, puis je le rejoignis. En foulant le sol soviétique, je respirai à pleins poumons. Si Tomasz avait été avec moi, je l'aurais embrassé à perdre haleine. Ensuite, je lui aurais fait part des idées qui se bousculaient dans ma tête. L'air semblait plus doux, ici. C'était si bon d'être en vie, d'être arrivés aussi loin. Nous nous approchions de l'avenir dont nous rêvions. Hélas, je me retrouvais en compagnie de Saul, qui gagna le sommet du talus et se tourna vers moi d'un air interrogateur. Il ne me restait plus qu'à mémoriser mes pensées en me promettant qu'un jour, je les raconterais dans les moindres détails à Tomasz. En attendant, il fallait avancer.

— Allez viens, Saul, murmurai-je en le rejoignant. On n'est pas encore arrivés, mais on n'a jamais été aussi près du but.

— Combien de kilomètres ?

— Aucune idée, admis-je. Je sais que c'est à l'est, et pas très loin.

Il prit mon bras quelques instants, puis il se redressa de tout son long.

— Ça suffit. Le moment est venu de continuer.

Il marcha jusqu'à la ville, en faisant quelques pauses, et n'eut, dès lors, plus besoin de mon aide.

Il fallut patienter une journée entière avant de monter à bord du train à destination de Bouzoulouk. Faute de mieux, nous dormîmes sur le quai, recroquevillés dans un coin, près des toilettes, protégeant la valise de nos corps. Malgré la foule de Polonais affamés qui attendaient le même train, la dureté du sol, les courants d'air, je dormis si bien que, le lendemain, j'avais presque l'impression que notre périple n'avait été qu'un rêve.

En m'éloignant un instant de Saul pour satisfaire un besoin naturel, je croisai une autochtone qui vendait du pain rassis aux réfugiés. Je lui tendis quelques pièces, là encore sans savoir à quelle somme elles correspondaient, et je retournai auprès de Saul avec deux miches entières cachées sous mon manteau. J'avais hésité à les prendre de peur de les gâcher. Finalement, elles nous sauvèrent sans doute la vie.

Après l'arrière du camion, le voyage en train fut une promenade de santé, même si Saul et moi partagions un wagon à bestiaux avec des dizaines d'inconnus plus ou moins crasseux, souvent malades. Il n'y avait même pas assez de place pour nous asseoir tous en même temps. Nous nous reposions à tour de rôle.

Moi qui pensais avoir souffert durant cette maudite guerre… ces malheureux avaient enduré des souffrances inimaginables. La femme qui était presque assise sur moi était couverte de plaies purulentes et avait les cheveux infestés de poux. De temps à autre, elle fondait en larmes, puis s'arrêtait brusquement pour s'appuyer sur moi, comme si elle avait perdu connaissance. L'homme qui l'accompagnait était aussi famélique que Saul, et il avait le teint cireux. Les enfants étaient trop traumatisés pour pleurer. Certains voyageaient seuls. Les conditions d'hygiène étaient épouvantables. Seul un trou dans le plancher permettait de se soulager et le sol était souillé.

Je gardais la valise serrée contre moi en permanence pour éviter de contaminer son contenu. Je n'osais l'ouvrir de peur que la foule affamée ne se jette sur moi. J'entrouvrais le couvercle juste assez pour insinuer une main à l'intérieur. Je glissais ainsi quelques bouts de pain à Saul quand nul ne me regardait. Je faisais mine de me gratter le nez de ma main plâtrée pour manger. Au bout d'une journée, nous en avions vu suffisamment pour savoir que si nous nous endormions en même temps, quelqu'un nous volerait la valise. L'un de nous montait la garde en permanence.

Ces conditions inhumaines demeuraient préférables à notre caisse, à l'arrière du camion. Les courants d'air et le peu de lumière qui filtrait entre les lattes grossières faisaient une sacrée différence. J'y entrevoyais une lueur d'espoir, la liberté. Nous n'étions plus en Pologne occupée. J'étais loin d'être à l'abri, mais j'avais échappé aux nazis.

Plus cette prise de conscience était forte, plus je me sentais soulagée d'un poids. J'eus une sensation oubliée depuis des années : la perspective de survivre. Je commençais même à croire que tout allait bien se passer. Si Saul et moi avions pu arriver aussi loin, Tomasz en ferait autant. Si, à l'issue de cette odyssée, il ne me restait plus que lui au monde, c'était un objectif suffisant à mes yeux.

La plupart des malheureux enfermés dans ce wagon nauséabond qui sentait la mort traversaient une épreuve de plus. Pour moi, c'était le début de l'avenir dont j'avais rêvé.

Le train mit deux semaines à gagner Bouzoulouk. Lors des quelques arrêts, il y avait rarement de quoi manger. Les plus affamés se jetaient sur les quelques vivres disponibles. Saul et moi avons tenu grâce à nos deux miches de pain. Le dernier jour, il ne nous restait plus rien. Nous avions eu de la chance. Plusieurs passagers étaient morts. Les employés des chemins de fer jetaient simplement leurs cadavres dans les champs, le long de la voie.

Lorsque le chef de gare ouvrit les portes en annonçant que nous étions arrivés à Bouzoulouk, Saul et moi échangeâmes un sourire plein d'étonnement et de joie, comme pour dire : « On est en vie ! C'est incroyable, non ? » Saul avait repris des forces, au contraire de nos compagnons de voyage. Sur le quai, c'est lui qui ouvrit la marche. Naturellement, il était dévasté, mais il pouvait désormais marcher seul.

Avant de partir à pied pour le camp, nous fîmes quelques achats en ville, pour troquer nos vêtements crasseux contre des effets bon marché et chauds. Je ne gardai que mon manteau en expliquant à Saul que c'était parce qu'il « ne sentait pas trop mauvais ». En vérité, la bague de ma mère était cousue dans l'ourlet. Nous achetâmes du pain sec et des biscuits en espérant manger un vrai repas à notre arrivée au camp. La prévoyance était de mise.

— Qu'est-ce qui nous attend, d'après toi ? me demanda Saul alors que nous nous mettions en marche, avec les passagers attardés, en direction du camp.

— Un bon lit et une couverture, j'espère. Quelque part où m'allonger, m'étirer. Et de quoi manger… un plat chaud ! Tu imagines ?

Nous étions si optimistes que nous rîmes de bon cœur. Nous serions bien accueillis, c'était certain. Lorsque la procession ralentit, puis s'arrêta, nous comprîmes vite qu'il y avait un problème.

Des soldats longèrent la file en parlant aux gens. La plupart tournèrent les talons en jurant et en secouant la tête.

— Qu'est-ce qui se passe ? demanda Saul au militaire lorsqu'il arriva à notre hauteur.

— Le camp est complet. Les Soviétiques disent qu'il ne leur faut que trente mille soldats, or on a déjà soixante-dix mille personnes. Retournez d'où vous venez.

— Mais nous devons absolument nous rendre au camp. Nous avons rendez-vous avec des soldats britanniques apportant une cargaison d'uniformes. Nous ne pouvons pas repartir.

Comment pouvaient-ils croire une seconde que les gens reprendraient le train ? Autant les envoyer à la mort, entre les maladies et la faim. Le soldat haussa les épaules et s'éloigna.

— Non, dis-je en le retenant par le bras. Je ne plaisante pas. Nous devons voir les Britanniques. Nous ne partirons pas.

— Alina…, fit doucement Saul en posant une main sur la mienne.

— Je ne suis pas venue jusqu'ici pour me faire renvoyer. Et toi non plus !

Le militaire me toisa. Très vite, son irritation fit place à quelque chose d'encore plus déplaisant. La lueur d'intérêt que je lus dans son regard me rappela ce jour du début de la guerre, face à ce soldat allemand. Cette fois, l'homme qui me reluquait se tenait à côté de moi et j'avais une main sur son bras. Je m'écartai et me rapprochai de Saul, comme s'il pouvait me protéger.

— Je ferais bien une exception pour un beau brin de fille, dit le soldat en se penchant si près que je sentis son haleine de café.

Je dus lutter pour ne pas trahir ma révulsion. Quel soulagement quand il se redressa…

— Seulement pour toi, pas pour ton petit ami.

— Non ! m'écriai-je. Il doit venir avec moi. Il le faut !

Autour de nous, les gens s'éparpillaient. Même ceux qui étaient décidés à tenter leur chance quand même s'éloignaient, craignant sans doute que le garde ne m'abatte. Je ne savais qu'une chose : mon avenir se trouvait à l'intérieur de ce camp. Il fallait que j'y entre et j'avais promis à Tomasz d'emmener Saul avec moi.

— Il est médecin, implorai-je. Il peut se rendre utile, si le camp est complet…

— Nous avons des médecins. Qu'est-ce que tu as à me proposer, ma jolie ?

— À manger.

— Autre chose.

Ce qu'il voulait de moi était évident. J'en avais la nausée. Nous n'avions presque plus de roubles. Il fallait que je trouve une solution.

— J'ai des pièces, dis-je en fouillant ma poche.

— Allons… ne m'insulte pas.

— De l'or, soupirai-je.

— De l'or ? répéta-t-il, incrédule.

Saul arqua les sourcils.

Je levai le bas de mon manteau pour chercher une petite bosse, que je fis palper au soldat.

— Vous voyez ? C'est une bague en or massif. Prêtez-moi votre canif. Je vais vous la montrer. Elle devrait vous encourager à laisser mon ami m'accompagner.

— Je vais découper la doublure, répondit le soldat.

Il lacéra le fin tissu pour faire tomber la bague dans ma main tremblante. Il s'en empara et l'empocha.

— Tu as des papiers polonais ? Sinon, tu n'entreras pas, tu sais, et je n'y pourrai rien.

— Oui. Tous les deux.

— Des vrais ?

— Bien sûr, m'offusquai-je.

Je retins mon souffle en le voyant se détourner.

— Mais…

Il me foudroya du regard et nous fit signe de le suivre.

Saul et moi lui emboîtâmes le pas jusqu'à la grille. Les autres gardes nous laissèrent passer sans sourciller. Le militaire nous indiqua une tente délabrée.

— C'est là qu'on s'inscrit. Préparez vos papiers. S'il est vraiment médecin, il faut leur dire. Il peut se rendre utile.

Il tourna les talons mais tourna la tête pour m'adresser un clin d'œil.

— À bientôt, j'espère, conclut-il.

Saul me prit par les épaules et m'entraîna vers la tente.

— Alina, tu as fait preuve d'un grand courage.

— Tomasz m'a chargée de m'occuper de toi, répondis-je, un peu tendue.

— D'où te vient cette bague ?

— De ma mère…

Je me rendis alors compte de ce que je venais de faire. Des larmes me montèrent aux yeux.

— Je la gardais pour… pour mon mariage avec Tomasz.

Je sentis le bras de Saul se crisper légèrement sur mes épaules.

— Je trouverai un moyen de te remercier. Pour *tout.*

— Tu nous as déjà sauvés. Si Tomasz n'avait pas quitté Varsovie avec Eva et toi, il n'aurait pas survécu, et moi je n'aurais sans doute pas survécu s'il ne m'était pas revenu.

Je réprimai mon envie de pleurer. Il n'y avait pas grand monde devant nous et je voulais rester calme pour me présenter au comptoir d'inscription.

— Nous sommes quittes, déclarai-je d'un ton qui se voulait léger.

— Oh non, loin de là, Alina. Mais je trouverai un moyen.

Quand vint notre tour, je montrai à l'administrateur les faux papiers fournis par Henry.

— Hanna Wiśniewski, murmura-t-il en notant le nom.

Il regarda à peine le document parce que son attention était concentrée sur Saul. L'homme examina le passeport de Tomasz, puis Saul, puis à nouveau le passeport. Pendant une fraction de seconde, je m'attendis à un commentaire sur l'âge de Saul, qui avait cinq ans de plus que Tomasz et semblait bien plus vieux. La guerre nous avait tous fait vieillir. Le garde observa les cheveux de Saul.

— Vous êtes juif, non ?

Saul hésita, de sorte que je crus bon d'intervenir.

— Bien sûr que non ! Pourquoi cette question ?

— Il est brun, mademoiselle. C'est une question systématique. On a recruté trop de Juifs, les premiers jours, alors on ne peut pas en prendre davantage. Ils ne sont pas faits pour la guerre, de toute façon. Ils sont trop lâches.

J'en demeurai bouche bée. Saul me prit la main et la serra dans la sienne, puis il sourit à l'officier en reprenant son passeport.

— Vous avez besoin d'autre chose ? demanda-t-il.

— C'est bon. Bienvenue à vous.

— Où devons-nous aller, maintenant ?

— Passez dans la tente suivante. On vous assignera vos tâches et un dortoir.

Une fois dehors, je me tournai vers Saul.

— Comment fais-tu pour supporter ça ?

— Ce n'est que pour quelques semaines, me murmura-t-il. On mettra les choses au clair à l'arrivée de Tomasz. De plus, s'ils me laissent travailler en tant que médecin, ils se soucieront davantage de mes compétences que de mes origines.

Il poussa un long soupir, puis admit :

— Franchement, Alina, je ne suis pas de force à souffrir pour ma foi. Pas encore. Ce secret sera pour moi un moment de répit.

36

Alice

ZOFIA M'ENVOIE UN TEXTO pour me proposer un petit déjeuner de bon matin afin de mettre un plan sur pied. À huit heures, nous sommes donc attablées au restaurant de l'hôtel. Je prends un double expresso car j'ai à peine dormi. Pour la deuxième fois de suite, je commande aussi du *smalec*. Ce doit être inscrit dans mes gènes car j'adore ça.

Moi qui pensais ne rien attendre de ce voyage... en fait, si. Il me reste une journée pour accéder à la requête de Babcia. Je n'ai qu'une certitude : une vieille dame du nom d'Emilia se rend régulièrement sur ce qui est peut-être une tombe vide portant le nom de mon grand-père.

En Floride, Babcia va de plus en plus mal. On dirait qu'Eddie est en chute libre, Wade jongle avec un million de balles à la fois et certaines tombent par terre, naturellement. Callie se noie dans des responsabilités qu'une fillette de dix ans ne devrait pas avoir à assumer.

Et moi, je me trouve à huit mille kilomètres, en Pologne. Et je ne fais rien pour eux.

— Alors..., dit Zofia, qu'est-ce qu'on fait, aujourd'hui ?

J'avais presque oublié sa présence.

— Je regrette, mais je vais modifier mon billet de retour et rentrer dès aujourd'hui, si c'est possible.

Elle m'observe d'un air pensif.

— Vous êtes déçue. Je comprends.

— À quoi bon rester ? Nous sommes dans une impasse et je ne sais même pas ce que ma grand-mère veut, au juste. Et sa santé se dégrade.

— Je travaille beaucoup sur ces recherches familiales.

— Je sais.

— Parfois, j'ai des clients qui viennent du bout du monde pour retrouver leurs ancêtres. Ils arrivent ici et ne trouvent rien. Après la guerre, le pays était sens dessus dessous. Les archives, les registres de décès, les dépouilles, beaucoup de choses ont été perdues. En revanche, il y a une chose qu'ils gagnent toujours, c'est l'expérience d'avoir essayé. Vous n'étiez jamais venue ici, Alice, et vous ne reviendrez sans doute pas, n'est-ce pas ?

— Probablement pas.

Je sens mon cœur se serrer à la pensée de ce que je perds.

— Votre vol part... demain ?

— Oui.

— Vous avez une chambre d'hôtel, une guide, une voiture et une journée entière. Profitons-en.

— Mais... ma grand-mère... ma famille... (J'ai la gorge nouée, la voix rauque.) Mes enfants... Eddie est... ils ne s'en sortent pas sans moi.

— Alice, je n'ai pas encore d'enfants, alors ne tenez pas compte de ce que je raconte si je me trompe.

J'ai l'impression que, que vous rentriez chez vous aujourd'hui ou demain, le résultat sera sans doute le même. Vous retrouverez votre vie, vous les porterez tous à bout de bras et, dans une semaine ou deux, tout sera rentré dans l'ordre. Et en pensant à ce voyage insensé, vous n'aurez qu'un sentiment d'échec. D'accord, nous ne savons pas ce que votre grand-mère recherche. C'est frustrant, décevant, mais découvrez au moins un peu de ce pays qui l'a vue naître.

Elle pose sa serviette sur la table et se lève.

— Je dis ça comme ça, conclut-elle. Je vais faire un plein d'essence. Profitez-en pour réfléchir. Si vous décidez de rester, j'ai quelques idées à vous proposer. Je peux aussi vous conduire à l'aéroport. À mon retour, vous me ferez part de votre décision.

Avec un sourire, elle s'éloigne. Je balaie la salle de restaurant du regard. Les gens bavardent et rient. Les langues, les accents se mêlent. À part un groupe d'hommes en costume, dans un coin, les clients portent une tenue décontractée. Sont-ils en vacances ici ? Suis-je la seule, dans cette pièce, à être là sans vraiment être là ?

Soudain, cette histoire me semble terriblement injuste. Je suis en train de faire quelque chose dont je rêvais depuis des années. Certes, ce voyage ne se déroule pas comme je l'espérais. Babcia quittera ce monde sans les informations qu'elle espérait obtenir de moi et je dois l'accepter.

Après tout l'amour qu'elle m'a donné ! Elle ne m'a jamais rien demandé. J'ai envie de me précipiter outre-Atlantique pour passer avec elle ses derniers jours et implorer son pardon. Je m'en veux de baisser les bras, mais ai-je le choix ? Quelle solution me reste-t-il ? Que voudrait-elle que je fasse ?

La réponse me vient en une fraction de seconde.

Elle voudrait que je reste.

Babcia serait triste que je me sente coupable et que je renonce. Si elle était là, elle me regarderait de haut. Je l'entends d'ici :

Va donc visiter un peu mon pays, Alice. Tu n'en auras sans doute plus l'occasion.

Elle voudrait que je découvre cette terre qu'elle a tant aimée, sans me sentir coupable. Elle me féliciterait, elle saluerait mon courage d'avoir au moins essayé. Elle me dirait que ma famille peut se dispenser de ma présence une journée de plus et qu'un retour précipité ne me réconforterait en rien. Ce serait même mon unique façon de la décevoir.

Vingt minutes plus tard, Zofia est de retour dans le hall de l'hôtel. Je l'accueille avec un sourire.

— Nous avons une journée entière ! Par quoi commence-t-on ?

— La montagne ou les mines de sel, répond-elle sans l'ombre d'une hésitation.

— Que me conseillez-vous ?

— Ça dépend. Que redoutez-vous le plus ? Le vide ou les espaces confinés ?

— C'est très profond ?

— Cent trente-cinq mètres sous terre.

Je frémis d'effroi, car je suis un peu claustrophobe.

— Très peu pour moi. Va pour la montagne !

Dix minutes plus tard, nous sommes dans les embouteillages à la sortie de la ville. Zofia se remet en mode « guide touristique » et me désigne les lieux dignes d'intérêt. Je me concentre sur ses explications parce que, quand mon esprit vagabonde, je pense à la maison et je me crispe. Heureusement, Zofia est une excellente guide et parvient à me distraire un peu avec toutes ses histoires.

— Je vais vous faire goûter l'*ociepek* ! s'exclame-t-elle soudain en s'engageant sur un parking de fortune, au bord de la route, près d'une cabane.

Un nuage de fumée s'élève de la petite structure en bois. Cinq voitures sont déjà garées devant.

— Qu'est-ce que… ?

— L'*ociepek*. C'est du fromage fumé. Un délice.

Zofia sort son téléphone de son sac.

— Il n'y a pratiquement pas de réseau, ici, me prévient-elle. Mieux vaut éteindre votre téléphone, sinon vous n'aurez plus de batterie en un rien de temps.

— Ah…

J'hésite car toutes mes conversations de la veille se sont terminées sur une note plutôt tendue. Ma famille risque d'avoir besoin de moi…

— Nous serons de retour vers dix-huit heures. Vous leur parlerez cet après-midi, heure américaine, suggère-t-elle.

Je baisse les yeux vers mon écran et, dans un soupir, j'envoie un texto groupé. Je rougis de honte en me rendant compte que je dis exactement la même chose à ma mère, Wade et Callie.

Je n'ai pas beaucoup de réseau. En cas de besoin, je serai joignable vers treize heures en Floride. On se parle ce soir. Désolée pour hier. Je t'aime.

Je suis Zofia dans l'échoppe, où je suis effectivement séduite par la saveur et le moelleux de l'*ociepek*. Le vendeur insiste pour me faire goûter une liqueur de citron maison. La première gorgée a un goût de citronnade, puis elle brûle la gorge comme de la vodka. Zofia et le vendeur s'esclaffent en me voyant écarquiller les yeux et manquer m'étouffer.

Après cette dégustation, nous reprenons la route. Zofia ralentit parfois pour me montrer de superbes bâtisses traditionnelles en bois, au cœur d'un paysage saisissant. Nous gagnons la station de sports d'hiver de Zakopane avec, en arrière-plan, les sommets enneigés.

Lors de la pause déjeuner, je fais quelques emplettes dans les boutiques de souvenirs du centre-ville, des colliers d'ambre pour Callie et Maman, un gobelet portant l'inscription « Zakopane » pour Eddie, sans oublier la vodka authentique réclamée par mon père. J'en achète une seconde bouteille pour Wade. Il aura besoin d'un petit remontant après la semaine que je viens de lui imposer.

— C'est une ville charmante, déclare Zofia lorsque nous retournons à la voiture. Si je vous ai amenée ici, c'est surtout pour le téléphérique.

En milieu d'après-midi, nous arrivons à la station où la file d'attente semble interminable. Zofia me demande de patienter et disparaît dans la foule pour réapparaître dix minutes plus tard.

— Bonne nouvelle ! Suivez-moi. Vous pouvez passer avant les autres, à une condition.

— Laquelle ?

— En arrivant en haut, allez faire un tour pour admirer la vue, prenez votre temps, mais ne redescendez pas sans avoir bu un verre de vin au restaurant. C'est la tradition.

Sur ces mots, elle prend congé. Elle a convaincu un guide japonais de m'intégrer dans son groupe ! Je me retrouve ainsi dans une cabine de téléphérique, à des centaines de mètres au-dessus du sol, en compagnie d'une dizaine de Japonais et leur guide.

Au bout de dix minutes d'ascension, nous sommes à deux mille mètres d'altitude, m'indique le guide.

Je lui réponds d'un sourire et m'écarte du groupe pour marcher vers le sommet, croisant parfois d'autres visiteurs. Au bout du chemin, je me retrouve seule pendant quelques instants magiques.

Un panneau explique que l'autre versant de la vallée se trouve en Slovaquie. Cette vallée profonde présente tous les tons de vert, sous le blanc des cimes et le bleu intense du ciel, un panorama saisissant qui me touche. Émue, je pivote sur moi-même pour admirer ce paysage unique. Je n'ai jamais rien vu d'aussi beau.

En ce troisième jour de voyage, en dépit de mes déceptions, je vis une expérience merveilleuse. Je ne rentrerai peut-être pas chez moi avec des réponses à mes questions, mais j'aurai au moins eu un aperçu des racines de ma grand-mère. Quelle bonne surprise ! Le fait d'avoir *survécu* à ce voyage m'a donné une assurance dont je m'ignorais capable.

Wade m'a fait un beau cadeau, en dépit de toutes nos difficultés. J'ai hâte de lui raconter la révélation de ce moment passé au sommet d'une montagne pour le simple plaisir de l'expérience. C'est un engagement envers moi-même. Je m'autorise à créer un souvenir qui ne profite qu'à moi. Je suis mère, épouse, fille et petite-fille et j'aime ça. Ici, je suis simplement Alice et, en cet instant époustouflant, je suis totalement dans le présent.

Au restaurant, je ne me contente pas de boire un verre de vin. Je le savoure, puis j'en commande un autre. En rejoignant Zofia en bas, je lui explique qu'il y avait un verre pour moi et un verre pour elle. Amusée et ravie, elle m'étreint avec chaleur.

— Vous avez enfin compris le sens de ce voyage, Alice !

Sur le trajet de retour vers Cracovie, je me rends compte que je n'ai pas rallumé mon téléphone. Je le sors donc de mon sac et, très vite, les textos s'affichent en rafale. Les inévitables remerciements de mon mari, ma mère et ma fille, suivis d'une série assez étonnante :

Alice, c'est Lia, la petite-fille d'Emilia. Rappelez-moi à ce numéro dès que possible.

Alice, c'est encore Lia. J'ai essayé de vous joindre toute la journée. Êtes-vous encore en Pologne ? Appelez-moi d'urgence.

Bonjour Alice, j'ai peur de vous avoir offensée et j'en suis désolée. Le policier était mon mari. Je voulais simplement vous effrayer. Vous ne risquiez pas l'arrestation. Rappelez-moi svp.

Et enfin :

Alice, je suis Agnieszka Truchen. Désolée pour le malentendu, au centre médical, hier. J'espère qu'il n'est pas trop tard pour qu'on se parle. Appelez-moi sans tarder si vous êtes toujours en Pologne.

J'explique à Zofia, abasourdie :

— Lia et Agnieszka ont essayé de me joindre.

Elle est aussi étonnée que moi, mais nous n'avons pas le temps de discuter, car je rappelle déjà Lia.

— Alice ? répond-elle dès la première sonnerie.

— Lia, désolée, oui, c'est moi. Je n'avais pas de réseau.

— Vous êtes toujours en Pologne ?

— Oui, pourquoi ? Vous avez… ?

— Pouvez-vous venir à Cracovie ? coupe-t-elle, pressante. Ce soir ? Je viendrai vous chercher si vous n'êtes pas motorisée. Où vous voulez.

— Je suis en route pour Cracovie, justement. J'y ai une chambre d'hôtel.

Je m'interromps, attendant des précisions, mais le silence s'éternise.

— Que se passe-t-il, Lia ? Vous disiez ne pas pouvoir m'aider.

Lia hésite un instant avant de répondre, pleine de remords :

— Moi, non. En revanche, ma grand-mère tient à vous rencontrer.

37

Alina

Nous espérions que le camp serait relativement confortable. Cruelle déception ! Le monde entier était à bout de ressources. Où que nous allions, les gens étaient affamés, crasseux et tristes. Le camp de Bouzoulouk ne faisait pas exception à la règle. Toute la souffrance à laquelle nous nous étions habitués y était concentrée. L'objectif de cette structure était de préparer les Polonais libérés depuis peu à combattre aux côtés des troupes alliées. Hélas, ils n'avaient pas d'armes pour l'entraînement, et bien trop peu d'uniformes et de nourriture. Tout le monde avait des poux sans aucun moyen de les éradiquer. Nous ne disposions pas de sanitaires où laver nos corps et nos vêtements. Le jour de notre arrivée, ils nous dirent avoir commandé des traitements anti-poux. Quelques semaines plus tard, la cargaison arriva par le train. Il n'y avait qu'un carton de produits, de quoi soigner quelques dizaines de patients infestés. Cela ne faisait aucune différence dans un camp de presque quatre-vingt mille personnes.

Je maudissais Tomasz à cause de mon plâtre, qui me démangeait terriblement, en plus des poux.

Saul fut rapidement mis au travail à l'infirmerie, en tant que Dr Tomasz Slaski. Nul ne s'interrogea sur son âge ou ne demanda à voir ses diplômes. Considérée comme une blessée à cause de mon poignet, je fus chargée de m'occuper des orphelins durant la journée. Dans un premier temps, je rechignai à cause de mon manque d'expérience des enfants, mais les réfugiés devaient faire leur part et je n'avais pas d'autres compétences à proposer.

Je m'attendais à ce que les enfants soient tristes, or ils jouaient, ils riaient, ils couraient partout. Leur résilience était incroyable. Je ne tardai pas à aimer mon travail et à sympathiser avec les femmes plus âgées que moi qui veillaient sur les petits. J'appréciais particulièrement Mme Konczal, qui était chanteuse d'opéra avant la guerre. Elle chantait des chansons merveilleuses pour calmer les orphelins avant les leçons que nous leur donnions. C'était difficile mais gratifiant. Chaque après-midi, à la fin de mon service, j'étais satisfaite de m'être rendue utile.

À l'infirmerie, Saul était dans son élément. Aux commandes du service « chirurgie », il effectuait des tâches bien plus fatigantes que les miennes. Je prenais de ses nouvelles chaque jour, quitte à attendre des heures qu'il en ait terminé avec ses patients. Les infirmières étaient habituées à me voir dans son bureau de fortune. Je bavardais avec elles et les aidais dans la mesure du possible sur le plan administratif.

J'admirais l'attitude de Saul et j'imaginais sans peine Tomasz dans la même situation, dès qu'il aurait terminé ses études, quand nous serions mariés. Avec très peu d'équipement et des patients à l'infini, Saul restait calme et rassurant, plein de compassion. Quand il me racontait sa journée, il donnait l'impression que ses patients lui accordaient une faveur en lui permettant de les soigner. C'était peut-être le cas car Saul s'épanouissait en aidant les autres.

— Tu vas voir, Hanna, me disait-il pour me rappeler ce prénom auquel je ne m'habituais pas. Dès que ton Tomasz arrivera, je le prendrai sous mon aile. Ainsi, quand les Britanniques vous emmèneront, il en saura autant que la plupart des grands professeurs.

Au fil des semaines, chacun s'installa dans son rôle. Nous nous retrouvions pour le dîner et le petit déjeuner. Mon plâtre me démangeait terriblement, mais Saul m'avait fait promettre de ne pas y insérer une brindille pour me gratter. Il trouva une règle dans les bureaux et, quelques minutes par jour, il la glissait avec d'infinies précautions sous son dispositif pour me soulager.

— Il ne faut surtout pas déplacer l'étui, me murmura-t-il un jour. Et ne pas t'érafler la peau. En cas d'infection, il faudrait casser le plâtre. Ne fais jamais ça seule, c'est promis ?

— D'accord, répondis-je en savourant le léger grattement.

— Bien, dit-il en riant de mon expression extatique. On remet ça demain, à la même heure ?

Parfois, nous parlions d'Eva et Tikva, de ces trop courts mois de tendresse passés avec sa fille, de son bonheur avec sa femme, avant la guerre. Nous évoquions aussi mes parents et mes frères, ou je lui relatais un doux souvenir avec Tomasz. Moi qui croyais que la parole m'aiderait à surmonter mon manque… Ce fut le contraire.

— Tomasz ne devrait pas tarder, murmurais-je quand l'émotion enflait et que les larmes n'étaient pas loin.

— D'un jour à l'autre, renchérissait Saul avec un sourire confiant.

Son soutien me remontait le moral. Notre projet était en bonne voie et tout allait bien se passer. J'avais néanmoins des moments de mélancolie, d'autant qu'il m'apparaissait de plus en plus que, si Tomasz n'avait pas de nouvelles de mes parents, je devrais en conclure qu'ils étaient morts et m'y résigner. Dans les moments de chagrin, Saul trouvait les mots pour me réconforter. Il m'était très cher et je comprenais pourquoi Tomasz le tenait en si haute estime.

— Une jeune femme très avisée m'a dit un jour que je devais croire que j'étais voué à survivre. Je suis là, j'aide tous ces malades et je constate qu'elle avait raison… ce sera pareil pour Tomasz et toi.

— Tu sembles plutôt heureux, ici.

— Aussi heureux que je ne le serai jamais au cours de ce qu'il me reste de vie. Il paraît que le camp sera évacué en Perse car nous ne sommes pas préparés pour l'hiver… peu m'importe. Ils peuvent nous emmener sur la lune, mon rôle est d'aider ces gens.

— Même si l'armée polonaise ne veut pas de toi dans ce camp parce que tu es juif ?

La capacité de pardon de Saul ne cessait de m'étonner.

— Au moment propice, je révélerai ma véritable identité et mes origines. Tu verras ce que j'ai toujours su : quand un homme est malade et qu'un seul être est capable de le sauver, il oublie ses préjugés.

Une idée soudaine me vint.

— Si tu restes, tu me manqueras, tu sais. Mieux vaudrait que tu voyages avec Tomasz et moi. Nous pourrions tous nous installer en Angleterre… Cela ne te plairait pas ?

— Tomasz et toi serez très heureux et tu as bien mérité ce bel avenir. Je ne vous suivrai pas. Vous avez besoin de prendre un nouveau départ.

Saul était mon allié. J'étais heureuse qu'il envisage à nouveau l'avenir. Il y avait une lueur d'espoir au bout du tunnel, ce que je n'aurais jamais cru possible vu son état de prostration des premiers temps.

Tout le monde était malade, dans ce camp, et je ne faisais pas exception à la règle. Deux mois après notre arrivée, je souffrais en permanence de problèmes digestifs. Certains soirs, il me suffisait d'avaler deux bouchées de ma maigre ration pour me sentir nauséeuse. D'après Saul, tant que je me nourrissais une fois par jour, je ne risquais rien. Les cas de dysenterie étaient nombreux et beaucoup mouraient de déshydratation.

Je pris mon mal en patience. Un matin, en posant les yeux sur un morceau de pain légèrement moisi, je faillis céder à une nausée.

— Tomasz arrivera d'un jour à l'autre, dis-je à Saul en espérant qu'il me rassure comme il en avait l'habitude.

— Eva et moi ne comptions pas concevoir Tikva.

Surprise, je levai les yeux vers lui.

— En temps de guerre, on ne songe pas à mettre un enfant au monde, ajouta-t-il. Surtout dans notre situation. Nous étions amoureux et il était naturel de l'exprimer. Nous faisions attention… ce sont des choses qui arrivent. Tu sais comment j'ai découvert qu'elle était enceinte ?

— Comment ?

— Nous avions quitté Varsovie depuis quelques semaines, avec Tomasz, raconta-t-il avec un sourire nostalgique. Nous étions sur la route, à nous cacher où nous pouvions, à manger ce qui nous tombait sous la main. Tomasz était plus débrouillard que moi. Un jour, il a même capturé un canard ! On l'a fait griller sur un feu de bois. C'était un miracle, Alina. Quel délice ! Dis-moi, quand as-tu mangé de la viande rôtie pour la dernière fois ?

— J'ai oublié, admis-je en riant tristement.

— Justement. Nous étions tapis dans une grotte quand Tomasz nous a procuré ce festin. Eva a pris un morceau de viande et l'a porté à ses lèvres. Et là, elle a eu une nausée. Elle ne comprenait pas pourquoi cette chair délicieuse lui avait retourné l'estomac.

Saul retrouva son sérieux et prit un air distant.

— Alina, tu comprends pourquoi je te raconte cette histoire, n'est-ce pas ?

J'en demeurai bouche bée, puis je sentis monter une onde de chaleur et je me sentis défaillir. Saul me rattrapa au moment où j'allais tomber de ma chaise. Avec l'aide d'autres personnes du réfectoire, Saul me porta à l'extérieur. Il s'assit près de moi et posa une main sur mon épaule.

— Je ne voulais pas te choquer, souffla-t-il une fois seul avec moi. Pardonne-moi.

Jusqu'alors, je n'avais pas pleuré, ni dans le camion, ni dans le train, ni même après avoir sacrifié la bague de Maman. Je n'avais pas conscience de mon propre courage.

Mais ça… c'était trop.

Si je n'avais pas eu mes règles depuis mon départ de Pologne, je ne m'en étais pas inquiétée car mes cycles étaient irréguliers. Comme Saul et Eva, nous avions fait attention… Sans doute nous étions-nous laissé aller à la joie d'être ensemble.

— Maman sera folle de rage. Papa aussi. Les gens vont me juger…

— Pas du tout, répliqua Saul, parce que Tomasz t'épousera.

— Les autres sauront que je suis tombée enceinte avant le mariage !

Pour la première fois, j'énonçai à voix haute une pensée que j'avais peur d'exprimer :

— Il devrait être déjà là, non ? Et s'il ne venait pas ?

— S'il était là, que ferait-il ? s'enquit Saul.

— Il m'épouserait. Il en a toujours eu l'intention. Il m'a promis que nous trouverions un prêtre le jour de son arrivée, mais…

— Dans ce cas, Tomasz va t'épouser aujourd'hui même.

Face à mon air ahuri, il crut bon de s'expliquer :

— Je vais prendre sa place provisoirement parce que c'est exactement ce qu'il voudrait que je fasse.

Et c'est exactement ce qu'il fit.

Notre mariage créa une grande agitation parmi nos camarades du camp. « Tomasz » s'étant forgé une réputation de chirurgien miracle, même des inconnus nous offrirent des cadeaux. Une patiente nous remit une petite fleur des champs, un administrateur nous fit don d'une couverture et, surtout, Mme Konczal nous procura du savon. Le personnel de l'orphelinat s'était cotisé. Pour le dîner, le cuisinier avait déniché une saucisse que je partageai avec Saul. C'était une offrande si précieuse que je fus touchée et pleine de gratitude envers nos amis. Pendant quelques instants fugaces, j'oubliai presque les horreurs de la guerre. Je me laissai aller au plaisir d'être aimée et acceptée.

Mme Konczal s'approcha de nous, affichant un large sourire, les mains croisées sur sa poitrine.

— Nous avons une autre surprise... pour votre nuit de noces.

Pleine d'appréhension, je la suivis vers une tente dressée un peu à l'écart des autres, ce qui n'était chose facile dans ce camp surpeuplé. Une petite tente pour deux personnes.

— Voilà ! s'exclama Mme Konczal.

— Oh, merci !

J'étais pétrifiée, incapable de regarder Saul. Elle nous embrassa tour à tour en nous souhaitant une bonne nuit, puis elle s'éclipsa.

Je m'écroulais sur le matelas qu'elle avait disposé sur le sol de la tente et fondis en larmes.

— Je suis désolé, me dit Saul. Crois-moi, Alina. Ce n'était pas prévu. Je ne pensais pas qu'ils...

— Il ne viendra pas, n'est-ce pas ? Et si je me retrouvais seule avec le bébé ?

Saul s'assit près de moi et me prit la main.

— Tu sais, Alina, la guerre nous brise et nous réduit à notre instinct de survie. Heureusement, quand on dépasse cet instinct de survie, un miracle est toujours possible. J'ai aidé Tomasz, il m'a aidé, tu m'as aidé plus que tu ne le sauras jamais. À présent, je me réjouis d'avoir l'occasion de te rendre ce service. En ces temps où le pire de l'humanité a pris le dessus, il est important de puiser ce que nous avons de bon en nous. Tu n'es pas seule et tu ne le seras pas une seconde jusqu'à l'arrivée de Tomasz. Je sais qu'il ne rêve que d'être avec toi. Jusqu'à ce qu'il vienne reprendre sa place, peu importe quand, je veillerai sur toi et ton bébé comme si vous étiez ma famille.

Dès lors, tout changea. Saul et moi logions dans une tente pour couple marié. Nous devions partager le même lit, mais nous avions connu des moments de promiscuité plus gênants lors de notre voyage. Il faisait de plus en plus froid et la toile ne nous protégeait pas. Il ne fallut guère de temps pour que la chaleur du corps de l'autre nous évite d'être frigorifiés. Chaque soir, il m'enveloppait de ses bras et je le sentais prier en silence, à mon oreille.

Saul tint sa promesse. Il chercha des aliments que je puisse supporter, ce qui n'était pas facile. Il fit en sorte que je travaille au bureau de l'infirmerie, où je bénéficiais du chauffage et d'une chaise. Je m'occupais des dossiers des patients en bavardant avec les infirmières. Parfois, en fonction du menu, Saul insistait pour me laisser sa part, allant jusqu'à me nourrir, comme je l'avais fait pour lui à l'arrière du camion.

S'il ne m'avait pas épousée, je serais devenue une paria. Les mères célibataires étaient stigmatisées, même en temps de guerre. Si Saul n'avait pas veillé sur moi, je serais peut-être morte de faim en début de grossesse. Je portais un plâtre depuis si longtemps qu'il était sale, inconfortable et s'effritait sur les bords. Quand d'autres médecins me suggéraient de le faire enlever, Saul trouvait mille excuses pour que je le garde encore un peu.

Saul était présent pour moi et l'enfant et je savais que je lui en serais reconnaissante à jamais.

Nous étions au camp depuis presque trois mois. Mon ventre s'arrondissait et emplissait mon pantalon. En revanche, je n'avais plus de nausées. Je travaillais au bureau de l'infirmerie quand j'entendis quelqu'un appeler Saul, à l'extérieur. Naturellement, cette personne affolée et étrangère le nommait Tomasz, comme tout le monde, même moi, par nécessité.

Saul se trouvant dans son bloc opératoire de fortune, je sortis pour voir ce qui se passait. Je ne reconnus pas l'uniforme de ce soldat, ni la langue qu'il parlait. Il se contentait de répéter deux mots qui sonnaient merveilleusement à mes oreilles.

— Thomas Slas-ki ?

Je lui désignai le bloc, mais il me montra les services administratifs du camp.

— British ? Brytyjski ? Thomas Slas-ki ?

Soudain, je compris. Cet homme était britannique et il était avec Tomasz. Les plans avaient changé, ce qui expliquait le retard de Tomasz. Il avait sans doute rencontré ce Britannique et il venait me chercher ! Avec un cri de joie, je courus vers l'administration en formant mille projets. Je me jetterais dans ses bras pour le dévorer de baisers. Les employés seraient troublés car ils me croyaient mariée à un autre homme. Toutefois, je serais incapable de me retenir. Dès que j'aurais retrouvé Tomasz, je ne le laisserais plus jamais s'éloigner de moi.

Devant la réception se trouvaient d'autres hommes portant le même uniforme.

— Tomasz Slaski ? demandai-je à l'un d'eux.

Il posa sur moi un air vague, puis il s'illumina et se contenta d'un hochement de tête. Impatiente, je m'adressai à un autre militaire, qui eut la même réaction.

— Hanna, fit alors une voix grave, derrière moi.

C'était Saul.

— Ils ont Tomasz ! soufflai-je en me tournant vers lui.

— Hanna, répéta-t-il doucement.

— Tu l'as vu ? Il est là quelque…

— Alina !

Le ton autoritaire de Saul et son emploi inattendu de mon véritable prénom me firent l'effet d'une douche froide.

— Ce sont les militaires britanniques venus livrer les uniformes et ils me cherchent. Tu ne comprends donc pas ? Ils cherchent Tomasz, comme prévu.

Je le dévisageai, le temps d'assimiler ses propos. Enfin, la terrible réalité me frappa de plein fouet.

Tomasz devrait être arrivé.

Or il n'était pas là. Nous n'avions pas prévu cette éventualité.

— Je dois rester, bredouillai-je. Je ne peux pas partir. Il doit être en route…

Saul me prit par le bras et m'entraîna à l'écart. Il posa les mains sur mes épaules et me regarda droit dans les yeux.

— Calme-toi et concentre-toi, murmura-t-il. Réfléchis bien et très vite. Nous sommes arrivés très loin avec cette pellicule, Alina. Tu as enduré ce plâtre pendant des mois rien que pour cet instant. Tomasz n'est pas là et je suis certain qu'il va venir. Il ne s'arrêtera pas en découvrant que tu es partie d'ici. Les gens du camp lui diront où tu es partie et il te retrouvera. Mais je ne…

Il s'interrompit, soudain frustré.

— Alina, si tu restes ici, dans ces conditions, tes chances de survie et celles de ton bébé sont pratiquement nulles, surtout si je pars avec ces militaires, et je sens que je dois y aller. Comment ne pas raconter au monde entier ce qui se passe chez nous ? Puis-je trahir ma femme, ma fille et mon peuple en renonçant à cette opportunité de me rendre utile ?

Une heure plus tard, j'étais assise à l'arrière d'un véhicule militaire, avec Saul, en route pour un aérodrome où je prendrais l'avion pour la première fois de ma vie. Nous n'avions pas de bagages. La valise avait disparu depuis longtemps, nous ne possédions que les vêtements que nous portions et le petit chausson de cuir dont Saul ne se séparait jamais, niché dans la ceinture de son sous-vêtement.

38

Alice

EMILIA SLASKI SE NOMME À PRÉSENT EMILIA GORKA. Au terme d'une grande carrière de peintre, elle s'est retirée dans un luxueux appartement avec vue sur le château de Wavel, à quelques rues de mon hôtel. Je frappe à la porte, l'estomac noué. Mon angoisse monte d'un cran quand je constate la présence de Lia.

— Je regrette sincèrement mon comportement. Je voulais juste la protéger…

— Fais-les donc entrer, Lia ! lance une autre femme, derrière elle.

Lia s'écarte. La ressemblance qui m'avait frappée sur les photos se confirme. Il est manifeste que j'ai un lien de parenté avec Agnieszka Truchen. Nous avons les mêmes yeux verts et la même implantation de cheveux en V, sur le front. Elle vient à ma rencontre et prend mes mains dans les siennes. Pendant un long moment, elle se contente de me fixer, intriguée, sans un mot, puis elle se ressaisit.

— Quel plaisir de vous rencontrer !

— Pour moi aussi. Voici Zofia, ma guide.

Un silence gêné s'installe entre nous. Agnieszka est sous le choc. Je suis saisie par notre ressemblance. Néanmoins, je ne comprends pas cet embarras manifeste.

— Vous devez être Agnieszka…

— Absolument. Agnieszka Gorka-Truchen. Ne m'en veuillez pas de vous regarder comme une bête curieuse, poursuit-elle, je ne m'attendais pas à ce que vous ressembliez autant…

Sa voix s'éteint, puis elle me scrute de plus belle.

— Lia ! Comment as-tu pu douter une seconde ?

— L'air de famille ne m'a pas échappé, proteste la jeune femme, mais je me méfiais, de peur qu'elle ne soit intéressée. Ensuite, j'ai eu peur de bouleverser…

Leur stupeur me met mal à l'aise.

— Excusez-nous, Alice. Lia ne m'avait pas prévenue, voilà tout. Entrez donc ! Passons au salon. Maman est impatiente de vous rencontrer.

Zofia et moi la suivons jusqu'à une vaste pièce aux murs tapissés de livres et décorée de meubles anciens. Une vieille dame frêle est assise dans un fauteuil en cuir. Elle est bien coiffée, très maquillée et parée d'énormes bijoux. En me voyant, elle retient son souffle. Je n'en reviens pas moi-même. Je ressemble davantage à cette inconnue qu'à ma propre grand-mère !

Je comprends à présent la réaction d'Agnieszka. Emilia a cette couleur d'yeux si particulière, ce beau vert que j'ai transmis à Eddie.

La vieille dame tend les bras vers moi. Elle tremble. Je m'approche et je me penche vers elle. Elle prend mon visage entre ses mains et, bientôt, deux grosses larmes coulent le long de ses joues fardées, vers son cou flasque. Elle se met à parler rapidement en polonais. J'ignore à qui elle s'adresse et si elle exprime de la tristesse ou de la joie.

J'interroge Agnieszka qui vient s'asseoir à côté d'elle, les yeux embués de larmes :

— Elle va bien ?

— Elle n'en croit pas ses yeux car vous êtes manifestement la petite-fille de mon grand-oncle Tomasz. D'après Maman, vous êtes son portrait craché quand elle était jeune. Hélas, Tomasz est mort en 1942 avant d'avoir pu épouser Alina, donc nous nous demandons comment elle a pu tomber enceinte de lui.

— Ah...

Emilia va-t-elle digérer le fait que son frère n'est pas mort pendant la guerre ? Il faut pourtant que je rétablisse la vérité. Je prends mon courage à deux mains.

— Je suis désolée, ce n'est pas possible, car mon grand-père Tomasz est mort l'an dernier, au terme d'une existence très heureuse en Amérique.

Soudain, Agnieszka, Emilia, Lia et Zofia se mettent à déblatérer toutes en même temps en polonais tandis qu'Emilia me caresse les joues en sanglotant. Elles haussent le ton. J'ai l'impression qu'elles se disputent et, soudain, le silence revient. Zofia pose une main sur mon bras.

— Alice, pouvons-nous contacter votre grand-mère en vidéoconférence ? Emilia voudrait la voir.

— Vous les avez prévenues qu'elle comprend le polonais mais est incapable de leur répondre ?

— Je le leur ai expliqué. Emilia affirme que si ses médecins n'étaient pas des idiots, elle prendrait le premier avion pour les États-Unis. Hélas, il lui est interdit de voyager pour raisons de santé.

Je souris à Emilia car ma grand-mère n'aurait pas dit mieux.

— Vous l'appelez en FaceTime ? me demande Lia, qui semble désireuse de se racheter. Dans ce cas, je vais chercher l'ordinateur car elle a une mauvaise vue. Babcia verra mieux sur un grand écran.

Dans un premier temps, je crois qu'elle évoque *ma* Babcia. Toute ma vie, je n'ai connu qu'une seule Babcia. J'appelle vite ma mère, qui est à son bureau. Elle accepte de se rendre à l'hôpital sur-le-champ.

— Avec qui es-tu ? s'enquiert-elle, un peu méfiante.

— On a enfin retrouvé la mystérieuse Emilia Slaski, la sœur de Pa !

— Je croyais que tu étais dans une impasse.

— Je l'étais, mais j'ai trouvé une issue.

— Tu es sûre que c'est la bonne personne ?

Je me mets à rire en regardant Emilia.

— Tu comprendras en la voyant !

En attendant que ma mère arrive à l'hôpital, Emilia met du rouge à lèvres d'une main tremblante, puis elle envoie Agnieszka et Lia à la cuisine pour préparer du thé et une collation.

En se faisant belle pour ces retrouvailles tardives, Emilia ne me quitte pas des yeux. À plusieurs reprises, elle secoue la tête comme si elle n'en revenait toujours pas.

— Elle ne semble pas contrariée d'apprendre que son frère était vivant durant toutes ces années, dis-je à Zofia dans un murmure.

— Elle n'en croit rien, m'avoue Zofia avec une moue. Espérons que cette entrevue remettra les pendules à l'heure.

Je reçois alors un texto de ma mère :

Je suis avec Babcia. Elle est très alerte, aujourd'hui et je crois qu'elle comprend la situation. C'est quand tu veux.

— Prête ? dis-je à Lia, qui s'adresse à Emilia en polonais.

Je confie l'ordinateur à Lia et la connexion s'établit. Lia ajuste l'écran face à sa grand-mère. Soudain, celle-ci retient son souffle et écarquille les yeux. En Floride, la réaction est tout aussi vive.

— Alina ! s'exclame Emilia. *Duz'a siostra !*

La vieille dame agrippe l'écran à deux mains, les yeux embués de larmes. Je vois Babcia assise dans son lit, adossée à un oreiller. Elle se penche vers sa tablette, folle de joie.

— Elle l'a appelée « grande sœur », me souffle Zofia.

Emilia se lance dans un discours. Son débit est si rapide que je me tourne vers Lia, un peu alarmée.

— J'ignore si Babcia suivra.

Lia s'adresse à Emilia, qui lève les yeux au ciel et parle à Babcia. Celle-ci réagit de même, exaspérée.

Zofia étouffe un rire.

— Emilia vient de dire à votre grand-mère que les jeunes les croient stupides parce qu'elles sont vieilles.

Emilia reprend la parole plus calmement. Elle n'en est pas moins déterminée et j'attends qu'elle marque une pause pour interroger Zofia. Hélas, elle babille sans discontinuer. Au bout d'un moment, je suis la seule de la pièce à ne pas avoir les larmes aux yeux.

— Zofia ?

Elle vient s'asseoir sur l'accoudoir de mon fauteuil pour jouer les interprètes.

— Voilà… les parents adoptifs d'Emilia n'étaient autres que la sœur aînée d'Alina et son mari, Truda et

Mateusz. Elle raconte qu'Alina lui a sauvé la vie, puis lui a trouvé une famille aimante. Truda et Mateusz ont survécu à la guerre et sont morts âgés, après une existence heureuse et bien remplie. Emilia remercie votre grand-mère, elle est pleine de gratitude et loue la Vierge Marie d'en avoir la possibilité. C'est poignant.

Cette fois, Emilia s'adresse à Lia, Agnieszka et Zofia.

— D'accord, dit Zofia. Elle explique que Tomasz travaillait avec le réseau Żegota.

Face à mon air ahuri, elle juge bon de préciser :

— Le gouvernement polonais en exil a créé ce groupe pour venir en aide aux Juifs persécutés. Tomasz a permis à nombre d'entre eux de se cacher, dont un jeune médecin et sa famille… Emilia pense que ce médecin se nommait Saul.

— Saul Weiss ?

— Certainement, affirme Zofia, pensive, avant de revenir à Emilia. Tomasz avait organisé leur fuite de Pologne, à Alina et lui. Hélas, le jour venu, les nazis ont découvert Saul et sa famille, qui se cachaient chez un fermier. Celui-ci les aurait dénoncés tous, y compris Tomasz.

Emilia reprend la parole. Je vois la détresse de ma grand-mère. Elle ne sanglote pas, mais son visage se tord de douleur et les larmes déferlent en un flot ininterrompu.

— La femme et le bébé de Saul ont été tués…

— Eva et Tikva…, dis-je dans un murmure.

Emilia parle entre deux sanglots, sans quitter l'écran des yeux.

— Tomasz avait déjà planifié leur départ, il avait accepté d'emporter une pellicule photo au-delà de la frontière et avait rendez-vous avec des soldats britanniques. Il devait voyager en compagnie d'Alina, mais a refusé de partir car les nazis connaissaient son identité. Il s'inquiétait pour Emilia et ses parents adoptifs. À l'époque, les nazis exécutaient la famille de quiconque aidait des Juifs. Alina n'avait plus qu'à partir sans lui en emportant la pellicule photo.

— Waouh…

Je ne quitte pas ma grand-mère des yeux.

— Emilia n'a pas été surprise quand Tomasz lui a annoncé le départ d'Alina. C'était déjà une jeune fille très courageuse !

Zofia s'adresse à Emilia, puis me traduit ses propos :

— Comme je vous l'ai expliqué devant la tombe, il était pratiquement impossible de fuir sous l'Occupation. Alina a quitté le Troisième Reich clandestinement, puis elle a franchi le front de l'est pour entrer en territoire soviétique. Enfin, elle a réussi à gagner l'Amérique.

— Elle est très forte, admets-je. C'est admirable. Que contenait cette pellicule ?

— Tomasz ne le lui a pas dit, mais Emilia l'a deviné plus tard. Elle pense que c'étaient des clichés d'Auschwitz.

Zofia s'interrompt à nouveau pour écouter Emilia.

— Ils ont décidé que Saul irait avec Alina. Emilia… elle pense que Saul a pris les papiers d'identité de Tomasz…

Je mets un certain temps à assimiler les implications de cette révélation. Puis la réalité me frappe de plein fouet. Je n'ai pas le temps de m'attarder sur ce sentiment de panique, car Emilia parle encore. Je dois me concentrer sur ce que Zofia me traduit.

— Après le départ d'Alina et Saul, Tomasz est venu chez Emilia, de bon matin, et a réveillé toute la famille. Il était dans une grande détresse et très pressé. Il a confié à Emilia un message pour Alina en recommandant à ses parents adoptifs de fuir au plus vite. Ensuite, il est allé se rendre aux autorités allemandes.

— Pourquoi ?

Je n'y comprends rien. Zofia s'entretient encore avec la vieille dame, puis se tourne vers moi :

— Tomasz en savait trop sur les Juifs cachés dans la région. Les nazis le recherchaient sans relâche et avaient dressé des barrages sur les routes. Pour que le camion d'Alina puisse passer, il fallait que cesse cette chasse à l'homme. Tomasz n'avait pas le choix.

Babcia pleure. Près d'elle, ma mère est désemparée. Emilia poursuit son récit :

— Elle déclare que c'est un honneur pour elle de lui transmettre enfin le message de son frère, traduit Zofia. Tomasz attend Alina dans l'au-delà car, même dans la mort, il veut tenir sa promesse de la retrouver quoi qu'il arrive.

Ma grand-mère en reste bouche bée, puis son râle de douleur me fend le cœur.

— Alice ! lance ma mère en apparaissant à l'écran, passablement énervée. Qu'est-ce qui se passe, nom de Dieu ?

Maman n'entend pas les traductions de Zofia qui murmure à mon oreille alors que la vieille dame parle fort.

Je vais devoir lui dire. Je vais devoir lui dire.

— Maman, attends une minute, s'il te plaît...

— Babcia est dans tous ses états !

Emilia s'emporte à son tour.

— Votre mère peut-elle remettre la caméra sur votre grand-mère ? demande Agnieszka.

— Maman, s'il te plaît !

Incapable de m'en empêcher, je fonds en larmes.

— S'il te plaît, Maman ! S'il te plaît !

Ma mère grommelle et s'exécute de mauvaise grâce.

— Encore une minute, alors ! Et si personne ne m'explique ce qui se passe, je coupe la communication ! prévient-elle.

Emilia accorde à Babcia le temps de digérer le message. Bientôt, le chagrin fait place à une forme de soulagement sur le visage de ma grand-mère. Alors, seulement, Emilia reprend la parole, plus sereine.

— Elle demande à Alina si elle va bien.

Babcia hoche la tête et lui fait signe de continuer.

— Elle lui raconte qu'après l'Occupation, Tomasz a été nommé Juste parmi les nations, d'où la médaille que nous avons vue sur sa tombe.

Babcia sourit tristement, mais elle est fière. C'est magnifique, même si je peine encore à me concentrer sur elle.

— Emilia est formelle, c'est bien Saul qui a quitté la Pologne avec Alina, et non Tomasz, n'est-ce pas ? je demande dans un sanglot. Elle en est absolument sûre ? Parce que… dans ce cas… je vais devoir informer ma mère…

Emilia se tourne vers moi et pose une main sur mon bras, puis elle dit deux mots à Zofia.

— Oui, Emilia est certaine que Tomasz a été exécuté. Mateusz a payé un garde pour qu'il récupère sa dépouille, afin qu'ils puissent l'enterrer avant de quitter la ville. C'est Emilia qui a eu l'idée de l'enterrer sur la colline car c'est là qu'Alina et lui se retrouvaient pour s'embrasser. C'est là qu'il a été le plus heureux. Ils ont marqué la sépulture à l'aide de repères et, dans les années 1970, elle a fait dresser la pierre tombale, une fois qu'elle en a eu les moyens.

— Pourquoi n'a-t-elle jamais répondu aux lettres de Babcia ? je demande à Agnieszka. Elle lui a écrit pendant des années. Pourquoi Emilia n'a-t-elle pas donné signe de vie ?

Elles échangent quelques mots, puis Emilia fixe à nouveau la caméra, l'air peiné.

— Nous pensons que votre grand-mère a adressé ces lettres à la maison de Trzebinia, m'explique gentiment Agnieszka. Hélas, les communistes avaient réquisitionné les lieux et ma mère n'a pas pu s'y installer. Nous n'avons récupéré le centre médical que dans les années 1970. Si Maman n'a jamais reçu le moindre courrier, elle précise qu'elle a tenté de retrouver Alina. Tomasz lui avait indiqué qu'elle l'attendrait en Angleterre, sans doute sous le nom de Hanna. Dès qu'elle a été en âge de voyager, elle s'est rendue là-bas.

— Elle ne cherchait pas dans le bon pays…

— De plus, renchérit Zofia tristement, elle ignorait qu'elle recherchait Hanna Slaski.

Laissant les autres dans le salon, je me réfugie dans une chambre. J'envoie un texto à ma mère en la priant de me rappeler dès que possible. Au bout d'un quart d'heure, nous sommes connectées sur FaceTime. Maman encaisse la nouvelle sur son père avec sa froideur coutumière alors que je suis en pleurs.

— Seigneur ! Tu as une de ces têtes ! Tu m'inquiètes, Alice.

Je ris à travers mes larmes.

— La journée a été longue. Babcia va bien ?

— Je l'ai laissée se reposer car elle est épuisée, mais elle est tellement heureuse… Elle est en paix. Je ne vois pas d'autre explication à sa métamorphose. Quel merveilleux cadeau à offrir à une vieille dame ! Tu peux être fière de toi. Je regrette de ne pas t'avoir soutenue. Au contraire de moi, tu as compris qu'elle avait besoin que tu fasses ce voyage.

— Merci, Maman…

Cet aveu me fait du bien même si, connaissant ma mère, je sais que c'est en partie une diversion.

— Tu as l'air de bien prendre la nouvelle, Maman.

Elle soupire et lève les yeux au ciel, puis elle me regarde à nouveau :

— Papa était... mon Papa, Alice. C'était un grand homme. Alors Saul ou Tomasz... j'étais sa fille. J'ignore pourquoi ils ne m'ont rien dit. Peut-être que, plus tard, quand j'aurai assimilé l'information, je serai affligée ou furieuse. Pour l'heure, je suis triste pour Babcia. Elle n'a pas pu nous raconter ce qui s'est passé. Et surtout, elle a attendu l'apaisement sa vie entière...

Enfin, sa voix se brise. Elle se ressaisit avant de reprendre :

— Tu peux transmettre un message à Emilia ?

— Bien sûr.

— Dis-lui que son frère s'est sacrifié pour un homme bien, que mon père aimait ma mère, qu'il m'aimait et qu'il a soigné des centaines... des milliers d'enfants, au cours de sa carrière. C'était le meilleur des Papas, des amis, des maris et...

Elle s'interrompt encore, au bord des larmes.

— Dis-lui que Saul Weiss n'a pas gâché une seconde de l'existence que Tomasz lui a donnée. Maman non plus. Je veux qu'Emilia ait la certitude que son frère n'est pas mort pour rien.

— Tu peux compter sur moi.

Cette fois, elle ne peut ravaler ses larmes.

— Babcia a besoin..., reprend-elle d'une voix rauque, elle a besoin de partir. À demain.

Je regagne l'hôtel, épuisée mais euphorique, autant que Zofia, sans doute, car elle est silencieuse, au volant. Il est un peu plus de vingt-trois heures, à Cracovie, et mon téléphone tinte. Je me rends compte que je n'ai toujours pas appelé Wade et les enfants. Le message qui s'affiche à l'écran n'est pas celui que j'attendais :

Maman, je vais t'appeler sur FaceTime. S'il te plaît, réponds et ne mets pas le haut-parleur. Il ne faut pas que les garçons sachent qu'on les observe.

Intriguée, je réponds aussitôt :

Que se passe-t-il ? Tout va bien ? Tu ne me verras pas parce qu'il est très tard et que je suis en voiture.

Callie m'appelle. J'accepte aussitôt la connexion. À l'écran, elle met son index sur sa bouche. J'active le mode silencieux. Elle se déplace et brandit l'appareil sur le seuil de la salle à manger.

Wade et Edison sont attablés. Je ne mets guère de temps à comprendre qu'ils sont en train de jouer aux échecs. J'entends l'appli d'Eddie, mais c'est Wade qui utilise l'écran.

À ton tour.

Ils s'esclaffent. Si le rire espiègle d'Eddie est teinté de fierté, celui de Wade est surpris.

— Tu m'as eu, mon garçon, admet Wade tandis que la tablette déclare : *bien joué*.

Eddie reprend l'appareil et rit de joie. Il applaudit l'appli qui annonce : *pion d'Eddie prend pion de Papa.*

L'image n'est pas bonne et Callie est trop loin pour que j'en aie la certitude mais, quand Wade lève les yeux vers Eddie, je crois déceler une lueur inédite dans son regard. Est-ce de l'affection, de l'amour, de la fierté ? Peu importe.

Wade utilise l'appli et joue aux échecs avec Eddie !

Après cette journée pleine d'émotion… c'est presque trop. Je me retiens tandis que Callie regagne sa chambre. Je désactive le mode silencieux.

— Ça dure depuis combien de temps ?

La voix rauque d'avoir pleuré, j'espère éluder les questions éventuelles de Callie. Elle est trop occupée à rire de son père.

— Il y a quelques jours, me raconte-t-elle, Papa a essayé d'apprendre les règles à Eddie pour qu'ils jouent ensemble. Comme il voulait absolument parler, il a échoué lamentablement. (Elle lève les yeux au ciel). Et puis, ce matin, Eddie a trouvé la notice d'explication dans la boîte de l'échiquier. Il l'a lue en entier et a pris la tablette pour demander à Papa de jouer. Papa a enfin compris que, s'il voulait jouer avec lui, il devrait communiquer selon les conditions d'Eddie. Depuis, ils jouent. Papa a gagné la première partie facilement, mais j'ai l'impression qu'il va laisser gagner Eddie. Je me disais que tu aimerais voir ça. C'est un miracle, non, que Papa nous ait enfin écoutées ?

— Parfois, Papa a besoin constater les choses de luimême. J'aurais dû y penser.

— Arrête, Maman ! lance Callie en riant. Tu en fais assez comme ça. Tu ne vas pas penser à la place de Papa, en plus. C'est bien, tes vacances ?

— Ce ne sont pas des vac… enfin, tu sais, je suis montée au sommet d'une montagne d'où je voyais deux pays différents à la fois. Ensuite, j'ai découvert un secret incroyable du passé de Babcia. J'ai hâte de te le raconter. Un jour, on viendra en Europe ensemble et je te ferai goûter des spécialités bizarres. Du chou fermenté, par exemple.

— Oh non ! C'est encore pire que du chou normal ça !

Zofia et moi échangeons un sourire.

— J'ai l'impression que vous vous débrouillez très bien sans moi, finalement, dis-je.

— Maman, tu nous manques ! J'ai hâte que tu me racontes ton voyage. Aujourd'hui, ça va. Encore deux nuits, c'est ça ?

— C'est ça, je réponds en bâillant, ce qui amuse ma fille. Ma puce, j'arrive à l'hôtel. Je vais te laisser. Préviens Papa que je l'appelle dans cinq minutes, d'accord ?

— D'accord. À demain. Bisous.

— Bisous, ma puce.

Zofia gare la voiture et se tourne vers moi.

— Alors ? Contente de ne pas être partie ce matin ?

— Ce n'est rien de le dire !

— Salut, Alice…

Wade est un peu méfiant. Il fixe la caméra comme si j'allais le mordre.

— Je suis désolée.

— Je sais. Tu m'as envoyé un texto.

— Non, Wade. Je suis vraiment désolée.

Un sanglot m'échappe, ce qui le terrifie.

— Eddie a autant besoin de toi que de moi. Cette semaine, tu as fait des choses avec lui dont j'aurais été incapable. Cela ne peut qu'élargir son horizon. C'est pourquoi je te demande pardon.

— Ally, moi aussi, je tiens à m'excuser.

Wade éclate en sanglots, la mine défaite.

— Il y a des choses que je ne comprenais pas, avoue-t-il. Je fais des progrès.

— J'ai résolu le grand mystère de Babcia !

Dans un flot de paroles, je lui fais part de mes découvertes.

— Alice, je suis fier de toi.

L'espace d'un instant, le chaos qui règne dans ma tête se dissipe. Wade est l'amour de ma vie. Avec notre quotidien compliqué, il n'est pas évident d'entretenir ce sentiment, mais les contingences domestiques cèdent le pas et je ne vois plus que Wade.

Une chose est sûre : je ferai tout pour combler le vide qui s'est creusé entre nous.

Babcia feu Tomasz.

Je comprends enfin. Le mot « feu » ne représente pas la passion, ni même l'amour. Il est à prendre au sens littéral.

— Babcia veut que je rapporte ses cendres chez elle. Elle veut reposer auprès de Tomasz.

— Dans ce cas, me répond-il avec un regard doux, c'est ce qu'on va faire.

Je suis folle de joie à l'idée de revoir ma famille. Durant tout le vol de retour, je les imagine, à l'aéroport. Je me vois courir vers eux, embrasser les enfants dans la liesse générale. Je me berce d'illusions car c'est impossible à cause de l'agitation ambiante qu'Eddie ne supporterait pas.

La réalité me frappe dès que l'avion atterrit et que je rallume mon téléphone. La plus belle des réalités.

Chérie, ne sachant comment Eddie réagira dans le hall des arrivées, j'ai trouvé une place où me garer et on t'attend dans la voiture. J'espère que tu n'es pas trop déçue.

Non, je ne suis pas déçue. Je suis à la fois fière et incrédule. Non seulement Wade a compris qu'il fallait anticiper les réactions d'Eddie, mais il a trouvé une solution sans mon intervention.

Mes retrouvailles de rêve, je les aurai, car je remarque la voiture au moment où Callie m'aperçoit. Elle se précipite vers moi et se met à babiller gaiement. Je partage ce moment de complicité avec elle avant même de voir Eddie, sur son siège, avec sa ceinture de sécurité. Wade est au volant. Ils sont tous les deux sur leur écran, Eddie occupé à jouer et Wade concentré sur un blog consacré à la pédagogie. Le bonheur !

— Salut, vous deux ! Vous n'êtes pas contents de me voir ?

Eddie lève les yeux et pousse un cri de joie, puis il fond en larmes. Je me hâte d'ouvrir la portière pour l'étreindre.

— Tout va bien, chéri. Maman est là.

Je hume le parfum de ses cheveux, de sa peau. Cet enfant complique ma vie mais il en est le soleil, le bonheur inattendu. J'ai toujours voulu partager cette expérience avec mon mari et nous sommes peut-être en bonne voie.

— Eddie, je t'aime Eddie, dit mon garçon.

Nous filons directement à l'hôpital. Eddie est fier de montrer à son père qu'il connaît le chemin vers la chambre de Babcia. Il ouvre la marche, tenant la main de son père. Callie et moi sommes en retrait. J'en profite pour lui raconter ce que j'ai découvert lors de mon voyage.

Dans la chambre, Babcia se repose. Mes deux parents sont présents, ma mère est assise sur le lit, un peu tendue, Papa debout près d'elle, une main sur son épaule.

— Bonjour, tout le monde, lance mon père. Dis-moi que tu m'as rapporté de la vodka, ma fille !

— Oui, je l'ai, ta vodka !

— Babcia ne cesse de s'assoupir, nous explique ma mère. Les événements l'ont éprouvée... Aujourd'hui, elle a du mal à garder les yeux ouverts.

Eddie grimpe sur le lit et se blottit contre elle. Dans son sommeil, Babcia l'enlace. Nous discutons du retour « spontané » de Papa, des horaires de travail de Maman, des expériences de Wade sur le plastique et de l'école de Callie. Plus tard, Babcia se réveille et embrasse Eddie sur la tempe. Elle prend la main de Callie, adresse un signe de tête à Wade et, enfin, pose les yeux sur moi.

Dès que je m'approche, elle m'exprime une gratitude infinie. Elle semble désigner la tablette de Maman. J'éloigne les enfants pour « parler » avec ma grand-mère.

Merci, merci, Alice.
Babcia heureuse. Babcia fière.
Alice maison. Alice dormir.
Merci, merci, Alice.

Nous l'embrassons et, au moment de partir, j'entends la tablette :

Babcia feu Tomasz.

Elle me regarde dans les yeux avec espoir. Je reviens sur mes pas et, d'une main tremblante, je tape ma réponse avant d'activer la traduction en polonais :

Oui, je te le promets, Babcia. Je porterai tes cendres là-bas pour que tu reposes auprès de Tomasz.

Elle ne peut retenir ses larmes et me prend la main.

À quatre-vingt-quinze ans, ma grand-mère a enchaîné plusieurs AVC, elle est clouée sur un lit d'hôpital sans la moindre chance d'en sortir, or je ne vois à présent que la jeune fille follement amoureuse de son fiancé, et qui n'attend qu'une chose : le retrouver pour rester avec lui à jamais.

39

Alina

NOTRE TRANSFERT SE DÉROULA COMME PRÉVU, à un détail près : Tomasz n'y participa pas. Saul et moi nous trouvions à l'ambassade des États-Unis à Londres. Le frère de Henry, aux États-Unis, était prévenu et nous n'avions plus qu'à attendre son arrivée.

Entre-temps, nous profitions d'un confort dont nous n'osions pas rêver : du linge propre, une salle de bains, un traitement antipoux, de quoi manger à notre faim… on nous trouva même un interprète… et une scie à métaux.

Au bout de plusieurs mois d'enfermement, je sentis enfin l'air frais caresser mon avant-bras. J'avais la peau pâle et fripée mais quel soulagement de pouvoir me gratter !

Le plâtre cassé en deux recelait la précieuse pellicule photo, ainsi qu'un morceau de cuir que je reconnus sans peine. C'était une poche de la vieille sacoche de mon père.

— Qu'est-ce que c'est ? me demanda Saul en voyant mon trouble. Tu as vu Tomasz glisser ça sous la pellicule ?

— Non, j'étais distraite…

Saul sortit délicatement l'étui contenant la pellicule et le tendit à l'interprète. Puis il reporta son attention sur le plâtre.

— Bien joué, Tomasz, murmura-t-il avec un sourire. Il savait où nous allions le découper.

Saul récupéra délicatement la poche en cuir et la nettoya avant de l'ouvrir.

— C'est pour toi, annonça-t-il. Une lettre.

Il se leva et m'accorda un peu d'intimité. D'une main tremblante, je dépliai la feuille de papier.

Alina,

Je suis peut-être auprès de toi pendant que tu lis cette lettre et tu te moques de moi car j'ai douté de la réussite de notre entreprise. Hélas, la guerre est imprévisible et la vie un risque perpétuel. J'ignore ce qui se passera et je ne supporte pas l'idée que nous soyons séparés sans que je puisse te rappeler qui nous sommes.

L'amour que j'ai pour toi a toujours été le feu qui m'anime, qui me donne envie d'être meilleur. Jusqu'à nos retrouvailles, je me languirai de toi et je ne trouverai le repos que le jour où tu seras avec moi, là où est ta place.

Jusqu'à ce jour, prends soin de toi, mon amour.

Tomasz.

Cette lettre ne m'inspira d'abord que de la culpabilité. Je fus submergée par une immense vague de tristesse. *J'aurais dû l'attendre. J'aurais dû rester.* J'eus envie de crier ma souffrance. Tant d'hypothèses insupportables me tourmentaient. Et si Tomasz était arrivé au camp quelques heures après mon départ pour Londres ? Et s'il m'avait attendu à la grille sans pouvoir entrer dans le camp surpeuplé ? Pourquoi n'avais-je pas songé à vérifier ? Pourquoi n'avais-je pas patienté un peu ? Pourquoi n'avions-nous pas prévu un plan s'il ne se présentait pas au camp avant les soldats britanniques ?

Cette lettre posée sur mon ventre arrondi me rappela soudain pourquoi j'avais accepté de partir avec Saul. Une réalité qui n'était pas encore vraiment concrète.

Notre bébé.

Si Tomasz avait su que nous avions conçu un enfant, il aurait voulu que je fasse ce qui était en mon pouvoir pour notre sécurité, quitte à rester loin de lui plus longtemps. Il ne faisait aucun doute que Saul avait raison. Une grossesse dans un camp de réfugiés n'était déjà pas envisageable, alors y élever un nourrisson…

J'avais agi au mieux. Il me restait des semaines, voire des mois à attendre Tomasz, mais je me rassurais en me disant qu'il finirait par me retrouver.

Lors de cette semaine à l'ambassade, à attendre le juge Adamcwicz, Saul et moi élaborâmes un nouveau plan. Nous verrions le juge ensemble pour lui avouer notre véritable identité, ce qui tombait sous le sens car nous n'avions plus besoin de faux noms. Le témoignage de Saul sur les atrocités nazies n'en serait que plus crédible aux yeux du juge.

Après notre entretien avec le juge, nous ne resterions pas éternellement dans cette ambassade. Nous espérions qu'on nous aiderait à trouver un logement en Grande-Bretagne. Saul reprendrait contact avec l'armée polonaise dès l'arrivée de Tomasz. Dans l'immédiat, il resterait avec moi.

Je souffrais à nouveau de nausées. Après des années de privations, mon estomac fragile ne tolérait pas toujours nos repas plus copieux. Le soir de l'arrivée du juge, j'étais si barbouillée que je dus regagner notre chambre. Saul se rendit seul au rendez-vous, ce qui n'était pas un problème à mes yeux.

En fin de soirée, il me rejoignit, l'air soucieux, les lèvres pincées. Fidèle à son habitude, il me borda après s'être assuré que je m'étais hydratée.

— Ne t'en fais pas, lui dis-je. J'ai réussi à boire un verre d'eau. Alors ? Comment ça s'est passé avec le juge ?

— Il va transmettre mon témoignage à son gouvernement mais, d'après lui, les autorités ont tendance à fermer les yeux. Il espère que les photos de Henry seront utiles… Il y a eu d'autres clichés, d'autres renseignements en provenance de Pologne. Hélas, son gouvernement rechigne à agir malgré ces preuves…

— C'est un problème, pour nous ? demandai-je dans un souffle.

— Non.

— Saul, fis-je en posant une main sur sa joue. Quelque chose ne va pas, c'est évident. Le juge était fâché que nous ayons menti sur notre identité ?

— En fait…

Saul hésita, puis me regarda d'un air implorant.

— Alina, je ne le lui ai pas avoué.

— Mais…

Je n'en croyais pas mes oreilles.

— Il m'a annoncé qu'il nous avait obtenu des visas… pour l'Amérique, bredouilla Saul.

— L'Amérique ?

Prise d'un vertige, je retombai sur mon oreiller. L'Amérique !

— Il est quasiment impossible pour les Polonais d'entrer aux États-Unis, en ce moment. Le juge Adamcwicz a eu toutes les peines du monde à obtenir ces visas. Le gouvernement américain redoute que les nazis ne lui envoient des espions se faisant passer pour des réfugiés. Il a fermé les portes. Tu dois me comprendre ! Lorsqu'il m'a annoncé que nous avions un laissez-passer, j'ai cédé à la panique. Sally, la femme de Henry, nous accueillera dans un premier temps. Bref, c'est à nous de décider : on peut rester ici, où des gens nous aideront aussi, mais… les États-Unis, Alina ! Ton bébé serait américain ! Tu imagines les opportunités pour lui, loin des horreurs de la guerre ?

Incapable de prononcer un mot, je hochai la tête.

— Nous n'avons pas à nous décider immédiatement. Sache également que ces visas ne sont pas aux noms de Saul Weiss et Alina Dziak. Ils sont pour Tomasz et Hanna Slaski, alors…

— Tu n'as pas envie d'aller en Amérique ! protestai-je sans conviction. Tu voulais retourner au camp pour aider l'armée polonaise.

Il acquiesça, puis se tourna vers moi, plus grave que jamais.

— Ce que je veux n'a aucune importance, Alina. N'oublie pas que je t'ai fait une promesse. Jusqu'au retour de Tomasz, je veillerai sur toi et ton bébé comme si vous étiez ma famille. C'est ce qu'il aurait voulu pour vous deux.

— Comment me retrouvera-t-il ?

— Tu crois vraiment que quelque chose l'empêcherait de te retrouver ? Il a déjà traversé la Pologne à pied pour toi. Il lui sera facile de trouver un bateau pour l'Amérique.

Moins d'un mois après notre départ de Bouzoulouk, Saul et moi nous trouvions en compagnie de Frederick Adamcwicz sur le pont d'un paquebot, émerveillés par le spectacle d'Ellis Island, au loin.

J'étais à la fois impressionnée et terrifiée, car je ne savais de ce pays que ce que Tomasz m'en avait raconté et, même à l'époque, j'avais eu grand-peine à le croire. Sally Adamcwicz nous prendrait sous son aile et nous nous installerions dans une région tropicale qui ne connaît pas l'hiver, dans une maison assez proche de la plage pour y aller à pied. Cette nouvelle vie me donnait de l'espoir, car Tomasz m'y trouverait et, en attendant, mon cher Saul serait à mes côtés. En me tournant vers lui, je vis qu'il avait les yeux baissés vers l'océan.

— Il y a des Juifs ici ? demandai-je d'instinct.

— Oh oui, Hanna, me répondit Frederick avec un sourire bienveillant. Il y a beaucoup de Juifs en Amérique.

— Et ils ne risquent rien, dans ce pays, n'est-ce pas ? insistai-je.

— Eh bien, nous rencontrons quelques problèmes, admit Frederick. Surtout à New York, où je vis. Ces dernières années, des bandes de jeunes ont brimé notre communauté juive. Des boutiques vandalisées, un cimetière profané… mais rien de comparable aux persécutions dont vous avez été témoins en Pologne. L'Amérique est paisible.

À mesure que Frederick s'exprimait, Saul pâlissait. Ses mains tremblaient si fort qu'il devait s'accrocher à la rambarde, sans doute submergé par une impression écrasante de déjà-vu.

Jusqu'à cet instant, j'avais été impressionnée par sa sagesse et son calme. Frederick Adamcwicz était d'une grande naïveté ! Je savais d'expérience que des « problèmes » pouvaient déboucher sur d'horribles tragédies quand on n'y remédiait pas dès le début. En Allemagne, puis en Pologne, tout avait commencé par les brimades d'un petit groupe pour se conclure dans des wagons à bestiaux et des fours crématoires.

Je ne pus que serrer la main de Saul dans la mienne. Dès que Frederick se fut éloigné pour s'occuper des bagages, je me tournai vers lui.

— Tu as eu ton lot de souffrances et de persécutions, Saul. Tant que nous ne sommes pas sûrs que tu ne risques rien, il faut absolument garder notre secret.

— Je ne pourrais pas revivre ça. Je ne pourrais pas...

— Nous ne parlerons pas sans avoir la certitude que tu ne risques rien, lui promis-je. Tomasz n'arrivera peut-être pas avant un certain temps. Tu n'auras pas volé ces quelques mois de répit.

Nous restâmes enlacés sur le pont pour sceller ce pacte que nous pensions provisoire. Nous n'avions aucune idée de la gravité de notre mensonge et nous n'étions pas conscients que le passé finit toujours par nous rattraper.

Bientôt, je mis ma fille au monde. Elle a toujours été *notre* fille car Saul a tenu sa promesse de veiller sur elle. Dès que ses compétences en anglais le lui permirent, le Papa adoré de Julita reprit ses études pour obtenir une équivalence de son doctorat. Ensuite, il travailla d'arrache-pied pour gagner notre vie à tous les trois, sous le nom de Tomasz Slaski.

Le jour où Saul devint officiellement médecin dans le système américain, il se lança dans une spécialisation en chirurgie pédiatrique. Nous n'évoquions jamais ce choix qui ne devait rien au hasard. Nous étions déjà prisonniers d'un mensonge qui, à l'époque, nous semblait altruiste et raisonnable. Si ma fausse identité était un détail auquel je finirais par m'habituer et auquel je pouvais renoncer si le besoin s'en faisait sentir, la situation de Saul était bien plus compliquée.

C'était le nom de Tomasz Slaski qui figurait sur ses diplômes, Tomasz qui avait un emploi, Tomasz qui payait le loyer de notre maison, les traites de notre voiture.

Tomasz qui devint interne à l'hôpital en tant que chirurgien en pédiatrie, qui gravit les échelons, qui formait des dizaines d'étudiants en médecine, qui sauvait des centaines de vies par an.

Seuls Saul et moi savions que le vrai Tomasz était le jeune homme aux yeux verts et rieurs de la photo que j'avais trouvée dans les affaires de Henry que j'avais aidé Sally à trier, peu après sa mort. Il possédait une quantité incroyable de tirages.

Moi seule savais que le petit chausson que Saul cachait au-dessus de l'armoire appartenait en réalité à Tikva Weiss, sa fille si regrettée.

Nous vivions sous le même toit, nous partagions les hauts et les bas de tous les parents et nous dormions dans le même lit comme nous en avions pris l'habitude après notre « mariage » à Bouzoulouk. Les rares fois où nous avions tenté de faire chambre à part, il m'avait réveillée avec ses cris et ses pleurs. Nous finîmes par accepter la réalité de la situation. Il y avait entre nous un lien spirituel à défaut d'un rapport charnel.

Je ne pouvais être Eva pour Saul et, en dépit de ce que pensait notre entourage, Saul ne serait jamais mon Tomasz. Nous étions amis et partenaires dans tous les domaines sauf celui qui définit un mariage, unis dans le manque et la nostalgie, dans le souvenir d'un amour perdu. Nous étions heureux et notre vie ne cessait de m'émerveiller. J'étais ravie d'offrir à ma fille une existence où elle ne connaîtrait ni la faim ni l'oppression. Le juge Frederick nous rendait visite chaque fin d'année, avec des livres et des jouets pour Julita, qui le vénérait. Lorsqu'il mourut, elle n'avait pas douze ans, mais elle savait déjà qu'elle voulait faire des études de droit.

Malgré ce bonheur familial, je n'ai jamais cessé d'attendre Tomasz. Chaque nuit, en m'endormant, je regardais vers la fenêtre. L'espoir ne m'a pas quittée.

Au fond de mon cœur, je ne savais qu'une chose : Tomasz m'avait promis que nous finirions par nous retrouver malgré la distance et les années. Un jour, il apparaîtrait comme par enchantement et notre vie ensemble démarrerait enfin.

Cela peut sembler insensé, mais la force de mon espoir était trompeuse. Je n'ai compris que Saul et moi étions vieux que très tard. J'avais une fille adulte, une femme forte et très ambitieuse, et je m'étais accrochée à cette version juvénile de moi-même, la jeune fille innocente attendant le retour de son héros.

Saul cessa d'exercer en tant que chirurgien lorsqu'il eut soixante-dix ans d'après son passeport. En réalité, il en avait soixante-quinze. Il enseigna à l'université pendant encore dix ans. Il aimait passionnément son travail, c'est pourquoi sa décision d'arrêter me surprit. Il avait bien dissimulé les premiers signes. Après les célébrations de son départ en retraite, il me demanda de l'accompagner chez un confrère neurologue. Quelques jours plus tard, le diagnostic tomba : démence vasculaire.

Nous pleurâmes ensemble, puis il me prit les mains et me pria de l'emmener à la synagogue.

— Ce sera un honneur pour moi.

— Merci, Alina, dit-il avec un sourire triste, car il m'appelait toujours ainsi quand nous étions seuls.

— Qu'allons-nous expliquer à Julita et Alice ?

Son visage se voila et je décelai une lueur d'incertitude dans son regard.

— Elles sont à moi, n'est-ce pas, Alina ? Ma fille et ma petite-fille ?

— Comment pourrait-il en être autrement ?

Il me sourit, soulagé et reconnaissant.

— Dans ce cas, nous leur dirons la vérité.

— Elles comprendront.

— Mais comment comprendre ça ? insista-t-il.

— Au moins, elles nous pardonneront.

Hélas, Julita était très occupée. Elle venait de prendre son poste au tribunal du district. Le déclin de Saul fut très rapide. Pendant quelques mois frénétiques, je fis de mon mieux pour convaincre Julita ou Alice de m'accompagner en Pologne tant que je le pouvais encore. Ensuite, quand j'ai compris qu'il fallait absolument avouer la vérité à Julita, Saul n'était plus en état de lui parler et je ne me sentais pas de force à l'affronter seule.

Tomasz m'avait chargée de veiller sur Saul Weiss et j'ai tenu ma promesse. Je l'aimais profondément et cet amour différent avait façonné ma vie américaine, une vie merveilleuse. Et pourtant, jusqu'à ma mort, je me languirai de Tomasz, mon premier amour.

Mon amour véritable.

Ma fin est proche. Je suis enfermée dans ma tête. Étonnamment, je ne ressens qu'une paix intense, en ces ultimes heures, grâce à ma superbe Alice. Elle a les yeux rieurs de mon Tomasz et les a transmis à notre Eddie si spécial et si adorable. Il est cohérent qu'Alice ait retrouvé Tomasz car elle m'a toujours fait penser à lui, à ce grand-père qu'elle ne connaîtrait jamais. Elle a son goût du savoir, du passé, sa compassion, sa capacité à rêver en dépit des circonstances. Hélas, elle oublie souvent qu'elle a le droit de rêver.

En attendant que la mort me libère, je regarde défiler ma vie. Ce qui m'a le plus manqué, au fil de ces décennies, c'est la paix. Je sais que Tomasz m'attend de l'autre côté.

Bientôt, je rendrai mon dernier souffle et je lui prouverai qu'il avait raison.

Nous avons trouvé le moyen d'être réunis.

40

Alice

La sonnerie du téléphone de Wade me réveille. Je suis dans mon lit. Il est blotti contre mon dos et se retourne pour prendre l'appel.

— Ah, bonjour, Julita…

Lorsqu'il me passe l'appareil, mon cœur s'emballe.

— Il faut que tu viennes tout de suite, m'ordonne ma mère. Ta grand-mère a encore fait un AVC. Un gros, cette fois. Elle est en soins palliatifs. Viens sans perdre une seconde. D'après le docteur, on n'a pas beaucoup de temps…

À six heures quinze, j'arrive à l'hôpital. Ils ont tamisé les lumières, mais il est évident que Babcia a le teint livide, presque gris, et le souffle court. Je pleure avant même d'être à son chevet. Papa me prend dans ses bras sans un mot.

Babcia s'éteint à six heures trente. Maman lui tient une main et moi l'autre. Elle ne lutte pas et semble si calme qu'il est difficile d'accepter son départ. Le médecin nous rejoint et annonce l'heure du décès. Maman éponge le visage et les mains de Babcia, puis nous nous recueillons quelques instants.

Naturellement, mon père est plus ému que ma mère, qui ne verse pas une larme. Puis vient le moment de quitter la chambre. Elle se retourne une dernière fois et, soudain, se précipite vers sa mère avec une longue plainte presque bestiale et incontrôlable. Mon père me sourit.

— Je t'avais bien dit que j'aurais besoin de cette vodka.

— Ça va aller ?

— Je m'attendais à sa réaction, chérie. Si ta mère est dure en façade, elle vénérait Babcia.

Me voyant hésiter, il désigne la porte.

— Rentre chez toi, ma fille. Nous restons un moment. Va t'occuper de ta famille.

Sur le trajet du retour, je suis triste, bien sûr, mais reconnaissante envers Babcia d'avoir partagé tant de choses avec moi, de m'avoir appris à être mère. Ces gestes tendres, ces baisers, ces repas préparés avec amour… Et surtout, c'est moi qu'elle a chargée de dévoiler son secret. En découvrant son passé, c'est une partie de moi-même que j'ai trouvée.

Sur le pas de ma porte, j'ai un moment d'hésitation. J'entends du bruit à l'intérieur. Ils sont tous debout et je vais devoir leur annoncer la nouvelle. Comment s'y prendre avec un enfant autiste ? L'an dernier, quand Pa est mort, nous avions eu le temps de nous préparer. Nous en avions parlé à Eddie avec l'aide de son psychologue. Si seulement nous pouvions procéder de même, cette fois. En tout cas, je dois parler à Wade et Callie sans tarder.

En entrant au salon, je vois Eddie sur son pouf. Il fait tourner sa toupie en regardant des vidéos de trains à la télévision, sa tablette sur les genoux. Je vais m'asseoir près de lui. Visiblement, mon absence à son réveil ne le trouble pas outre mesure. Naguère, ce scénario aurait provoqué une crise. Néanmoins, ses yeux verts sont un peu tristes. Serrant sa toupie contre son cœur, il observe sa tablette d'un air apeuré.

— Coucou, chéri.

Il se redresse et s'active sur sa tablette.

Babcia fini.

Il me regarde pour en avoir la confirmation. Parcourue d'un frisson, je me demande si c'est bien ce qu'il a voulu dire. J'entends Wade, sur le seuil. Derrière lui, Callie est en pyjama, mal réveillée. Ils veulent tous des nouvelles, mais mon attention est rivée sur Eddie.

Babcia fini, répète-t-il.

Je fonds en larmes.

— Quoi ? s'exclame Callie, soudain agitée. Maman ! C'est pas vrai ! Dis-moi que c'est pas vrai ! Tu viens de rentrer et tu n'as encore rien dit. Il ne peut pas le savoir !

Je me retourne et croise le regard de Wade, incapable de prononcer un mot. Heureusement, il vient à la rescousse.

— Notre Eddie a bien des talents cachés, Callie.

— Comment peut-il... ?

— Je ne sais pas, ma puce, lui répond-il. Il ne cesse de répéter la même chose depuis qu'il s'est levé, à six heures trente. Apparemment, il savait.

— Mais il...

Callie éclate en sanglots. Elle vient d'assimiler la nouvelle.

— Elle va tellement me manquer…

Wade la prend dans ses bras et me rejoint sur le canapé. Au bout d'un moment, Eddie se lève et se poste devant moi. S'il ne se blottit pas contre nous, il pose une main sur ma joue.

Dans ce moment de tristesse, de chagrin, notre famille dysfonctionnelle est plus soudée que jamais. La vie a le don de briser nos attentes mais, tant qu'il y a de l'amour, les vestiges de nos rêves brisés peuvent se recoller, même s'il en résulte une mosaïque.

Ma famille est encore en chantier et, en ce jour de deuil, j'ai la certitude grandissante que nous réunirons un jour les pièces.

ÉPILOGUE

Je n'aurais pas cru revenir sur cette colline qui surplombe Trzebinia. Ma présence me semble un peu surréaliste, surtout au sein d'une assemblée aussi hétéroclite.

Eddie ouvre la marche, comme souvent, désormais, les yeux rivés sur sa tablette, Wade sur ses talons. Eddie est un véritable GPS et nous sert de navigateur depuis Cracovie.

Callie chemine derrière moi, avec le père Belachacz, prêtre à Trzebinia, et le rabbin Zoldak, qui nous a rejoints à Cracovie. Mes parents avancent lentement près d'eux. Tout ce petit monde discute de l'essor économique de la Pologne depuis son entrée dans l'Union européenne. Le prêtre a même demandé à Callie si elle avait vraiment dix ans.

Je marche seule au cœur de ce paysage un peu différent, pour cette seconde visite. L'herbe est plus verte et les coquelicots d'un rouge encore plus vif. Je viens accéder à l'ultime requête de Babcia. Je tiens près de mon cœur le coffret en bois qui nous a conduits en ce lieu. Il contient les cendres de mes grands-parents, ainsi que le petit chausson en cuir.

Aujourd'hui, la grille de la ferme est ouverte et plusieurs voitures sont déjà là, ce qui me surprend. En abordant la clairière, je découvre Emilia entourée d'Agnieszka, Lia et d'autres adultes. Ils portent des fleurs, des bougies. J'embrasse Emilia dans son fauteuil roulant.

— Il y a beaucoup de monde, dis-je à Agnieszka.

— Ce ne sont que mes frères et sœurs et quelques-uns de leurs enfants, m'explique-t-elle. J'espère que cela ne vous dérange pas. Maman tient à ce qu'Alina soit honorée par toute la famille car aucun d'entre eux ne serait de ce monde, sans elle. Estimez-vous heureuse que nous n'ayons pas amené les petits-enfants et arrière-petits-enfants, ajoute-t-elle d'un air espiègle.

J'étreins Emilia, qui me murmure des paroles d'apaisement. Je découvre la plaque qu'elle a fait graver pour l'occasion. Sous le nom de Tomasz Slaski figureront désormais :

Alina Slaska 1923-2019
Saul Weiss
Eva Weiss
Tikva Weiss

De lui-même, Eddie va se percher sur un rocher plat, au bord de la clairière, comme s'il était chez lui et l'avait fait des milliers de fois. Il lance une vidéo de trains. Sans que je ne le lui dise, il baisse le son au minimum et m'adresse un sourire fier.

J'ignore si mon mari a expliqué à Eddie ce que l'on attendait de lui, mais il a été sage comme une image, aujourd'hui. C'est fou ce que le monde d'Eddie s'est ouvert depuis que Wade a tissé des liens avec lui. Il ne s'en porte que mieux. Il va à l'école trois fois par semaine et, le jeudi matin, Wade anime un cours de science dans la classe d'Eddie.

Wade et moi n'avons toujours pas la même approche, ce qui crée des tensions inévitables. Wade veut le faire sortir de sa zone de confort et moi lui procurer repères et sécurité. À nous deux, nous trouvons un équilibre qui fait du bien à tout le monde.

Tandis que l'assemblée se réunit autour de la tombe, Callie me prend la main. Sans préambule, le prêtre entame la cérémonie prévue.

Le père Belachacz n'a pas masqué son étonnement quand je l'ai contacté, il y a quelques semaines. Je voulais rendre hommage à une grand-mère catholique pratiquante et à un grand-père juif et sa première famille. Après quelques explications, il m'a promis de trouver un moyen d'honorer nos disparus. C'est ainsi que, à mon arrivée, il m'a présenté le rabbin Zoldak.

Une cérémonie œcuménique ! Quelle merveilleuse idée.

Le prêtre invite à présent le rabbin à s'avancer. Pendant quelques minutes, il évoque le chagrin, l'amour, la force du sacrifice, avant d'entonner *El Male Rahamim*. Les paroles en hébreu nous enveloppent et je ne peux retenir mes larmes. Je pleure mon grand-père adoré. Qu'aurait-il pensé s'il avait su que, un jour, nous le ramènerions auprès d'Eva et Tikva, Alina et Tomasz, à une époque où sa foi peut être vécue librement ? Tomasz Slaski, que je n'ai jamais eu le privilège de connaître, aurait apprécié cette cérémonie autant que Babcia…

Le prêtre me fait signe. Je m'agenouille pour déposer le coffret dans la fosse creusée par l'un des fils d'Emilia.

Le prêtre jette une poignée de terre, puis une autre, en disant :

— Seigneur, nous te confions Alina et Saul. Qu'ils reposent en paix avec le souvenir d'Eva et Tikva.

Wade comble la sépulture. Plus tard, le fils d'Emilia fera poser une dalle.

Et c'est fini. Les gens échangent quelques mots, puis la foule se disperse peu à peu. Emilia a prévu une réception dans son appartement de Cracovie. Mes parents se dirigent vers le minibus, Callie sur les talons.

— Ça va ? me demande Wade.

— Oui, mais… j'ai besoin d'un petit moment.

— Je m'occupe d'Eddie, propose-t-il.

Nous nous tournons vers lui. Toujours assis sur son rocher, notre fils semble parfaitement détendu.

— Il est bien, dis-je en embrassant Wade. On se retrouve à la voiture dans quelques minutes.

Tandis que Wade s'éloigne, j'observe la plaque et je songe aux dix mois qui viennent de s'écouler. Ce voyage m'a ouvert un horizon dont je prends seulement conscience. Je tiens un journal pour que mes enfants sachent, plus tard. Je me demande si je ne suis pas en train d'écrire un livre presque malgré moi.

Moi qui ai toujours cru que ma famille avait besoin de toute mon énergie, j'ai découvert que je pouvais leur donner mon amour et prendre du temps pour moi, aussi. Depuis, je suis plus occupée encore et beaucoup moins fatiguée.

— Merci, Babcia, je souffle dans la brise. Merci de m'avoir fait confiance. J'avais oublié que j'étais capable de trouver des réponses.

Eddie se redresse soudain et fixe les arbres qui nous entourent. Il cherche quelque chose. Je suis parcourue d'un frisson.

— Eddie, lance-t-il. Eddie chéri, tu veux manger quelque chose ?

Je ressens alors la présence de Babcia dans cette clairière. Je ressens sa paix, son amour et sa gratitude. Je ferme les yeux pour respirer à pleins poumons.

— Au revoir, Babcia.

Eddie vient me prendre la main. À travers mes larmes, je vois qu'il me dévisage.

Emilia et nos cousins éloignés nous attendent à Cracovie, puis nous partirons explorer ce pays tous les quatre pendant deux semaines. Ce ne sera pas évident d'être loin de nos habitudes, de notre zone de confort. Nous ferons en sorte que cette expérience soit enrichissante pour nous tous. Il y aura des défis, des déceptions, des échecs, des disputes mais, au moins, nous essayerons.

Nous, nous avons le droit de rêver. Le meilleur hommage que nous puissions rendre à nos aïeux est de vivre pleinement.

REMERCIEMENTS

J'adresse mes remerciements sincères à ma tante, Lola Beavis, qui est partie avec moi en Pologne pour me servir d'interprète et m'aider dans mes recherches pour ce roman. Merci à Barbore Misztiel pour son hospitalité et, surtout, pour m'avoir montré la maison d'enfance de ma grand-mère. Je remercie Renata Kopczewska, ma guide et assistante dans mes recherches, et Katarzyna M. pour ses informations sur la langue polonaise.

Je tiens également à exprimer ma gratitude à Ashleigh Finch pour ses renseignements précieux et ses conseils sur le trouble du spectre de l'autisme. J'espère avoir dressé d'Eddie et sa famille un portrait qui rend justice à sa générosité et son courage dans le partage de son expérience en la matière.

Enfin, un grand merci au personnel du Mémorial et du musée d'Auschwitz-Birkenau, le Musée du soulèvement de Varsovie et le musée POLIN sur l'histoire des Juifs polonais. Ce sont des héros, des passeurs d'histoires qui entretiennent le souvenir de ceux qu'il ne faut jamais oublier.

NOTE DE L'AUTRICE

La plupart de mes ouvrages partent d'un embryon d'idée qui passe presque inaperçu. Dans le cas présent, elle m'est venue lors d'une fête de Noël dans ma famille maternelle, il y a plus de dix ans.

J'étais entourée d'une foule de cousins, d'oncles et de tantes, à me goinfrer des traditionnelles spécialités polonaises. J'ai soudain réalisé que cette grande famille était issue d'un seul couple, mes grands-parents maternels, des Polonais catholiques. Malmenés par la guerre, ils avaient quitté leur univers familier pour un pays qui n'était guère accueillant envers les réfugiés. Soixante-dix ans plus tard, une cinquantaine de leur descendants directs étaient américains. Qu'on en soit conscient ou non, les décisions de nos grands-parents pendant cette guerre ont modelé nos vies.

J'en savais suffisamment sur l'histoire de mes grands-parents et la guerre pour en conclure que leur parcours avait été semé d'embûches, même s'il était assez vague dans mon esprit. Ils sont morts dans les années 1980. À l'instar de nombreuses personnes de leur génération, ils n'ont guère eu le temps de méditer ou de se lamenter, au cours de leur vie. Ils ne pensaient qu'à leur avenir. Les blessures physiques et morales de la guerre étaient enfouies sous la surface de cette nouvelle vie qu'ils se forgeaient. Les leçons qu'ils ont apprises en chemin se sont perdues.

J'ai commencé à lire des ouvrages sur la vie des Polonais sous l'Occupation nazie, ne serait-ce que pour avoir un aperçu de ce qu'ils avaient enduré. En me documentant sur la Seconde Guerre mondiale, j'ai été touchée par de nombreuses histoires d'amour et cette soif de survie, même face à l'oppression et la barbarie. L'histoire de Tomasz, Alina et Saul m'est venue alors que je songeais au fait que même la pire inhumanité ne pouvait venir à bout de l'espoir ou de l'amour. J'ai vite compris que, pour écrire ce livre, je devais me rendre en Pologne et approfondir mes recherches. Je profiterais d'être sur place pour me renseigner sur ma propre famille.

En 2017, ma tante Lola et moi nous sommes donc envolées pour la Pologne pour quelques semaines de recherches et de découverte. J'ai appris que, contrairement à l'histoire que j'avais prévue depuis longtemps pour Alina et ses frères, ma propre grand-mère avait été enrôlée pour les travaux forcés alors que ses frères avaient choisi de rester à la ferme familiale. Et comme Alice, je me suis rendue sur les terres que la famille de ma grand-mère avait cultivées pendant des générations. Par la fenêtre crasseuse de la maison, j'ai entrevu l'univers de ma grand-mère, avant que la haine nazie ne bouleverse sa vie. Ma tante et moi avons parcouru les rues de Trzebinia, où mon grand-père est né et déjeuné avec des cousins éloignés.

Quand est venu le moment d'exploiter le fruit de mes recherches pour mon récit, j'ai introduit mes propres souvenirs de Pologne dans cette œuvre de fiction. Pour moi, les meilleures fictions contiennent toujours des éléments personnels. La ferme de ma grand-mère m'a ainsi inspiré celle d'Alina. La vraie propriété se trouve au nord-est de Trzebinia. Je l'ai située plus près de la ville car je souhaitais raconter l'histoire de Trzebinia. Elle a subi les pires injustices pendant la guerre : bombardements, persécutions, oppression religieuse contre les catholiques et exécutions de civils. Trzebinia se trouve à dix-neuf kilomètres du site d'Auschwitz-Birkenau.

Cette découverte de mes racines m'a profondément marquée. J'ai pu entrevoir l'univers de mes grands-parents. Le scénario de la famille d'Alice est bien plus difficile, mais j'ai voulu faire en sorte que des femmes de toutes conditions familiales puissent s'identifier à Alice. J'ai mis beaucoup de mes expériences en Pologne dans le récit d'Alice.

En terminant ce roman, je suis revenue à mon idée de départ, celle qui avait inspiré mes recherches, autrefois. Les choix d'Alina pendant la guerre ont influé sur le monde dans lequel sa descendance est née et son histoire avait le pouvoir de changer la vie de ces descendants… si elle trouvait un moyen de la raconter. Les leçons que nous apprend l'Histoire sont parfois les plus difficiles. Cependant, quand elles se transmettent de génération en génération, elles nous enrichissent. Plus que jamais, nous avons besoin de la sagesse de nos anciens, née dans le sang, la sueur et surtout les larmes.

J'ai beaucoup apprécié les recherches menées pour ce roman et j'espère que vous avez aimé le lire. Dans ce cas, n'hésitez pas à rédiger un commentaire en ligne. Il aidera d'autres lecteurs à découvrir mes ouvrages.

J'aime recevoir les avis de mes lecteurs. Pour me contacter, reportez-vous à mon site Web, kellyrimmer.com. Vous pouvez aussi vous inscrire à ma newsletter et recevoir des notifications sur mon prochain roman.

Enfin, sachez que si ce roman évoque des événements historiques, j'ai modifié certains détails pour simplifier mon récit.

Certifié PEFC

Ce produit est issu de forêts gérées durablement et de sources contrôlées.

PEFC
10-31-3068

pefc-france.org

Cet ouvrage est composé de matériaux issus de forêts gérées durablement certifiées PEFC™.
Le Programme de reconnaissance des certifications forestières (PEFC™) est le plus grand organisme mondial indépendant de contrôle pour une gestion durable des forêts. Pour en savoir plus, consultez le site www.pefc-france.org

Achevé d'imprimer en septembre 2021
par CPI Bussière
À Saint-Amand-Montrond (18)
Dépôt légal : octobre 2021
N° d'impression : 2059802
Imprimé en France